马上金羽 陌上尘

雪罴庐主人 著

百花洲文艺出版社
BAIHUAZHOU LITERATURE AND ART PRESS

图书在版编目（CIP）数据

马上金羽　陌上尘 / 雪罴庐主人著 . -- 南昌 : 百花洲文艺出版社 , 2019.10
ISBN 978-7-5500-3385-6

Ⅰ . ① 马… Ⅱ . ① 雪… Ⅲ . ① 长篇小说—中国—当代 Ⅳ . ① I247.5

中国版本图书馆 CIP 数据核字 (2019) 第 203093 号

马上金羽　陌上尘　雪罴庐主人　著

出 版 人　章华荣
选题策划　周瑟瑟
责任编辑　杨　旭
装帧设计　文人雅士
出 版 者　百花洲文艺出版社
地　　址　南昌市红谷滩新区世贸路 898 号博能中心一期 A 座 20 楼
电　　话　0791-86895108（发行热线）0791-86894717（编辑热线）
邮　　编　330038
经　　销　全国新华书店
印　　刷　廊坊市海涛印刷有限公司
开　　本　710 毫米 ×1000 毫米　1/16
印　　张　23.25
版　　次　2019 年 10 月第 1 版第 1 次印刷
字　　数　356 千字
书　　号　978-7-5500-3385-6
定　　价　85.00 元

赣版权登字　05-2019-236

网址：http://www.bhzwy.com
图书若有印装错误，影响阅读，可向承印厂联系调换

目录

001 第一章 序 章
017 第二章 敏 敏
051 第三章 轩子佩
081 第四章 暮 雨
113 第五章 赵 凝
144 第六章 金七九
170 第七章 暮 雨
194 第八章 金七九
218 第九章 轩子佩
235 第十章 暮 雨 田利常
265 第十一章 赵 凝
307 第十二章 金梦迟
332 第十三章 赵 凝
354 第十四章 终 章

第一章

序　章

李敬忠抬手擦了擦从锁甲头巾下渗出的水滴，却忘了手中还提了解首刀。

扑通！短刃跌进石板路上厚厚的苔藓里，沉闷的异响在丑时静谧的屯堡小径间显得煞是突兀，但转瞬便被黔地铺天盖地的湿气所吞没……

紧接着，一片窸窸窣窣的响动冲破夜幕的包裹，从距他不远的几处所在次第传出，其间更有人憋不住气轻轻地打了个哈欠。

李敬忠狠狠掐了一下大腿，他晓得，自己那三个于暗处隐伏的伙伴定然是被这声“惊雷”吓到了。

他慢慢伏下身子，摸索着将刀从苔藓中拾起，用肘弯把刀背紧紧地夹了，腾出潮湿的手，在同样潮湿的裤子上使劲地蹭了蹭，方才小心翼翼地重新握住刀柄。

做完这些，他再一次撅起嘴，吹散那些将要流进眼中的水滴，似乎这扰人的夜露，才是他今夜最难缠的劲敌。

即便这里地处黔贵腹地，即便此时正逢暮春深更，但如今夜这般的天气，也还是潮得有些过分了。

空气中弥漫着细密的湿气，是雨丝？是浓雾？还是被夜岚蛊惑的月光？

在这样的夜晚，人的某些欲望总是显得蠢蠢欲动，譬如情欲，譬如……

此刻，肿胀的杀意在李敬忠体内熊熊燃烧，他死死盯着眼前的这条小径，望眼欲穿地狩候着计划中那个正该情欲勃发的身影。

这段小径虽谈不上蜿蜒，但在流动的夜岚中，只能影影绰绰地看出七八步远，而那些沿锁甲头巾流下的……不知是雨水、雾气、汗水、还是三者兼而有之，让他本来就模糊不清的视野越发迷乱，让他本来就躁动难耐的身体越发煎熬……

李敬忠咬了咬牙，再一次夹好钢刀。这一次，他将已经佩戴了一个时辰的锁甲头巾摘下，仔细抚平、对折，小心地揣进了自己的怀中。

“那厮总不至于在偷婆姨时还随身带着长刀吧，那我还戴这劳什子东西作甚！”

这袭锁甲头巾，在李家已经传了数代，是其祖上在与北虏韦兀人作战时缴获的战利品。

李敬忠仍然记得，年少的自己躲在自家戍屋昏黄的灯影下，看着父亲将这片铁甲放进沙桶中，一点点用桶中的细沙在环锁之中反复打磨。日复一日，那种沙粒在铁环间跳跃时所发出的脆响，便逐渐融在了他儿时的记忆之中。

按大宁朝律法，私藏《武备志》中所载的官造十四式甲胄一领，便要受脊杖之刑，私藏二领流徙，私藏三领斩首，五领抄家。

但韦兀铁网衫、倭寇具足、弗朗机板甲、高鲜纸甲却不在大宁官造十四式甲胄之列。

因此，那些于九边要隘处世代驻守的军户人家，或多或少都储有一些番甲。开兵见仗时，他们会将私藏的番甲与官给铠甲混穿，用以弥补官甲上的一些漏洞。

李家祖上是驻防于宣镇的边兵，自从大宁开朝之日起，就在长城内外和北虏韦兀人常年对垒，打生打死。

那北虏曾经靠着弓马纵横天下，不仅夺了中原之地开朝立国，还曾沿着大漠草原一路席卷，直打到那弗朗机人的地盘处方才止住了铁蹄。

马刀硬弓虽可以夺天下，但守江山时却着实不大好用。因此其国祚不过百年，便在一夕之间风流云散了。

打本朝太祖扫清寰宇，将北虏远逐塞外时算起，大宁开国至今已有二百多年。在这二百多年中，虽然北虏一直都鲜有特别安分的时日，但它的势头却已然是眼见着一天颓似一天。

即使在景升年间以铁骑迫天子北狩，兵锋一度直指京城，最后也不过是在一阵劳而无功的喧嚣后又灰溜溜地跑回了沙漠之中。

沙漠与草原，也越发贫瘠了……隆祺朝，朝廷下恩旨开马市与北虏韦兀人进行贸易，又特设驨骧四卫，将愿意归化圣朝的韦兀人招抚整编，安置在辽东、卢龙、宣大、密云一线。

此后，虽仍然会有虏骑不时犯边，但上至朝廷中枢，下至边军将士都看得出来，这些昔年间不可一世的铁骑，已经从窃国巨盗彻底沦落成了鸡鸣狗盗之徒……至于北虏那曾经如雷霆一般的铁蹄声，也逐渐在宁人的噩梦中淡了，散了，远了……

当年，李家先祖三驹公作为一名车营游骑，在宣镇外五十里的狼啸峪，与一伙入寇的北虏狭路相逢，三驹公催马舞刀，手刃敌方一员骁骑后，从对手尸体上剥下了包括这片头巾在内的一身上好环锁铁甲。

是役，李三驹斩首两级，赏银三十两，官升一级至总旗官。随后隆祺帝归天，新帝年幼，内阁权相张文正执掌大权开革新之风，在西南蛮夷聚居的黔滇之地设置流官专管盐铁发放及财赋税收之事，激起西夷叛乱之势，西南守兵承平日久，与西夷杂处日长，且依赖向西夷走私盐铁而获得重利。因此不仅战力低下且缴贼时时时放水，致使中枢欲以“盐铁归流”至“改土归流”的策略进展缓慢。

张文正于此荆棘丛中调五千余宣大边兵至西南边地重镇——安平卫驻防，李三驹正是这南下官兵之中的一员。待叛乱渐熄后又长驻于安平卫城东南的云山屯堡，娶当地女子为妻，到李敬忠这儿已是第四代了。

八十余年间，四海咸平，边患渐熄，虽然有来自敷州国的倭寇在帝国东南沿海附近闹腾了一阵，但和曾经动辄以数万铁骑跳荡于长城内外频频叩关的北虏相比，那几船光着屁股的倭寇着实不值一提。

而在辽东关外的极北苦寒之地，大宁柱石、总兵蔺成栋一门10将守辽30

年，将世居东北雪原的东奴粟鞨人及流窜至辽地的残余北虏掌控于股掌之中。

近年来，蔺成栋更是助其义子、咸州左卫指挥使、粟鞨真金家族首领“野牛皮”一统咸州粟鞨诸部。“野牛皮”号令麾下部众学习汉化风俗，归并小部，拆解大部，严加统御。

从朝廷发下的邸报上看，自“野牛皮”掌权后，咸州粟鞨各部逐渐停止了诸如越界行猎、挖参、入寇掳掠之类的逆行，对大宁朝愈发恭顺，辽东边患亦一日少似一日。

西南边地自从宣大边兵进驻弹压，“盐铁归流”直至逐步“改土归流”后，苗民、瑶民、壮民、仡佬民普受教化，世袭土司在受封加衔的同时，也逐步将实权交给了朝廷派来的“流官”同知。

始闻儒圣沐化的黔滇两省诸夷不仅鲜有造反作乱之行，更是作为主力兵员参加了天朝征讨西南属国的重大战役，并一路高歌猛进攻入了临番的陪都。

“生错世道了！”在那些弥漫着青烟薄雾的晨晨昏昏，一些和李敬忠出身相同的北地边军后裔，常常会望着堡外叠嶂的山峦，一边擦拭着祖传的诸般军械，一边不住地发出长吁短叹。

对于这些人，李敬忠向来都是嗤之以鼻的。

驻扎在安平卫的北地边兵后人分两种。

一些人，日夜憧憬着其祖辈所经历过的那些“奋长刀直入大漠孤烟、扬铁蹄踏碎长河落日”的豪壮岁月。

“这西南边陲有甚好处？山地纵横驰不得马，湿气逼人放不得铳！整日里做些巡山穿林的勾当，和黔灵山的猴子一个调调！”

而另一部分人，则爱死了这片虽地处西南，却堪比“山里江南”的温润乡土。柔和的空气、秀丽的山涧、魅惑的夷女。

虽然砍首级升官换赏银的机会不多，但是安平卫乃黔滇咽喉要地，和砍东奴北虏首级积功换银钱换官位相比，守在这条联通内地与西南的锁钥驿道上，只要脑子活分些……发财的机会反而更多，风险也更小!

这两种人在安平卫内所占的比例大概一半一半，李敬忠属于后者。

大宁朝天勤三年，与天朝隔海相望的弹丸岛国敷州国“关白”作乱，发倭兵 7 万侵略天朝属国高鲜，一月内高鲜全境八州道便被倭兵攻占了七个，高鲜王于宁高边境之畔泣血上表请天兵助战。闻讯后，天朝迅疾发天兵数万翻山泛海往救。

高鲜乃北地多山之国，辽东边兵多为骑兵，不利山地攻城步战。蔺成栋义子，咸州左卫指挥使“野牛皮”主动请缨，派遣所部三千余粟鞨兵甲与大宁天兵一道进入高鲜助战。

“高鲜与粟鞨乃宿世之敌，高鲜人恶东奴，尤甚倭寇！加之粟鞨乃无常小人，此番允粟鞨兵随军助战，乃权宜之计，宜速调善山地步战之精兵三千人入高鲜弹压制衡。”

出身北地，曾与北虏血战多年，又久驻西南多山之地。中枢阁僚口中所谓的“善山地步战”之兵，指的正是这部驻扎于安平卫所的宣大边军后裔！

一纸调令随即从大宁国都传到了安平卫。

安平卫内群山竞秀，去往滇云的驿道在其治内随山势自然形成一个马蹄形，马蹄形驿路将卫城环抱其中，沿路险要之地耸立着六处堡城，座座均有一夫当关万夫莫开之势，入滇的调防军队、往来商旅沿安平最东侧的云山屯入境直至最西侧的云龙屯离境需耗时三天。安平卫城仅与云龙屯堡城有一险道相通。

若有来自内地的敌军想要攻占安平卫，需一座接一座地连续攻占六座险要山城，除此之外别无他法。但自安平卫城直至滇云首府昆州，则再无其他雄关要隘。

因此，安平卫自来便有“滇锁咽喉”之称。但承平日久，卫内可战之兵其实已不足四千，六堡之中仍有成建制兵丁驻守的城池只有最东侧的云山、最西侧的云龙以及临近云龙的云坝三堡。

安平去高鲜七千余里，传闻中倭兵凶悍异常。此地兵丁距上一次大规模开兵出阵已足足过去了六十余载。卫内军兵对于此次驰援藩属的态度持有截然不同的两种立场。

一半兵丁闻讯后便摩拳擦掌地想要砍些倭首以资晋身之阶，另一半兵丁则谈倭色变，百般推诿，甚至隐然有哗变之势！

安平卫指挥使为尽可能皆大欢喜地凑足逐倭援高之兵，只能发下榜文，征募卫内义士主动报名。

“羽檄从北来，厉马登高堤，名编壮士籍，不得中顾私！”

“援高派”兵丁壮怀激烈地在书办处报上了姓名。一日之间便即凑齐了两千余丁。指挥使又恩威并济地动员了六百余“守土派”兵丁，将卫里能用的弗朗机炮、虎蹲炮、三眼铳尽数拨付给了出征的军队，兵部委任安平卫指挥同知为领军参将，赴援众军齐集云山屯堡待命。

出征当日，指挥使临阵赐酒，三声炮响后，援助高鲜的“三千”山地战兵缓缓离城远去。

总旗李敬忠与其他留守堡内的军兵肃立于校场，为“援高军”同袍践行。庄严肃穆之际，李敬忠听见本队百户白志刚在一旁幽幽地嘟囔起了不合时宜的话语。

“今与山鬼临，残兵哭辽水！哎，这群黄口小儿，岂不知在八百多年前的‘三征高鲜’之役中，中原朝廷先后在高鲜境内折兵近２０万众？

如此咄咄信史，为何仍不奉之为前车之鉴？等着吧，要不了多久，便会有人从故纸堆中翻出那首‘无向辽东浪死歌’，向四下里悄悄传唱咯……”

云山屯堡编制兵丁1200人，实驻700余人，此役，云山屯近三百官兵“志愿”援高，原本就显得空旷的屯堡，瞬间变得更加寂寥。

日子该过还得过，大军北去后，云山堡的一切仍旧如常。

直到战报自前线次第传来之时。

援高天兵在辽镇总兵，蔺家大公子蔺如风的率领下，以摧枯拉朽之势一战收复高鲜北部重镇陪都平镶。

是役，安平卫军兵驱三千粟鞨兵猛攻平镶城外第一制高点牡丹峰，最终在粟鞨兵付出一百余人伤亡的代价后占领该峰，辽东边兵在牡丹峰上架起弗朗机炮猛轰城头，大军乘势杀上城墙，平镶城自此光复。

接下来，因是步兵，安平卫军兵没有参与在高鲜国都王京城外打响的“青羽馆之战”，该战系因援高军主帅蔺如风率两千辽东铁骑轻敌冒进，被三万余倭兵重重围困，虽然最终突围而出并乘势烧毁了倭军囤积于王京附近的大批粮草，但辽东铁骑的精锐却于此役中遭到了近乎毁灭性的打击……

盘踞于王京的倭兵在粮草被烧后仓皇撤军，安平卫援兵便随大军一道，一路高歌猛进横扫倭军，接战之时，前有粟鞨签军以供驱使，后有辽东铁骑引为强援，这仗打得也算是顺风顺水。

现在，天兵将倭寇尽数驱进了位于高鲜南部海岸线上的三座城池之中，并对三城日夜攻打，想必不日就能克城歼倭，铸就全功！

每当战报传回，堡内出征将士的家眷就会聚在一起欢天喜地庆祝一番。听着别人家中传出的袅袅凯歌，“乡土派”家眷的心里不由得泛起了阵阵酸涩，有意无意地，也开始对自家当家人甩起了脸色。

“命运不济啊，这倭寇怎地就如此不经打？白白便宜了这群援高竖子！”

一日，正当留守堡内的同袍在闻听军报后发出叹息之际，坐在一旁的百户白志刚当头将一个陶茶壶砸向了说话之人。

“你们懂个屌！那敷州国已板荡百年，以咱们屯堡承平日久之卒，对敷州百战之兵，想要全须全尾地赢到最后，又谈何容易！”

李敬忠听后暗暗颔首，他和那些大头兵不同，他是总旗，还读过几年私塾，闲暇时分，偶尔也会翻翻书，四书五经看不进去，兵法战册也不对他胃口，但那历朝史书他还是能够兑付着读上几页的。

他晓得，历朝历代，南兵北伐往往都是先小胜再大败，赢着赢着就把命搭进去了！这像是一个魔咒，横亘千年困扰着一朝一朝的南兵，安平卫的援高军兵又如何？

和自己一样，打祖上三代起就没打过硬仗，平日里给私盐贩子保保驾倒是熟门熟路，这一次劳师千里去那苦寒北地和倭寇血战经年……在他看起来简直就像是梦里边的事情一样。

退一步讲，就算是此次援高注定大捷，他也不想去凑那热闹，媳妇这几年中已经先后给他生了三个娃崽儿，不当值时带着俩儿子去山里打打猎，回家再让女儿用小拳头给自己捶捶腰，等着浑家用干辣椒把打来的山鸡野兔炒香，喝着烧酒数着盐贩子烟贩子按时纳上的贡钱——和开兵见仗比起来，这才是他李敬忠最喜欢的生活。

更何况白志刚曾经私下里和他说过，大宁朝近年来的世道，寂静得有些瘆人，这可不是什么好兆头。在这种举国上下的沉寂中，保不齐就酝酿着大动乱。李敬忠信的人不多，但本队上官、百户白志刚却是头一个！

光阴如梭，李敬忠已经渐渐地习惯了自己独行时，堡内一条条青石曲径所发出的空寂回响。

每年除夕前的一段时间里，黔贵群山总会有那么几日天气突然间变得极冷，萧索的冬雨淋着淋着，便会凝成漫天的碎雪飘然而下，将层峦中的各处屯堡无声地晕染成素淡的丹青水墨。

到了这个时候，地势最高的云龙屯烽燧山垭口必然会因大雪封山而驿路中断，商旅不行。整个卫所也会随之进入一片闲适之中。相熟的兵丁们围坐于火塘前，煮上一个锅子，就着折耳根和糊辣椒调制的蘸水，围炉把酒，品咂着冬夜的闲寂。

正是在腊月二十二这天，安平卫指挥使的传令亲兵叩开了云山堡的城门。亲兵从云坝踏雪而来，所穿的鸳鸯战袄上已经结了一层厚重的冰甲。

“护理云山堡千户、正百户白志刚听令！”——由于云山屯堡该管千户李星燃随援高军出征未归，堡内千户暂由白志刚护理担任。

“标下在。”

“指挥使大人有令，除留值星总旗严守关隘外，云山屯堡总旗以上军校即刻前往卫城议事！”

白志刚不敢怠慢，当下率堡内一名百户、一名试百户，九名总旗冒雪向卫城疾进。

奇了怪了，这年根下又能有什么紧急军情呢？西南方不太安分的属国在二十年前差点被滇云沐家灭国，世传其五十年内绝无再战之力；诸夷虽仍旧与汉人分地而居，但日受王道教化，且在盐铁上受汉官节制，非大变当无造反之心。难不成是……

想到这节，李敬忠心中一凛，紧行几步来到白志刚身边，还未开口相问，便听白志刚说道：“也不知堡内蜡染铺子里的白坯布，存得够不够多……”

“老白，真是援高军出了岔子？”白志刚比李敬忠大三岁，二人总角之交，经年投契，因此私下里，李敬忠对自己的这位直管上官以朋友之礼视之。

“两朝高事纪略你也看过吧，那高鲜乃狭长半岛，土地贫瘠，三面环海，我大军数万兵丁屯坚城之下算来已是一季有余，人吃马嚼，日耗万石。

援高大军有辽东铁骑、浙军鸳鸯兵、我黔军山地步卒、蓟镇车营、宣大炮营，更有几千粟鞨签军！互为派系，明争暗斗……

如此久驻于倭军坚城之下，难保不出乱子！若是战况起了反复，那辽东铁骑、蓟镇车营乃是骑兵，来去从容，尚有生机，我黔军山地步卒……以后，等着我们的，也许是另一种日子咯……”

众人离堡之时在官给的鸳鸯战袄外又披了厚厚的兽皮大氅，皮大氅上还罩了蓑衣与斗笠，这一路虽霜雪纷飞，但大家的身上却还暖和。

此时，白志刚的这席话，却如一盆冰水般兜头浇在了李敬忠的身上，彻骨的寒意伴着刺痛一瞬间浸满了他的胸臆。

到卫城的百里驿路，怎地竟如此之长……

第三日里，风雪渐歇，冰雨又起，众人与云龙卫官佐一并进入卫城。往日里御下宽仁温厚的卫指挥使破天荒地没有让远来的部属略作歇息就直接将众人召进了官衙之中。

朔风渐止，几缕阳光刺透沉郁的阴云，映得老旧的官厅忽明忽暗。

指挥使恹恹地缩在太师椅内，面无表情地环视着众人，嘴巴微张，旋即又闭紧，一声长叹后，将攥在手中的一封飞鸽密讯及案头的一本《两朝高事纪略》扔到了云龙堡副千户面前。

大宁朝历来靠信鸽与驿站传递军情。信鸽虽快，可靠性却差些。因此，往往是由信鸽携带简要加密讯息先行，正式公文则经驿站由陆路传送，这样一来，可以保证军情公文传递既迅捷又详实。

所谓飞鸽密讯，说来也简单。各卫所案牍库内数百册作为鸽讯密本的官修经史案牍编号各不相同，且定期轮换。鸽讯中只载数字，用时需根据鸽讯上所载密码母本编号顺序找到正确的一本或数本母本，再对照鸽讯上记载的文字序号即可译出简要的军情、命令。

云龙堡副千户逐字对照，提笔于宣纸之上徐徐誊写，在厅内众官的注视下，毛笔的速度越来越慢，继而笔尖开始微微颤抖，待译好鸽讯后，云龙堡副千户竟然呆呆地怔住了……

“念吧！”自众人来官衙议事后，指挥使第一次开了腔。和往日比起，那声音显得沙哑异常。

“天兵汇攻于蔚山城下，将克时，炮突炸，引燃药子。大军遂退，以安平军督粟鞨兵殿后。

粟羁军叛，弹压之，两军皆没。

天兵军威遂壮，回攻倭城，一鼓而克。

现着安平驻防诸军即刻起整顿军马器械，以备征伐。另调镇远卫兵丁赴安平卫防守，粮草营寨，按律供给。”

短暂的凝滞后，众军校一齐从交椅上跳了起了，一缕缕尘灰从官衙的房梁上簌簌而落。

“没了？咱们的人全没了？？”

“千户大人也没了？朱百户、秦总旗他们都回不来了？”

众军校虽为宣镇世袭军户，但在这西南之地，自打其祖父那辈起，就一直无甚大乱。大家平日里在屯种戍田之余，每月会依例持军械操演两次。

所经历的实战，也不过就是偶尔去追缴一下不成气候的小股夷匪。当然，个别胆大心恶的军户，还会暗地里帮着相熟的商号做些假扮匪徒，截杀行商的勾当。

至于那种千军万马的大合战，对他们来说，不过是儿时长夜里听祖父所讲起的那些早已褪色的往事而已。此番突然间听闻自己朝夕相处且数辈比邻而居的同袍竟在这轻轻巧巧的几行字间就全军尽没了……

众人一时间几欲发狂，却又恶寒上身通体无力……

“罢了，本官现在也无甚方寸，你等回堡后，立刻收拢流散兵丁，暗中点验一应军械，看样子要轮到我带儿郎们出征了，自开朝以来，这种几千兵丁疆场殉国之事不胜枚举，就是咱们的祖辈也经历过金木堡国殇。

大家都是军户！是大宁朝在编在册的正牌卫所驻军！千万别因为种了几年安生地，就真把自己当作寻常农夫了……军令难违，你们速速回去吧！

对了，此军情暂时保密，等驿站的正式廷寄来了再行对堡内援高军兵家属公布吧……无论如何，这年，总还是得过啊！”

霏霏雨雪于大年二十九那天逐渐停歇，稀稀落落的爆竹声中，几盏飘摇的彩灯在堡内幽暗的石板巷内没精打采地泛着浮光。

一众军校虽一直严守着从卫城带回的秘密，但援高军的眷属们似乎仍然从他们皱紧的眉宇间读出了几分异样的讯息。

焦灼与凝重从人们心头溢出，无声地漫过各家高耸的石墙，在曲径中交汇，给峰峦间的屯堡罩上一层厚重的阴霾。

新年，终究还是到了。

亥时过，众官于堡内官厅汇齐，默默相对，半晌无言。

“白大人，咱们真得去高鲜打倭寇？能不能想法子不去高鲜？”

试百户兰齐在与百户张自强交换了一个眼色后，闷闷地开了口。

“是啊，那些想去高鲜博军功的现在都殉国了，虽然惨了点，但好歹也算是求仁得仁。我们这些弟兄和他们可不一样，我打从下生起，就没动过上阵搏杀的心思！”

众官纷纷附和道。

“想不到这倭寇竟如此凶暴！留守的这些兄弟到底是啥斤两？咱们的心里可都清楚得很——还不如前一波的那些人呢！既然他们都全军覆没了，那咱们肯定也一样打不赢倭寇啊！！”

“倭寇？你道上峰让咱们去高鲜当真是为了打倭寇吗？”

白志刚揪住一名总旗的话头，冷冷地说道。

“这次的战场在高鲜，不在咱大宁境内也不在敷洲国，这一役后，倭寇肯定也没有再战之力了。上峰调咱们出征，可能是要对付东奴！”

“粟靺人？阿弥陀佛，粟鞨人可不好打！”

大宁军队向来以首级记军功，而敌军首级亦有高低贵贱之分，从开国起直至隆祺朝开设马市前后，北虏首级最值钱。砍一颗成年北虏男丁之级可换赏银30两或升官半级。而同期的一颗西南蛮夷首级只能换取赏银5两。

随后到了闹倭患时，一颗真倭首级可获赏银二十两，但倭寇中真倭的数量，却向来是稀少得紧。

近些年，大宁宇内最值钱的首级，则非东奴粟鞨之首莫属。而且，那行情也是一路看涨，由原来的十五两一级升到现在30两 一级并升官半级。由此可见，这东奴粟鞨之首，并不好砍……

厅内纷乱喧嚣，半晌不息……

“日他先人的，听说那关外到了冬天能冻死人，晓得什么叫滴水成冰不？人要是在 野地里解个手，得拿一根棍子，一边解一边敲，不然没等你解完手，尿就冻成冰棍了！”

“休要诓我们，照这么说来，那东奴岂不是一不小心就会被冻成太监了？怎地这些年人丁一点都不见少呢？”

“那粟鞨人其实就是大前朝时的女芝人，人丁打他们祖宗起就不多，古书上有云：女芝不满万，满万不可敌！也不知现在这粟鞨有多少丁口了？”

“去年兵部上官来安平卫巡检时我随驾扈从了几天，上官儿说，近些年不少汉人要么是因为年景不好，要么是因为犯了案躲官，都跑到粟鞨地界去求活路，久而久之，也变成了粟鞨人，这类人的首级也能值30两呢！”

“值30两50两有个屁用！你得有能耐砍还得有命花不是！这堡里能打的人有一个算一个，都去援高了，现在呢，尸首在那高鲜的雪地里保不齐都被狼撕狗扯地啃散架子了！”

“嘶……”此话一出，聒噪立止。众人心中均是一紧，霎时间，厅内阴冷的寒气仿佛又重了几分。

李敬忠在火塘上了烤了烤手，说道：

“你们谁爱去谁去，反正老子不去！”这句话随着一串哈气出口，斩钉截铁。绵长的哈气在火光中渐渐消散，余音却仍旧绕梁不息。

“娘卖皮的，老子也不去！天下那么多卫所，凭什么只调咱们去闯那鬼门关！”

“等开春了老子还要给二小子招亲呢，老子也不去辽东！”

“老子媳妇比你家的漂亮，你都不去，老子更不能去送死！”

“可是上峰的军令马上就要下来了，不去也得去啊，不去，就是哗变，是造反，要砍脑袋的！”

“去了不也是让东奴砍脑袋吗？听说那粟鞨人穷的不成样，砍了咱大宁官兵的脑袋后舍不得扔，专取那天灵盖当酒碗用！”

厅内众人再次造出了阵阵声浪。

“都别聒噪了！大家伙说这些牢骚话有甚用，还不是一样去那苦寒之地当狼食？蛇无头不行，现下堡里这些人，有谁当得起人杰二字？”李敬忠站起身来大吼道。

众官一时间齐刷刷地看向了坐在主位上低头不语的白志刚。

“对，在咱云山屯，在这安平卫，就数白百户是人杰，我李敬忠就信白百户的！”

“对，百户大人是人杰，现在必须要请百户大人担起担子，给全堡人做主！”众军校纷纷应道。

“白百户，老朽虽然也是百户，但这些年来凡事都是唯你马首是瞻的，千户大人在时，大小诸事也都是与你商量后方才能拿定主意。

如今，你张大哥老了，也不想带着你侄子一起出关去当狼食，你就替全堡上下想个法子吧！”百户张自强沙哑的声音如钝刀一样缓缓响起，带着铁锈的刀锋，慢慢地划开了厅中军校们的心尖。

“对，白大人，你有大将之才，我们全堡老少都听您的，何去何从，你划下道，是哗变是造反，我兰齐眼睛都不眨一下！”

“全凭大人做主！大人带咱哗变了散进山里落草吧，反正一时半会朝廷也腾不出兵来围剿咱们！”

“哗变是死，去辽东也是死，莫不如死在家门口舒服些！”

众人一时间热血沸腾，细细想来，连只会剿匪、扮匪的安平卫官兵都成了上峰心里挂了号的精锐，这西南之地的可战之兵，当真是不多了……

“普天之下莫非王土，这造反、哗变，是万万行不通的……咱们是大宁卫所官兵，当年祖上从宣镇移防至此，为的就是替朝廷以武力弹压西南诸夷，保大宁江山万世稳固。现如今，西夷都老实了，不生事，不造反，因此上峰才打起了调咱们去辽东的算盘。

飞鸟尽，良弓藏！咱们安平卫号称‘滇锁咽喉’，是真正的战略要地。可就是因为咱们的祖辈太过骁勇，三下两下就将西南蛮夷彻底收拾服帖了，这些年咱们这里才得以名副其实，又安又平……

可是一但安平了，朝廷里那些只会写八股文的二杆子文官儿们就忘了咱们这里也是战略要地了……那天朝廷的鸽讯上说，要调镇远卫官兵来安顺协防……”白志刚不紧不慢地打断了众人的话头。

“可不是嘛，这上峰也真昏聩，镇远卫乃黔贵卫所，和咱安平大山里的侗蛮互相砍杀了一百多年，好几代的世仇，让他们来安平协防，是嫌这世道太过……”兰齐说到这里，突然停了下来，“白大人，莫非……”

白志刚站起身，拿火钳捅了捅火塘里忽明忽暗的余炭，

“这火还是不够旺啊！”

他随手又向火塘中扔了几块新炭，瞬间腾跃的火苗，映着白志刚嘴角处若有若无的笑意。

“咱们，得给这火塘里加点炭，然后，再捅上一捅！”

正月十七，一骑驿马冲破由春雨组成的幕帘——安平卫援高军全军尽没并调余下军兵赴辽东集结的正式公文终于到了。

安平卫留守军兵默默地准备着军马器械，同时，百户白志刚晋为副千户领千户事，正式成为云山屯堡的最高长官。

据挺寄所述——蔚山大捷后，残余倭寇全军登船，撤回敷州。

此时，迟来的大宁水军终于抵达战场，于海路对倭军进行截击，击溃倭兵船阵，击沉兵船若干，焚溺倭兵无算，生擒倭将23员，倭兵700余名……

援高大军除留一部驻守高鲜遂行善后诸事外，其余各军陆续班师，但这些得胜之师却并没有回防原驻地，而是于辽东宽田卫、廖月卫、开阳卫屯驻。

按照公文中的说法，此抗倭援高一役大宁天兵斩获全功。但圣上却仍旧下旨调延绥边军、桂西狼兵、浙军、黔军迅速往辽东集结，其中意味，不言而喻。

副千户白志刚觐见卫指挥使，主动承担了安平卫余下诸军出征时的善后诸事。指挥使以其精明干练、为人谦和之故，命白志刚于安平卫主力出征后，全权与换防而至的镇远卫官兵进行接洽。待换防完毕，再率云山屯军兵出征，在征途中与卫所主力汇合。

正月二十六，安平卫军兵放炮出征，与前次不同，此次出征的队伍中弥漫着浓浓的悲凉之情，在官道两旁盛开的油菜花丛中，千余人的队伍竟零落出了三里有余，指挥使直属的亲信军校穿着褪色的棉甲，骑在滇地小马上往来巡查，尽全力想让出征队伍变得紧凑些。

若是让兵丁中存着逃亡心术的人在路上都跑散了，恐怕还不到辽东，指挥使大人便会成为一员光杆将领了……

二月初，第一批200名换防至此的镇远卫军兵进驻云龙，至月中，陆续又有镇远卫军兵及家眷经过云山屯堡。

“镇远真不赖，当真是水陆通衢，富得流油，你看这镇远来的黔贵土兵现如今竟然比咱宣镇出身的边兵装备还要好上一些！”李敬忠等云山屯堡军校一边默默感叹，一边准备着、等待着……

终于，这一天来了，据探马回报，明天，最后一批镇远卫换防人马将通过屯堡，队伍大部分是换防诸军的家眷，仅有一哨军兵护送。

而在这一天午夜，那个人也会一如既往地来到云山屯中寨的那条小巷子，一扇蓬门将为他打开，里面，有一团炙热的火焰在等待着将他吞没，与他一起燃烧……

如烟的雨幕中，李敬忠带着手下隐伏在阴影下，紧握解首刀，刀背朝外，静候着那人的到来……

此刻，他已经带人在这里守了快两个时辰，李敬忠藏身于一处断塌的石墙旁，手下的三名小旗官分别躲在路边的柴垛后、茅厕内和沟渠中。

最初的亢奋正悄然从他们的身体中飘散，残旧的战袄已然被水气浸湿，三月的黔贵花红柳绿，春意融融，但此刻更深露重，间或一阵冷风吹过，李敬忠不由得微微颤抖。

“想解手……”他再次放下手中的短刀，轻轻脱下外裤，对着石墙方便起来。“也没多少啊，怎地刚刚如此着急？”

就在此时，一阵轻快的脚步声从小径深处传来，恍惚的月色中，一名男子的身影依稀可辨。

“来了！”李敬忠慌忙提上裤子，此时若是再俯身从黑暗中去摸索方才放下的解首刀定然是来不及了，他当机立断地随手从石墙上抠下一块拳头大小的青石，率先一跃而出！

奈何脚下的石板路实在太滑，这一次在脑海中酝酿了无数遍的腾跃，最终却变成了扑跌……虽有碍观瞻，但实际效果却似乎更好些——脚下一滑的李敬忠刚好扑进了来人的怀里。

李敬忠运起手中的石块猛地砸向眼前的汉子，汉子本已拔刀在手准备捅刺李敬忠的小腹，但这一砸的力道却大得惊人，只听那汉子的肩胛处发出一声脆响，右手的力道也随之卸了。

“小三子，老谷，罗烟杆，你们他娘地快上啊！”

李敬忠一边喊着，一边继续挥舞着手中的石块。

埋伏于他处的手下们终于回过了神，先后加入了战团，众人如叠罗汉一般滚倒在地……

“手，手，抓住他的手！”

“老谷别掐他脖子，千户要咱抓活的！”

“小三子，你绑的是我的手！”

一阵喧嚣后，巷子里又恢复了平静。来人已被五花大绑，此刻正被小三子坐于身下。

“你们几个兔崽子反应真他娘地慢！我和他打了那么长时间，你们才上！”

李敬忠躺在地上气喘吁吁地数落着手下们：“小三子，你轻点坐他，别让那厮死球了！还有老谷，千户要捉活的，你方才还使那么大力气掐他脖子，掐死那厮咱们怎么交差？哎，老谷？老谷呢！老谷怎么没了！”

蓦地，李敬忠发现属下的三个小旗此刻只剩两人，他慌忙起身，却感觉小腹间一阵刺痛。

“老子受伤了？老子受伤了！”一阵惊惧排山倒海般地朝李敬忠袭来，他战栗着想从青石板上爬起，却发觉力气正一点一点地沿小腹处的伤口朝体外溢出……

第二章
敏　敏

驿路随山势蜿蜒而上，云雾中，六十余匹滇云小马细碎的马蹄声隐约可闻。一队人马从白云深处走出，迎着迷蒙的碎雨，隐没在淡黄的油菜花丛中。春风从山峦间升起，吹皱层层云幕，不远处，一座绿色的屯堡遥遥可望。

“哇！这就是云门屯了！”陈綦敏拍了拍驯良的坐骑，看着越来越近的云门屯堡，由衷地惊叹道。

云门屯乃是安平卫六堡中自东向西的第二座堡城，虎踞于云山之巅，颇有些坐望河山的雄关气象。

西南边势日趋平稳，在一个甲子的岁月中，安平卫足额的7000余战兵逐年流失，以至于援高前全卫兵丁只剩下4000余人。

这4000余兵分别屯驻于云山、云龙、云坝及卫城四地。随着兵丁的撤防，云门等其他三座堡城自然便日渐荒废了。

黔地多雨，云门屯堡年复一年地独立于流云之间，终日与潮湿的雨雾为伴，耳鬓厮磨间，青苔和藤蔓逐渐爬上了青石筑成的堡墙，最后终于变成了一座通体翠绿的关隘。远远望去，竟不似人间之所在。

陈綦敏自幼随父兄调防于蜀黔各地，却也是第一次见到这样奇幻的屯堡。

“咳咳咳”身侧传来一阵浮夸的咳声。“敏儿，注意点，你带着这个呢！”闺中密友林清指了指鬓角，轻声絮语道。

陈綦敏翻了翻白眼，作势要将别在鬓角处的白色绢花摘掉。直吓得林清连连摆手，她方才在浅笑中收了手。

“三国演义里讲，蜀国丞相在南征时，遇见了一股身披藤甲的蛮兵。那藤甲刀枪不入，坚固异常。清儿，你看这座屯堡，像不像书中的藤甲兵？”敏敏又一次被自己的联想逗得笑出了声。

“陈幺妹！我和你说过多少次了！这半年内在外人面前不能大笑！不能大笑！本来指挥同知家的老太太看你就‘青眼有加’，这时节，可千万别再额外给自己找麻烦了！好不好！”

这一笑，直气得平日里素来温婉端庄的林清也顾不上矜持，擎起手中的马鞭，作势要向陈綦敏抽去。哪知这一次突如其来的扬鞭，却着实将她的坐骑吓了一跳，小马用一次不高不低的腾跃朝主人还以颜色。就在骑术不精的林清即将被颠下马背之际，陈綦敏一把拽住了小马的缰绳，勒停了闺蜜惊厥的坐骑。

“哎呀呀！都是你不乖！害我差点被甩下了马！告诉你，我这个月的月事已经推迟了整整一天了！说不准我肚子里现在已经怀上宝宝了！”眼看屯堡就在眼前，惊魂未定的林清干脆舍了坐骑，徒步跟在敏敏的马旁。

“乖，舟车劳顿之际，月事定然会稍显紊乱。相信我，该来的终将会来，最多不出后日……哈哈哈！”看着身下一脸怒气的闺密，敏敏终究还是没能忍住笑声。

一阵浮夸的叹息，也随之从前方的小轿之中传来……

陈家乃是川蜀渝州路军户，敏敏的父母均已年过六旬，近年来一直在渝州老家颐养天年。陈家有三儿两女，世袭的千户官衔，由大哥陈知勇担当，二哥在大哥手下当了一名总旗，三哥则是播州卫指挥使麾下的一名亲兵，大姐则嫁给了本乡一名乡绅家中的独子。

前些年，湘西侗民小乱，陈知勇奉调率本部军兵移防至镇远卫，以阻断叛乱西延之势。大军开拔之日，12岁的小敏敏藏身于粮草车中，直至一百余里后方被大哥麾下的军卒发现。

大哥看着满头稻壳的幺妹，便猜出了幺妹这次离家出走的原因——不久前，小敏敏因打破了“娃娃亲未婚夫婿”的额头，而被娘亲重重地责罚了一番……

“哎，其实也不算什么要紧之事，都已经走了这么远了，你就随我一起去镇远吧！还能和你大嫂做个伴。”大哥苦笑着蹲下身，细心地将稻壳从幺妹的乱发中一一摘除。

大宁朝卫所兵丁调防，按惯例需携带家眷一同随行。这个小大哥10岁的陈家幺妹儿，就这样被兄嫂带在了身边，随军继续前往镇远。

侗民叛乱平息后，小敏敏继续赖在大哥家里不肯回川蜀。镇远卫连接湘黔，水路陆路四通八达，碧绿色的舞阳河从城中穿过，河道两岸商贾繁华，河道内舟船往来如穿梭一般。比起蜀地边陲的渝州路，生性灵动的敏敏感觉这里要更投她的脾气一些。

老父老母虽觉无奈，但转念一想，幺妹儿自幼在渝州山林中野蛮生长，而大嫂生性端良贤淑，深得长辈众人喜爱，与其让幺妹回渝州继续满山疯跑，不如在大嫂跟前学学德言容功……而且渝州与镇远两地间往来颇为便利，敏敏每年都可随卫所间的军驿回乡省亲。

流光易把良人抛，红了樱桃，绿了芭蕉。11年的时间倏然而过，一转眼，敏敏已经23岁了。

二老发现，虽然幺女在女红方面长进了不少，但脾气秉性和少女时相比，却并没有太多改变。倒是长子在家书中隐隐约约地提到，这些年间，自己原本温婉的媳妇，在脾气上倒是越来越像陈家幺妹了……

军户家的女子向来晚婚，父母亲准备等敏敏24岁时，再将她从兄嫂处召回，以便与结了娃娃亲的夫婿完婚。

敏敏“偷渡”镇远的第二年，长她五岁的娃娃亲未婚夫婿赵霆就袭了家中金羽卫世职。陈赵两家乃是三代世交，因此敏敏出生之时便与远在滇云锦江州的赵霆订了娃娃亲。赵霆是家中独子，双亲早没，陈母私下认为，这样一来倒也不错，省去了敏敏孝敬公婆的环节。不然顽劣的陈家幺妹，定然讨不得夫家的欢心！

这些年来，任职于滇云西北部锦江州金羽卫屯所的赵霆则时常与陈家二老书信往来，天勤三年春，赵霆修书一封告知陈家二老，锦江州金羽卫屯所的67名金羽卫将奉诏随安平卫援高军出征。

“想我天朝仁恩浩荡，恭顺者无困不援，跳梁者虽远必诛，金羽卫乃大宁羽林之才，此番出征，定能作为天兵之锋镝，以摧古拉朽之势荡平宇内之凶顽。

待大军凯旋之日，小婿必定返回渝州，与小姐结成百年之好。”

按朝廷惯例，滇黔蜀三行省乃是一盘棋局，三省金羽卫屯所均由金羽卫西南镇抚司统属。遇有战事，上峰视具体军情随机着锦江金羽卫负责安平卫军兵的情报哨探保障诸事，在西南司的运筹调拨中属寻常操作。当然，金羽卫随军出征，最大的作用乃是作监军之用。

两年后，在天兵凯旋的赞歌声中，安平卫援军全军尽没的军报在滇黔蜀各地却好似一声惊雷……

军报中虽然没有单独提及锦江州金羽卫的部分，但既然是“全军尽没”，想来那67名从征的金羽卫也一定逃不脱在兵火之中玉石俱焚的结局。

“可怜无定河边骨 犹是春闺梦里人”在敏敏心中，对赵霆这仅在幼时见过一面的小娃儿并没有什么特别的情愫。不过在听闻军报之时，她还是不由得幽幽地吟出了这句唐诗。

在她眼中，大哥麾下的800余军兵乃是世间的无双精兵，但坊间公认，黔贵最精锐的部队还要数安平卫的这几千宣镇边兵之后。然而，到了战场上，如此享誉西南的精锐步兵竟然一夕之间就全部化为了齑粉。

“如果这次出征的是大哥他们……”

想到这里，敏敏赶紧轻拍了一下自己的头，阻断了这个可怕的假设。

“那赵霆……算了，虽说幼时惹人厌烦，但现在怎么说也算是国之英烈，我还是遵从礼法，这几天着素服、带绢花吧……”

听敏敏这样说，颇有些大家闺秀气质的林清顿感欣慰，赶忙帮她买来了素服和白绢花。

一纸调令，让两千镇远驻军移防安平。此次军情紧急，为保安平卫军兵及时出征，陈知勇等镇远将校接令后即率正兵迅速开拔，朝安平卫方向倍道兼程而行。

调防官兵的一应家眷行李则分批随在大军之后徐徐而行。敏敏这一行百余人，是最后一批启程的镇远卫官兵家眷。

敏敏的大嫂携侄儿侄女已先期抵达云龙屯堡，长敏敏三岁的林清早已嫁为人妇，搬迁诸事从里到外均需亲力操持。作为从小一起长大的姐妹，敏敏主动推迟了行期，留下来助她一臂之力。费尽九牛二虎之力后，二人终于赶在出发前将行李细软收纳齐整捆放上了马背。

此番调动后，安平卫实有兵力只够分驻云龙、云坝及卫城三地，一行人昨日路过的云山屯军兵两日后也将启程开赴关外辽东，也许用不了多久，云山屯也会如这云门屯一般被苔痕侵阶了……

细雨渐歇，夕阳穿破云层，往天际线处蹒跚而去。敏敏等人踩着金色的余晖隐入了云门屯堡的碧波之中。

“这里真的真的真的很美!”

黔贵诸屯堡的规制大体相似，依山而建的关隘往往均由相隔不远的上中下三寨组成，众人宿在中寨宽敞的四方街旁，这一批家眷虽人数不多，却包含了指挥同知的老母、夫人、两二位小公子。护卫的两伍兵士在小旗官的指挥下搭灶埋锅，众家眷则在四方街周围寻屋而宿，按大宁律法，行人商旅不得私宿军堡，哪怕是荒废的军堡也不行。供普通客商歇脚的集市，还要出了屯堡向西再行六里方到。

晚霞悠然地从屯堡上空踱过，为满街的藤蔓绿萝涂上一层金色的剪影，敏敏从行囊中取出一个皮质小包，悄悄放入怀中，小口喝了一碗刚沸的茶汤，拿了一块腊肉。起身慢慢往下寨走去。

“陈幺妹儿，你又要去搞么子事情嘛！”身后，传来了林清的呼唤。

“今夜定然月朗星稀，我去堡门那里，把云门堡临摹下来，以后给你的宝宝看。”敏敏从青石路上流散的碎光中转过身子，朝林清比了一个噤声的手势。

“要是那帮人问起，”敏敏向指挥同知家眷的方向努了努嘴，“就说我相思成疾，去堡门那对月伤神去了！”

金乌西坠，玉壶当空，云门堡残破的女墙上，敏敏皓腕微悬、素手轻舞，采撷着流动的月色，描绘下满纸皎洁。

敏敏自幼喜丹青，平日里习惯将铅条与宣纸装入一个小皮包中，以备外出临摹速记之用。世间擅长笔墨丹青的女子中，读书破万卷之人并不鲜见，但是像她这样在读过书之余，又行过万里路的，却着实并不多见——时常“动如脱兔”的敏敏，也不乏静若处子之时。她对诗词歌赋笔记杂谈均有涉猎，虽不甚精，但比之整日枯坐书斋从文字里了解俗世的寻常女子，敏敏的绘画中更多了一些鲜活的感悟。

突然间，一阵嘈杂的脚步声踏破了这份空灵。

月光下，黑压压的一片人影正快步向云门屯的堡门处奔来。敏敏定睛细看，人数怕是不下一百。众人步履迅捷，顷刻间便来到了堡前的空地上。

若想悄无声息地逸去，已然是来不及了，好在敏敏身形娇小，足以藏进女墙后的藤蔓之中。

借着月光，她发现来人均做侗蛮打扮，但说的确是北方官话。

“罗三儿，先给项老秋宰了，你和罗四儿一会儿专管在撤退之时悄悄把尸首弃在显眼的所在，别的不用干，这事一定要给本官干明白了！”为首之人说道。

“得令！”那个叫罗三儿的一边低声唱了声诺，一边将一个五花大绑的矮小汉子踹跪于地，人群中，早有两人健步上前左右拧住了矮子的臂膀，矮子并不想就这样引颈就戮，他奋力地挣扎着，嘴里发出呜呜的声响。

“停！别从后面捅！从正面！”为首之人抱着臂膀指挥道。

刚要举刀的罗三儿当即收了势，转到跪地之人的正面，双手擎刀，白光一闪捌进了矮子的胸口，紧接着手腕一转将刀拔出，一片血雾随即从矮子的胸前喷涌而出！

“兰百户在黄昏之时就已探明，镇远卫家眷在中寨四方街周围宿营，守护兵丁仅十余人，全部集中在街口处，同知的家眷宿在东南角第三间房内，陈千户的妹子在东北角第一间，一会摸上去按照预先布置好的干，罗总旗你带人把护兵牵制住，剩下的家眷该杀谁、该抓谁、该放谁大家心里都有数吧！进了堡就把石头都含上，切记不可因口音而露了像……”

“这群歹人欲对我等不利！我要赶紧回去示警！想来这堡门处一定也有‘千户暗道’，就从那里走！”

敏敏缓缓起身，借着月光蹑手蹑脚地走下堡门，“千户暗道”入口应该就在堡门内的石马槽处，只需要再悄悄前行20余丈，就能够抵达了！

呼吸不能乱，一步一步地走，踩实了，慢慢抬脚，不要慌，稳住……还有几步台阶就下完了！啊……

不想，她的脚步声恰好惊起了一只栖息于堡门处的夜禽，黑暗中，大鸟拍打着翅膀朝闯入者袭来，敏敏陡然一惊，步调登时乱了，一脚踩空，跌在台阶下厚厚的青苔之中。

“完蛋了！快跑！”敏敏一跃而起跑向马槽旁千户暗道的入口，拨开藤蔓，果然，暗道入口就在这里！

“有细作！”与此同时，堡门外的众人也察觉出了异常。

“罗总旗，你带几个人赶紧把细作抓回来，咱们刚才说的话要是让人听了去，万事皆休！我一会亲自带人牵制守兵，弟兄们，咱们开干，今夜所做之事干系重大，干好了，咱们继续过安生日子，干不好，就只能当狼食了！”

为首之人刷的一声拔出了腰刀，月光从锋刃间流过，将他苍老的脸庞映在了寒水般的刀身上。

“别看这张百户平日里不声不响的，但到了关键时刻，也自有一番威严的仪态！”此时，看着云山堡百户军官张自强那张决绝的老脸，很多人的心头都闪出了这个想法。

“日拉坟！开干！”众黑影齐声低啸，随在张自强的身后，朝堡内奔去。

“快点！再快点！”

敏敏跌跌撞撞地在千户暗道中摸索前行，暗道内虽有一股霉味，但由于设计合理，倒也有空气在其间流通。白日进堡时，她曾下意识地做过判断，认为下寨的暗道入口，就应在马槽附近。

大宁西南屯堡规制皆同，这千户暗道乃是屯堡内一处不传之秘。蜿蜒的暗道于地底将堡内上中下三寨及堡外后山要道连为一体，出入口处的设置均十分隐秘，上寨、中寨的出入口处，均配置有千钧之重的断龙巨石。

遇有战事，如果屯堡堡门被敌军攻破，下寨失陷，守兵除正面坚守外，还可沿暗道潜至下寨，对敌军进行袭扰、围歼。战事不利时，堡内要人也可从暗道出堡直至后山。即使暗道被敌方得知，因中上寨出口均设置断龙巨石，敌军也无法利用暗道对守军进行包抄。

这密道入口设置得十分巧妙，外人就算是光天化日下与之近在咫尺，也无法窥其门径。加之此堡的密道口又被藤萝覆盖，追兵更是难觅其踪。进入密道后，敏敏晓得自己已暂时脱离了危险。但是林清等人的性命却仍旧危在旦夕。

“剩下的家眷该杀谁、该抓谁、该放谁大家心里都有数吧！”

一想到歹人头领刚刚所说之话，敏敏就不由得加快了脚步。此时她的双眼已渐渐适应了密道内的黑暗，借着从道壁通气孔中透进的月光，敏敏感觉密道已隐隐有上升之势。

“中寨与下寨相隔100余丈，现在一定是在爬中寨了！我应该可以比他们更快！”

然而，当她抵达中寨出口时，却发现巨大的断龙石不知在何年何月已然被人放下，而继续通往上寨的密道，也已经坍塌。敏敏从塌方处捡起一块碎石猛烈地敲击着头顶的断龙石。

“歹人来了！清儿！陆小旗！你们快起来！有歹人夜袭！”

沙哑的喊声在密道内回荡，然而断龙石上方，却仍是一片寂静，敏敏的声音里，已经带了哭腔。

突然，密道外隐约响起了妇孺的呼喊声！紧接着，哭叫声、金属撞击声、喝骂声、火铳击发声、哀嚎声接踵而至，敏敏翘起脚，让自己尽可能地靠近头顶的断龙石，紧张地倾听着外间的声响。

然而，不过一刻钟，外面的响声就渐渐停息了，屯堡内外再次陷入了一片寂静之中。敏敏后退两步，颓然坐倒在密道内，大声地哭了起来……

孤独和无助沿着高八尺宽一丈的密道汹涌地朝她袭来，将她身上的力气一点点吞噬、融化。此刻，仿佛只有大哭才能帮她抵住充盈在密道中的茫然和恐惧。

良久，黑暗之中的大哭，变成了细细的抽噎。

“接下来，我该怎么办，是出去，还是继续藏在这里？这群怪人是谁？为什么明明说的是北地官话，却穿着侗蛮的衣服？他们为什么要袭击我们？他们要抓谁？要放谁？又是……要杀谁……”

疑问接踵而来，敏敏试图一个一个地去想，却抓不住丝毫头绪，这种感觉让她心乱如麻，头疼欲裂。

咕……

原来是肚子叫了，从黄昏到现在，敏敏只喝了一碗茶汤，刚刚又在黑暗中摸索奔逃，此刻方觉腹中空空。

“不管了，先把肚子吃饱再慢慢想吧。”

腊肉还好好地揣在怀中。没有在刚刚那段“红佛夜奔”中掉落，简直称得上是个奇迹！这腊肉是清儿做的，三年多的腊肉，已经可以不用料理直接食用了，嗯，清儿的手就是巧，她做的腊肉比大嫂做的还好吃……可是……清儿她现在到底怎么样了？她有没有危险啊……

想到这里，敏敏的眼泪又不自主地开始滑落，但是……肚子好饿啊……敏敏一边抽噎，一边小口地吃着撕下的肉条。

咸香味和咀嚼声在密道中弥漫，冲淡了些许孤寒。

突然，敏敏停止了咀嚼。

“咕咚”她清楚地听见，有人在离她不远处吞了一下口水！

“谁！”敏敏大叫着一跃而起。将腊肉塞进怀中的同时，从地上抓起了一块尖锐的碎石。

然而，在四下观瞧了好一阵后，她终于确定，这密道内就只有自己一人。

“可能是因为太紧张，导致自己出现幻听了吧。”敏敏这样想着。

“肚子倒是吃饱了，但是口渴怎么解决呢？”为了防止再次被幻觉惊吓，敏敏开始自言自语起来。

可是就在这时，离她不远处的塌陷处却突然传来了窸窸窣窣的声响，俄而，一小节竹筒从塌陷处的缝隙中慢慢露出头来，“啪嗒”一声掉在了地上！

“什么人！”敏敏大叫着再次将那块尖石抓在了手中，她的嗓音自幼就有些沙哑，现在又加上口渴和惊骇，此刻在这幽深的密道内，听起来还是有些威慑力的。

“姑娘莫慌，我是好人！”

一阵低沉的男声，从坍塌处的另外一端传来。

突如其来的声音，在这个血火交织的暗夜里，竟然让敏敏悬紧的心，没来由地感到了些许踏实之感。

“呸！是好人你怎么一直藏着不出声？你为何会躲在这密道之中？你是何居心？有何企图？”

敏敏一边像三眼铳般接连提出疑问，一边仔细地查看着将二人隔开的塌方之处——除了有几个拳头大的缝隙外，密道已被掉落的大小石块紧紧堵死，有些石块的尺寸，足足比磨盘还要大出一圈来。

落石形成的石墙足有四尺多厚，这人虽与自己间不盈丈，但要是想穿过塌方前来侵犯自己，却需要从上寨的出口走出，再找到下寨的入口进入方能如愿，中寨的断龙石已然放下，想必上寨的断龙石八成也已经封死了出口，如此一来，这家伙要是想过来，就只能走堡外的出口了。

“嗯，放心了！”探明形势后，敏敏暗暗地松了一口气。

“我和你一样，也是为了躲那伙子歹人才进到这密道之中的。我要是刚刚在你歇斯底里时开口说话，你还不得被我吓疯了啊！

现在你哭也哭了喊也喊了吃也吃了，该发泄的都发泄了，肚子也饱了，我才敢现身，啊不对，是现声！

人嘛，就是这个样子咯。一念起，霎时间便会感觉脑中阴风怒号浊浪排空。一念落，又觉眼前春和景明波澜不惊。其中关键，就是将体内吹起那个念头的风释放出去。”隔着石墙，男人不慌不忙地侃侃而谈。

“哼！别以为我听不出来！你说的也是北地官话！和那帮歹人一样！说，你们是不是一伙的！”

“呸！那群歹人所说的也配叫官话？口音北不北，南不南的。

不是和你这个小丫头吹牛，能把官话说得像我这样的标准的人，普天之下也寻不出几个来！

对了，你方才不是念叨着口渴吗，快把那竹筒捡起来看看。”

“此人即便也是歹人，隔着厚厚的‘石墙’，也奈何不了我，我怕他作甚！”如此想着，敏敏的胆气也壮了。

她蹲下身子，依言拾起了滚落在自己脚边的竹筒，旋开竹封，一股清冽之气登时从桶中跳跃而出。

“呀，是竹酒！”敏敏开心地惊叹道。

黔贵一带，素来有在自然生长的竹竿内酿酒之习俗，所得佳酿虽不甚烈，却清香爽口，男女皆宜。

“哎呀，好怕好纠结啊，竹酒好香，本姑娘吃腊肉吃得也好渴，真想一口气全喝掉，可是，隔壁那人身份不明，也不晓得对本姑娘有什么企图，这酒里会不会有什么古怪的门道呢？”隔壁那人捏起嗓子，模仿着敏敏的口气贱贱地说道。

“告诉你，本姑娘现在正在朝你翻大白眼！”

敏敏果真翻了个大白眼，然后悄悄地将头上的银钗摘下，探入酒中，她依稀想起，在哪本不知名的笔记杂谈中似乎有这样的记载，说银子可以试毒。借着偷来的月光，敏敏发现放入酒中的银钗上，并没有发生什么异常的变化。

“傻妞懂得倒是挺多，想用银钗试毒？没用的，这世间毒药何止百种，银子只对几种毒药有反应。不喝的话盖好盖子再给我推回来，我的存货也不多了！哎，我欲将心向明月，奈何明月……”

怕什么，反正有石墙呢，没等那人说完，敏敏就已经横下了心，她双手捧起竹筒，狠狠地喝了一大口竹酒。

清冽的酒香直透肺腑，好爽！

“嘿嘿，在下没有看错，姑娘果然……那个够馋。我也喝一口，今天不错，明月佳人，春山对酌。此等风雅之境，人生几何？”

咕咚一声，一壁之隔外，那人似乎也喝了一大口。

“明月，只有透进来的这些许微光；佳人，和你隔着一堵石墙；春山里满是杀人越货的强盗……嘿嘿，此等风雅之境，的确是世所罕有。再说，你怎么知道我就是佳人了，告诉你，我其实是个丑姑娘。又老又丑，嘴歪眼斜的那种。”

不知不觉间，敏敏已经走到了塌方跟前，背靠石壁，抱膝而坐。那男人的声音里有种奇妙的东西，只凭这几句话，便让她不似刚才那般惶恐无依，一种莫名的踏实之感，在敏敏的心中时隐时现。

“嗯……那样的话就更加了不起了！这又哭又闹吃东西还特别香的老太婆，更是世所罕见的妙人！今日却和在下这区区一介凡夫俗子不期而遇了，啧啧，这叫造化呢，还是叫缘法呢？”

哎……都被他听见了……好羞……

“说正事，你为何也在这密道之中呢？”敏敏干咳一声，岔开了话头。

“我是能掐会算的登徒浪子啊，专门来此等候佳婆。”

“啪”的一声，敏敏朝石壁上砸了一块石头。

“别饶舌，你就当本姑娘现在是掌御驾、查缉、刑狱的金羽卫！你这个宵小之徒还不一五一十地将本官所问之事统统招来！方才你说自己是登徒浪子，我看这句话你便说得足够坦白!”

“本浪子现在饿了，没有力气说，要吃了腊肉方才有力气交代！”说话间，一把刀鞘从石壁处的缝隙中探了出来。

“哎~这人……”敏敏莞尔一笑，伸手把刀鞘从石缝中拽出， 用随身的帕子把剩下的小半块腊肉包好放在石缝口，再用刀鞘顶着，缓缓朝石壁另一头推去。

“好香啊。”收到腊肉后，那人吧嗒吧嗒地啃了起来。

“嗯，这是我朋友做的，她手特别巧，不仅腊肉做得好，像米皮啊、凉粉啊、破酥包子、红糖糌粑之类的，做的都好吃!”

“啊，我赞的不是腊肉之香……”

“不是腊肉，是什么？”

“算了，没什么……”

听声音，那人三两口便将一大块腊肉吃光了。不多时，一个油纸包又缓缓被刀鞘沿石缝推送了过来，敏敏伸手取过，打开一看，里面竟然包着一块酥油红糖锅盔。

“投我以木瓜，报之以琼琚，匪报也，永以为好也，边吃边听我说吧，我这里还有辣板鸭和牛干巴，竹酒虽然不多了，但是水还有一大囊。足够咱俩待上三四天的了。”

“为什么要待三四天？”

“我的同伴已经在昨夜赶往云龙搬兵平乱了，差不多三四天后可以返回，看你的样子，是被歹人追进这密道之中的吧。他们可不是一般的歹人，所谋之事甚大，你该不会又凑巧知晓了他们的机密吧？”

“嗯……”

“所以，在官兵到达之前，你就老老实实待在这密道里吧！你能找到这密道的入口，让我猜猜，你应该是镇远调防至此的千户陈知勇之妹，没错吧？老婆婆……大宁朝卫所当真是没救了，领兵千户竟然是又老又丑的老太婆的大哥，他老人家现在还能上得去马吗？”

“咦……你怎么知道我是谁？你到底是谁？”敏敏又一次朝石壁摔出了石头。

“我嘛……

流浪人归，亦若，回流川。

我是一个归家途中的游子,无意间知晓了歹人的机密，我的同伴们着急去云龙堡调兵平乱，对，没错，咱们现在遇见的，已经算得上是叛乱了！我身体有点小恙，没法在这山路上星夜疾驰，因此藏身于密道之中，待叛乱平定之后再继续我的归乡之旅……歹人说，家眷中有陈千总的妹妹，能跑进这千户密道之中，想必你就是咯~”

“归乡？你的家乡是哪里？”

“按理说，是滇云……”

“一派胡言！滇云人怎能是一口北地官话！”

“少小离家老大回，乡音已改鬓毛衰，婆婆相见不相识，怒问浪子何处归？”

“好吧，这个问题暂且先放下不谈，你又是怎么知道我哥是谁的？”

“我是从歹人那里听来的啊！你刚刚有没有看清他们的装扮？是不是穿着侗蛮的衣服？”

“对啊，穿侗蛮的衣服，说汉话，口音很像北方人，但是和你的口音还不完全一样……”

“既像北方话，又带点南方味，对吧？我来考考你，一群口音不南不北的人聚在一起，又会使兵器，又听号令……在你们黔贵，哪些人具备这些特点？

你是军户家的女儿，连这千户密道都能找到，这个问题应该也难不倒你！”

“你是说，这群歹人是安平驻军假扮的？”

既然话都说到了这个份上，敏敏当然没有回答不出的理由。

“可是，安平卫驻军与我们镇远卫军兵无冤无仇，为何又要穿上侗蛮的衣服来找我们行凶呢？”

“安平卫驻军和你们没有仇怨，可是这侗蛮和你们却有着血海深仇啊！云山屯外五十里，就有好几个侗蛮的寨子，宅子里的侗蛮和你们在镇远卫前些年平乱时镇压的侗蛮，同属一部。不少当年在镇远暴乱的侗蛮侥幸逃脱围捕后，都悄悄地投到了云山屯周边的侗寨里。”

“那就算他们冒充侗蛮挑起了镇远兵和真侗蛮之间的冲突，他们又能得到什么好处呢？安平卫军兵不是全都奉调往北地平倭乱了吗？现在满安平卫就只剩下云山堡一处，还剩几百军兵没有开拔了吧。”

“是啊，问题是，剩下的这四百军兵，他们不想走……”

“啊！”敏敏突然间恍然大悟！“他们想让镇远兵逼侗蛮叛乱！然后，安平卫一乱，他们就可以借口留下剿匪平乱，不用万里迢迢地去往东北赴援了！”

那人啪地拍了一下手。

“好聪明的姑娘！看来方才是在下把你看扁了，恕罪恕罪，请受在下一拜！”

“这算什么？本姑娘可是看过《三国》的！”那人的夸赞听起来诚挚无比，敏敏不禁微微得意，但马上意识到，这句话貌似并不单纯是夸奖。

“你刚刚是不是一直认为我傻乎乎的？”

“一点都不‘傻夫夫’的。”那人模仿敏敏的蜀地口音说道。“姑娘既熟读《三国》，在东奴粟鞨，便已经可以领兵为将了！”

“读了《三国》就能领兵？哈哈哈！既然粟鞨兵如此不堪，安平卫守军为何又对其畏之如虎？不对，不仅是安平卫，我听我大哥和同袍闲聊时也说过，粟鞨兵，似乎特别特别厉害！”

那人稍一沉默，轻叹一声后说道：

“这两国两军对阵疆场，往往比的不是谁更‘腻害’……”

（敏敏并没有意识到这人在时不时地学自己说话）

“决定胜负的，往往是谁更烂一些……粟鞨兵如果对上大宁开国时的金戈铁马，即使像现在一般占尽天时地利，也会被一往无前的大宁铁骑碾成齑粉。

但是现在，大宁的卫所从里到外已经烂透了，像安平卫驻军这般，又如何能够上阵厮杀？”

“嗯……”敏敏手托下巴，沉思了一下。“安平卫驻军的阴谋，你又是怎生知晓的？”

“我和几名同伴在赶路途中经过云山堡，发现整个屯堡气氛怪异，不似大军出征前的感觉，倒好像是要密谋兵变一般。因此我的伙伴秘密查访，发现几名军校在凌晨时分伏击一名侗蛮，这事就越发显得蹊跷了。

他们便悄无声息地捉了一名参与伏击的军校。严加拷问后，那人供述说，他们伏击的侗蛮，是一个侗寨的小头人，在云山堡内有一相好的暗娼，他们让暗娼假意约该人于当夜幽会，然后再将其活捉……”

“啊！我刚刚在城门处，看见乱兵杀了一个人，就是这个侗蛮小头人吗？”

“对，杀掉之后再去袭击你们，然后把尸首遗落在现场，就是如山铁证啊……乱兵原计划在你们明日行经十六里铺时动手，那里商旅多些，侗蛮造反的消息传得也就快些，然而现在行动却提前了，看来，是乱兵因我们出手掠人而察觉到了异常，才临时改变了计划。”

好歹毒！敏敏心头泛起了阵阵寒意……这让她忽略了一个问题——对面那人若是普通的差旅行商，为何又会对军兵叛乱之事如此感兴趣呢？

“我听他们说,要抓住几个人，放走一些，然后……还要杀掉几个人……”

“这个，我就不晓得咯……”

在这个问题上，他撒了谎，

“掳走指挥同知的家眷，杀掉陈千户的幺妹及几个倒霉蛋，余下的人放掉。”被擒获的军官详细地招出了云山堡乱军的整个计划。

“兄弟，无巧不成书啊！这镇远援兵陈千户的幺妹，和你有莫大干系！弄不好，那小丫头日后会坏了你的大事……看他们这怂样，这么机密的事情够呛能办好，要不要我暗中帮他们一把，把这柄悬在你头上的‘项上之刃’除了？”他的同伴一边说，一边用手比了一个砍头的手势。

“一切自有定数，能否脱险，看她自己的造化吧，和我无关。至于她能不能坏了我的事，那就要看我的造化了……你也知道，这么多年在我身上，凡是认真算计的事情最后反而都走样了。这次，就随缘吧……”

但是，他当时也不会想到，这个未曾谋面却与他干系重大的女人，此刻竟然以这样一种奇妙的方式出现在了他的身边……真真的造化弄人啊……

“一切看造化吧……不过，你应该不用担心，这帮叛乱的兵丁本事稀松平常，我估计这些人在平日里连血都没见过，你看，连你这样的小婆婆都抓不住，在这深夜里杀人、掳人，又谈何容易？不过，也不怪他们，寻常军兵，当然不知晓这密道的存在，不过，你大哥也是，这般的机密事宜，也敢告诉自家女眷！”

“不许你说我大哥坏话！”

“事实如此嘛~不然你是怎么晓得的……”

“哎，反正和你也不熟，就告诉你吧,那是我很小的时候……”

“嗯，很小很小的时候~先别急着说，喝点竹酒润润喉，你嗓子都哑了。”

“哦，我嗓子本来就容易哑嘛……”敏敏喝了一口竹酒，继续说道：

“你知道吗，我妈妈特别特别凶，家里有一个木盆，里面全是那种又小又圆的石子，这是她特意捡回来惩罚我三个哥哥用的，哥哥们谁要是犯了错，她就让他们去石子上跪着，总之，那些石子在我家是特别特别恐怖的存在……但是，可能是因为我比较乖巧的原因，我妈妈从来没让我去跪过……直到有一次，我把一个小男娃儿的脸给打坏了，差点伤到他的眼睛……”

“哦……特别特别乖巧的幺妹儿，把男娃儿的脸给打坏了啊……”那人低声笑道……

敏敏轻叹一声，其实那个被她打破脸的男娃儿，就是她的“未婚夫婿”——赵霆，那日赵霆在父亲的带领下来陈家认亲，宴席上，两家人团团围坐把酒言欢，敏敏却与内室中欢快的气氛格格不入，始终低头猛啃着一只猪脚，赵霆几次想与敏敏搭话而不得后，讪讪地说了一句赵家门风严谨，女人不能没有吃相。敏敏听后大怒，随手拿起酒杯掷去，刚好砸坏了赵霆的眼角。

“我妈妈特别特别生气，哗啦一声把石子全都倒在了地上，让我去跪。我一害怕，撒腿就跑了。

到了晚上，我想悄悄地从猫洞钻回家，以往我离家出走，都是晚上悄悄从猫洞钻回去的……但是那天，妈妈把猫洞也栓住了。到了亥时，天上又飘起了小雪，我冻得浑身发抖，只能钻进谷草堆里取暖。

过了一会，大哥悄悄地来了，给我带了吃的，然后又把我带到这密道里取暖。从此以后，我每次离家出走就都到这千户密道中待着。”

“活该！你给人家小男娃儿破了相，叫人家日后怎生娶媳妇。”

“那个小男娃儿，已经不在人世了……他在高鲜殉国了……”

“哦……原来是他啊……”那人没头没尾地说了一句。“忽见陌头杨柳色，悔教夫婿觅封侯。”沉默良久，那人方才幽幽地吟了一句诗。“你，喜欢他？”

“呵呵，就见过一面的人，怎么能称得上喜欢？但是，他现在变成忠魂了，作为军户家的女儿，我敬重他！”

“哦……”那人长长地叹了一口气，或者，用长长地出了一口气形容更为恰当……

“听我哥说，在高鲜是粟鞨兵临阵变节，才导致咱黔贵军全军覆没的？这粟鞨人当真可恶，朝廷这次调集重兵到东北，是为了征讨东奴，给死难的黔军将士报仇吧？”

“在粟鞨人看来，真正可恶的恰恰是关内的大宁朝廷！开国二百多年来，朝廷在东北的政策历来就是拉一部、打一部。那关外之地，有二十余个黔贵那么大，大大小小的部落根本数不过来，但名义上，他们全都受大宁的管辖。

离辽东比较近的，有三个部落联盟，咸州粟鞨、野鹤粟鞨、还有宁公特粟鞨。

历任东北边将看哪个部落壮大了，就带领其他部落寻个由头去给他打弱了，看哪个部落太弱了，就紧忙着再赏赐点贸易敕书扶持一下。这样一来，不仅这三大部落联盟之间战和不定，每个联盟内部也是时聚时散。在辽镇边军的挑唆下，这些部落之间互相征伐，抢敕书，抢人口，抢地盘……总之，在朝廷看来，粟鞨各部之间的关系越乱、仇恨越大，大宁的东北边疆也就越稳固！

但是，这个把戏已经连续玩了快二百年，粟鞨人就算再不开化，也能从中窥得端倪。各部以往积累的那些仇恨，渐渐地，已经全都转移到了大宁的身上。”

“你究竟是什么人？”

“我嘛……武人吧……很颠沛的那种！”

“哦，原来是家丁啊。”

大宁朝承平日久，卫所兵制渐渐废弛，各卫所丁数大都缺额，为了多吃空饷，卫所官长对缺额一事普遍听之任之。即使是在籍军兵，平日里或耕田或经商，早已与寻常百姓无异。偶尔出征之时，根本不堪一战。

为此，边地各级军官为了提升麾下军队战斗力，率先开创了私蓄家丁之策——用吃空饷所得的银钱，重金募集强悍的敢战之士作为私兵。这些家丁不在兵籍战册之中，平日专精武事，战时作为全军的锋矢，引领卫所军兵冲锋陷阵。

刚开始，各级边将对私蓄家丁一事往往还要想方设法地遮掩一番。可是到了近几十年，家丁已经渐渐成为边军中的标准配置，从而得到了朝廷的默许。就连圣旨之中，对“家丁”二字也时有提及。传说中，家丁尽是些穷凶极恶、冷血强悍之徒，那粟鞨之首“野牛皮”年轻之时就是辽东总兵蔺成栋麾下的一员亲信家丁。

当世时，评判一支军队战斗力高下的标准就是将领麾下家丁的多寡及勇悍程度，如此一来，各级将官空饷吃得越发凶狠，而卫所兵的战斗力也就越发低下……不过，私蓄家丁之风在西南驻军之中倒不似北地那般繁盛，或者说，因为西南无战事，家丁也就少了自己的用武之地。

可是，塌方后的那个人，虽然未曾见面，但无论如何敏敏也不会将他与家丁那种刀头舔血的敢死之士联系在一起，想到这里，敏敏心中充满了好奇。

“你……去过辽东？”

“去过。”简简单单的两字，却似乎包含着难以名状的惆怅与追忆。

“哦……”敏敏不想继续追问，一时间，密道内一阵沉寂。

良久，石缝之中又传来了窸窣声，这次刀鞘推过来的，是一件卷成一卷的披风。

“夜深了,早点睡吧……想听边关外东北的事情？我明天再给你慢慢讲吧！”那人轻轻地说道。

“有点睡不着……但是，还是睡吧……”

披风好大，足够将敏敏从头到脚盖得严严实实，想必，那人的身材也一定很高吧。披风上似乎还留有那人的余温，想到这里，敏敏的小脸微微地红了——还好有这堵塌方形成的石壁……

“睡不着，就听我唱首歌吧！”

那人好像又一次猜到了敏敏的心思……

今夕何夕兮，搴舟中流。
今日何日兮，得与王子同舟。
蒙羞被好兮，不訾诟耻。
心几烦而不绝兮，得知王子。
山有木兮木有枝，心悦君兮君不知。

一首本该清扬婉转的越人歌，却被那人唱得疏阔苍凉。低沉悠远的声音将敏敏周身包裹，从毛孔中钻进了她的身体，让她的心里有些热、有些痒。

余悸慢慢退去，莫名的安稳重回心头。敏敏的脑海中出现了幼时的画面——夏夜，小敏敏从邻居老婆婆那里听了“老变婆”的故事后心惊胆颤地逃回家中，看见四个哥哥正围坐在通红的火塘旁，心中的惊恐瞬间消散……敏敏走近四哥的身边坐下，努力想看清他的样子，却怎么也无法如愿。嗯？我不是只有三个哥哥吗？这四哥又是从哪里来的？哦，原来，这已经是在梦里了……

“看来，老天待我还不错，余生……哎，想那么远干什么……”

——石墙另一端，在敏敏轻轻打起的小呼噜声中。那人自言自语地说道。

阳光从密道的缝隙间照进，洒在敏敏的脸上，暖暖地拂去了清宵的残梦。

“还有两夜，就能出去了！”清晨被阳光叫醒，这一天都会有不错的运气！她这样想着。

“姑娘可算醒了……”

“嗯？”

“劳姑娘莲步轻移，在下要出恭……”

“嗨……你这人真是！”

敏敏站起身往下寨方向走了十余丈，其实，她也刚好想出恭呢。

“好了！姑娘请回吧！”那人遥遥地呼喊着！

敏敏微微一笑，又走回了石壁旁。

“有劳姑娘了，在下身上有点小伤，断骨处打着夹板，移动起来有些费力。这伤再过得几天便可以痊愈了，哎，我已经打了将近二百天夹板了！”

“昨天夜里听你说话，很有些登徒浪子的味道，怎么只隔了一夜，就变成谦谦君子了呢？”敏敏饶有兴致地调侃着对方。

“当时你初逢大变，心绪难平，我若是摆起一副道学先生的嘴脸，你这只小小的惊弓之鸟必定会整夜惊惧，扰我春睡。所以，才不得不做出一副登徒浪子的样子逗你开心。不过……昨夜虽逃过了哭声，却终是没能躲得过鼾声……到头来，我还是失算了……嗯，不愧是军户家的女儿！哈哈哈。”

“人家是淑女，淑女睡觉才不打鼾呢！你一定是做梦梦见有人打鼾了！”关于自己这个打鼾的毛病，敏敏其实是心知肚明的，但越是这样，她便越是要赖上一赖。

“说到做梦，你昨天夜里说梦话了，具体说什么我没听清，仿佛呢喃着什么四哥之类的……你有这么多哥哥？”

此时，昨晚的梦境仍旧依稀可忆，听到“四哥”二字，敏敏的心弦不禁又是微微一乱。好在那人对于此事只是偶然一提，并没有继续说起。

“虽然这密道之中晦暗难辨，但早膳还是要按时吃的。”随着他的话音，各种包裹着油纸的食物被狭长的刀鞘推着，沿石壁上的缝隙源源不断地掉到敏敏身边。

“竹筒给我，我给你兑些水，酒就只剩下一竹筒了，留到咱俩离开密道后月下对酌一番如何？”

“呵呵。怕是要扫公子的雅兴了，我的容貌，就如我这嗓音一般粗陋。”敏敏的嗓子特别容易哑，这点一直让她很是不爽——自己虽然谈不上闭月羞花，但每日当窗理云鬓，对镜贴花黄之时，也总会感觉镜中之人明眸皓齿，肌如霜雪，眼波流转之下，颇有几分顾盼生辉之媚。

虽然，嘴巴看起来似乎有一点点大……但每当笑容从她的嘴角处绽开时，这张“蟠桃小口”反而让她越发妩媚！虽然，她的脸颊上微微有些棱角，但是作为千户的女儿，不就是应该比寻常女子再多几分英气吗？

唯独这嗓音……

“嘿嘿，嗓音可当不得真！就像我，嗓音还说得过去，但是我的这副尊容，可就说不过去了！再者说，什么眼耳鼻舌身意、什么色声香味触法，全都是空，如梦幻泡影，如露亦如电。”

“哈哈哈，你还会背佛经？也好，像你这样的人，闲时多念念佛，也许真能够消解一下身上的杀孽。”

敏敏依言将刀鞘从石缝中拽出，准备用它把自己身边的那段竹筒推还给男人。

“你这刀鞘长得好奇怪啊！”

这是一把黑陈陈的木鞘，上面并没有包裹用作点缀的鲨鱼皮。刀鞘在用料上看起来也是朴实无华，其真正的怪异之处，全在于刀鞘的形制。

“把你的刀推过来给我看看！”敏敏边说边用刀鞘将竹筒推了回去。她自幼见惯了刀枪一类的兵刃，但是实在想不出这怪异的刀鞘中，究竟装着一把什么样的刀。

“刀很锋利，小心别划伤自己哦！”

敏敏取下推回来的竹筒，再次伸手握住了刀鞘，这一次从石缝中拽出的，是一把完整的刀。

从细长的刀柄上看，这是一把需用双手握持的砍刀，刀的护手也很小，仅仅是一个椭圆形的铁片。

“出鞘时要小心！”那人殷殷地叮嘱道，他似乎总是担心敏敏被这把狭长的刀划伤。

敏敏握住刀柄，却只将刀拔出一半——这刀对于她来说有点长，她把拔出一半的刀横放在身前，左手缓缓将刀鞘从刀身上褪下。

“哇！”看到这把刀的全貌后，敏敏不由得惊叹了一声。这把刀与平日里常见的雁翎刀、手刀、牛尾刀均不类似。窄窄的刀身上密布着雪花一样的斑点，刀背宽厚，刀刃处则散发着阵阵寒气。与其说是刀，倒不如说更像是一把带着弧度的单刃剑。大哥常说，武器也有自己的性子，端详了半晌后，敏敏方才在心中给这把刀下出了考语——朴素中带着几分傲骨、磊落中又透着些许阴寒……

“这刀是……”

“倭刀！”

敏敏曾听二哥说过，大约在五十年前，闽浙一代的渔民与敷州国的匪兵互相勾结，在漫长的海岸线上专寻官军防守薄弱之处登陆，时时冲州过县，四处劫掠。朝廷募兵与其苦战多年，废了九牛二虎之力方才将这些被时人冠以“倭寇”之名的凶徒渐次荡平。

“你这人好怪，堂堂大宁子民，竟然使用倭寇的器物！”

“姑娘此言差矣！‘百金传入好事手，佩服可以降妖凶’！历朝的风雅之士，向来就有佩用倭刀的传统。昔年间，大文豪欧阳文忠公还专门为倭刀写过一首诗呢！

依我看，倭刀刀身轻利，不堪破甲，却善切肉。两军对阵时虽不好用，但在行路时却不妨带上一把防防身！”

“刀柄这么长，用起来怪怪的！你能用好吗？”敏敏试着轻轻挥砍了几下，虽觉柄长碍事，但刀刃破空之声却甚是悦耳，闻之令人精神一振。

“使倭刀，有专门的倭刀术，和大宁的刀法相比，的确有些差异。”

“你懂倭刀术？”

“幼时，我家邻居的家仆中，有一个怪人，身材不高，沉默寡言，说话口音语调都很奇怪，我家附近的小孩儿都喜欢欺负他，远远看见他，就往他身上扔石子。见他来了，还会唱一些奇怪的童谣讽刺他。有一次， 我和家父偶有纷争，便一个人中夜外出，踏月游荡……”

“哈哈，原来你也离家出走过！”

“切，我那叫身沐月色，聊以遣怀！和某人被母亲责罚后离家出走钻猫洞完全是两回事！咳咳，那夜，我在一条小溪边，看见这个人在捕鱼剖鱼，他把鱼肉切成薄薄的肉片，然后用米醋之类的调料蘸着直接生吃，当时我肚子也饿了，看他吃生鱼片吃得特别香，就坐在他旁边静静地看他吃……”

“哎呦~本小姐素闻雅士高人喜用月色佐酒，公子你月下抒怀却依旧感到肚饿难耐，啧啧，真是笑死人了~~”

“本公子当时年少，正在长身体，所以饭量有些大嘛！那人见我在旁边看着，就邀我过去一起吃，我试着一尝，味道果然还不错！当下就坐在青石上和他一起吃了一会。

他说，这生鱼片要和酒配在一起味道才更好，我那时正是‘年少不识愁滋味，为赋新词强说愁’的年纪，看书中写文人雅士都喜饮善饮，以为只有饮酒之后方能将世间万种风情化为诗书中的种种情思。因此也时常会饮些酒。听他这么说，便和那人定了约。第二日也是在那条小溪边，我带着酒，他则继续做生鱼片，二人又是饕餮了一番。连续几次后，我便与他渐渐熟络了起来，闲坐无聊，他就将自己之前的经历，全都告诉了我。”

“嗯，你当时就想着，要好好将这些故事记下，日后若是在机缘巧合之间遇见了惊惶失措的小女孩，便可以用这些故事哄她开心。然后，给小女孩讲故事的经历，慢慢地也会变成新的故事，可以留着再讲给新的小女孩听……”

不知为何，敏敏本来只打算说一句打趣的玩笑话，可是说出口后，却透出了一丝幽怨之情……这种变化，将她自己都吓了一跳。

“你猜，这个沉默的老人是什么身份？算了，你肯定猜不出，告诉你吧，他曾经就是一名倭寇！”那人这次罕见地没有借着话头和敏敏调笑。

“他告诉我，他曾是敷州国一名有名的武士，但性子刚烈，在与少主失和后当了浪人，而后又作为倭寇到闽浙一带抢掠。后来在攻城时被城头的红夷炮震晕，再醒来时就成了官军的俘虏。之后他被送到浙地的煤矿出了十几年苦力，后来让落石砸断了腿，矿监就着人将他放到野地里等死，这时，正巧赶上我家邻居宦游之中途经此地，见他仪表不凡，就亲手救了他的性命，而后又收了他当家仆。

说起在敷州国的种种得意时，这人就会拧下树枝当刀，即兴挥舞一番。那时，我在读书之余已经跟着武馆里的师傅学了一段时间的刀法。

初时，我还嘲笑他舞的毫无章法，就如愚氓街头斗殴一般，但是，看了一会后，我便郑重地拜倒在地，求他传我倭刀之术……因为我意识到，如果将他手中的树枝换成刀，我连一招都接不下……于是，在那之后我便时时带着酒去找他学刀，倭刀术的招式特别简单，那人，啊，他的名字叫作岛森繁，他不仅让我用他削的木刀练习招式，还让我做各种看似与刀术风马牛不相及的练习，比如点茶……”

听到这里，敏敏笑得几乎将一口刚刚喝进嘴里的水喷出来。

“竟然让你学点茶！哈哈哈，你这个倭寇师父怕不会得了癔症吧！”

“还有更怪的呢，他还让我盯着蚂蚁窝数里面的蚂蚁……”

“哈哈哈哈！”听到这里敏敏再也控制不住情绪，大声地笑了起来。

“别笑……就刀法来说，无论招式再花哨，其目的都是为了砍中对手。发现对手的破绽，顺着破绽沿最短的距离、用最快的速度攻击对手，就是所谓倭刀术的奥义！

岛森繁告诉我，只要假以时日，每个人都能把招数练熟，那么对战之时决定生死的关键又是什么呢？就在于人能否做到‘无我’！

按照倭国的观点，只要排除头脑中对眼下所做之事的干扰，把身体的指挥权交给自己的内心，那么这件事肯定就能做成！而想要让脑子将大权禅让给内心，则需要日复一日的修炼……

两人在生死相搏时，必须隔绝脑海之中的种种杂念，比如恐怖、比如牵挂、比如怜悯、比如嗜杀，如果存着这些念头去和人打，手会软，腿会抖，刀会颤……因此，他让我点茶、让我数蚂蚁，其实就是为了让我的内心更加专注、笃定，以便进入‘无我’之境,其实，与其说是武道，倭刀术更像是修习一种禅境……”

“说了这么多，你的功夫究竟如何呢？一次能打几个人？”对于他所说的这些，敏敏有些不以为然，听哥哥们说，江湖高手之间过招，要么是凭武功招数巧妙高超，要么是靠内功深厚精纯，而这人所说的倭刀术，与其说是一种武术，不如说更像是庙中和尚们日常所做的打坐参禅……

“这个不好说，要分好多种情况呢，我刚刚说了，军阵之中，这倭刀术就用不上，丛枪戳来，箭雨落下，躲无处躲，避无处避，任你刀术修为再高，在那人海之中与寻常兵丁也无甚分别……

要是与人私斗，那么既要看对手是谁，也要看我当时的气势如何。还有诸如风的吹向、太阳的高度、黄昏还是白昼、山峦抑或是泥沼等等……能够影响打斗胜负的因素实在太多了，‘我能打几个人’这个问题我不知该如何回答，因为答案不是一成不变的。但是，要是对上外面那样的乱兵，我随随便便还是打得了五七人的！”

“略略略~”敏敏暗自做了个鬼脸。“好啊，你竟敢瞧不起我们黔贵的驻军！”

“事实如此，黔贵驻军没见过大阵仗，手上也没沾过血……”

“你呢？你手上沾过很多血吗？”敏敏打断了他的话。

“还好，战场冤魂不索命，所以我偶然间一个人在黑夜里听见有人嚎啕大哭，心里也不会感到特别害怕~~”

敏敏听他此言，思及昨夜的狼狈惶恐，忽然有种恍如隔世之感。此刻，沉浸在这个尚未谋面的男人所发出的声音和气息中，她感觉内心十分笃定。

虽然此人与自己其实相隔甚远，虽然此人现下受伤无法动弹……“在他身边，似乎什么都用不着怕了吧！”

“你之前说，我们还要继续在这里待好久？”敏敏急匆匆地用一句废话打断了萦绕在自己胸臆之中的心猿意马。

“三四天吧！”

“好快啊……”敏敏幽幽地叹了口气。

“我们一起来的伙伴之中，有一人前晚就连夜去往云龙报讯了，有一人去十六里铺等候，准备暗中助你们脱险，我则在这密道中养伤。这件事其实挺棘手，现在云山驻军并没有公开举旗造反、哗变，如果他们得知自己的计划全盘泄露，难保不会狗急跳墙。那样一来也麻烦得很。所以既要让他们以为一切尽在自己的掌握之中，又不能让他们的奸谋得逞……这个分寸，不好拿捏噻！

但此刻，想必我的伙伴已经带着你们镇远军眷继续西行了，云龙驻军也应该很快就会知晓事态，向此地开拔平叛，郎中曾叮嘱我夹板需带满两百天，否则容易落下残疾，我现下虽然感觉已经快要痊愈了，但终究还差几天才满两百日。

所以，姑娘再等等看吧。等一切都结束后，我要在滇云待上一阵，与姑娘相距并不遥远，想来后会还是有期的……

所以姑娘不用感到失落，对月把酒之约，也不急在这一时！只是，日后姑娘会听说一些事，到那时是否还如现在这般对我青眼有加，可就难说了……”

“呸！”被说中心事的敏敏小脸通红……“你说对了！我就是着急见你，你不是动不了吗？那我就去找你，现在就去！看看你到底是个什么东东鬼！”

“万万不可！怀不可告人之秘者，最怕奸谋被旁人知晓，此刻，想必云山堡那帮家伙正在地面上逐屋逐户地搜捕你呢，你老老实实在这地道内待着吧，你要是贸然出去被他们抓住，我还得去和他们打杀，保不齐往后余生就变成残废了……不过我有一事不明，你说你一个女孩子家，大半夜的不老老实实睡觉，跑到那下寨堡门处作甚？”

“我去画画啊，像云门堡这样通体绿色的城寨，即使在黔贵也并不多见，我想把它画下来嘛！”敏敏往怀中摸了摸……“可惜，画本在逃跑时弄丢了，不然还能让你欣赏下本小姐的丹青之技！”

“既然这样，就权且先凑合着看看本公子的涂鸦之作吧！”

“你也会丹青？”

“会与不会，待姑娘品鉴后自行判定吧！”

不一会，一卷小皮本从石缝中掉了出来。敏敏伸手拿起。

“呀！这画……”借着透下的阳光，她发现此人的画技何止一个“会”字得了——着墨并不繁多，寥寥数划后，意蕴含而微露，初看时画风疏阔辽远，细品下又有蔚然深邃之境。画作之中既有山川景致，亦有风物人情，凡其所绘，皆不类黔贵风物。

有些画作旁还题有小字，但这些书法与画作相比，却不禁让人莞尔——字的间构，竟比镇远城里刚开蒙的小童生还差些。

“露华云倦沐夕烟
风流影落漫雪岚
轻解霓裳为君舞
一别入梦复经年”

敏敏轻轻地吟诵着这些潦草的诗句，画中，莽荒的冻原之上，一丛丛春花破雪绽放，苍凉与柔媚相依相伴，却并没有显出丝毫的突兀之感。

“世间竟有如此之地？”敏敏轻声问道。

“北地之北，辽东之东……岩浆在霜雪上沉睡了上万年，春日里，金达莱花穿过坚硬的熔岩，一直开往天际……”石壁那侧，他的声音如浓雾一般沉郁。

“这些，又是什么人？骑着不剪鬃毛的大马，臂膀上架着鹰，踏雪而行。”

“粟鞨人，宁公特粟鞨……他们骑的，正是大名鼎鼎的率滨之马，近千年前就是东夷上贡给中原天子的名马，那鹰，名曰海东青，是出名的猎禽……”

“啊！这个我晓得！猛禽从冰海中腾跃而起，翼下升出飓风，将镔铁之国吹得灰飞烟灭？”

“当年，镔铁之国要求女芝人进贡此鹰，女芝人不堪重负揭竿而起，一举灭了镔铁之国……这镔铁之国，的确可以称得上是亡在了‘海东青’的翼下！行啊，小姑娘还挺渊博呢！”

“那是，本姑娘琴棋书画，样样精通！那这些粟鞨人，和史书中的女芝人，是同一种人吗？”

“女芝人所建之国四百年前被北虏韦兀人所灭，当年的女芝人，在这四百年间也一点点地都变成了宁人，只有一小部分仍然生活在东北边疆之外。

而现在我们所说的粟鞨人包含了很多人种，除了四百年前的女芝人外，还有通古什人、索伦人、达斡尔人，这达斡尔人就是当年镔铁之国的后裔，当然，也有很多胡化的宁人。所谓的粟鞨人，其实就是朝廷对帝国东北边境外所有居民的统称……”

“镔铁人、女芝人，才不过四百余年，当年不共戴天的仇敌，就变成了同一种人……世事轮回，倒也有趣得很……不过，你画中的这些武士，看起来真彪悍啊……”

“北地苦寒，一切柔软的东西最终都会被漫长的严冬吞噬殆尽，只余下刚冷的那部分和冰雪融为一体。

那幅画，画的是粟鞨人‘打冬围’时的场景——几个小部落共同联手，将选定的山地围得水泄不通，然后骑马放犬将整座山的动物一起往预设的‘死地’中驱赶，在那里等待着它们的，是遮天蔽日的箭雨，不论是老虎还是兔子，只要进了围场，最终的结局都一样。”

“天！好残忍的围猎……这简直是打仗嘛！”

“对啊，所有的粟鞨男丁都是战士，因为他们的日常生活本来就和打仗无异。这样打猎也不是残忍，东北的冬天，足有六个月长，若是没有这些兽皮、油脂、兽肉，人们定然熬不过这漫长的严冬……”

“可是，那里的冬季好美啊！”敏敏翻开另一幅画，由衷地赞叹道！画中，夕阳下的雪松层峦叠嶂，团团地簇拥着一座浩瀚巍峨的白头雪山。

“我特别喜欢雪，虽然镇远、渝州也偶尔会飘起雪花，但是没看见这幅画前，我真不敢想象人间竟还有如此壮美的雪山！”

“哦，那张画中的山，名唤‘盖马大山’，山头终年积雪、洁白耀眼，山腰的森林苔原则和蓝天融为一体，所以整座山看起来就像漂浮在云端上一般。”

敏敏一边听他讲解，一边继续翻看着皮本中的画作。一张人物速写引起了她的注意，画中人，是一名粟鞨女子，只见她手执硬弓向前眺望，长发似乎被林间的轻风所吹起，拂过她微翘的鼻尖。让她的侧颜看起来既冷艳，又倔强。

“她……是谁？”敏敏原打算这样开口询问，不过当这句话从嘴边飞出时，却变成了“这画纸好奇怪……”

皮本中的画纸，轻薄坚韧，非纸非绢，着实让人猜不出它的质地。

“哦，那是青桦树树干与树皮间的一层薄膜，粟鞨人喜欢就将它剥下来当纸用。”

“哼，粟鞨粟鞨，你对粟鞨的好感很深嘛！还你，没什么好看的！”

敏敏将画本卷成一圈，推还回了对面。

那人接过画本后一时间也不说话，整个密道里静静的，只有笔尖与画纸间若即若离的摩擦声——他似乎在画着什么。不一会，落笔声也停息了下来。

“你画了什么？”敏敏发觉，这种静谧会让时间变慢，在缓慢的时间里，心脏扑通扑通的跳跃声听起来似乎在一点点加速……这种感觉，让她有些尴尬……

那人什么也没说，把皮本又传了过来。敏敏翻开皮本，发现最后一页上多了一幅新画——如水的月光倾泻在爬满藤萝的关隘上，一只圆滚滚的小猫蹲坐在城头，静静地望月出神。

“这小猫好可爱！”一阵暖意从敏敏的心头泛起，这男人……好有趣！既然会用这种方式来哄我开心，算了，难得他如此费心，我姑且不追究他偷画番婆一事了……

这一天，二人又是在聊天中度过的。敏敏感到，在这个男人的心中，似乎有着一把由他自己锻出的标尺。所言所行，也一直都没有超出自己设定的尺度。因此，虽然他的口中时不时就会蹦出一些“非礼勿听之言”，但却并不招厌，反而给人一种洒脱不羁之感。

当然，他送来的板鸭和红糖糌粑也都很好吃……敏敏突然意识到，自己有生以来，似乎第一次对一个家人外的男人产生了好感！

“俗话说画如其人，你的画作颇有些俊逸出尘之风；可俗话又说，字如其人，你的字嘛，却又如此幼稚颓唐，你说，你的人究竟是如画一般，还是如字一般呢？”在临睡前，敏敏终于对他道出了这个让她纠结了一天的难题。

“嘿嘿，这个字嘛，我小时候写得还可以，但是后来手指上的老茧渐渐多了，手筋也受过伤，因此在握笔时就拿捏不好分寸与轻重了！”

“强词夺理！你手上的老茧，为何只会影响到你写字，而不会影响到你作画呢？”

“切，丹青靠的是天赋！我画画，从来都是用心去执笔！”听他这么说，敏敏一时间也有些语塞了。

“我原本也有一卷画本，可是在前夜奔逃时却遗失了……”

“哈哈哈，真想从某人的画作中去窥探一番某人的少女之心！我决定了，明日再养一天，后日早晨就把夹板卸了，然后从下寨进密道和你会合，这样日日思君不见君，实乃人世间最煎熬的情境无二！睡吧，今夜早点睡，骨折处也就恢复得好些！”

不一会，石壁一侧传来了低沉的鼾声，敏敏微微一笑，裹紧了身上的披风。一夜无梦，当她第二天醒来时，那人似乎仍在沉睡。

“应该去找找我的画本，都两天了，想必追我的人早都撤走了。有人必定欲杀我而后快云云，八成是他瞎编的……嗯，他其实是不想我一个人去云龙求援，留他自己孤零零地待在这阴森的密道里……”

敏敏思虑已定，就蹑手蹑脚地朝密道外走去，那画本，想必是掉在自己跌跤的台阶处了！

仍然是一个晴朗的早晨，敏敏小心翼翼地走在下寨的小巷中。当她转过第一道石墙后却猛然发现，逼仄的巷弄里，一小队兵丁正百无聊赖地靠墙晒着太阳！

那些兵丁也发现了她，双方一时间都是一愣，呆呆地互相看着……

“这些人不是镇远的兵！”还是敏敏率先反应了过来，她一转身，就向密道处跑去。众叛军一愣后，也发了一声喊呼啦啦地追了过来。

“那小女娃从那里钻进去了！”

“哈哈哈，原来有地道啊！入口就在这里，这小女娃跑不了了！”

这一次天光大好，以至于敏敏搬动机扩逃进密道的过程被追兵看得一清二楚，几名叛军紧随在她身后，依样进入了密道。

“救我！”

敏敏拼命地奔跑着，马上就要到中寨的塌陷处了……身后脚步声越发嘈杂、喊声也逐渐逼进，敏敏情急之下不由得大声呼喊，可是密道内却并没有传来她想听见的回应……

“救我救我救我救我！”

敏敏背靠塌方，声音中带着颤抖，可是塌方的那一侧，此刻却全然了无生息。

这真切的呼救声，着实将正在朝她步步逼来的叛军吓了一跳。但是当众人发现不管敏敏如何呼救，这密道之中仍旧不见有人回应时，便一齐放松了警惕，笑嘻嘻地围拢了过来。

“小女娃儿！喊破喉咙也没人能来救你！老子们这两天可是好一番把你翻找！没想到你竟藏在这样一个隐秘之所！”为首一人身高五尺不到，年纪似乎在三十上下，一把不轻的雁翎刀斜扛在他的肩头。

“对啊，对啊，还好这小女娃儿自投罗网了，不然要咱们如何向千户大人交差啊。”众人纷纷附和道。

“小女娃儿长得还不赖呢！”一名四十多岁的叛军笑嘻嘻地将手伸向了

敏敏的脸蛋。

敏敏啪地打开了这只油腻的小手，对为首之人说道："我是黔贵驻军的家眷，我的父兄与各位有同袍之谊，如今虽然双方战线不同，但往昔却并无仇怨，在我看来，你们依然与我的父兄无异。谁人家中没有妻女妹子，你们为了所谋大事抓我、杀我，我都认！但是，却不许欺凌我！"

这样一番义正言辞的陈述，让乱兵中为首的那人频频点头。

"你放心，黔贵军兵绝不会欺凌友军的家眷。但是，你知道了不该知晓的东西，我们要把你带回屯堡听副千户大人的处置！你老老实实地跟我们走，我们不绑你！也不为难你！如何？"

那个为首的，正是云山堡试百户兰齐，眼前女娃的一番话让他想起了自家的妹子，的确，同为黔贵驻军，即使刀兵相见，彼此间也应存有几分香火之情……

在返回云山堡的路上，兰齐不仅没有绑缚敏敏，还匀出了一匹马来供她骑乘。与来时的绵绵细雨不同，这一刻，春日的暖阳温和地抚慰着驿路旁的群山，和风中，众叛军一边赶路一边悠然地唱起了山歌。驿路间空空如也，想来云龙那边也一定知晓了这里的异动，和作乱的云山堡一样，派兵截断了往来的商旅。

敏敏呆呆地坐在马背上，心中越发觉得栓塞。

"哎，终究是萍水相逢之人，而且隔着墙壁他也做不了什么……"

虽然这样开解着自己，但绵软的无力感却依然向敏敏袭来，她晓得，这种让人绝望的泄气与委屈，并非完全来自于自己的大意被俘。

她并没有指望那人拼上性命前来救她，但是，对于他刚刚表现出来的沉默与冷淡，敏敏仍旧无法释怀，有那么厚的一堵石墙隔着，他竟然还是连声都不敢发！而自己在这两日间，竟然还对他渐渐……

"啊！！！！"想到这里，敏敏不由得懊恼地大喊了一声。惹得押送她的六名叛军面面相觑……

"女娃儿，你不要怪我们！我们要是不这么做，就得去关外的大雪里喂狼，我们实在是不想让我们的家人孤零零地在这世间受人欺凌……"与敏敏并辔而行的兰齐心下涌起一丝不忍。然而关于兰齐所说的话，敏敏却并未留意。此刻在她的脑中转来转去的，仍然是那人时而清晰时而模糊的剪影……

沿驿路再行三里，就应该是堡外的密道出口了……他现在，在干嘛呢？不会是怕我供出他来，已经悄悄拆掉夹板一瘸一拐地逃跑了吧……

哼，你也太小瞧本姑娘了！

不甘、不舍、幽怨、委屈、失落……这些情绪一股脑地充斥在敏敏不大的身体里，搅得她心乱如麻……

心几烦而不绝兮，得见王子……

耳边似乎又出现了他的歌声，敏敏发现，最让她不愿面对的，其实是在自己的心中，已经暗暗地将他当成了歌中的那个王子……

山有木兮木有枝心悦君兮君不知……

“哎呦，摔死老子了！”

突如其来的一阵人喊马嘶终结了敏敏混乱的思绪。抬眼看去，队伍前打头的一骑，此刻已连人带马滚倒在驿路中央，队伍随之出现了一阵小小的混乱。

众叛军纷纷下马，七手八脚地将被坐骑压住了腿的兵丁从马腹下拽出，那匹摔倒的滇云小马发出阵阵悲鸣，兀自在路中不住地腾挪着，却是再也没法站起身了——马的左前腿上夹着一个生了锈的大铁夹子，是侗人捕猎野猪时常用的。但是这玩意，怎么会出现在驿道上呢？

“这帮侗蛮越来越不像话了！竟敢在官道上下猎夹！这云山堡要是没咱们驻守，用不了几天，侗蛮必反无疑！这马的马腿已折，没球用了，扔这别管了！小林子，你去和那女娃儿骑一匹马！”

众人一阵哄笑，纷纷说小林子这一跤摔得值，要不然像他这般的粗鄙军兵，一辈子也别想和千户家的小姐粘上边！在众人的笑声中，小林子红着脸向敏敏走去。

就在此时，小林子感觉一阵劲风从耳边划过，紧接着一些湿湿的东西溅到了他的脸上，他正要抬手去擦，却发现半步之外的兰齐正在没来由地平平向后飞出，小林子懵懵地站在原地，与站在身边的宋三川面面相觑，任由那黏稠的液体流进嘴里，好腥……

此时，在小林懵懂的瞳孔中，宋三川的模样也在突然间改变了——这次他看清了，一支类似小铲子的箭头蛮横地撕裂了宋三川的眼角，斩开他眼角后的头骨，撞飞了他的小半个脸庞……

“敌袭！敌……”一个乱兵扯着嗓子大喊起来。但是没等第四个字出口，一支羽箭就从他的口中钻入，将他牢牢地钉在了身后的银杏树干上，喷涌的鲜血，染红了箭尾处颤动不休的翎毛。

“好机会，逃！”

这个念头刚刚闪过脑海，敏敏就被因受惊而立起来的坐骑掀下了马背，她爬起，刚巧与呆若木鸡的小林子四目相对，一瞬间，小林子空洞的眼神中闪过了一抹凶光。他一把将敏敏拽进怀中，用匕首抵住敏敏的咽喉，继而又将整个身体蜷缩在敏敏的身后。

余下的两个乱军并排躲在横卧在驿路中央的瘸马身后,驿路间又恢复了平静，除了伤马的悲鸣，便只有阵阵松涛声穿行于林间。

良久，一名乱军摸索着从瘸马马鞍处拽下了一张弓及一壶箭，他伏在瘸马身后，胡乱地朝前攒射着，直射得前方得山林飒飒作响。射出几箭后，此人胆气渐盛，渐渐探出身体，试图找寻敌人的踪迹，然而，一支不识趣的飞箭迅速地插进了他咽喉，终结了只在他体内存留了短短数息的勇武……

“小林子，快他妈砍那小娘们一刀！”瘸马后余下的那名幸存者，说话已经带上了哭腔。

“奸贼，日拉坟地赶紧自己走出来，不然我兄弟就一刀刀活剐了那女娃！”那兵丁仰天大喊道，然而，拿在小林子手中的钢刀，却似有千钧之重——颤颤巍巍的刀刃始终在敏敏颈前乱晃，却始终无法向前再移动哪怕是半分的距离。

弓弦之声再次响起，两支铲箭气势汹汹地打断了幸存者的叫嚣，箭刃贴着瘸马的马背平平飞过，如剔骨尖刀一般从马背上连皮带肉地切下了两块薄薄的肉皮，瘸马吃痛之下猛地向前一窜，竟然靠着剩下的三条腿顽强地站了起来!

原本伏在马后的乱兵就此失去了遮挡，裸露在空气之中……追命利箭旋即如影而至!

六名乱兵，瞬息之间就只剩下了蜷在敏敏身后的小林子一人……

林中响起了一种奇怪的声音，像是猛兽捕猎时低沉的咆哮，时高时低，忽远忽近，小林子如筛糠般颤抖起来。终于，他哇的一声抛了匕首，跪在地上大哭起来……两支羽箭先后飞来，第一箭斩断了小林子的左小腿，第二箭又切下了他的右臂。小林子滚倒在地，无声地抽搐着……

驿路再次平静了下来，敏敏惊愕地站在原地，不久，右前方的密林中响起一阵窸窣，一个人影慢慢地走出林际，春日的暖阳浓烈而明艳，迎着阳光，敏敏的视线有些模糊，即便是眯起眼，也还是没法看清来人的样貌。

那人行走的极其缓慢，似乎还拄着一根拐杖，哦，那不是拐杖，是一根大树枝……他在敏敏身前十步停下，敏敏似乎已经猜到了什么，在满地疮痍之间，一丝浅笑从她的嘴边绽出……

“能不能听点话！不让你乱跑你偏要乱跑！哎，你还笑？傻夫夫的……”熟悉的声音再次响起，敏敏轻轻一跳，扑进了他的怀里……好暖……

第三章

轩子佩

轩子佩端坐于云山屯堡逼仄的官厅内，面沉似水。

一名瑟缩如鼠的总旗官跪伏在他的脚下，小心翼翼地汇报着堡内原驻军伍的整编情况——原副千户白志刚、百户张自强、总旗李敬忠等军校已被悉数捕拿，解往金羽卫西南镇抚司定罪发落。百户兰齐则在叛乱中被金羽卫当场击毙。

现堡内总旗衔以上官弁俱被一免到底，革为戍兵，就只剩眼前这么一位还在戴罪办差的老总旗。

以兵变未遂的400余云山驻军为基干，署理安顺卫指挥使在辖地内掘地三尺，征发出150余名老弱闲丁、300余侗蛮土兵，复又将换防兵丁中不受上官待见的百余名刺头强行抽出，又凑出了一支将近千人的军队，由一名来自镇远的副千户统带，日夜编练，不日就将启程奔赴辽东应援。

而他，金羽卫东北镇抚司试百户轩子佩，因在前往西南公干途中偶然识破了叛军的奸谋，并以客将身份全程协助当地驻军将叛乱一举荡平。被金羽卫西南镇抚司“强行”委以军监之任，授予其便宜行事之权。西南司的如意算盘是，反正这名来自东北的同仁已经顺利地办完了差事，刚好可以在回程之时与这支新军同行，这样一来，就可以让己方兄弟省去那万里奔波之苦。

戴罪在身的总旗膝行而前呈上文书若干，轩子佩扫视几眼后轻描淡写地在文末署上了姓名。总旗诚惶诚恐地接过文书，复又膝行离去。

“无趣……”轩子佩百无聊赖地打了个哈欠。

“破败的屯堡、破败的官厅，大晴天屋内也这么潮湿，到哪都是一股子霉味，难道这就是传说中的南国烟瘴吗？我还是赶紧出去晒晒太阳吧！”

世传黔贵“天无三日晴，地无半里平。”但轩子佩方一出官厅便即发现，在他斜上方的一块场院里，有个人正半靠在藤椅上，安闲地躺在阳光中闭目小憩。

此人的椅边，放着一个坐有木炭的小陶炉，炭火上，斑驳的铁壶正在幽幽地发出着叹息。那人随手拎起壶把，将沸水注入矮几上的茶碗，白色的水汽四下游走，在盖碗旁的时鲜水果间氤氲缭绕。

那人一边喝茶，一边将大腿高高抬起，搭在椅子的扶手上。

“这老崽子！好得真快！不久前，骨头还折得像开春时的冰溜子一般，当时看他那样子，我还以为他今后多半是废了……可现在，还真让他缓过来了！而且，这厮在拄着拐杖的情况下，竟单枪匹马地伏杀了一小队叛军！难道，这便是粟鞨军中‘白摆牙喇’的实力吗？”

看着头顶上方那闲逸的身影，轩子佩长长地叹息了一声。

曾经，他以为他的这个兄弟就像踏雪的飞鸿一般，在他的人生中轻轻重重地留下几点爪痕后便已然消逝无踪，无计东西……

然而，世间万事，无常是常。时隔7年，这个在大家记忆中早已模糊不清的身影，却又突然以人们最意想不到的方式，重又回到在了众人的世界里！

要不是为了他，这趟屁大点的差事也用不着自己这个金羽卫试百户亲自出马。若是那样，这云山屯堡的阴谋现在或许就已经得逞了！

不过也多亏了自己撞破了这次未遂的叛乱，才让原本有些麻烦的差事变得如水到渠成般顺理成章。

“荡平云山堡叛乱一役一是靠大人运筹有方，处置得当；二是因西南司的弟兄们赤胆忠心、舍生忘死。至于小弟嘛，不过就是个报信的驿差而已！”

几日前，在西南司副千户的军帐之中，轩子佩谦逊地说道。

“好！好！好！轩老弟果敢勇毅却又不居功自傲，果然是我金羽卫中数得着的青年俊才！日后的前途，定然不可限量！

啊……这帐中所坐的，都是咱金羽卫中的袍泽弟兄，老哥我也就不讲那些客套话了……此役头功，原本应该是给轩老弟你的，但这次叛乱事起我司辖区，又差点酿成大祸……

如果给轩老弟报了头功，于我西南司面子上的确不大好看……原本，这恳请老弟让出头功的口，老夫是万万不会开的！但既然老弟这般顾大局，识大体……啊，这个，老弟的美意，我西南镇抚司就却之不恭了！”

“哈哈哈，大人言重了！全国金羽是一家嘛！大家都是圣上的亲兵，分什么东北还是西南，总之，只要这头功是咱金羽卫的就行！

次功也不用给我报了，下官在东北时就晓得，西南司的弟兄们日夜操劳，防大风起于青萍、防溃堤始于蚁穴，将西南三省保得是井井有条啊！

但也正是因为这个原因，西南司弟兄立功的机会就不如我们东北那片修罗场多。这次既然有了这样一桩小富贵，就全都给大人麾下的儿郎们分润吧！”

“啊？哈哈哈！这让本官如何是好啊？过意不去……过意不去……老弟，日后有什么用得着老夫的，你尽管开口！”听轩子佩竟然连次功都不要，这名副千户越发感到惊讶了。

“承蒙大人不弃，下官也就斗胆想请大人帮我们东北司一个小忙……在下这次南下公干，其实原本就是为了这件事而来……”

轩子佩凑到副千户身边，以袖掩口，悄悄地提出了自己的请求，待他说完，副千户之前一颗一直悬于半空中的心才算是落了地。

“我知道他！此人可是我西南司年轻一辈中的翘楚啊！日后司里面定然是要提拔重用的！”

虽然副千户大人之前从未听说过该“翘楚”的名字，但作为久历仕途的官道老狐，他在转瞬之间就将一副如丧考妣的苦脸挂在了自己脸上……

“不过……咱东北司既然这么想要他，那我们西南司就只好忍痛割爱了！如你所说，此人与东北司的确有缘，而且此番在战阵之中大难不死，调转东北司后定可委之以重任。

老弟，你将调人的文书拿来吧，老夫这就在上面签押！就像方才老弟你所说的那样——全国金羽是一家！咱东北司、西南司不都是圣上的亲兵嘛！”

一想起西南司副千户那副得了便宜又卖乖的嘴脸，轩子佩的心里就有些不爽。

“娘的，老子最近几年在官运上一直都不算太顺畅，要不是为了你，我怎肯轻易就舍了此番平叛的大功！”

此刻，看见那人竟如此惬意地在自己眼前浮生偷闲，几日来忙得头晕脑胀的轩子佩不由得又气又恼，他随手捡起一块石头，作势要朝那人砸去，哪知那人的反应更快，未等轩子佩动手，便率先居高临下地抛下了一串杨梅。

作为土生土长的辽人，打从轩子佩第一次尝到杨梅的滋味起，他就被这种南国水果酸中带甜的味道迷得神魂颠倒，此刻见有此“尤物”从天而降，轩子佩慌忙舍了石块，紧跑几步将杨梅接在手中。

“百户大人，要注意官仪啊！”

那厮的脸上，再一次泛起了没心没肺的坏笑。这笑容，将轩子佩带回了8年前的辽东镇抚奴城，彼时，轩子佩等袍泽给这厮取了个“举人”的诨号，叫着叫着，诨号就逐渐取代了他的大名……

所以，不论他现在在司里名册中改叫了什么名字，对于轩子佩这样的金羽卫老兄弟而言都不重要。

有些年份，注定会成为分水岭，很多事情，都会在那一年中悄然改变。而“举人”消失的那一年，就是这样的年份。

现在想来，那一年中其实只发生了一件大事，而那件事，又与轩子佩和“举人”等金羽卫息息相关……

时光回溯到8年前的那个秋日，似火的骄阳沿着高尔山的山脊一路攻略而下，炙烤着孤零零的抚奴城。轩子佩小跑着从“秋老虎”的兵锋下逃出，矮着身子钻进了“戊”字堡火头伍的炊棚，高挺的身躯，冲乱了棚内缭绕的烟火与飘满尘埃的光柱。

他径直晃到灶台前，伸手抓起一坨刚刚出锅的锅盔，囫囵个塞进嘴里，旋即被锅盔内四溢的肉汁烫得龇牙咧嘴。轩子佩对此毫不介怀，一边嘶嘶哈哈地吐着口中的热气，一边在笸箩里继续翻找着肉馅相对饱满的锅盔。

一名年轻的“炊爷”惊愕地看着这双在笸箩内上下腾挪的大手——大手上布满了老茧与裂缝，来自于火铳的油泥顽固地盘踞在这些裂缝当中，一些坚硬的黑毛复又冲破了油泥的遮挡，桀骜地“破茧”而出。让这一双“爪子”更加令人几欲作呕。

然而，这双手和他主人的长相却极为不符——只要将双手背在身后，轩子佩看起来就像是一名簪缨世家的翩翩公子……

年轻的“炊爷”本想当场发飙，但他却发现，其余几名老“炊爷”均对这一幕持着一种视而不见的态度，不约而同地低头干着自己手中的活计。

孤掌难鸣……年轻的“炊爷”终究还是强压住了自己的怒火，但胸间的那口恶气却终须喷吐而出。于是，他斜了这名莽夫一眼，有意无意地往该人的脚下吐了口唾沫，随即恨恨地转身继续在大灶上烙起了锅盔。

还没等他的唾沫落到轩子佩的铁网靴前，轩子佩就打了一个响亮的喷嚏。

“见怪、见笑，这两天鼻子不舒服，闻见烟火就他娘的想打喷嚏。”轩子佩一只手将自己挑出来的几个大个锅盔揣进兜里，另一只手则在笸箩中余下的大小锅盔上抹了又抹，直到将随着自己的喷嚏掉落在锅盔上的口水鼻涕全都涂匀抹净后，方才晃晃悠悠地走出了矮小的炊棚。

“你小子真是吃饱了撑的！闲来无事惹那金羽卫作甚？！幸好这位轩大人不是心地狭隘之人，换了其他金羽卫，随便找个由头，捏死你就和捏死一只小鸡一般无异！”见轩子佩走远，伙长恨恨地瞪了这名年轻的火头军一眼。

其他炊爷则继续悠悠然地翻烙着铁鏊子上的锅盔，火头军都是在灶台上吃饱的，而当兵的才不管自己的锅盔上沾了唾沫还是沾了屎尿呢，抚奴城的大兵一天就两顿，一个月除了四次锅盔外难得荤腥……

轩子佩贴着墙根处的阴凉从一伍伍排队等候领饭的士兵旁走过。这他娘的天咋这么热！都八月初十了，中午时分的太阳还是这么烤人！

夏季越发燥热干旱，冬季则更显漫长酷寒。最近几年，似乎都是这样的怪天气。

再过俩时辰就要出发去“办大事”了。得抓紧时间回去磨磨腰刀，再给火铳上遍油。哎，热糊涂了，今天这桩“买卖”是不能带火铳的……

轩子佩一哈腰钻进自己半埋入地下的窝棚中，窝棚由三尺深的地穴和四尺高的棚壁组成，原木搭的架子，四周用黑土坯做成墙壁，窝棚顶上盖着桦树皮，桦树皮上又糊了一层厚厚的乌拉草泥，四壁上均开有小窗，与其说是窗，倒不如说是一个个火铳射孔，几只蚊蝇在窗户纸的破洞旁上下翻飞，想窜出窝棚却觅不到路径。屋北侧的地面上，一个朽木盖子掩在地道口上方，地道与另一个窝棚相连，战时，即使敌军攻陷了外壕和堡墙，守军也可以凭借这些互相联通的窝棚，与入侵者继续周旋。

这些分散在堡内的地窝子怎么瞅怎么像是些大坟包，虽说这些窝棚在夏天时有些发闷，但是入冬后将里面的小炕一烧，倒是暖和得很。

要知道这里可是大宁子民谈之色变的极北苦寒之地，每年有五个月的雪期，夏天闷点不要紧，要是冬天不暖和可当真就要了命喽！

抚奴城是大宁朝钉在辽东边境最前沿的一座城池，而这“戊字堡”又是拱卫城池的犄角子堡中最重要的一座。从这里出发再往东北行去，便是大宁朝最广袤的一片羁縻区，那里是一方只有粟鞨野人才能生存下去的天地。

一人正盘腿坐在小炕桌旁伏案疾书。

“尝尝，抚奴城的锅盔，辽东一绝！”轩子佩将带回的锅盔扔在小炕桌上。那人又写了几个字方才收了笔墨。

“和大头兵抢食！啧啧啧，总旗大人要注意官仪啊！”那人边说边拿起锅盔，带着一脸没心没肺的坏笑……哦，那个人就是“举人”，彼时，若是细细观瞧，从他的眉宇之间，还能找到几分残存的青涩……

轩子佩一屁股坐上炕沿，用力拽下脚上的铁网战靴，扬手扔到墙脚，一只老鼠随即吱的一声向外逃开。

他没有去管逃离的老鼠——而是从铁皮箱子里翻出了自己的牛皮靰鞡和牛皮护腿，这地窝子就他娘的耗子太多，即便你是让人谈之色变的金羽卫，此时也只能选择对其视而不见……

铁箱子里，整齐地排列着一些他比较珍视的家伙什——有火铳上的弹簧机扩，官造铁罩甲、环臂甲、牛皮靰鞡、铁网战靴等等。

“别写那些没用的了，有时间整理整理装备吧，还有不到两个时辰咱们就要出发了！”“举人”来辽东不过三年半，相对于生长于斯的轩子佩，多少还是显得嫩了一些。

东北边疆是时人闻之色变的修罗地狱，但对他金羽卫东北镇抚司的总旗轩子佩来说，在这片土地上出生入死，则是他自出生伊始就被赋予的宿命。

金羽卫乃是天子亲兵，其职责不仅限于天子的宿卫，其余如重大奸恶的侦缉捕拿，对文武百官言行的监察、军事情报的搜集研判，也均是金羽卫的分内之责。

但在大宁开朝之初，金羽卫的职责却只有天子宿卫一项，随着职责逐年加重，世袭金羽卫的兵力也越发捉襟见肘起来。

因此，朝廷在金羽卫内，又增设了“推恩金羽卫”的编制。推恩金羽卫多由贵族良臣之子弟充任，其职位仅此一代并不世袭。

但他们也与世袭金羽卫一样，享受诸多特权——按照大宁律法，擅杀金羽卫者等同造反，本人凌迟、家人满门抄斩！金羽卫办差之时，各有司需全力协助；亲属犯罪，金羽卫如自身清白，亦可不受株连……

轩子佩家先祖随大宁开国皇帝白身起事，血战多年后在光复滇云之役中力战殉国，作为功臣忠烈之后，轩家蒙沐天恩被圣上授予金羽亲军世袭总旗之职。

金羽卫增设东北镇抚司时，轩子佩的先祖携家带口从京师来到了这片苦寒之地，至今已历有五世。

作为世袭金羽卫，轩子佩伴着金羽卫的荣誉与风骨而生，16岁那年就补了世职。从此，他便一直在这东北边地上刀头舔血。

与大宁其他镇抚司的金羽卫相比，东北金羽卫所干的勾当要更加凶险——他们不仅要监察凶神恶煞般的辽东边将，还必须时不时地深入大宁治外的蛮荒雪原去“搞搞事情”。

辽东以东，北地之北……这里，是一片由苍莽密林所组成的辽阔海洋。

冬天，“白毛风大烟炮”卷起的风雪能在一夕之间填平一座小山谷，形成几丈深的雪窝子，人要是陷进去必将被活活憋死。

想救？痴人说梦！只有先记下位置，待到第二年夏天雪化之后再去附近搜搜，运气好的话，或许还能够找到一具被野牲口祸害得不成样子的尸首。

夏天，几场冷雨后，森林就会变得密不透风起来，置身其中，让人分不清时间与空间，所谓“空即是色 色即是空”，亦不过如此！

若是迷失了道路，便只能深一脚浅一脚地在老林子里一个劲地兜圈子，即便是运气好，遇不见山洪和野牲口，单单凭着那无边的绝望与压抑，就能将人的求生欲望迅速耗光，轩子佩曾不止一次地在森林边缘看见过那些因崩溃而自我了断的迷路之人，殊不知，他们只要坚持着向外再走上几百步，就可以逃离这片绿色的寂静之海了……

还有像虱子一样多的野狼；铁浮图般横冲直撞的野猪群；喜欢虐杀行人的黑熊、棕熊；以及一巴掌就能扇倒一骑甲骑具装的大虫。

然而比这些更让人恐惧的，则是嗜血凶蛮不受王化来无影去无踪的粟鞨东奴！

说来也怪，这粟鞨野人在老林子里活的咋就那么自在呢！那些让大宁军民感到恐惧的事物，在粟鞨野人面前，就会完全换上一副俯首帖耳的媚像。

因此，辽东镇抚司金羽卫的折损率在全国来说一直都是最高的……每年都有新鲜的推恩金羽卫被补到辽东前沿。其中，有些人甚至连一个冬天都没能熬过，就被这关外的雪原所吞噬，草草地消失在了人们的记忆之中，不，应该说他们原本就没有给人们留下过任何值得回忆的东西……

平心而论，像“举人”这样与轩子佩并肩熬过三冬的推恩金羽卫，就已然算是老手了……

轩子佩的目光扫过铁箱内的武具，胸甲、火铳、环臂甲……这次都不能带……他微微有些失落，从箱子最底层，拿起了一柄不起眼的腰刀，缓缓抽刀出鞘，平庸的刀装下，刀刃如同一泓沉郁的秋水！

凌空虚劈，略带弧度的刀身铮然有声，他用刀锋小心翼翼地划过手指上的老茧，一道细缝随即在老茧处绽开，嗯，这刀还好，不用再磨了。

还刀入鞘后，轩子佩又将一个小司南揣进了怀中。其余的，也不需要再多带了。东北金羽卫正是如此，越“脏”的活，所用的家伙什就越简单，如果堂而皇之地穿好铁甲、扛起火铳、配上绣春刀……以这样一番打扮进入荒原，等于向粟鞨人宣告，我们便是传说中双手沾满尔等族人鲜血的大宁金羽卫……

在轩子佩收拾行装的当口，“举人”已经将锅盔几口吞进肚中，匆匆抹了抹嘴，继续笔走龙蛇起来。

轩子佩并没有再行催促，他晓得“举人”写的是什么，这次的“买卖”凶险万分，却又隐秘异常。未来十数天内，能够给他们提供支援的，或许也就只有各人的运气了。

但是，这趟九死一生的活，对参与者来说却有着巨大的吸引力——即使是充满传奇的金羽卫，一辈子又能遇见几次名垂青史的机会呢？当然，青史留名的是这个活，而非他们本人……

“写好了！”“举人”小心翼翼地将宣纸折好，扔进了轩子佩的武具箱，“这封信是写给家父的……”

“行，晓得了……但是这次咱们应该是一条线上拴着的蚂蚱，你要是出不来，我也够呛……”

“你的字比较讨口彩！所以还是放在你那里比较稳妥些。”

“我的字……怎么了？”

“你名子佩字瑾瑜，瑾瑜瑾瑜，仅剩的漏网之鱼嘛！”

轩子佩笑骂一声，躺在炕上小憩起来。

堡内小校场上的日冕无声地鞭打着时间，待到日影西斜之时，二人默默穿上了牛皮靰鞡与寻常兵丁的鸳鸯战袄，用腰刀挑着酒葫芦，相跟着走出了窝棚。两条狭长的身影无声地映在堡子的夯土外墙上，间或穿过一队懒散疏落的兵丁，朝堡门处走去……

随着呜咽的号角声，残阳恹恹地坠入了金色的林海。借着最后一抹逆光，一小队人马于堡门前的空地上稀疏地排成了一列横队，6名军汉，10匹马，蚊蝇在抽动的马尾间上下翻飞。

四名士兵将短矛搭在肩上，挨在一起一边分抽着一口小烟袋锅子，一边有一搭没一搭地聊着天；其余两人则带着长矛，马匹上均携有弓箭与腰刀——形制均为粟鞨人所惯用的长梢弓与牛尾刀。

轩子佩与“举人”默默地走进队伍之中，与众人交换了一个眼神。这支小队人数虽少，却是从金羽卫东北镇抚司寅字队100余人中精选而来，人人都是老手，连其中最嫩的“举人”都挂有小旗官衔。

轩子佩是寅字队的副长，此刻，大家正在一起等待着小队的指挥，寅字队队正——百户吕砚凝。

轩子佩将一个鸡蛋仔细剥好，用手托着喂给坐骑吃下。在坐骑享用美食时，他轻轻地挥起了腰间的牛皮手套，驱赶着萦绕在马匹周围的蚊蝇。

一列在堡外屯田归来的士兵被残阳追赶着挤进了狭小的堡门，随行的几驾牛车装载着苞米和小麦。牛车缓慢的步伐阻慢了这些归心似箭的军汉，一时间堡门处稍稍显得有些混乱。

在这片小小的聒噪中，吕砚凝不声不响地走近了自己的小队，一名使短矛的金羽卫赶紧牵起一匹青马迎上前去，一边将手中的缰绳递上，一边接过吕砚凝挑着狼皮卷的腰刀，他将腰刀挂在青马的马鞍桥上，狼皮则绑在了马鞍后部。

其余金羽卫则立正站直，羊群般的军卒从这支静默的小队面前经过时，纷纷自觉地收敛起了喧哗。

吕砚凝三十出头，中等身材，彪悍之势被风尘裹挟，很好地掩盖住了体内与金羽卫并不相符的书卷气。此刻，他朝肃立的部属微微颔首，便即翻身上马，率众策马奔进余晖之中。

一轮金乌寂挂于静穆的夜空，月光穿过针叶阔叶杂处的林梢，为人、马、树木镀上了一层皎洁的光晕，与一入夜就两眼一黑如同瞎子的寻常士兵不同，金羽卫中这一队号称“夜不收”的精骑自入夏以来，每人每天都会吞服一碗蝌蚪，此乃辽东古法——为的是在夜晚中也能借着月夜、星光隐约视物。

虎啸狼嚎不时在林间响起，时稀时密，但众人所骑的马匹却并不慌乱，依旧保持着长途行军时不疾不徐的步伐，到了天际泛白之时，小队已经来到了离堡四十里外的一处石剌子（石壁）旁。

一名长矛兵首先下马，走进石壁的凹陷中，从一个不起眼的石缝里拽出了几个硕大的油纸包。

他随手将纸包拆开，内中包裹的，竟是一套套粟鞨衣装，大家脱下鸳鸯战袄，复又摘下斗笠，露出一排齐整的光头，有的人在光头后，还拖着一小根细小的鼠尾发辫。

众人换好粟鞨衣装后，其中一人长声呼哨，不多时，天空中鹰啸肃朗，一只身型壮硕的“海东青”盘旋而下，停在那人的小臂上，桀骜地四下盼顾。这些刚刚看起来还是大宁官兵的金羽卫，刹那间已变成了一支精悍的粟鞨猎队。

金羽卫们分头而动，轩子佩拢起篝火，有人将从崖边流下的山泉一桶桶提来倒入架在火上的铁锅之中，有人攀上石崖隐入林中布设岗哨，“举人”和刚刚唤鹰的年轻汉子则将十匹马的马鞍一一卸下，用毛刷分别将马身上的汗水刷干，再给马匹饮用了已经烧温的山水。虽说众人所骑的率滨马以忍饥耐劳，皮实扛造而闻名于世，但吕砚凝，却仍然要求部下在条件允许的情况下尽可能地给坐骑以最好的照顾。

轩子佩忙完手中活计，拎着一袋燕麦前来帮二人喂马。

“田利常，你这海东青又快要换了吧！”

“是啊，到今年冬天，这只鹰就该放了，到时候还要再向吕大人告几天假，重新熬一只新鹰出来！”

“好，到时我争取陪你一起去，再带上‘举人’，近两千里的路，三个人去稳妥些。”轩子佩言毕，下意识地举头望了望更北的天空。

自此处往东北方向再行两千余里，就会看见一泓横无际涯的冰海，冰海之中有一种大天鹅最是名贵，中原历朝历代皇后所佩的凤冠之上都镶有这种天鹅的翎毛。

因此，无论朝代如何更迭，这大天鹅都是东北边民雷打不动的贡品。而捕获这种珍禽的唯一途径，就是放这种名唤海东青的珍贵猛禽升空猎取。

千年中，中原王朝与东北边民因这“海东青”爆发过数次冲突，甚至有国祚二百余年的宏伟帝国因之倾覆灭亡……

“海东青”极为桀骜，猎人将其捕获后要与其连续对峙三个昼夜，不可中断，亦不可换人。直至将鹰身上的野性彻底熬干，这只冰海上空的王者方能对战胜它的猎人俯首称臣。

不过，“海东青”与人相处的时间不能超过三年，一旦超出时限，鹰身上的桀骜与神性必将消失殆尽，油尽灯枯……

田利常的家族世居东北，其祖上从粟鞨人处学得捕鹰熬鹰之法，于家中代代相传。这只海东青是金羽卫们行走关外的护身之宝——带着神鹰的猎队，必然是宁公特粟鞨人中的“三音哈哈”（好儿郎）！在粟鞨人心中，宁人是无法捕获并驾驭海东青的。

待战马饮罢温水又饱食燕麦与干苜蓿后，众人将兽皮铺在地上，围绕营火团团而坐，轩子佩将大家事先捣碎的肉砖与炒米混在一起，投进铁锅之中慢慢炖煮。

小队粟鞨人外出行猎之时向来不用炭火炙烤食物，只吃这种坚如顽石的肉砖以及便于保存的炒米。

要知道，人类并不是这片莽山之中唯一的主宰者，肉类经炙烤后发出的香味朝四外弥散后，往往会引来一些难以招待的不速之客，棕熊虎狼之属还好说，最怕的是——

田利常与举人等几个年纪小的，此刻正盯着一名面貌相对英俊的金羽卫发出坏笑，举人笑着笑着，突然夸张地伸出双臂朝坐在身边的田利常抱去，田利常则拿起一小块未煮的肉干顺势塞进了“举人”的口中……见此情景，金羽卫们纷纷大笑了起来。

“关鹏举，你说你当时若是从了该有多好！”

“是啊，在这东北地界难得见个女人，既然是母的，你还管它是人还是人熊作甚？”

“那之后你小子肯定夜夜后悔吧！”

“你们就会说这些风凉话！若不是本大少英俊，能引来母人熊吗？人熊皮孝敬给千户大人后，千户大人赏赐的银钱大家伙可是均分的，你们既已花了本少爷的钱，便不能再这样嘲笑我了！”

被众人打趣的那名金羽卫名叫关鹏举，在去年暮春的一次巡哨中，关鹏举离队下马出恭，一只发情的母人熊悄悄从背后摸来，紧紧抱住关鹏举欲将其掳走，这人熊一物，八分像人，两分像熊，身高八尺，长毛覆身。粟鞨人称之为“阿尔犸斯”，意为迷失之人。

此物诡谲残忍，力大无穷，在山中连大虫都对其避让三分，但其数量却极为稀少，即使是生活在密林深处的粟鞨人，大部分人终其一生也鲜有睹其真容的机会。

但是关于发情人熊掳人的传说，却同时在大宁边军和粟鞨营寨之中广为流传。

据关大少回忆，当时自己被一双毛茸茸的臂膀从身后紧紧抱住，直冲口鼻的腥臭之气熏得他几欲昏厥，慌乱之中，他从腰囊中随便抓起一物向身后喷吐腥臭的源头怼去，哪知这一怼之下，身后竟传出了一声惨叫，环抱自己的臂膀也立时松脱，他趁此机会方能得空大声呼救。

众人闻讯而来后用火铳将人熊击毙。勘验尸首时大家发现，原来那个在危机时刻拯救了关大少贞洁的物件，乃是一块肉砖……坚硬的肉砖崩坏了人熊的一嘴尖牙。关鹏举方能得以脱险。

自此，关鹏举便有了一个诨号——“金羽肉砖将”。

肉砖在翻滚的泉水中渐渐软化，众人用贴身的粟鞨顺刀（短砍刀）将其在岩石上进一步砸松，方才慢慢地放进口中咀嚼，味同嚼蜡的一餐后，篝火旁逐渐响起了低沉的鼾声。

“还行，都睡着了，没一个怂的。”轩子佩待众人熟睡后，轻轻起身来到石壁顶端，替下了岗哨。

“九死一生”“虎口拔牙”……类似的词语在他的脑海中如走马灯般飞速旋转，但是，正所谓“不入虎穴焉得虎子”！这个“活”要是干得漂亮，今后几年大家都可以过安生日子。换言之，在这个当口，这个“活”要是不干，大麻烦离他们也就不远了……

东北金羽卫历来有个传统，就是“干活”之前，于细节处从来不去多做算计，在情况瞬息万变的雪原丛林中，千算万算都不如随机应变。

这片响彻林际的鼾声说明，与其去忐忑地思考恐怖的未知，莫不如多睡一会以便多养出几分精力来。

日暮时分，众人重又策马没入了莽林，如此这般向东北方“夜行晓宿”了十余日，算来已经远远超出了大宁边军哨探的活动范围后，众人方才改为于日间朝西南方向大大方方地策马前行。

就如粟鞨猎队一样，众人在林中时而策马射猎，时而纵鹰翱翔。粟鞨猎歌悠扬辽远，久久回荡在马队上方。

金羽卫们不时会与其他的粟鞨马队偶遇，双方均不以为怪，互相致意后便一同结伴向前徐徐而行。越往前走，路上的粟鞨马队就越多，一队队人马逐渐汇成了一支人数近千的庞大行伍，人喊马嘶穿林而过，相熟的队伍在行路时经常会合为一部大张旗鼓地进行围猎。

一众金羽卫混杂其间，泯然众人。

这日傍晚，在清河的“凹”型河湾处，一座杂乱的城寨出现在了众人的眼前。雨季已过，夕阳融进并不湍急的河流中，给城池披上了一层三面翼护的金色链甲，这座小寨城方600余步，外层的木寨由高约两丈的松木搭建，将城中那座夯土小堡紧紧拥在怀中。木寨与土堡之间，是一片密密麻麻的地窝子。

“这就是野鹤城！一座属于野鹤粟鞨的城寨。打盘古开天辟地起，直到不久前这些粟鞨野人才堪堪学会了结城而居……”轩子佩一边系腰带一边抬起下巴，朝不远处的那片人间烟火努了努嘴，语气中带着些许不屑。

“哎~总旗哥儿此言差矣！东北的土著先民在盛唐之时就已经开始筑城了！据史书记载，他们在这片冰原中甚至造出了一座堪比长安的壮美城池，只不过……

后来被镔铁国付之一炬……日后若是得了闲，我真想去林间寻访一下该城的遗迹，说不准，还能起出些古董珍玩来！

寻常盗墓贼不敢进老林子，粟鞨人又不识货，那里的宝贝肯定不会少！怎么样，过阵子和利常一起去冰海畔捕海东青时，咱们顺带着去寻访一下吧……”举人已率先系好了腰带。按照章程，即便是像现在这样，二人在远离诸人的林间出恭，也应该用粟鞨语交谈，但“举人”说着说着，就又不自觉地切回了汉语。

“得！得！得！别想那么远！先把眼巴前的活计干好再说吧！”轩子佩用马鞭敲了敲同伴的额头。

“你若是再敢说汉话……”

“你能把我怎么着？一刀砍了我？还是把我调出‘夜不收’？求你了！快些把我调走吧！老子当年可是要去西南镇抚司享福的人……”

“举人”虽然嘴硬，但狡辩之辞却是用粟鞨语所说。

二人重新上了马，朝野鹤城的方向并辔而行。

暮色渐浓，陆续抵达的粟鞨部众在广袤的空地上，环绕着城寨搭起了一圈皮帐。一些心急的粟鞨人早已燃起篝火，将白日里沿途射猎所得的“飞龙”野雉、野猪、狍子等猎获架在炭火之上慢慢炙烤，一袋袋劣酒在火堆之间往来传递！

“你看！我宁公特粟鞨出虎水部的汉子个个海量！”

轩子佩一手拿着一根微焦的野猪排，一只手冲着“举人”竖起了拇指。此刻，举人正在和一名野鹤粟鞨的青年汉子比拼酒量，二人各捧一袋劣酒仰头牛饮，那野鹤汉子显然酒量不济，不多时就被呛得连声咳嗽。

近两日的旅途中，金羽卫小队与这队野鹤粟鞨部众联手射猎，斩获颇丰。此刻两队人马杂坐在篝火旁大口喝酒大块吃肉，真如多年挚交一般。

“太好了！这次就连宁公特也来了这么多兄弟！我活到四十三岁，从来没想到有朝一日能和宁公特及咸州的部众一起驰骋射猎，把酒言欢！”一名壮汉搂着轩子佩的脖子感慨道。

“是啊，你们野鹤和咸州征战多年，现在马上就要和解了，野鹤有咱们粟鞨最美的姑娘，咸州有粟鞨最强的汉子，两天后，这最美的姑娘和最强的汉子就要搬进一个地窨子中了，咱们粟鞨各部，也就是一家人了！”轩自佩同样以兴奋的语气感慨道。

再过两日，便是八月二十七了，在眼前这座野鹤粟鞨首领的居城，野鹤粟鞨贝勒之妹，有粟鞨第一美女之称的野鹤·虹溪将与咸州首领“野牛皮”之弟，有粟鞨第一勇士之称的“小野牛”举行大婚。

野鹤与咸州两个互相征伐多年的仇敌也将在婚礼之上重归于好，为见证这一空前盛况，不仅咸州与野鹤各部纷纷有勇士到场庆贺，就连宁公特粟鞨诸部也受咸州之邀翻过巍峨的盖马大山，千里迢迢地赶来观礼。

金羽卫小队冒充的，正是宁公特粟鞨出虎水部。奇怪的是，几百年来一直明里暗里在粟鞨各部之间挑拨是非的大宁朝辽镇驻军，却对此事不发一言，摆出了一副放任大家结盟修好的态度。

“等咱粟鞨人今后不再互相打仗了，我们野鹤的骑兵，再加上他们咸州的步卒，还有你们宁公特的勇士，咱们联合在一起就再也不用怕高鲜人了！到时大家一起从我们野鹤出发，不多时就能抵达高鲜的朔、汉二州，哈哈哈……”说到这里，野鹤壮汉再也抑制不住自己的兴奋，仰天大笑起来。

“何止不怕高鲜？就连大宁的边军也不是咱们的对手！”

轩子佩这话说得既真诚又豪迈，野鹤壮汉也被他的豪情所感染，再一次为“远道而来”来的好汉斟满了盛酒的葫芦碗。

“宁公特勇士果然彪悍！对，只要咱们联手，大宁边军也不是对手！这些年，我们野鹤被大宁边军强逼着东征西讨！打韦兀人！打咸州！甚至连自己的兄弟部落都得照打不误！多少好汉子就这样白白地死掉了……等咱们抢完高鲜，接下来就要去抢大宁！”

“对！抢大宁！”轩子佩仰头将葫芦瓢中的劣酒一饮而尽。劣酒如寒霜般冲破了熊熊燃烧的篝火，将轩子佩激得打了个冷战。

“这个活要是没干好，用不了多久，他们的铁骑，就当真会在大宁境内四处窜扰了！

成败与否，全看我们这几名兄弟了……”

坐在阴影处的关鹏举悄悄投来了一个眼色，轩自佩轻轻颔首，关鹏举随即不动声色地离开篝火，将自己隐进了幽深的夜色。

“喝酒！今天咱们先用这酸马奶酒与野葡萄酒委屈下肚肠，待日后掳掠归来，再一同生起篝火，用高鲜的高粱烧酒、大宁的各色美酒犒劳我等的赫赫战功！”

举人再一次举起了手中的酒囊，听着他的祝酒词，轩子佩不由得暗自皱了皱眉——即便是用粟鞨话，举人也逃不掉这文绉绉的臭毛病。

这一场夜宴直开到凌晨时分方才渐渐散去，皮帐内、小河边、草地里，各部粟鞨勇士彼此枕藉，横七竖八地醉倒了一地，发出雷鸣般的鼾声。晨曦下，关鹏举披着朝露回到了金羽卫的皮帐里。

“如何？没什么岔子吧？”吕砚凝悄声问道。

“没问题，一切照常……"关鹏举冷静地回答。

“啧啧，声音中满是疲惫啊，想来昨夜关兄一定是累着了！”田利常笑嘻嘻地打着趣。

“姐夫，如果事情顺利，千户大人肯定会如约帮她从中斡旋吧！”关鹏举没有理会好兄弟的调侃，直直地看着吕砚凝的双眼。

“放心，姐夫知道你的心意，区区小事，对咱金羽卫来说算不得什么！”吕砚凝轻轻地拍了拍关鹏举的肩膀。

一时间，帐内众人均是默然不语。

辽东金羽卫中，关鹏举的身世最为坎坷。他的外祖父是辽镇边军的一名游击，二十余年前，一队入寇的野鹤粟鞨汉子回程途中顺手打破了一个边军的烽燧墩，将守墩兵丁杀死后，掳走了墩内的几名女眷，关鹏举尚是少女的母亲那日恰好来此烽燧墩做客，因此一同被掳。

粟鞨部落多如牛毛，关鹏举的外祖父苦苦找寻近10年，方才弄清了女儿的下落，此时，关鹏举的母亲已经与当日将自己劫走的粟鞨骑士结为夫妇，而关鹏举也已经七岁了。

相认后，关鹏举的母亲不愿离开与自己感情已深的粟鞨丈夫，但思虑之下，还是将孩子送回了外公身边。

关鹏举被外公接回后不久，父亲的部族就在大宁边军及兄弟部落的联合打压下不得不离开故地，举族向东迁徙。多年颠沛后，最终与高鲜国达成协议，成了一支守护在高鲜边境，抵挡咸州粟鞨入寇的雇佣签军。

关鹏举外公取关鹏举父亲野鹤粟鞨瓜尔江氏之谐音，在布政使衙门登户籍时给外孙报了一个关姓，为了让孩子精忠报国，便仿效前朝大将，为其取名鹏举。

随后，外公又多方活动，最终在关鹏举15岁那年给他谋了个推恩金羽卫小旗的职位。并亲自将外孙送至吕砚凝麾下当差。吕砚凝的夫人是关鹏举的表姐，二人不仅是同袍，还是姻亲。

粟鞨血统的金羽卫，这关鹏举乃是独一份。

关鹏举18岁那年的初冬，偶然在一次巡哨途中从狼口里救下了一名粟鞨少女，惊魂未定的少女依偎在关鹏举的怀中，却越发感觉自己的恩人竟如此眼熟。而恩人看自己的目光中也充满了疑惑。

“莫不是你！”

“竟然是你！”

关鹏举救下的这名少女，竟然是其幼年的玩伴——野鹤·鸿溪。二人幼年时曾一起在野鹤城旁的小溪中捉鱼，一起在开满野花的向阳山坡上嬉闹，还曾与其他小伙伴玩那过家家的游戏。

时隔多年，二人再次重逢，共骑一马，顶着萧萧而下的碎雪，朝野鹤城方向徐徐而行。17岁的鸿溪已经被公认为野鹤第一美女，而粟汉混血的关鹏举则是金羽卫中数得着的英俊后生。二人时而忆起童年往事，时而聊到现今的生活，时而轻轻依偎默然不语。

野鹤城的炊烟，终于还是从地平线处袅袅升起。关鹏举将鸿溪抱下战马，离别之际，鸿溪的浅吻伴着雪花一起飘落在关鹏举的脸上……

“成败与否就看今晚了！诸君可否愿与我并肩而前？”吕砚凝的目光深邃平稳，看不出一丝波澜。

“愿为圣上尽忠！愿与大人并肩！”众金羽卫一齐轻声答道。

“好，今夜我与子佩、鹏举于主寨起事！利常、“举人”在马厩策应，萧关客、桑空林、金卓散在城外各处广造声势，沐秦声居中救援！只要主寨火起，各人便可自行便宜行事！”

“得令！”

“鹏举，你现在悄悄带上利常和举人去密室准备家伙。其余弟兄抓紧时间休息，日落前分批去密室取货，事毕后于城北天星峡汇合，不要忘了咱金羽卫的铁律：不成功，便成仁！临阵退缩、胆怯被俘者，皆以通敌谋反论处！”

白日里，又有部分粟鞨部众陆续抵达了野鹤城，城内部众杀猪宰羊，为今晚的结盟宴和明日的大婚庆典做着准备。

正午时分，一座高大的皮帐在城外竖起。

“是真金家族的战旗！咸州的真金家族到了！”看着在皮帐顶端迎风狂舞的獠牙旗，城外的欢呼声瞬间响彻云霄。

人们知道，这次盛会中的主角，咸州粟鞨真金家族族长艾森阙洛·昌安率领次子小野牛、幼弟昌觉现已抵达野鹤城。

一瞬间，獠牙旗在野鹤城上空卷起的喜气点燃了粟鞨人心头的熊熊野火！

咸州、野鹤、宁公特……我们应该是族人啊，为什么要当仇敌呢？百余年的互相征伐后，这种说不清的感觉开始在粟鞨人心中同时萌发……

等不及日落，性急的粟鞨人就已经开始了狂欢。欢呼声此起彼落，一浪高过一浪。直至将太阳撵下山岗……

轩子佩将一个精致的小弩并十支弩箭装进腰间的皮囊之中，他低着头走出营帐，穿过城外欢腾的人群，来到了城寨之中。木栅内，一圈圈低矮的地窨子杂乱地环绕在主寨四周。

据古籍所载，东北先民世居于坟冢之中，与先人尸骸共处一室。之所以会有这种讹传，最主要的原因就是因为他们所住的这种房屋与坟墓过于相似——建屋之初，要先向地下挖掘五尺，再用树干搭建出类似于帐篷的墙壁，树干之间的缝隙则以泥草填糊。虽然外形有碍观瞻，但在东北长达五个月的冬季里，这种形制的建筑却是最为保暖的。

与城外喧嚣的河畔相比，城内的行人反而不多。一阵凉风从清冷的城内吹过，轩子佩不由得打了个喷嚏，刚从抚奴城出来时天气还热得很，现在，已经是深秋了……

三下、一下、一下、四下，他有节奏地敲着一间地窨子的门，门“吱”的一声打开了。一人手执短矛站在门内——是“举人”，室内昏昏沉沉，一股怪味弥漫其间。

拾阶而下，只见一具尸体歪倒在墙边，咽喉处有一个血肉模糊的窟窿，创口很新鲜，似乎仍在不住地喷吐着血气。

夕阳从小小的窗口透入，照在尸体空洞的脸上，此人生前年约三十有余，粟鞨的鼠尾头明显是新剃的。一个小物件从门前飞至轩子佩手中，不用看他也晓得，这是辽镇边军哨骑所佩的腰牌。

“白日里就看见了这厮，没发现有同伴，总是鬼头鬼脑地在屋旁窥探，但为了保险，刚刚才骗过来宰掉的。”“举人”顿了顿手中的矛杆，轻描淡写地说道。

“好，放在这就行，就算是一处上给粟鞨人的眼药！”轩子佩将腰牌重又塞回了尸体怀中。

“你看，这些家伙够不够你们在主寨处使用，配这玩意太麻烦了！我这一天从早干到晚，也没做出来多少……”田利常将一个小皮包递了过来。

“够了，主寨内有松明火把，我用不了多少，一会给萧关客他们多带些吧！”轩子佩掂了掂皮包，小心地背在了肩上。

“一会我们在主寨得手后，你俩要先等一下，听见城外乱了，再去动马厩！这样效果会更好些！”轩子佩忍不住又多叮嘱了两位小将一句，方才转身朝外走去，经过“举人”身边时，二人轻轻地击了下手掌。

深秋的黄昏转瞬而逝，几步的功夫，轩子佩就从夕阳跨进了黑夜。

主寨就在前方，和低矮的地窨子不同，这里却是一处高大的所在，三丈多高的红松一根接一根围成寨墙，比城墙还要高出一丈有余，遇有战事，这主寨就是一座压制周边的高大箭塔。据鹏举得到的情报，这座寨子平时并不住人，主要被粟鞨人用作宴饮议事之用。

“寨墙上值班的听着！贝勒爷有令，今夜开恩，不用你等值守了。贝勒爷说了，今天全粟鞨的勇士都在咱们城内外守卫，任谁也攻不下咱们的城寨！你们也一起下去喝酒吧，莫要让咸州人、宁公特人把咱们瞧扁了！”

轩子佩沿红松寨墙上的便梯攀上寨顶。微微露头朝上方喊道。喊罢便头也不回地原路而返，隐伏在城角的阴影处。

“呼呵！”寨顶上旋即响起几声欢呼。三名守卫欢天喜地地从便道溜下寨墙，小跑着向城外赶去。

待众人走远，轩子佩复又从容地登上了寨顶。寨顶开有几扇天窗，从中可以清楚地看清寨厅内的情况，主寨长宽各三十步，三十余方木桌摆放其间，这些桌子均是用整个的大树墩子加工而成，一桌可坐上七八个人，此刻，参加结盟酒宴的众多部落首领尚未进寨落座。

寨厅中央支着几口大锅，十余名粟鞨妇女在锅边忙碌着——添柴、加水、切酸菜。大锅内似乎炖着野鸡与切成方块的猪肉。轩子佩抽了抽鼻子，说实话，虽然是辽东土著，但这种粗犷的粟鞨炖菜却并不符合他的胃口。

“这帮家伙，想酒想疯了吧！”一张守卫没遗落在寨顶的弓箭进入了轩子佩的视线中，这是一张标准形制的粟鞨步射弓，他拿起弓试着拉了拉，弓弦由鹿筋制成，力道正好，旁边的箭壶里装了七八支透甲锐箭、十余只阙月铲箭。

此前为避人耳目，轩子佩只贴身带了一副小弩，这副弓箭的出现，刚好解开了他心中缠绕的最后的一处绳结。旋即，他又微微感到一丝不安——这件事从开始到现在，是不是有些太过顺利了？

寨厅的喧嚣打破了他的忧思，轩子佩伏身于天窗之侧，只见粟鞨各部首领正鱼贯走进寨厅。

为首一桌，三名身着黑貂的大汉于左侧落座，想来定是“真金家族”艾森阙洛氏的昌安、昌觉、小野牛，昌安、昌觉二人的年纪在五十岁上下，虬髯纵横，粗犷不羁。粟鞨第一勇士小野牛则显得英气非凡，一言一行均透着一股虎虎生威的彪悍之气。

另有两男一女从右侧落座，女子身着缀满东珠的白貂华服，漠然不语，两名男子身材瘦长，虽不如艾森阙洛氏粗壮，却自有一股精锐桀骜之势。这三人，就是野鹤粟鞨的正副族长，野鹤·纳兰、野鹤·纳若、以及他们名义上的妹子，粟鞨第一美女野鹤·鸿溪。

众多粟鞨部族首领中，轩子佩一眼就看见了“宁公特粟鞨出虎水部族长”吕砚凝，以及坐在他身侧的关鹏举，二人所坐席位紧挨寨厅正门。

吕砚凝与周围的部族首领谈笑风生，举手投足间自有一番首领的风范。大大小小的粟鞨部落散居于东北各地，咸州、野鹤与宁公特之间更是横亘着巍峨高耸的盖马大山，厅内诸酋大多均是初次相见，因此，吕砚凝所饰演的这名“宁公特粟鞨出虎水部族长”丝毫不会引起同席之人的怀疑。关鹏举的目光，则完全盯在坐于首席的野鹤·鸿溪身上。

众人入席后，一盆盆酸菜炖白肉、山鸡炖蘑菇被在灶间忙碌的野鹤姑子们从大锅中盛出，流水架端了上来。

几头炙烤得金黄酥脆的全鹿和一坛坛产自高鲜的高粱烧酒也被抬进厅中。自有心急之人挥刀撬开了酒坛上的泥封，浓郁的酒香瞬间盈满厅寨——想必，这些高鲜烧酒被野鹤部众抢来后，已经在这城中的地窖里度过了漫长的岁月。

众宾客欢声雷动，争相拿起身前的葫芦瓢去酒坛中盛舀起美酒。

轩子佩静静地俯瞰着脚下的一切，与夜色宛若一体。

酒过三巡后，野鹤·纳兰站起身来，高声大喊道：“各部的勇士们！我有话要对大家说！”

中气十足的喊声穿透嘈杂的声浪，如闹市般喧嚣的寨厅渐渐平静了下来。

“咸州、宁公特、野鹤！我们之间，已经互相征伐了上百年。

当年，咸州的先祖被宁公特人赶过盖马大山，野鹤的祖先也被咸州逐出了撒叉河！

一次迁徙，就是一连串的烽烟。我们身沐着腥风血雨在莽林与雪原中颠沛流离……可是，东北的白山黑水天地辽阔，我们粟鞨人足可以尽情驰骋其间射猎、农耕、捕鱼！

然而这百余年中，我们却还是在不停地你争我夺，互相杀戮！所争之物又是什么呢？

是草场、山林的地契？是几道薄薄的敕书？是宁人的册封？这些东西对咱们粟鞨人来说究竟又有何用？没有这些劳什子玩意时，咱东北的先民不也一样在这片土地上生息繁衍了成千上万年吗？

但是在这百余年中，我们就是为了这些无用之物不停地互相征伐！粟鞨人的弓刀不但没让粟鞨人越来越强，反而让粟鞨人越来越少！让高鲜国、让大宁朝廷越发地觉得咱粟鞨人软弱可欺！”

“呼呵！”

“野鹤贝勒说得对！”

“粟鞨的弓刀不应屠戮粟鞨人！”

厅内响起山呼海啸般的欢腾之声。众首领一齐高声附和，有些人还拔出佩刀，用刀背将圆木桌子敲得嘭嘭做响。

“百余年间，我们的刀刃上沾满了彼此的鲜血！但是，在这百余年中，大家的身体里也奔流着彼此的血脉！”接过话头的，正是真金家族的族长，艾森阙洛·昌安。

“哈哈哈哈……”厅内响起一片笑声。

从敌对部落抢女人当媳妇，是粟鞨各部千百年来的传统，抢来的媳妇不受歧视，育有后代后照样可以当家。

“野鹤、宁公特、咸州，咱粟鞨各部的血其实早就已经汇聚在一起了！这些年，沁入大家刀锋的，正是我们自己的鲜血！”艾森阙洛·昌安敲击着桌子，声若熊吼。

“尤其是我们咸州和野鹤，这些年一直争斗不休……但是明天，我的儿子小野牛将娶野鹤的鸿溪格格为妻！这将是百余年间，咸州第一次不用动刀枪，就从野鹤部娶来媳妇！”

厅内众人再次发出一阵欢呼。

“小野牛、鸿溪，”杀人无数的昌安，此刻竟带着些许慈祥。

“虽说明日才是良辰吉日，但此刻你二人不妨先对饮一杯，如何？”

小野牛腾地站起身来，捧起酒坛将面前的两只瓷质酒盏斟满，与其余席位上的葫芦瓢不同，首席上摆着的瓷盏质地颇为讲究。在松明的映照下，油润的光泽在瓷胚细碎的纹理间翩然舞动，宛若惊鸿。

小野牛捧起一盏佳酿，双手端至鸿溪面前，通红的脸上挂着火热的笑容。

鸿溪缓缓起身，直勾勾地盯着小野牛的双眼，对眼前的酒盏丝毫不加理会。娇艳的容颜一如晚秋时的深潭，层层迷雾下，是被薄冰覆盖的沉郁和幽寒……

“如此名贵的瓷器，我在野鹤城中从来不曾见过。想必定是咸州勇士们带来的聘礼吧！”鸿溪清霜般的声音，让人们突然意识到，在厅寨外的莽莽群山之中，斑斓的寒叶正在无声地从枝头上一点点飘落。

满面红光的小野牛并没有察觉到鸿溪话中所透出的冷漠。他的脸上，仍然挂着与其相貌并不相符的恬然。

“是，我们今天带来了不少聘礼！格格好眼光，这瓷盏即使在汉地，也是十分名贵的！”

“你们咸州粟鞨的首领野牛皮是宁人大官蔺成栋的干儿子，想必，这十分名贵的酒盏定是那位‘蔺太师’所赏赐的吧！

如此珍贵的奖赏，不是砍几个寻常野鹤人首级，烧几座普通野鹤寨子就能得到的。难得咸州真金家族一片真心，把这么名贵的赏赐带来当聘礼！我真是受宠若惊啊！”

笑容僵在了小野牛的脸上。他手中的酒盏突然间仿佛有千钧之重，让这位粟鞨第一勇士端也不是，放也不是，尴尬至极……

“来来来，既然知道这是咸州真金家族的一片赤诚，还愣着干嘛，赶紧喝酒啊！”野鹤·纳兰起身将酒盏从小野猪手中接过，硬塞进鸿溪手中。

鸿溪却丝毫不为所动，清冷的声音再一次响起：“真金家族送来的酒盏虽然质地上佳，但在我看来也属寻常之物，各位可知这世间最名贵的酒盏是什么？”

话音未落，纳兰、纳若二人同时拍案而起，纳若抓住妹子的胳膊一声低吼："退下！大喜的日子，休要放肆！"

"二哥，既然是大喜的日子，更需注意野鹤的体面！!"

鸿溪一把甩开了纳若的手，继续说道："世间最名贵的酒盏，就藏在此人兄长的义父，大宁朝故辽镇总兵蔺成栋的家宅之中，那酒盏由人头制成，昌安与野牛皮二人亲手从那人的头盖骨上剥下血肉，再镶以金边，快马送至蔺李太师的衙署。

听闻蔺太师得到这人头酒盏后欢喜得合不拢嘴，当场就给朝廷写奏折，给昌安要了一个正四品龙虎将军的官衔！"

鸿溪所说的这件旧事，厅内众人多有所闻。当年，蔺成栋因专权跋扈被言官弹劾，不得不卸去了辽镇总兵之职，继任的张总兵还没来得及施展拳脚，野鹤粟鞨便率先揭竿造反，包括部分咸州粟鞨部落在内的粟鞨各部纷纷举兵响应。

一时间，烽烟在东北大地上处处燃烧。粟鞨乱兵一举攻陷了大宁朝辽东重镇开阳城，开阳守将、蔺成栋之二子蔺如云在城破之后率军继续巷战，最后终是死在了乱军之中，连尸首都没有寻到。

辽东局势一度危如累卵，新任总兵既无退敌之能，又无安抚之策……

无奈之下，朝廷只得重新起复70岁的蔺成栋总领辽东军务。蔺成栋出山后，与艾森阙洛·昌安那名曾在帅府当过家丁的长子艾森阙洛·野牛皮暗通款曲，几日后，参与叛乱的咸州众部在真金部的率领下于阵前突然倒戈，突袭野鹤大营，大败野鹤骑兵。

有辽镇边军为后援的咸州兵连续追袭五百里，一路扫荡野鹤诸部，最终在盖马山天池畔将鸿溪的阿玛，即当时的野鹤诸部首领布昂森斩杀，随后将其头盖骨取下做成酒盏，送至蔺成栋手中。

第二次出山后，此前曾经对粟鞨各部基本保持一视同仁，既拉且打，时拉时打的蔺成栋开始一意偏袒扶持咸州粟鞨真金家族，促使真金家族一步步坐大，在被咸州各部公推为盟主后，又与同宗同源的宁公特粟鞨订立了盟约。

此后，真金家族恩威并施，对百余年来一直与其势均力敌的野鹤粟鞨步步紧逼，导致野鹤诸部最终四分五裂，渐渐支撑不住的野鹤诸部首领野鹤·纳兰只得主动向老对手纳妹求和，这才有了今日这段城下联姻。

但是在这些年间，虽然咸州在粟鞨诸部中一家独大，但对大宁朝廷却愈加恭顺。

各部有组织的入寇基本停歇，作为回报，大宁发到咸州粟鞨手中的贸易敕书亦越发丰厚。各部部众饮酒时在痛骂咸州粟鞨的同时，心下对这些年所过的相对安生的日子也抱有一种无法言说的舒坦之感。

眼看着这种安生日子似乎会随着咸州与野鹤的进一步联姻而继续长久地持续下去，这次联姻的主角之一，鸿溪格格却在这个喜气盈盈的场合里，当着众人之面又刻意地提起了这段被尘封多年的血色旧事……

“昌安大叔，你的指甲里，是不是还残留有我阿玛头骨上的血肉呢?

这些年来夜不能寐时我一直在想，你们把我阿玛的头盖骨做成酒盏献给了宁人，那我阿玛头上的皮肉又作何用途了?

听闻你咸州真金家最喜猎犬，平素抓到与你部作对之人，往往会让猎犬将他活活咬死吃掉。也不晓得这厅内的众人是否有亲朋故旧和我阿玛一样，也给你真金家当了狗食。

我野鹤虽然日渐式微，但在这野鹤城内我一直都是格格，因此脾气坏得很。昌安大叔，如果我嫁到真金家族后不小心惹到了你们，你会把我也推进狗圈中当作狗食吗？”

话说到这个份上，小野牛再也忍受不住，举起拳头作势要向鸿溪脸上打去，哪知鸿溪速度更快，抢在小野牛铁拳之前率先抓起面前的酒盏，将碗中的烧酒全部泼在了小野牛的脸上。

“出去！滚出去！!”纳兰抓起鸿溪向后一推，鸿溪一个趔趄险些跌坐在地上。

“我自己会走！”鸿溪施施然穿过众人惊愕的目光和一团团炖菜发出的香气，来到厅门前。

“纳兰，别忘了你阿玛是靠娶了我额娘方才坐上野鹤首领之位的！纳兰、纳若，接下来就看你们的了！”说罢这句没来由的话，鸿溪头也不回地走出了寨厅。

寨厅内一片死寂，有些胆小的部族首领甚至连大气也不敢出一声，轩子佩伏于寨顶的天窗后，将手中的汗水在衣服上抹了抹，暗暗将一支阙月箭搭在弓弦之上……

“纳兰，你衣服里穿的是什么！”就在众人面面相觑之际，此前一直未说话的昌觉突然抓住纳兰的外套猛地一拽。外套脱落，一袭锁子甲从中显露了出来！

“宴会中披甲，你想干什么！”来自真金家族的三条汉子瞬间一齐发出了惊呼。

咸州粟鞨的野牛皮因年轻时因给蔺成栋当过几年家丁，因此会读写汉文，他对汉地通俗小说《三国演义》推崇备至，常常给部内诸人讲说其中内容。

此刻，看着野鹤首领身上的锁子甲，昌安等人不由得下意识地想起了野牛皮曾经反复给他们讲过的《三国演义》中的桥段，这种场面若是放在书中，接下来要发生的事情，通常都是主人掷杯为号，帐下杀出数百刀斧手！因此，三名也算是见过大风大浪的汉子，竟在一瞬间同时失了声色。

“我……我……”至于为何在今夜暗披了一件锁子甲，纳兰心中自有其难言之隐……

野鹤部众的身材较之咸州部众普遍要瘦小一些，真金家族的三人都是咸州有名的壮汉，纳兰、纳若如与其同坐一席，相较之下难免会显得有些羸弱。这种主弱客强的场面，在到场诸部首领眼中定然会有碍观瞻。

因此二人便听从了鸿溪的建议，在外套内又多披了一层锁子甲，以此来给自己的身材增加一些维度。哪成想在此刻这件壮门面用的锁子甲，却刚好引发了真金家族的误会。

看纳兰支支吾吾地说不出话，小野牛一个健步跳上桌子，而后居高临下将纳兰扑到在身下，拔出随身携带的顺刀抵住纳兰的脖颈，歇斯底里地吼道：“野鹤狗贼，你们想干什么？”

纳兰作为野鹤首领，在自己的居城内又岂能示弱，左手抓住颈上之刃，右手顶住小野牛的下巴向外猛推，鲜血从他的手指上渗出，被对手口中呼出的腥臭之气吹落在自己的脸上。

他从余光中看到，欲救兄长的纳若正与真金家族的昌安、昌觉人二人战作一团，厅内众人乱哄哄地朝首席的方向涌来，有人试图将扭打在一起的纳若等人分开，有人试图上前助拳，亦有人试图阻止助拳之人上前……

旋即，这些方才还团团围坐把酒言欢的汉子亦如首席诸人一样乱战了起来。仓啷啷，不大的厅堂内，四处回响着顺刀出鞘时的狞响。

混乱中，有人抱住了小野牛的后腰，更有人扑上来抠戳纳兰的眼眶。

这一阵突发的变故让一直以肉身与白刃相抗衡的纳兰再也聚不起胸中的精气。彻骨的疼痛从手指间升起，直插入他的脑海之中。

刀刃，一毫一毫地朝他迫近。

“罢了……”正当纳兰万念俱灰准备引颈就戮之时，忽然感觉压在他身上的小野牛没来由地突然抽搐起来，手中的尖刀也无力地滑向了地面。

死里逃生的纳兰大口大口地喘着粗气，方才还勇猛无比的小野牛此刻已经趴伏在了他的怀中，口中发出撕心裂肺的嚎叫。

纳兰定睛看去，只见小野牛的肩膀处，不知何时多了一支硕大的阙月箭，伤口处，狰狞的筋骨与鲜艳的血肉互相交织，恰如一朵怒放的花蕊。

“这一箭莫不是屋顶上的岗哨所发？”头昏脑涨的纳兰摇晃着站起身，摸了摸自己的脖子，颈间的皮肉已经被割出了血痕，只要那支箭再迟上几息，皮肉下的血管便会被小野牛的刀锋所切断。

“眼下这场大乱，莫不是萨满大神赐给我的建功良机？”望着在自己脚边蜷成一团的粟鞨第一勇士，一个大胆的念头突然从纳兰的心底浮出——此刻，咸州诸部的一众首领，有大半正聚集在自家的厅寨之中。只要自己能想办法把散在城中的部众召集起来……

纳兰的胸中，瞬间燃起了熊熊的求生之火。火苗在他的眼前跳动着，旋转着，竟是如此的炙热与真切……不对，胸中的烈火哪里会这样的灼人？这……这分明是真火！不好！厅寨里起火了！

从幻梦中惊醒的纳兰，眼看着两只拳头大小的圆球从天而降，刚好砸在昌安、昌觉与那若的身侧，烈焰从圆球的空洞中喷出，将正在混战的三人同时吞没……

这些火球，正是轩子佩从天窗上抛下的。早在众人挤向首席之时，吕砚凝与关鹏举就已经闪出了厅寨。此刻，二人拔刀在手，一左一右地守在厅门外，接连砍翻了几个想要逃出火场的部族首领。

轩子佩几下就扔光了田利常交给他的火球，方才还歌舞升平的厅寨内，现下已变成了一座浓烟滚滚的“砖窑”。

“昌安……昌觉……”虽然视线已被烟火遮挡，但轩子佩仍然朝两人最后现身的位置接连射出三支羽箭，不待确认战果，他又一一射灭了厅内的灯火松明。旋即又向浓烟中随手速射。

守在厅门处的吕砚凝与关鹏举频频挥起长刀，那些凭着侥幸方才逃出火海的粟鞨酋首还未来得及吸上一口新鲜的空气，就不明不白地成了刀下亡魂。

“敌袭！敌袭！这是野鹤的圈套！”

“真金家带着官军来杀咱们了！”

手上忙着砍人，嘴巴却也没有得着空闲。二人拉长声音，不住地朝厅内散播着恐慌与疑惧。

轩子佩射光了身边的箭矢，又从后腰处摸出了一个皮囊，拔下囊塞，将盛放其中的液体凌空洒下，厅内的大火，烧得更加旺盛了……

粟鞨各部常用松树做墙，遇火后极易燃烧。田利常多次试验后改良了金羽卫历来所用的火球配方，使其配置更加简易，燃烧更为猛烈。为此，东北司千户还特意赏了田利常一百两银子。

烈焰中，参加宴饮的粟鞨诸酋互相之间很多人原本并不熟识，此刻大变陡生，众人互不统属，加之主寨出口窄小，一些人为夺路而逃不惜挥刀相向。一时间厅寨内哀嚎与怒吼交织，刀刃伴烈焰共舞。

主寨寨墙此时也被大火引燃，轩子佩几步从寨顶溜下，来到吕关二人身边。

三人互换了一个眼色，便分头向三个方向逸去。

此时，城外围篝火宴饮的各部部众已经觉察到了主寨的异常，有人呆立于原地一动不动地看着冲天的火焰，有人慌忙拔刀朝城内跑去，有些此前曾互相攻击的部落则各自结成战阵，警惕地看着对方。

此刻，城内突然响起了雷鸣般的马蹄声。

“敌袭！真金家把官军的铁骑引来了！”

“是野鹤，野鹤部反水了！要诱杀咱们当粟鞨之王！”

随着马蹄声逐渐逼近，人群中有人如此高喊道。

“大家上啊，先砍了真金家的猪崽子！”

“野鹤！你想要爷的命，爷先整死你！”

“辽东铁骑来了，快逃啊！”

在越来越响的马蹄声中，几名野鹤部众决定先发制人，结成小阵并肩怪叫着冲向了刚刚还与之推杯换盏的咸州真金家部众。

此举恰如投向火药堆的一根火把，瞬间引爆了河畔的平原……

事后，每当听人提起修罗地狱，轩子佩就会不由自主地联想到那晚的野鹤城，大火中，红着眼的粟鞨人互相乱砍，人们被火焰舔噬，被钢刀劈碎，被马蹄践踏。据说，第二天清晨,清河河畔升起了血色的晨雾……

“‘举人’，‘举人’没回来……"

天星峡内，少了举人的金羽卫小队仍旧是九个人，鸿溪默默地跟在关鹏举的身边，惊惶与兴奋，期待与不安写满了一张俏脸。

“撤吧，‘举人’已经尽忠了！”吕砚凝面色萧索，昨夜虽然可以说已成全功，但后来发生的一连串惊变，让他此刻从心底生出了一种意兴阑珊之感……

“都是命……”回到抚奴城的轩子佩打开了自己的武具箱，“举人”的书信静静地躺在他的环臂甲上。

轩自佩心中一酸，当年，正是他为年少的“举人”办理了加入金羽卫的各种文书告身，此后二人又一直秤不离砣。

二人之间的关系与其说是上下级，其实更类似于师徒与兄弟。

“赵凝……”轩子佩抚摸着书信上“举人”的本名……

“看看吧，这样你就可以在我的记忆中多存留些时日，也算是给你延寿了……"轩自佩打开了那封举人遗下的家信。

“啊！！！他竟然是……"

短短的一页纸，轩子佩不多时便读完了。

“兄弟啊，你可真是深藏不露啊！”七年后，在高鲜一处遗弃的民居中，轩子佩与“举人”盘腿对坐于大炕之上，二人一边将晒干的明太鱼撕成小条慢慢咀嚼，一边浅酌着一小坛烧酒。

“你这人不讲究，竟然偷看我遗书！”“举人”笑着回道，当然，彼时他已经不能再叫作“赵凝”了……

“怪得很，你消失后没多久，你家老爷子那一党的政敌就被从朝堂之上连根拔起铲除干净了，但是挟大胜之危，你家老爷子不但没有随党中同僚在仕途上更进一步，反而自那时起便从朝堂的邸报上消失得无影无踪了……"

“嘿嘿，他和我不一样，高深得很，也可以说是老奸巨猾，说实话，我不太担心他……"说到这，举人一脸的云淡风轻。

“我看你也高深得紧，已经在金羽卫忠烈祠中吃了多年香火的人，现在竟然变成了……

给我讲讲，那一夜后，在你身上究竟都发生了些什么？”

第四章

暮　雨

“姐姐欸，您悠着点！咱家这大黑马上坡时本来就比别的马跑得快些，您现在就别再使劲夹它肚子了！”

他的唠叨声又一次在耳边响起，她却丝毫没做理会，继续策马向前疾奔。

“你的名字若是译成汉语，着实别有一番风情！雅沭齐嘎——夜晚的雨……‘妾在巫山之阳，高丘之阻，旦为朝云，暮为行雨。朝朝暮暮，阳台之下……’，这些年来，在内心里，我一直都悄悄地唤你为‘暮雨’……”

那一晚，他第一次将她揽入怀中，低声在她耳边自说自话着，粗糙的嘴唇，不时划过她的耳廓……

忆起当夜的那些轻语呢喃，她的耳垂再一次开始发烫了……

三月的遮根采岭寒冷依旧，朔风从貂裘的缝隙钻入，游丝般侵蚀着骑手的脸颊。但地气已经开始变暖，大黑马在齐腹的积雪中奋力前行，强壮的马胸犁开坚硬的雪壳，雪壳下的积雪已经渐渐消融，粘腻的雪沫四散翻飞，荡起一道涟漪的雪波。

黑马趟开的雪波延伸至山脊处，旋即又扎入一片平缓的开阔地，此时黑貂黑马的章琥塔·雅沐齐嘎，或者换一种说法——章琥塔·暮雨，已超过了其他骑手，成为散骑线上突起的箭锋。

“主子啊，你是真犟！得……赶紧把弓抄起来吧！别用阙月箭，用锐箭！别的不怕，小心别让野猪返回身给你顶落了马！”他继续在她耳边絮叨个不停。

这一次，暮雨没有含糊，依言将骑弓从囊中拽出，搭上一支三棱破甲锐箭。三指捏住箭尾，拇指上的虎骨扳指顺势搭起弓弦。

果然，他的话音刚刚落下，两只獠牙狰狞的公野猪就从雪锞子中窜出，口中呼哧呼哧地喷吐着白气，一先一后向她袭来。

“射第一个！瞄左肩胛！”

暮雨依言将身子朝前微微探出，让过马首拉开骑弓，利箭破空而出，锐利的箭头钻透野猪结满松脂的厚皮，分开肌肉，擦过肩胛，最终狠狠地钉进了这头巨兽跳动的心脏，三道铁棱割开密布的血管，野猪哼了一声歪倒在猎手马前。

此时，再想重新拉弓射杀余下那头与她近在咫尺的野猪已然是来不及了。暮雨当下抛了骑弓，用双手紧紧地攥住了马缰。

“铿”地一声巨响，野猪的獠牙撞上了黑马披挂的当胸铁铠。黑马也不含糊，扬起小锅般大的马蹄向前踹去，将来势汹汹的野猪踹飞了三五米。

野猪在雪地中滚了几滚，正要挣扎起身，就被三支羽箭同时命中，四蹄蹬了几蹬便不动了。

“暮雨！已经过去这么久了！你能不能不‘做’了！”

阿玛从身后驰来，一边给自己的骑弓重新搭上箭矢，一边用马鞭朝女儿的头顶虚虚击去。

“给我滚到后面去！”阿玛大声呵斥道。

暮雨一声不吭地从马背上俯下身子，拾起骑弓，看着散骑线从自己眼前驰过。

“你啊，又惹牛录厄真大人生气了！听大人的话，老老实实在后面晃悠吧，这次打春围一箭射穿一头野猪，也算可以了！”他的声音里，充满了宠溺。

“看这里眼熟不？往东不到一里地，是我第一次给你作画的地方！还记得吗？已经5年咯！”

“真快，5年了……”暮雨喃喃答道。

风从东侧的山麓中吹来，细碎的雪沫飘落在她长长的睫毛上，她伸出蜷在马蹄袖中的手指，拂去眼前的雪沫，可是视线却模糊依旧，哦，原来是一滴泪水……

春寒料峭，泪滴还未及从睫毛上滑落，便瞬间在她的眼前凝成了霜雪……

“这该死的雪沫！”她气恼地骂了一声，随即试图用更多的热泪来融化凝结在眼睑上的泪珠……

“雕栏玉砌应犹在，只是朱颜改。”

不知不觉中，她默诵起了这句宁人的词句。

近来，她时常默默凝视着那幅用炭条绘在白桦树薄膜上的画。那是他为她画的第二幅画。

有时，她感觉画像中的女孩与家中那面抢自高鲜的铜鉴中自己的镜像一模一样。有时，她又感觉画中人的容颜是如此的陌生……

岁月流逝，炭笔留下的线条与点抹越来越淡，终有一天，这些画迹将完全被时光所湮没。到那时，自己是否还能够忆起那个曾经年轻的暮雨呢?

“没想到你这小奴才还有这份本领！且饶了你上次偷画本小姐的大罪！今天，你再给本主好好画一幅,你也晓得，本小姐记性差，有了你这幅画，待我老了，也就不会忘记自己年轻时的模样了！”

那个明媚的春日，一如暮雨昔年间明媚的笑颜。火红的金达莱刚刚从枝头落下，粉色的杏花就跃上了蓝天。浅笑在暮雨的眼角绽开，装点着北地的春色……

不知何时，他手中的炭条开始慢慢颤抖，呼吸也渐渐变得有些急促……

“画了这么久……来，姐姐看看画得好不好，画好了，本主重重有赏……”暮雨慢慢走到他的身旁，侧头看向他手中的白桦皮膜，一缕秀发从她的鬓角滑下，发丝轻轻划过他的脸庞，垂落在他的脖颈之畔。

仅仅凭借着一缕发丝，暮雨仍然感受到了从他身上传来的震颤。

“我真有这么漂亮吗？”她微微侧头凝视着他的眼眸。

“如你所见……”他轻声回答……

“下次去高鲜，你给本主寻一面铜鉴吧！我也想试下‘当窗理云鬓 对镜贴花黄’的汉家风雅！”

“好,我尽力便是……”

一阵高亢的呼喝将回忆冲散，四野芳华的北国暮春如云烟过眼般消逝无踪，暮雨重又回到了眼前这个寒风凛冽的关外残冬。

猎队已经在平地尽头的小山坳中对兽群完成了合围。

暮雨深深地吸了一口气，清冷的寒意瞬间驱散了眼角的泪滴……耳边他的声音也一并渐渐远去……

“呼呵！”章琥塔·暮雨低啸着，胯下黑马精神一振，撒开四蹄向前方奔去，此时雪野中明明已经遍布了其他骑手趟好的雪道，但黑马却偏偏绕过这些通途，继续用自己的前胸撞开一层层风化的雪壳……

“这马，和他的主人一模一样！”一名身穿狼皮大氅的高壮年轻猎手一边撒开弓弦，一边嘟囔道。

“韦赫达，我也想大熊了……今晚回去哥几个喝酒时敬他一碗吧！！”一个清瘦的年轻猎手听见了同伴的嘟囔，也随之长叹了一声。

“再炖一碗狍蹄筋，早知道……那次我就不和大熊抢那最后一碗狍蹄筋了……”另一个矮个汉子也搭上了话茬。

“对，今晚回去一定要吃好喝好！听说宁人正调兵往关外赶呢，宁公特贝勒这次要带咱宁公特两固山全军南下助战，大熊是咱们中头一个……往后……咱们哥几个说不准什么时候也就……

喝！今晚敞开了喝！我韦赫达在战场上死就死了，反正家人有你们这群没死的关照！要是没死，就继续挣前程！”穿狼皮大氅的高壮汉子大声说道。

“呼呵！”众人大声呼应，一阵箭雨射进兽群之中。

被众人驱赶至山坳的兽群中，狍鹿之属在哀鸣中纷纷中箭跪倒雪窝；狼群与野猪结成兽阵几次冲锋试图突围，却都被山上的粟鞨猎手硬生生地射退，不久便彻底沦为了笼中的困兽，继而与狍、鹿一样被一一射倒。最后，包围圈中的活物，就只剩下了一只咆哮的斑斓猛虎。

“大神保佑！”带队的牛录厄真，也就是暮雨的阿玛一声低吟。三十余名已披上重甲的汉子排成一个半月形的散兵线慢慢踏步上前。他们之中，半数人手持三丈多长的“虎枪”，半数人举着近一人高的大盾，他们身后则是二十余名骑在马上的弓箭手。

粟鞨人平日里对称霸雪原的鞔州虎异常尊敬，进山之时甚至不允许直言“老虎”二字。而是尊称其为“山神爷爷”，但是这种尊敬与日常的围猎并不冲突。

鞔州虎独行荒野，寻常难觅其踪，并不是每次围猎都能猎获，因此虎皮、虎骨均十分珍贵。昔年时，一张完好的虎皮凭大宁官衙发放的贸易敕书可换熟铁300斤。因此，为了在狩猎时不伤老虎毛皮，粟鞨人猎虎的方式自与猎杀狼鹿之属时有所不同。

猎手们趟着积雪走下山坳，慢慢向老虎退守的石壁处逼近，猎手们每前行一步，身上都会发出铿锵的响声——他们每个人的身上，此时都披挂着双层重甲，贴身一层，是织得极密的锁子甲，锁子甲外，还罩着一件铁片棉甲——十几层棉花层层相叠加，包裹着一片片铁质甲片，最外层又嵌以排排铜钉。

众人所穿的铁棉甲新旧不一，但形制上和大宁边军所穿之甲胄并无分别——这些铠甲的出处不言自明，至于是贸易所得还是从战阵上掳获而来的，就不得而知了。

早春的粘雪润湿了众人的铠甲，寒风一吹，又在甲胄外结成了一层“冰甲”。随着猎手们沉重的脚步，冰甲不断折断、剥落、再重新凝结，在响成一片的噼啪声与铿锵声中，老虎愤怒地低声咆哮，几次想扑向人群，但都被步阵后的马弓手用居高临下的箭雨射了回去。几番徒劳后，老虎被囚在了半径七八丈的半圆之内，面前是密密麻麻的枪尖，身后是刀削般的高耸石壁。

老虎咆哮着、怒吼着，时而挥起虎爪，时而张开大口，或低伏身姿做搏人之势，或腾跃而起做猛扑之状，但在盾墙与枪丛的威逼下，几番试探均是徒劳无功。

此时这头猛虎想必已经陷入了深深的懊悔之中，后悔自己为何没有在合围尚未完成前奋起勇力一鼓作气地跳荡而出，而是随着群兽，被这条渐渐形成的绞索一点点榨干了勇力与气势……

老虎一边低吼一边用锐利的双眼一一扫过盾墙后猎手的眼睛，它希望从中找出最软弱的那道目光，继而以那里为突破口拼死一搏，但是，它发现面对的每一双眼睛都是一般的笃定与冰冷……

突然，一枝羽箭无声地透过枪丛，迎着老虎的视线穿透了它铜铃般的眼睛，锐利的箭头没入虎脑之中。老虎一声哀嚎，翻倒在了雪尘里……

在众人的欢呼声中，暮雨阿玛拂了拂马蹄袖，将弓弦兀自颤抖的硬弓利索地收入了弓囊。

冰封的牡丹（弯曲）乌拉（江）在雪原中蜿蜒前行，经过雄奇的忽汗海后河道愈加舒展写意，唯一一段笔直的江面，如匕首般直插入老爷岭与遮根采岭双峰相夹的盆地之中。此刻，温暖的夕阳抚过遮根采岭静默的山巅，照进江面上突起的冰棱中，将驰骋其上的归人映得绚烂明朗。

满载而归的猎队排成一列纵队小跑着穿过冰面，几挂由双马拖曳的爬犁载满猎获走在队伍中间。

一条窄窄的冰河在前方不远处汇入牡丹乌拉，河湾处，几缕炊烟袅袅而升。炊烟下，就是宁公特粟鞨章琥塔部的屯落所在。

“蛤蟆河子，太难听，依我看，若是叫‘蟾鸣水’则更有意境！”

暮雨耳边，又响起了他的声音，调侃中带着三分郑重，不羁里含了几丝坚毅。

这里，地处宁公特粟鞨腹地，大宁立国初期，曾设置了名为“忽汗海卫”的卫所对这片广袤的土地进行管辖。与咸州卫一样，忽汗海卫的长官亦由粟鞨土官兼任。

从“章琥塔屯”向南溯江而上180里就是宁公特第一圣水忽汗海，自忽汗海再向南行400里，人们便可以眺望盖马大山云雾缭绕终年积雪的主峰。

当年，粟鞨宁公特六部中的真金部就是沿着这条路线越过山海抵达辽东，在夹缝中创立了咸州粟鞨，又缔造了如今的粟鞨联盟——鞔州。

顺江而下400里，牡丹乌拉汇入阿勒锦乌拉，宁公特人与零散的窝集粟鞨部落世居于河道两岸，以渔猎为生。

阿勒锦乌拉继续北下汇入额虏尔河，烟波浩渺的额虏尔河最终又注入波涛汹涌的北冰海，那里的气候更加恶劣，只有少量的窝集粟鞨部落沿海岸而居，用骨制与石制的长矛猎获冰海中的海兽。

8年前野鹤城的那场大火，让咸州与野鹤之间看似就要就要弥合的裂痕再一次加深。艾森阙洛·昌安、昌觉两兄弟葬身火海，粟鞨第一勇士“小野牛”虽侥幸逃得了一条性命，却因此而丢失了一条臂膀。在城内外宴饮的咸州、野鹤、宁公特诸部首领十去其七……

咸州联盟首领与真金家族族长之位，最终落于艾森阙洛·昌安长子，蔺成栋早年间的亲信——艾森阙洛·野牛皮手中。

野牛皮乘势将一众失去首领的咸州部落一一吞并，最终将原本松散的咸州联盟紧紧地归在了自己的战旗之下。而后又一改其父此前试图与野鹤、宁公特三家同时会盟的策略，一边加大了对野鹤诸部的打击力度，一边专一与同宗同源的宁公特人建立起全新的粟鞨联盟——靺州。

联盟建立后，从咸州处获得了更多精良军械的宁公特人定期派出马队沿阿勒锦乌拉北下，搜罗挟裹沿江而居的窝集粟鞨人南下定居——美其名曰“打生口”，再将虏获来的窝集人强行拆散混入原有的咸州、宁公特部落中，整编成新的军事组织——靺州六旗。

每部落三百余披甲兵丁为一牛录，设牛录厄真一人统御。

每五个牛录为一甲喇，设甲喇厄真一人、甲喇章京若干。

五甲喇又为一固山，即旗，设固山厄真一人、固山章京若干。

一固山辖战兵近8000有余，战时再补充各部健硕阿哈（奴隶），兵员可达万人。粟鞨宁公特各部整编后为两旗——正白、镶白。余下正黄镶黄正红镶红四旗则归属于咸州。

统帅宁公特两旗的宁公特贝勒由原宁公特诸部中实力最强的舒穆录氏担任。

而靺州六旗的统帅，则当仁不让地被众望所归的原咸州首领、真金家族的艾森阙洛·野猪皮担当。暮雨所在的章琥塔部，隶属于靺州正白旗下。

一群孩童从夕阳中跑出，围绕着满载的猎队欢呼雀跃，猎手们一边笑着虚声呵斥，一边放慢了马速。韦赫达轻轻俯下身，将一名3、4岁的男童提上马背，用力亲了两口，男童则抓住壮汉颌下浓密的胡子试图将他沉重的脑袋搬开，惹得众人哈哈大笑。

看到这，暮雨的脸上绽出了两朵浅浅的梨涡，她轻提马缰，大黑马小心翼翼地避开了路旁嬉闹的孩童，脱离了欢快的猎队，驰向不远处的屯落。

由于这几年的“打生口”，现在的章琥塔屯与暮雨幼时记忆中的模样早已大相径庭——进入一丈多高的夯土墙，曾经蛤蟆河畔那几堆杂乱的低矮窝棚已变成初具规模的纵横街路。

街道两旁是一座座大小不一的茅草房院套，颇具汉地风格。大黑马小跑着进入了屯东北角的一座大院套。一群人早已在院中等候。见到暮雨归来，一齐拥了上来。

一名十四五岁的“小半拉子”匍匐在大黑马下，暮雨甩镫离鞍踏着他的脊背下了马。马缰被一个四十多岁的高鲜汉子接过，牵往院门处的马棚内卸鞍刷毛，马棚内正在吃草料的五匹马对归来的同伴亲切地喷了个响鼻。

“主子累了吧，老奴才温的高粱烧酒，主子趁热喝了去去山里的寒气。”一名中年仆妇将一个冒着热气的粗瓷碗递了过来。

暮雨将碗中热腾腾的烧酒饮下，腹中随即升起一股暖意。

“瑟茨克（麻雀）！一定要把主子的箭囊和马刀放到柜顶，少主子现在开始淘气了，放得低了他能够到！”刚刚那少年正抱着暮雨的猎具往屋内走去，老仆妇对着他的背影大声喊道。

“少主子呢？”暮雨一边将碗递还给仆妇一边问道。

“让老主子抱回家了！”

“娘！”院子东侧的小偏门处传来一声奶声奶气的呼喊。一个差不多快被貂裘包成圆球状的幼儿步履蹒跚地向暮雨走来，后面跟着一名妇人。

“小小熊，快，跑到额娘这来！”暮雨一边说，一边原地抬腿奔跑了几下。因为被包裹得太厚，小小熊想跑却跑不起来。没跑几步就滚倒在了雪地上。

看着儿子滑稽的模样，暮雨的笑得弯下了身子，她几步跑过去将小小熊从雪堆中抱起，搂在了怀里。

“你怎么这么没溜！这么小的小孩哪有会跑的！”孩子身后的妇人嗔怪道。

暮雨一边亲吻儿子肉肉的小脸，一边对老妇人做了个鬼脸。

“额娘，我阿玛今天射了一只老虎！一箭就射中了眼睛！虎皮一丝破损都没有！”

“嗯……这倒是好兆头！那年去忽汗海和索绰罗部开兵之前，你阿玛就射了一只虎，然后他就……”

“带着二叔、三叔，还有‘青桦’家两兄弟在黑夜里摸进了索绰罗的营地，把索绰罗的首领给绑了回来，然后没费一兵一卒就把索绰罗从忽汗海边逐回了达普柴河，还要了一大笔赎金，其中那铁锅你最喜欢，特别好用对不对？”

暮雨说罢，母女俩同时哈哈大笑起来，见姥姥与母亲同时大笑，暮雨怀中的儿子也似懂非懂地发出了咯咯的笑声。

这一段往事是阿玛年轻时最得意的战功之一，暮雨从小到大已听了无数次。最后，阿玛往往都会说：别的部落喜欢夸耀自己一次射死了几个人，我却觉得，一个人不死的胜利最珍贵，也最值得骄傲！

“白天时，舒穆录家又来人了，想抓紧时间在开兵前把你小妹娶过去……人一直没走，说是要等你阿玛打围回来好好商量商量，你阿玛的意思还是那样，想要这几天就找日子把喜事办了，可是我……”

“娘是怕小妹重蹈了我的覆辙？想先定亲，等南下的大仗打完了，舒穆录家的小伙子全须全尾地回来后再让小妹和他成亲？”

天已经擦黑了，母女二人对坐在烧得滚烫的热炕上，暮雨一边给孩子喂奶，一边直接点破了额娘遮遮掩掩的隐忧……

“额娘，你从小就对我说，我们每个人的命运都是在出生之前就已经由萨满大神用海东青作笔在天幕上写好了的……

你看我阿玛，这些年大仗小仗打了那么多场，连皮都没破过一次；

你再看青桦二叔的三小子，打围时就让“长虫”咬了一下，最后竟丢了命……

依阿玛的话让小妹嫁过去吧，我打听过的，舒穆录那家小伙子不错，打完这一仗没准能挣个好前程。要是咱们现在不把小妹嫁过去，舒穆录家肯定会认为咱家瞧不起他家儿子的武运。

赌吧，赌舒穆录家的小伙子武运绵长。这就是咱粟鞨女人几百年来的宿命，谁也逃不脱……再说，这一仗和咱们对阵的兵都是从大宁南方调来的，现今不比往年，辽东边兵都不足为惧了，何况那些连雪都没见过的南方兵……”

“这些你都是听谁说的？”

“讷辛（大熊）！”朱唇微启，随着这个熟悉的名字，往昔的画面再一次在暮雨眼前浮现。也是在这铺炕上，野猪油灯摇曳的荧光下，他用碳棒轻轻地勾勒了一个轮廓。

“你看，这就是宁人所说的舆图，周围的一圈细线就是大宁朝在辽东的实际疆界，辽东这地方，对于大宁来说就好比是悬垂塞外的一座孤岛，正北正东是粟鞨，西北是韦兀，南面是高鲜，正是兵法上所讲的‘四战之地’。

因此几代辽东边将都拼命挑拨打压削弱粟鞨，抚慰高鲜，然后专心绞杀韦兀。这个战略虽然阴毒，但是效果却极好，因此一用就是200余年。“

“我们粟鞨人因此也苦难了200多年！”

“哎~我家小主子真乃忧国忧民的侠之大者！”

他轻轻地用手指刮了刮暮雨微翘的鼻子，继续说道：

“但是，前几年蔺成栋在经过了罢官丧子再次启复后，突然开始放任咸州粟鞨真金家族一家独大起来！虽然现在他人已经没了，但继任他职务的蔺家大公子依旧和乃父一样，一味地对咸州持放任之态。”

“何止是放任，简直就是纵容！要钱给钱，要兵刃给兵刃，有时还直接发兵攻杀那些不听管束的部落!更不用说六年前野鹤城的那场大火！那天夜里我分明就看见……算了，不说了……

如若不然，任他‘野牛皮’有天大的能耐，也不可能在这么短时间内就统一了粟鞨各部！一百多年前真金家族的祖先因为犯错被咱宁公特诸部合力驱逐，现而今反而成了鞔州联盟的首领，想想就气！不过现在粟鞨人好歹是不内斗了，这点倒是不错!

蔺成栋这样做到底是为什么啊？你别告诉我他是因为看粟鞨人可怜才故意开恩的，我才不信他有这么好的良心！”

暮雨义愤地打断了他的话头，虽说宁公特人已经承认了咸州真金家族在鞔州联盟中的首领地位，但对于艾森阙洛氏这个与自己同宗同源的“亲戚”，她却一直都看不太上眼。

“这事太复杂，涉及到汉地的世情以及宁人的政治韬略与野心，待我以后慢慢给你讲吧！总之，随着大宁朝延续二百多年政策的改变，关外的平衡已然被打破了！现在不论是粟鞨、韦兀、甚至是高鲜与大宁开战，大宁朝都必须调动关内的南方兵来关外主战，然后让辽东边兵守着城池，防备其余诸家趁乱坐收渔翁之利。

九镇的边兵都是宝贝，消耗不起……至于那些北上的南方客兵，损失再多都不会伤及大宁筋骨。”

随着暮雨的回忆，娘俩陷入了长久的沉默之中。

“放心吧，额娘，我早就看开了，大熊这次挣了俩前程，只要我不再嫁，他的俸禄还照常按‘拖沙喇哈番’的前程发……就算不靠你和阿玛，我们娘俩也照样能吃香的喝辣的!你看这一院子的‘阿哈’，我都不知道如何去使唤了！”

暮雨一边说，一边轻松地笑了。额娘赶紧陪着寡居的长女浮夸地大笑了几声。

“你阿玛现在应该已经在屯厅里和舒穆录家的人在商量日子了。”

舒穆录部的居城位于牡丹乌拉北岸，与章琥塔部相距40余里，作为宁公特贝勒的衙署，是宁公特属地中最大的一座城池。

准备迎娶章琥塔家二女儿的那名年轻“舒穆录”，身份颇为尊贵，其父与宁公特贝勒舒穆录·佛桑（明亮的光辉）乃是出自同一祖父枝下的兄弟。此刻暮雨阿玛接待的，就是这位贝勒爷的堂兄弟。

“要不你也去听听？看着点你阿玛，别让他说错了什么话。”

“放心吧，我阿玛自有分寸。在山里蹲了一天一夜，现下困乏得紧，额娘，我想早点睡觉了。”

“好，那小小熊今天仍旧跟我睡吧！”

说罢，额娘抱着外孙回到了隔壁的院套。

暮雨吹灭了忽明忽暗的猪油灯，借着透过窗棂的星光脱下衣衫，一块象牙牌从贴身小衣中滑落，掉在炕上的狍皮褥子里。暮雨俯身躺下后摸索着将其拾起，指尖沿着牙牌上突起的雕痕轻轻滑动。

“这块牙牌从哪来的？速速从实招来！”

“捡的！”

“呵呵，你以为本主不识汉文？是不是，我的金羽卫小旗大人？”

此刻，再想起听到这句话后，那张杂糅着惊诧、无助、委屈、又带有一点点谄媚的脸，黑暗中，暮雨无声地笑了……

打从他出现的那天起，他那看似无邪的笑容渐渐明媚了她的眼眸；清澈的声音一点一点蹂躏着她心中的褶皱；绵长的呼吸拂去了她少女时代的清寒……直至，他的一切，一点点地吞噬了她的整个世界，而现在，却又突然间消失得无影无踪了……

而所有的一切，都始于那个夜晚，很多人的人生，不约而同地在那个夜晚里悄悄地拐了个弯……

“阿玛，我们为什么在这里扎营呢，真金家族不是说今晚要举行会盟吗？天还没黑，再抽几鞭子就可以到野鹤城了！”

8年前，20岁的暮雨站在山岗上遥望着野鹤城外一圈圈逐渐燃起的营火，她抽了抽微翘的鼻子，似乎闻到了一丝烤黄羊的焦香……

“今晚咱们先不去凑那热闹，粟鞨会盟之事既然早有定论，咱章琥塔部只要跟随众意即可。今夜先在此处休整一夜。”阿玛的视线穿过营火，停留在河湾处的野鹤城上。

咸州与野鹤厮杀了这么多年，说会盟就会盟了？他总感觉这事似乎有点太过顺利了。自真金国灭国后这几百年间，粟鞨人很少有这样顺顺利利的时候。

“最容易吃到的食物往往都在陷阱里。”来时的路上，他已逝阿玛的这句口头禅一直在他的耳边反复回荡着……

先等等看吧，潜意识里，他总感觉今夜似乎不会如其他部族预想的那样顺利和美……再说，章琥塔部并不是宁公特粟鞨中举足轻重的部族，即使今晚不到，应该也不会惹人非议。待大事在今夜尘埃落定后，明日直接去参加婚礼也是一样的！

于是，在这座遥望野鹤城的山岗上，章琥塔部一行二十余人扎下了营帐，并在野鹤城方向看不见的山背处生起了营火。

“野鹤城的羊肯定已经烤好了，也许还会炖飞龙汤喝……”

暮雨一边嘟着嘴，一边嚼着如干柴般的肉砖，小队粟鞨人在野外露宿，向来不会烹制带有香气的食物。这次随队远行并非是她主动提出的，而是阿玛特意叫她同行。

“你阿玛是想趁着这个机会，给你觅个真正的‘巴图鲁’当夫婿吧！”额娘笑着悄悄对她说。阿玛无子，因此一直希望寻一个出众的青年来家中当上门女婿。此次盛会粟鞨各部骐骥云集，端的是一次百年不遇的大好契机。

不过，相比自己那没影的夫婿，粟鞨第一美女野鹤·鸿溪则更加能够提起暮雨的兴致。

鸿溪到底有多美呢？一边想着这个问题，暮雨一边在火堆旁迷迷糊糊地睡着了。

不知睡了多久，一阵犬吠声在她的耳边响起，营地的狗怎么叫了？睁开眼，她惊奇地发现，天空，怎么是红色的？

暮雨迅速起身，发现营火旁早已是空空如也。她一把抓起自己的弓和箭囊，借着天空中跳动着的红色光芒，踉踉跄跄地爬上了山岗。

章琥塔部的汉子们正在山岗上眺望着远方的野鹤城。野鹤城此时已经变成了一团巨大的火球，冲天的火光点燃了深蓝色的天幕，人喊马嘶的喧杂声随着夜风从远处飘来，血红色的背景下，依稀可以看见城外一个个如蝼蚁般大小的人影或奔逃、或厮杀、或伏地抽搐。

突然，黑夜中传来滚雷般的闷响！是骑兵！大队的骑兵！

一团如黑云般的骑阵从林际线处冲出，伴着滚滚的声浪，以雷霆万钧之势压向了燃烧的孤城。

“阿玛，这是……”

暮雨已经将双眼眯成了一条缝隙，却仍旧辨不出这支驰骋于血空之下的骑兵的身份。

“别看了！你回营火那给大伙炖上一锅肉粥，再给马喂上苜蓿，我们在这里守着，天一亮咱们就回家！”

阿玛的眼中也写满了迷茫。于是暮雨没有多说话，返身回到了营火旁，将皮囊中盛放的山泉水倒入铁锅中烧煮，水撒了一些，暮雨发现自己的手有些轻微的颤抖。

她定了定神，又走向了不远处的系马处，马匹也感受到了四野中弥散的异常，一个劲地喷着响鼻，不安地用前蹄刨着地面。

暮雨将装着干苜蓿的料袋打开，给马匹一一套上，不一会，马群逐渐安静了下来，有节奏的咀嚼声响成一片。一匹上了马绊的小黑马叼着马料袋，一蹦一蹦地来到了她的身边，将马料袋放在她脚下。

暮雨一笑，盘腿坐到地上，将马料袋抱在怀中，小黑马轻轻地在她肩膀上蹭了蹭，随即将头伸进料袋中咀嚼起来。暮雨强压住心中莫名的亢奋，轻轻拍了拍小黑马的脖颈。自己的这匹坐骑还不满两岁，却比同龄小马高出一截，这点和暮雨一样，她比屯落中的年轻姑娘都要高一些，尤其是一双腿尤显修长。

阿玛真是神了！如果没有临时改变计划，章琥塔部现在也一定……想到这里，她不由得倒吸了一口凉气。

平日里，暮雨时常会感觉阿玛的行动过于谨小慎微，且不像大部分部族首领那样热衷于劫掠与征战。这一点和粟鞨人口口相传的那些“巴图鲁”（勇士）并不一样。

但是即便如此，章琥塔部近年来虽未经大阵，却也不曾被其他部族欺压、吞并。现在想来，这正是来源于阿玛骨子里的这种聪慧与果决。

借着营火，暮雨用顺刀将肉砖切成薄薄的肉片，再剁成肉丁，与炒米一起倒进滚沸的锅中。汉子们早已各自找到了掩体，箭在弦，刀出鞘，在山岗上形成了一条隐秘但紧实的防线。伴着铁锅中载浮载沉的肉丁，黎明前的浓雾渐渐笼罩了大地，十步之外，不辨人形。

对于章琥塔部的这一小队人马来说，晨雾是他们最好的友军，就算是再狂暴的威胁，此刻也挣不脱浓雾那绵软浑厚的束缚。

暮雨抱膝坐在营火旁静静地等候着，待天光再亮些，就可以踏上归途了吧。

突然，她听见迷雾中传出了一丝异常的声响，似乎是小黑马平日里不太高兴时所发出的那种声音。暮雨稍稍犹豫了一下，随即将手边的骑弓轻轻抄起，搭上了一支阙月箭，悄悄起身往马群处潜行而去。

借着微亮的天光，她依稀看见一个黑影匍匐在小黑马蹄下，那黑影似乎在解小黑马后蹄的马绊，小黑马摇头摆尾地闪躲着，几次回身咬去，却都被那人躲开了。

“犟种！你嘶鸣一声我不就听见了嘛，非要自己去咬那贼人！”

暮雨暗自笑骂了一句。她在那人身后七八步处停下了脚步。用力拗断了阙月箭的箭头，再重新缓慢地拉开了弓，弓弦却并未拉满。

粟鞨人视抢掠为男子之勇，但却极端反感偷窃。尤其是盗窃马匹与猎犬之行，在粟鞨人眼中更是大罪。偷盗者一旦失手，就将沦为将其抓获之人的“阿哈”（奴隶），直至为主家立下功勋方能重获自由。

暮雨之所以在发箭前提前拗断箭头，是因为她准备将这个盗马贼生擒活捉，部族里还没听说过有哪个女孩子独自抓到过阿哈呢……

哈哈哈！想到这，暮雨不由得心中泛起一阵骄傲。

“小贼！”

陡然间的一声大喝，在这片寂静的黎明中，就如同霹雳一般。那黑影一惊，猛地回过了头。

好，就趁现在！

暮雨拉弦的右手向后舒展地挥出，没头的箭杆刺破夜空，正中“黑影”脑门，“咚”的一声响，那人挣了几挣慢慢地歪倒在了小黑马的蹄旁……

暮雨一跃而至，借着幽暗的晨曦，检视着自己的战利品。那是一张年轻的脸，颇为清秀，从嘴角处并不十分繁茂的胡子看，他的年龄应该与自己相仿。

“嗯，没死，只是晕了！”

她伸手探了探那人的鼻子。发现还有呼吸。看来自己将这一箭的力度掌握得恰到好处！

身上的衣服倒是不错，暮雨摸了摸，发现质地是小牛皮的。他的腰间垂着一个空空的箭囊，身上却没有弓，一把顺刀绑在宽牛皮腰带上，暮雨随手将之拔出。

“不错啊！”这刀的钢口非常好，一定是宁人工匠锻造的。怕是能值30张貂皮了。

这人腰带上还有一个小兜囊，里面装着用鹿皮包裹的火镰、火绒、弓弦、鱼钩、鱼线和有一小瓶油脂。

一条细细的钢珠链在他的脖颈间若隐若现，暮雨伸手拽出，发现钢链上吊着一块白色的象牙小牌，象牙在粟鞨人看来乃是寻常之物，牡丹乌拉、忽汗海周围总能挖出长着长牙的巨大骨架。

“宁人管这些变成骨架的巨兽叫猛犸象，他们喜欢用它的牙做筷子、钗子、小牌这类东西。”每年夏天，阿玛都会带上族人去找寻并挖掘这些巨大的骨架。

族人们会将挖出的长牙交给相熟的咸州部落，咸州人再凭宁人衙门发放的贸易敕书用这些长牙为宁公特粟鞨换来钢刀、铁犁、陶碗等日常用具。

真是神奇，这片土地竟然还曾生存过那么庞大的巨兽。但是那么强大的巨兽，为什么说消失就消失了呢？这个疑问曾经困扰了暮雨好一段时间……

她仔细地端详着手中的牙牌，牙牌反正两面都刻着汉字，一面的字大而少，是阳刻，大概是正面；另一面的字小而多，是阴刻，想来是反面了。

“这小贼会不会是宁人？衣着是粟鞨样式的，头发是光头……对了！看看手指！”

暮雨又将他的双手拉了过来。

“嚯……拇指上有扳指！拇指、食指、中指上还有老茧！老娘亲手抓住的阿哈，怎么会是宁人！”

粟鞨人射箭时撒放的方式与宁人不同，宁人习惯用食指、中指、无名指三指扣弦放箭；粟鞨人则是借助拇指上的扳指用拇指、食指、中指捏箭撒放。

这种撒放比宁人的要难，但掌握后可以更容易地拉开硬功，骑射时也更方便。

虽然这么想，但暮雨还是将那块牙牌藏进怀中，作为自己亲手抓住的第一个阿哈，她不允许他身上有一丝一毫的瑕疵……

这个阿哈，后来被绑在驮马的马背上，拉回了牡丹乌拉与蛤蟆河子交汇处的章琥塔部屯落。

“你是谁？那晚野鹤城里究竟发生了什么！”

暮雨阿玛端坐在屯落正中的议事厅中，威严地问道。

“那晚我和族人在野鹤城外饮酒烤肉，突然发现城中主寨起火，然后城外众人中喊声四起，有人喊是野鹤为报世仇，设计要将咸州和宁公特聚歼于野鹤城外，也有人喊咸州勾结蔺成栋借娶亲为名要强夺野鹤城。

然后发现人群中有人中箭，还有人惨叫，然后刚刚还杂在一起喝酒唱歌的人就拔刀互砍。砍着砍着，我听见雷鸣般的马蹄声越来越近，很多人喊'骑兵！辽东铁骑来了！'于是大家也不砍了，四散奔逃。我当时在最外圈，跑得也最早。

黑暗里不辨方向，稀里糊涂地就摸进了你们的营地，看见有马就想牵一匹逃命……至于我的身份……我已经犯下了偷盗的大罪，如果说出我的身份，会让我的祖先和部族蒙羞！"

此刻议事厅已经被部族的男女老幼挤得水泄不通，大家都屏息凝神地听着，大厅上并不喧闹。

那阿哈跪在厅中。身上华贵的牛皮衣已经被剥下，赤裸着肌肉结实的上身。一番回答倒也不卑不亢。

"好，就允许你保留身世的秘密，你既然已经知晓了自己所犯的罪恶，那么就要老老实实地在章琥塔部当阿哈！

从现在起，你从前的一切，就像那天边的浮云一样远远散去了。今后你要勤恳劳作、忠心侍主、遇有战阵要冲锋在前。以此来洗刷自己身上的耻辱和罪恶！

如果为部族立功，就可以将功折罪，恢复你的自由，让你成为章琥塔部的勇士！你明白了吗？"

"明白……"那人用牙咬了咬下嘴唇，痛苦地答道。

"好，现在当着大伙的面，叩拜你的新主子！"

阿玛话音未落，暮雨就骄傲地从人群中走出，来到了他的面前。

"你是被我堂堂正正一箭射晕的，你是否心服口服？"

"我服……"

"什么我、我的，从今以后要自称奴才！快给本主子请安！"

那人无声地叩了下去，额头磕在石砌的地面上，发出砰的一声巨响，吓了围观众人一跳，他缓缓起身，鲜血从额头渗出，流过那双深邃的小眼睛。

除了瞬间暴起又迅速隐匿的寒光，暮雨发现，那双小眼睛里竟然藏着掩饰不住的幽怨……

短暂的对视后，‘阿哈’慢慢转过身，分开人丛向外走去，可是仅仅踉跄了三四步，就扑通一声栽倒在了地上——刚刚那自虐发泄成分居多的叩拜，让他再一次晕了过去……

族人中瞬间爆发出巨大的哄笑声！

“不愧是我的女儿！黑夜里悄悄潜行，然后又折下箭头，捕了这样一个有傲骨的阿哈，哈哈哈，有勇有谋！”阿玛也高兴得哈哈大笑。

两名汉子分开人群将暮雨的阿哈扛出了议事厅。

章琥塔部有部众1000余人，其中可以披甲的男丁有300多人，如遇危急时刻，另有100余健妇可上马开弓助战。屯落中还有200余名阿哈，大部分都是从高鲜虏获的边民，还有少部分宁人以及其他部落的粟鞨战俘。

阿哈们住在主家窝棚外的小窝棚里，平日里主要负责耕作南山坡上的庄稼地，在关内宁人的潜意识里，粟鞨人以渔猎为生，不事耕种，但翻开宁人浩如烟海的史籍仔细查找就会发现，其实粟鞨人种植高粱、东奴麦等农作物已有近千年的历史。

战时，精壮阿哈则要作为死兵身披双甲第一波冲击敌方的军阵、营寨。战后侥幸不死的阿哈将可能重获自由之身，但即使获得生理上的自由，政治上也必须仍旧依附于原来的主家……

暮雨家原本已经有了五名阿哈，其中有两名高鲜女奴，两名宁人男奴，一名野鹤战俘。暮雨给新近捕获的阿哈取了个名字——讷辛（大熊）。

不仅是因为这人的肌肉像熊一样粗壮，更是因为在暮雨眼里，他时常像熊那样傻里傻气的，比如说，这人竟然不会耕地！

“可怜的孩子，要是没被我抓到，他兴许还在某个部落里当少爷呢吧……”黄昏时分，看着收割完高粱的大熊拖着疲惫的身影从南山上慢慢走下，暮雨的心中竟然微微泛起了一丝酸楚。

北国的秋天绚烂而短暂，悠然飞舞的新雪为窗棂外的远山勾勒出一层清寒的边际，与铺满山峦的五色落叶融为一体，在急促的马蹄下凌落成尘……

一支猎队疾驰着向山外冲去，和以往不同，这一次猎队没有携带任何猎获，队中没有人谈笑，焦灼的情绪弥漫在汉子们的心头……

暮雨骑着小黑马跑在队伍中间，多少带着些懵懂。

“那东西真就有那么可怕吗？”

这个疑问一直困扰着她，几次想就此向阿玛询问，但是看到阿玛凝重的脸色，她乖乖地选择了沉默。

这本来是入冬以来的第一次打围，猎队于昨天傍晚抵达猎场，大家扎下营寨后早早休息，准备凌晨时分出发围猎。但是刚睡下没多大一会，暮雨就被身旁的喧闹声吵醒。

“我刚刚好像射中了一头熊！”轮值守夜的韦赫达大声喊道。

“好兆头啊！还没开始打围就能猎到熊！”几名猎手拿起虎枪和弓箭，和韦赫达一起进入林中。

不多时，几人抬着一个东西回到了营火旁。

“首领！首领！咋办啊？韦赫达好像惹麻烦了！”

“莫慌！让我看看。”暮雨阿玛一边说一边走了过去，一眼之下，竟也呆在了那里。

“究竟是什么东西？”暮雨也凑到了营火旁。“啊……这是……”

一张狰狞的人脸在跳动的火光下忽明忽暗。但是这张脸的主人，身上却密布着棕红色的长毛……一支羽箭插在它的眼角处，射塌了它的面骨……

“莫非这就是传说中的……”

幼年时，每当暮雨乱跑乱闹或闯下祸端，额娘就会说：“再不听话，就拿你去喂‘阿尔犸斯’！”听大人这样说，大多数粟鞨婴孩都会被吓得连大气不敢出一声，但是暮雨却不以为然，阿尔犸斯，是什么东西？很可怕吗？我从来没见过啊！

但是老辈人却坚称，这阿尔犸斯，亦称人熊，是这大山中最恐怖的生物。即使再强悍的粟鞨战士，也会在一瞬间被人熊撕成碎片。

章琥塔部甚至有一个传说，在距离现在并不遥远的往昔，忽汗海旁的一个小部落在一夜间烟消云散，残肢断体于林间四下散落，帐中的炊烟却仍旧缕缕升腾……

“人熊的厉害之处，不仅仅在于性子狡猾、阴毒，而是它身上的那身皮毛！”在一个漫长的冬夜里，老玛法（爷爷）对围坐在自己身边的青年们这样讲道："人熊的毛皮是最坚固的铠甲，寻常弓箭根本射不穿它的身体！"

"您之前不是说，人熊的脸上没有皮毛吗？射人熊的脸不就可以了吗？"暮雨笑着说道。

"这娃儿聪明！"老玛法乐得连脸上的皱纹都舒展开了，"但是人熊也不傻啊，它也晓得自己的脸上没有保护，因此，人熊有一个办法……

它会捕捉自己的同类，把同类的皮毛活剥了！做成一个面具，祸害人时戴在脸上。活剥的皮毛仍旧可以防箭，不过却扛不住由铁胎硬弓射出的重矢，因此，只要用硬弓在近距离对着它的面门处来上一箭，就可以取走它的性命。

而且，这种由同类皮毛做成的面具，几年之后就渐渐不那么灵光了，所以说，人熊要是想强大，就必须不断捕杀自己的同类……

舒穆录部的首领就有一件人熊皮毛做成的软甲，就是年头有些长了，可防护力仍不比一般的锁子甲差。

虽然人熊这般强悍，但数量却因为这个自相残杀的痼疾而一直不多，千百年来，让咱粟鞨人打得越来越稀少了……"老玛法幽幽地叹了口气，凝视着窗户纸外无尽的夜色。

"咱粟鞨人不也是如此嘛，虽然善战，但这种善战却一直被大家用在部族间的自相残杀上。哎……自我记事起，忽汗海、牡丹乌拉边的这些部族，就一直互相打来打去的……"暮雨不屑地说道。

老玛法怔怔地看着暮雨，惊得半晌合不拢嘴巴……

"对，这就是传说中的阿尔犸斯！"阿玛的话印证了暮雨的推测。

"不过，这一头只有五尺多高，是未成年的小人熊，它要是长成年了，能有将近一丈高！"

"我……我也不晓得是这东西啊，我守夜时看见林子里有个毛乎乎的影子一直盯着咱们看，以为是黑瞎子呢！就射了一箭……首领，我是不是闯大祸了？"18岁的韦赫达战战兢兢地问道。

暮雨阿玛拍了拍韦赫达的肩膀。

"不是你的错，你是守夜的哨兵，大家的性命安危都肩负在你身上，你射这一箭只不过是履行了自己的职责！而且，黑夜里一箭就能射中要害，韦赫达，你不愧是咱章琥塔部的青年‘巴图鲁’！”

见既是自家族叔，又是部族首领的暮雨阿玛并没有责怪自己，韦赫达长长地出了一口气。

“这次的围，咱们不打了，大家抓紧吃点东西，天亮就回屯子吧！”

“喳！”众人一同领命。

“韦赫达，你把小人熊脸上的箭拔下来，而后用清水将它身上的血污洗净，再用树枝好好地把尸首盖住。大家把身上多余的食物都拿出来，放在小人熊身边……”

“大哥，这么做有用吗？”众人散去后，暮雨听见青桦二叔拉着阿玛的胳膊，悄悄地问道。

“应该没用，老辈人讲，阿尔犸斯桀骜阴兀，有仇必报……”

自打猎队回来后，章琥塔部一直被一种怪异的氛围所笼罩，每天天光尚早，人们就会早早地回到家中，将圈里的狗全都放出来散在屯子里。

寨墙上的守卫较平日里足足增加了一倍有余。这还不算，入夜后，相熟的人家大多会聚在一起，男人们将硬弓放在身边，喝着煮开的热山葡萄酒，围坐在炉火旁轮流守夜，女人和孩子则挤在大炕上早早睡去。

暮雨感觉，面对着可能会到来的报复，大多数族人的期待要多于恐惧，在粟鞨人中，凡是能够成功猎杀人熊的部落，都将被周围的部族高看一眼，射出致命一箭的猎手，更将获得莫大的荣耀！

年轻的汉子们，人人都在跃跃欲试中等待着……

与其他人不同，韦赫达的心中充满了忐忑，这件事怎么说都是他惹起来的，虽然首领事后并未对他有过一句责怪与埋怨，但他却一直担心那夜自己的鲁莽或许会给部落带来什么不必要的损失。

可是一连五天，屯落周边都没有丝毫的风吹草动，韦赫达渐渐地松了一口气，这天黄昏，他来到了自家的阿哈棚子，悄悄地对一名三十多岁的高鲜女阿哈泉氏耳语了几句。

这名高鲜女阿哈是韦赫达阿玛5年前入寇高鲜时劫掠而来的，自从第一眼看见她，韦赫达就感觉这个高鲜女人身上有种不同于粟鞨女人的风韵。

5年中，韦赫达渐渐从一个半大小子长成了章琥塔部最威武的青年战士。

终于，在一个夏夜里，韦赫达将泉氏扛到蛤蟆河边的树林中，在她身上肆意驰骋了一番。

自此之后，二人便时常幽会。按粟鞨风俗，女阿哈如果成功为主家诞下子嗣，就可以免除贱籍。但是韦赫达心中暗想，即使她怀上了他的后代，自己也不打算将其收为侧室……

这不仅仅是因为这名高鲜女人足足比他大了十几岁。他更接受不了的是，自己后代的身上，流有高鲜人孱弱的血脉……

这几日，韦赫达一直怀抱硬弓枕戈待旦，他平日所用的，正是那种传说中能够射穿人熊面皮的铁胎硬弓，能开这种弓的人，遍数整个章琥塔部，应该不会超过10人。

到了第五天晚上，他稍稍有些扛不住了。

“大人熊应该是不敢来寻仇了，毕竟章琥塔部并不是那种几十人的小部落。就算人熊再厉害，也不敢轻易前来招惹……

趁现在天气还不算冷，再和泉氏去蛤蟆河边的茅草丛里整一下吧……”

朦胧的月色下，尚未封冻的蛤蟆河子发出清脆的响声。韦赫达悄悄地走出屯落，鹅毛般的雪片纷纷扬扬地从空中落下，不多时便在地上积了不薄不厚的一层，皮靰鞡踩上去，会发出咯吱咯吱的声响。

从脚趾尖到耳朵根，蓬勃的欲望在韦赫达的身体里横冲直撞，让他的心又麻又痒……

终于，借着雪地上的月光，他依稀看见泉氏婀娜的背影斜靠在河边的一棵白桦树旁，韦赫达紧行几步跑上前去，一把从后面将泉氏搂在了怀中。长满老茧的大手迫不及待地撕开了泉氏的皮袄。

就在握住她双峰的一刹那，韦赫达察觉到了一丝异样，往日柔软丰腴的皮肤，现在为何这般的冰冷坚硬？

他急忙扳过了她的身子，瞬间，他被眼前所见到的影像惊呆了——平日里那张满是魅惑的俏脸不见了，取而代之的是一片血肉模糊空洞——泉氏的脸，不知被什么东西生生地撕掉了……

韦赫达猛地跳将起来，已变成尸身的泉氏从他怀中跌落，摔在了雪地上。

他想大声叫喊，可嗓子却被一双无形的大手紧紧卡住，只能发出嘶嘶般干涩的声音。此刻，仿佛全身的血液齐齐奔涌到了他的脑海中，一锅粥般沸腾了起来。而失去了血流的肢体，却硬僵僵的无法动弹……

我要拔出我的刀！

韦赫达紧闭双目，努力从不停翻涌的脑海中抽离出了一丝冷静，再用那仅有的一丝冷静支撑着自己抬起右手，摸向腰间的顺刀。

刀把在哪？我怎么找不到刀把了？别慌，慢慢来，韦赫达，你是宁公特最年轻的巴图鲁，只要握住了刀把，这山林间的一切都不是你的对手！

对，终于找到了，这就是刀把……

刀柄上有配重球，刀把上柔软的防滑皮绳，这熟悉的握感让韦赫达精神一振，他一寸寸将顺刀拔出，双手握持横刀于眼前，背靠那株粗大的白桦树，扫视着黑暗中的未知。几个呼吸间，他感觉力量重又一丝丝聚拢了回来。

沉重的脚步声从身后的夜色中传来。

韦赫达深吸一口气，闭上眼倚着白桦缓缓转过身，将刚刚那口气长长呼出后，方才缓缓地睁开了双眼……

刀尖所指处，一个旁大的身影正在一步步朝他逼近。

棕红色的长毛，越来越浓重的腥臊，沉重的呼吸……想来，这就是传说中，那凶悍的成年人熊了……

韦赫达凝神聚气，不动如山……

那人熊低着头一点点向他逼近，在离他七八步处止住了脚步。

“嗬嗬嗬嗬嗬……”人熊发出一连串苍凉而诡异的笑声，随即一点点抬起头。

韦赫达看见，在人熊脸上，歪歪扭扭地贴着一张惨白的人脸，那是……他曾无数次亲吻过的，泉氏的脸……

人熊一边笑着，一边用大手将泉氏的脸向四下扯了扯，以便覆盖住自己斗大的面孔，紧接着慢慢蹲下身，一点点向韦赫达凑近……在泉氏扭曲变形的脸皮前，韦赫达刚刚聚拢的勇气于一瞬间消散无踪。

他的手掌无力地垂了下去，任由刚刚还紧握着的顺刀掉落进了新雪之中……

雪花无声地飘向大地，将顺刀一层层掩盖，直到一双大手将它从厚厚的积雪中拾起。

“这是……韦赫达的刀……”青桦颤抖地说道。

此时，蛤蟆河边除了泉氏那具没有脸孔的尸身以及这把顺刀，还可以看见两串巨大的脚印，一来一回地延伸至远山深处……

“韦赫达被人熊扛走了！”这个消息让章琥塔部的汉子们惊愕不已。

“救人去！”大家迅速将弓箭马刀等军械佩戴整齐，从马厩中拉出了最快的猎马。

“双马！骑双马！”暮雨阿玛在人群中大声地喊道。传说中人熊的奔跑速度比马还快，因此要想追上人熊救回韦赫达，就必须趁着雪地上的脚印尚未被新雪覆盖，一人二骑一刻不停地疾行追赶。

半个月前，屯落中三分之一的男丁携带海东青出发前往400里外的北琴海捕捉大天鹅，至少一个月后方能返回。

章琥塔部余下的200余名披甲男丁集结完毕，屯落前的空地上一片喧嚣，猎犬在马腿间穿行着来回寻找自己的主人，率滨马兴奋地刨着雪地，不住的在原地来回转着圈子。

最先出发的是10余骑带着猎犬的斥候队伍，然后是呈雁行之状的主阵，最后是一小队殿后的精骑。

老辈人讲，只有铁胎硬弓才能射穿人熊的皮毛。部落里能够开这种弓的只有寥寥数人，其中，两名硬功手正在北琴海边捕猎，一名硬弓手恰好是此刻生死不明的韦赫达，余下的五名硬弓手被暮雨阿玛分散在了诸队之中——斥候一人、中军三人、后卫一人。

待斥候追踪到人熊后，众人将对人熊展开合围，最后再由硬弓手在近距离以重矢射面取其性命。

在粟鞨人中，咸州诸部以重装步兵为傲，野鹤诸部凭铁骑兵称雄。宁公特则是介于二者之间，骑兵与步卒均无明显之长处，同时也没有明显的软肋。

暮雨身披锁子甲，站在寨墙上目送着汉子们一路绝尘而去。章琥塔部的健妇们此时都已经披好了铁甲，在汉子们出征之时，她们将率领武装起来的阿哈守卫屯落的安全。

一阵嬉笑声将暮雨的目光从远去的猎队身上拉回。几名健妇指指点点地窃笑着，顺着她们的目光，暮雨很快就找到了她们的笑点所在——自己新捉的阿哈，大熊，正半跪在地上，往一柄老旧的三眼铳内倒入黑褐色的粉末……看到这幕景象，暮雨也忍不住歪了歪嘴。屯落里人人都晓得，那注入铳口的黑褐色粉末，其实是……

按照惯例，出屯进行耕作渔猎的阿哈也要配备军械，屯外的莽莽大山中，能要人性命的猛兽实在是太多了，阿哈的命虽然不值钱，但好歹也是命……

可是，大熊在武库中翻捡了半晌后，却并没有选择弓箭、腰刀这样常见的组合，而是拎起了一杆生锈的三眼铳。这杆三眼铳应该是多年前章琥塔部和舒穆录部一起去高鲜抢掠时带回的战利品。

铳管安装在一根箍铁的木棒上，三根铳管呈“品”字结构并列，有一尺多长。每根铳管上还有一道突起的铁棱，以便发射之后立即转作狼牙棒进行搏杀。沉重的铳管再加上尖锐的铁棱，足可以砸破敌方的重甲。

暮雨依稀记得自己幼时大人们试射这杆三眼铳时的情景。先将用硝水浸泡过的火绳插入发射用的火门，再将黑色的火药倒入铳管之中捣实，接着放入铅制弹丸。最后点燃火绳，“轰轰轰”三声巨响后，二十步外的半截树桩上出现了三个狰狞的弹洞。

“威力倒是不小，但是射得太近，装填还麻烦……不如弓箭好用！”大家趁着新鲜劲轮着发射了几次后就将它扔在了武器库中。

多年来，这杆三眼铳一直自顾自地躺在角落里任灰尘落满铳身。随铳一起缴获的铅弹倒是还有不少，可击发用的火药却早就难觅其踪了。

“真看不出，我这个阿哈原来是一个喜欢用蛮力的莽汉子！”看大熊选了这样一杆现在只能当狼牙棒用的兵器。起初，暮雨的心中还微微涌起了一丝骄傲。

在粟鞨人的心中，被精明包裹的“莽”，是一名好汉子身上必不可少的优秀品质。但是，大熊接下来的举动，却成了章琥塔部人眼中十足的笑料。

在每天耕作的间隙，人们都会看见大熊壮硕的身躯趴在地上捕捉着什么。有好事者凑上去一看，便哈哈大笑了起来：“这阿哈莫不是被暮雨打傻了？他费力气捉的东西，竟然是些屎壳郎！”

在众人的嘲笑声中，大熊仍旧我行我素地四处捕捉着屎壳郎，几天后，他又在山间下套成功捕捉了一头梅花鹿。

“主子，能否赐给奴才一瓢鹿血？”大熊把鹿背回家后，对暮雨提出了请求。得到允许后，他端着鹿血走回了阿哈棚子……

“主子，大熊太恶心了，他把他捉的那些屎壳郎浸入您赏赐的鹿血里泡了一夜，现在又把那些屎壳郎放在阳光下晒呢！”宁人阿哈悄悄地对暮雨说道。

“大熊，你这是准备干什么？”暮雨不悦地问道，“弄这些恶心人的东西，可不要丢了我的脸面！”

“回主子话，奴才是在制造武器，等这些浸了鹿血的屎壳郎晒干后，再细细地研磨成粉，塞入三眼铳中便可以代替火药击发铅弹了！主子要是不信，等奴才弄好了再演示给主子看！”

此刻，在披甲健妇们的嘲笑声中，大熊正在朝铳口装填弹丸，想来，他的屎壳郎药引现在已经做好了……

“不对！ 咱们上当了！！大家快来看！”中午时分，蛤蟆河边传来了老玛法的喊声，暮雨等人闻声跑去，发现老玛法正蹲在雪地中研究着地上的两串人熊脚印。

“你们看，这两串脚印里有古怪！”老玛法皱着眉头说道。

“这一串从山里来的脚印，和那串回山里的脚印相比，要稍稍大一些，而且，回山里的那串脚印，脚掌上似乎缺了半个小脚趾……”

“果然如此！”定睛细看后，暮雨不由得倒吸了一口凉气！莫非昨夜袭击韦赫达的人熊，并非只有一只？

暮雨循着脚印细细查找，又发现了一处蹊跷之处。

“玛法，你看这里！”

在大脚印和小脚印交汇处的白桦树干上，有几道明显的抓痕，抓痕在一棵棵相邻的白桦树干上蔓延着，一直没入这片森林的深处……

老玛法摩挲着树干上的抓痕，闭上眼睛开始沉思。

“难道这人熊真有这般狡猾？”良久，老玛法突然惊呼了一声。

“我听我玛法说，同性人熊没办法在一起和睦相处，这地上一大一小的两串足印，想来是一公一母两头人熊所留下的。出山时，公人熊将母人熊背负在背上，到了这里……”

玛法指了指有抓痕的树干。

“公人熊放下了母人熊，然后顺着一棵一棵白桦‘走树道’藏进林子里。

让母人熊杀人生事，掳了韦赫达再明晃晃地逃回山里，引部内精壮前去追赶。这公的，此刻想必正躲藏在屯落外的什么地方，暗中窥伺着咱们的一举一动……”

一阵微风吹起凌乱的浮雪，不远处的屯落里冒起几缕寥落的炊烟，初冬的太阳暖暖地罩着大地，斑斑驳驳的阳光透过尚存有几片黄叶的树枝，在白桦林深处幽幽地闪烁着……

一阵寒意从暮雨的脊背处升起，她下意识地攥紧了手中的角弓。

“别怕，人熊习惯夜行，从现在起到天黑，还有三个时辰，派两个阿哈骑快马去舒穆录部搬兵吧，现在屯子里除了阿哈，已经没有能拉弓披甲的汉子了，只要从舒穆录部搬来二三十个能驰马能披甲的汉子，人熊就不敢轻举妄动。这功夫，就先别管什么面子不面子的了……”

粟鞨人中鲜有长寿之人，老玛法今年65岁，是章琥塔部年纪最大的老者，暮雨阿玛在遇到摸不准的抉择时，也会找他商量一下。

上一次野鹤城汇盟时章琥塔部晚一天出现，直接参加婚礼的计策也是阿玛在和老玛法商量后方才定下来的。

据最近陆续传来的消息看，章琥塔部是当晚野鹤城周边唯一全身而退的一支人马……部落里的汉子们都认为，老玛法60多年的智慧是咱章琥塔部的一宝，足足抵得上30名披甲战兵！

“咱们发现的事情别和屯落里的妇孺们说，以免自乱了阵脚，要找年头长的可靠的阿哈前去搬兵，就让青桦家的塞斯黑和老金去吧！”玛法又细细地叮嘱了暮雨一句。

青桦家的两名老阿哈悄悄领命后，骑了快马朝着舒穆录部的方向狂奔而去。如果顺利的话，天黑前舒穆录部的铁骑就应该能够出现在暮雨的视野中了。

暮雨张罗着自家的几名阿哈在院子里支起一口大铁锅，并亲自宰翻了一口肥猪，准备招待前来赴援的舒穆录骑兵，可惜这时节酸菜还没有腌制好，所以猪肉就只能和土豆炖在一块了……

“你随我来！”看着一坨坨猪肉在铁锅中上下翻腾，暮雨轻轻地拽了一下大熊的胳膊，提起弓箭走出家门。阿哈没有多问，夹着大号三眼铳紧紧地跟在暮雨身后。

二人登上了屯落寨门处的瞭望木塔。暮雨一言不发地站在那里，呆呆地看着太阳一点一点蹭向远处遮根采岭山顶起伏的雪线。天光就这样渐渐地暗了下去，一行迟行的雪雁鸣叫着飞过天际，为血红的夕阳镶上了人字形的剪影……

空寂的山林已先屯落一步被幽暗吞噬，一阵轻缓的马蹄声恰好在此时传来。

“来了！舒穆录部的援兵来了！”但就在那颗悬在暮雨心头的巨石即将落地的瞬间，她又察觉出了一丝蹊跷。

“马蹄声不对！”粟鞨人自幼在马背上长大，对与马有关的一切都十分熟识。细听之下，暮雨发现，从马蹄声来看，徐徐而来的并非是行军的骑兵队，而是廖廖几骑无人驾驭的散骑……

果然，两匹鞍鞯齐全的马出现在了屯落前的小路上，借着余晖，依稀可以辨别出就是两名阿哈去舒穆录部求援时所骑的快马……

“怎么只有马回来了？骑手呢？”暮雨跳下瞭望塔，在落地的瞬间，她知晓了骑手的命运，与此同时她的胃里一阵翻腾，双脚也软软的没有力气，一屁股坐倒在了雪地里。

她想歇斯底里地狂叫，想在这雪地上打滚，想钻进阿玛的怀里大哭。然而，似乎这些又都没办法分担她此刻的绝望和恐惧……

一双手从身后抱住了她，轻轻地把她从雪地上扶起。她把头埋进了来人的怀里无声地抽泣，她知道，这个厚重的怀抱来自于自己的阿哈。

大熊拍了拍她的后背，把她拦腰抱起，回到了寨门内。

“没事的，有我呢！”他将暮雨背靠寨墙放好后，在她耳边轻声说道，温热的气息吹散了她鬓边的碎雪。阿哈随即转身走出寨门。暮雨闭着双眼，耳边传来“撕拉”“撕拉”两声，她慢慢地长出了一口气——大熊已经将那两张黏在马头上的人脸，一一扯掉了……

暮雨再次被大熊抱了起来。

“所有人，马上到屯议事厅内集合，带上武器！所有人！”

大熊洪亮的声音在屯落里回荡，最后一抹夕阳给天际的流云染上了一层血色……他长长的剪影上有一个粗壮的突起，那突起来自于斜插在身后的大号三眼铳。

议事厅内，跳动的炉火在人们的脸上闪烁。健妇与阿哈们手执弓箭长矛在厅内草草地结成了一个圆阵，将屯内妇孺悉数围在中间。

长长的嚎叫声再次响起，明显比上次更近了一些……这嚎叫与人们听惯了的狼嚎虎啸都不相同，似乎更像是人在悲哀愤怒时所发出的歇斯底里的尖啸，这嚎叫声宛如一柄锉刀，一下下地消磨着防护在众人心头的铠甲。

防御圈最外围的长矛，开始出现了抖动……

暮雨站在长矛后，弓上扣着一枝透甲锐箭。虽然据说只有铁胎硬弓才能射透人熊脸上最薄弱的皮面罩，但此刻厅内能开弓的人无一例外地全都拿起了弓，坐以待毙可不是粟鞨人的习惯……

然而在越来越近的嚎叫声中，暮雨的手也开始颤抖了。那两张黏在马头上的人脸再一次浮现在了她的眼前，人脸因空洞与扭曲而显出的狰狞，缠绕在她的脑海中，越发的挥之不去……

“没事，告诉你个秘密啊……”暮雨耳边一阵酥麻，身后的大熊又在她耳边和她讲悄悄话了。

暮雨回过头，发现他的嘴角边还挂着浅浅的微笑。

“我杀过人熊，就是用的这玩意。”大熊拍了拍怀中的三眼铳。

虽然暮雨此时已经心如乱麻，但仍旧对这个搞不清是精是傻的阿哈撇了撇嘴。

“用屎壳郎粉末杀人熊？”她没好气地小声回了一句。

“呃……那时候铳里放的是真正的火药……”

“火药？那是朝廷明令禁止输往粟鞨的物资，你的火药是从哪搞来的？”

这句话还没问出口，就被议事厅外一阵沉重的脚步声打断了……

“咚咚咚……”脚步声在议事厅周边散乱地响着。

“嘀嘀嘀……”脚步声中，又响起了一连串低沉的狞笑……

“啊！”一名高鲜女阿哈扔掉了手中的长矛，跪倒在地上，双手堵耳嚎啕大哭起来。

“嘀嘀嘀！”笑声更加响亮了。

恐惧从每个人的头顶发散，在逼仄的议事厅内混成一团，再不分彼此地钻回众人的身体之中。

妇孺们的无声抽泣，渐渐汇成了一片响亮的哭声。

这些声音像一阵疾风，吹得最外圈的枪丛不住地颤抖……

“够了！都闭嘴！谁再哭，我就砍了谁！”老玛法大喝一声，冲出圆阵，持刀指着众人大吼道。

“千百年来，咱们粟鞨人怕过谁？在这遮根采岭和牡丹乌拉之间，咱章琥塔部就是王！”老玛法的刀尖依次扫过颤抖的枪尖。

“拿出气势来！粟鞨人可以被敌人杀死，但不能被自己吓死！”他拼着力气，高声地喊着。

突然，一个棕红色的巨怪撞开议事厅的大门冲了进来，还没等众人反应过来，旋即又冲出了厅外。然而，刚刚还在振臂疾呼的老玛法也一同消失不见了！

众人惊得一句话也说不出来，一齐呆呆地看着厅外的夜色，任凭夜风卷着碎雪呼呼地灌进厅内。

咕噜噜，一个东西被从门外掷了进来。在地面上翻滚几次后，停在了圆阵前老玛法方才站过的位置。

“啊！！！！”

圆阵中爆出一阵惊呼，被从门外掷进来的，正是老玛法的首级——没有了脸皮，只剩下一片空洞的模糊血肉。

圆阵在惊呼中出现了痉挛般的松动，长矛参差不齐地委顿在地，几支惊恐的羽箭散乱地射向了厅外的黑暗中。

“不能乱！靠紧！靠紧！长矛手靠得再紧一些！弓箭手重新搭箭，看清了再射！”

暮雨家的那名粟鞨战俘阿哈站在圆阵靠近厅门的顶点处大声地喊着，但是此时的圆阵已经难以抑制地发生了溃乱。

大部分妇女和阿哈向后逃进人群之中，只有五六枝长矛单薄地排成了一条横线，掩护着身后的七八张弓，与门外的未知无力地对峙着。

此时，众人身后的墙壁上突然出现了一个大洞，一只遍布红毛的大手从洞中伸出，桦木做的厅墙在这只大手面前，好似泥捏的一般，三两下就被掰出了一个八尺多高的大洞。

靠墙的人群霎时间四散奔逃，暮雨急忙回过身，透过纷乱的人丛，她看见一张长满红毛的巨大脸孔从墙洞中探入，巨大的身躯挤破墙壁，在厅中缓缓直起腰身，当真有将近一丈高。

来了！这就是传说中的阿尔犸斯！是搅乱了世世代代粟鞨孩童美梦的林间巨怪——人熊！暮雨定了定神，拉开弓弦，朝不远处的大毛脸上射出了一箭。

一箭离弦，虽是紧急时刻所发，但手感却是极好，前手稳稳地撑住弓身，撒弓时没有丝毫的拖泥带水之感，暮雨甚至短暂地忘却了危险，为自己暗暗地喝了声彩。

箭矢准确地击中了人熊脸上用同类皮毛做成的护甲。啪嗒一声，弹开了……

与此同时，又有几支箭击中了人熊的头部和躯干，但无一例外的都被远远弹开。人熊大手一拢，将几枝刺来的长矛抓过，随手撅成几段。

看着脚下颤抖的粟鞨妇孺，它得意地发出了一声嚎叫。血红的双眼缓缓扫过，似乎是在欣赏着人们绝望的表情，又似乎是在挑选着鱼肉的对象。

迎着这道凶残的目光，暮雨再一次拉开了弓弦，人熊似乎被这名执拗的粟鞨女孩逗笑了，它缓缓弯下腰，迎着暮雨开弓的方向探出了头。一股极其浓重的腥臭气息迎面而来，暮雨闭上双眼，凭感觉撒开了弓弦……

“砰砰砰”厅内爆出三声闷响。暮雨感觉一堆腥臭的东西撒在了自己的脸上，她按下狂跳的心脏，缓缓睁开眼睛，发现近在咫尺的红色大毛脸上此刻绽放着三朵鲜艳的肉花。人熊硕大的身躯摇了几下，轰然向后倒去。

暮雨扔了弓，茫然地抹去了脸上粘腻的零血碎肉，感觉腹中一阵翻江倒海，当下弯起腰身开始狂呕。

余光中，她看见大熊蹲踞在厅内用作圆桌的树墩旁，手中擎着那杆硕大的三眼铳，三缕青烟从铳口处缭绕而起……

两天后，大队人马呼啸着回到了屯落，队伍最后，两匹马拉着一挂临时制作的爬犁。爬犁上搭着母人熊的尸体。人熊脸上，有两个血糊糊的箭孔。

汉子们高声地唱着歌，互相夸耀着彼此的勇武。几只受伤的猎狗被主人抱在怀里，轻声地呜咽着，仿佛在悼念着它们逝去的同伴。

让人欣慰的是，韦赫达独自骑着一匹马，完好无损地与大家并辔而驰。

他的脸上还残留着几缕血污，这些血污来自于那头被他误杀的小人熊——母人熊将他掳走后，当着他的面亲手将小人熊的皮毛剥下，然后强行将他裹进小人熊的皮毛中，复又将他搂进怀中轻轻地拍打……

当归来的汉子们看见自家屯落中央竟然也摆放着一具人熊尸身时，一时间全都呆呆地立在了原地……

得知事情的原委后，暮雨阿玛将大熊唤至面前。

“这般奇特的放铳之法，你是从何处得知的？”阿玛一边轻轻摩挲着牛尾刀润泽的刀柄，一边不动声色地问道。

“回首领的话，奴才原来的部落里一直传有此法，是最寻常不过的……”

阿玛听完后只是简单地嗯了一声，暮雨看不出，对于大熊的回答，阿玛究竟是满意还是不满意。

但是，联想到那块只有自己知道的象牙牌，暮雨的心里却有些打鼓……

又过了几天，暮雨找了个由头去了一趟舒穆录部，将牙牌交给了舒穆录部的一位老婆婆。这位老者虽然是宁人，却并非阿哈，在舒穆录部已经居住了近二十年，被宁公特人誉为“牡丹乌拉两岸第一智者”。

老婆婆只看了一眼，就皱起了眉头。

“这东西你是从哪弄到的？”她颇为意外地问道。

“整理武器库时翻出来的！”暮雨说完，悄悄地吐了吐舌头。撒谎，可不是她的强项。

“孩子啊，你可知道这东西是什么？这是一块金羽卫的腰牌啊，某些时候，这小小的腰牌，关系着他主人的身家性命啊，嗯，你这腰牌的主人是金羽卫小旗官，名叫赵凝。”

“您怎么知道呢？”

老婆婆云淡风轻地笑了笑，从怀中拿出了一块一模一样的腰牌……

黑暗中，在将要入睡的瞬间，暮雨从回忆的缝隙中闪出，手指再一次抚过牙牌上那熟悉的名字……

“小熊,我的小熊……”她喃喃地梦呓着……

第五章

赵　凝

一片金色的桦叶随阵阵秋风翩然摇落。

“一定是被这战鼓声震落的！”我在沉闷的轰鸣中稍稍停下脚步，等待着这片秋叶从自己眼前掠过。

一支利箭悄然而至，挟裹着刺眼的光晕，撕开叶片上耀目的纹理，从我的脸上划过，沿着血痕钻进我身后一名舒穆录部锐兵的眼窝。

在粟鞅同袍临死前发出的叹息声中，我缩了缩脖子，让铁盔的护颌尽量多给脸部增加一些防护。

“你小子命真大！走得好好的，怎么就突然停了一步呢？要不是这步停顿，刚刚那箭正好砸在你脸上！然后，暮雨就要哭鼻子了！”伊达浑（犬）的声音穿过厚重的铁叶棉护颊，遥遥地传进我的耳中。

“再也不能靠命大而侥幸存活了！”我再次不动声色地调整了一下步伐。前方不远处，百余名死兵推着沉重的盾车缓缓前行，我尽量将自己的身体藏进盾车的遮掩里。

“得活着啊，当初苏武要是熬不到重归汉土，死在了北海之滨，又哪能名垂青史，流芳百世呢？一定要小心！

如果真的在这场只属于粟鞨人的战争中作为‘大熊’死掉了，那么我身上赵凝的魂灵又该往何处安放？”

对，没错，我就是赵凝！大宁朝金羽卫东北镇抚司“寅”字队小旗官赵凝！

当然，在粟鞨人的重重环绕之中，赵凝的命只怕比一只飞蛾还要短暂……

所以，我现在是鞔州正白旗第2甲喇第3牛录马甲兵章琥塔·讷辛，内心里，我一直称这个粟鞨名字为“大熊”……现在，大熊手持硬弓，于此战中充当第一阵先锋锐兵！

至于前面那些推盾车的死兵……正如他们的名字一样，是用来专门送死的！都是各家的奴隶阿哈，上阵前饱餐三天，顿顿大猪肘子大烙饼，然后才有力气披上双层甲胄，再推上由硬木、棉花、兽毛、铁皮等物压和而成的盾车，顶着满天的箭雨掩护锐兵接敌破寨。

如果侥幸当了五次死兵还没死，那么，幸存者就会重新获得自由。

曾经，我也是一名阿哈，不过此时我已经重新获得了“自由”。按照粟鞨人的新词，就是被主家“抬旗了”。不过被“抬旗”对于赵凝来说，似乎是更大的枷锁……

就在一个月前，咸州粟鞨已经和宁公特粟鞨初步完成了整合，形成了一个横跨盖马大山的部落联盟，名曰：鞔州。

金羽卫在野鹤城所放的那场大火从某种意义上来说也算是起到了一些效用——新的粟鞨联盟不仅整整推迟了3年才费尽周章地得已建立，更是让预期的三家联盟变成了现在的两家联盟，实力较真金家族最初的预期大大地打了折扣。

不过……在这宝贵的三年时光中，大宁朝那缓慢而又迟钝的官僚系统能够做出相应的调整，以应付东北边疆这些由暗流汇聚而成的汹涌波澜吗？多半还没有吧……也许，这就是子曾经所曰的：治大国如烹小鲜？

这样看来，那晚最大的受益人，应该是在大火中失去父、叔的现任鞔州大汗——艾森阙洛·野牛皮……

呵呵，真不想承认……我们在那晚的努力，似乎当真是在为他人裁剪着嫁衣……

呸！怎么又开始分心乱想了？作为金羽卫的一员，能做的，不能做的，你都已经做了！现在，好好为你自己操心吧！对面营寨里，窝集粟鞨人的箭可不是吃素的！

现在，离窝集人的寨子只有五十多丈远了，箭雨愈发密集。还好有盾车替我们挡下了来自正前方的大部分威胁……

咚！一支从头顶上方抛射而来的箭矢砸在了我的肩上，还好，厚重的披膊将这支凌厉的“楛矢石砮”弹到了一旁。我身上穿的，是辽东边军的制式铠甲，崭新的布面内，层层相叠的棉花包裹着厚实的甲叶，足有近四十斤重。这种沉重带给我的，可不仅仅是存在于心间的踏实。

我撑开手中的硬弓，朝寨墙垛口的方向盲射出一支羽箭。即使在这场粟鞨人的战争中，我仍是个睚眦必报的人，被击中后若是不反击，我的心里就会憋下一口气……

离弦的羽箭在飘零的黄叶中穿行，与南飞的雁群擦身而过，划着弧线飞向前方那座掩映在五色森林中的大寨子。“塞下秋来风景异，衡阳雁去无留意，四面边声连角起，千嶂里，长河落日孤城闭……”

范文正公的词句初读虽略显苍凉寥落，细品却不乏雄浑豪壮之感。是啊，当年他老人家坐镇西北边关，麾下铁骑雄兵无算，以堂堂之阵与夷狄争锋，即使感怀悲秋之句也自然会流露出壮怀激烈之情。

而我此刻却身处夷狄之中，在一场原本与自己毫无关联的争斗中披坚执锐身接锋矢，这疆场上的豪情，自然也就无从提起了……

这已经是我第六次参加“打生口”了——在北地以北，打破阿勒锦江沿岸的窝集城寨，杀掉敢于反抗的战士，将剩余丁口迁回宁公特领界，或打散混编进各甲喇，或长途跋涉运往咸州。

有时，感觉自己就像是一只奋进的屎壳郎，我眼前的粪球，正在以肉眼可见的速度一天天膨胀着……

关外的土地虽然肥沃，但冬季漫长，加之粟鞨人耕作的效率并不甚高，根本无法集中供养如此众多的披甲丁口！

而粟鞨人，啊，现在他们有时也自称是“鞔州”人了，仍旧这样疯狂地让自己的身形一天天膨胀，其狼子野心当真是昭然若揭！依我看，用不了五年，粟鞨的兵锋就会……

“嗷嗷嗷嗷！”远处的寨门开了，二百余名挥舞着铁斧与狼牙棒的窝集人怪叫着冲了出来。我们也随之快步向前，迅速和死兵们靠拢。

哎，我和我的同伴就像是甩在山水丹青上的一溜墨点，肆意地毁坏着这世间最浓重的秋色。

死兵们迅速将盾车拆解为一面面巨盾，组成了一道松散的盾墙，窝集人一边嚎叫着，一边将手中简陋的兵器砸向挡住了他们去路的屏障。

盾墙后的死兵中，有很多人也曾经是窝集人，但此刻他们正高举着盾牌，默默地承受着来自昔日同胞的击打。如果那些正在攻击盾墙的窝集人于此役中侥幸存活，那么，下一次就该轮到他们站在盾牌后抵御攻击了。

盾墙不能太紧密，因为要给我们这些锐兵留出射箭的空隙。窝集人兽皮重甲的坚固程度不输钢铁，紧紧包裹着他们的身体，只在眼前留有一线缝隙。

虽然此刻我手中的这张弓力道极大，大到足可以射穿“阿尔犸斯”的面孔，但是，在这个距离上却仍然难以洞穿窝集人的重甲。

我们的箭矢只有从那道缝隙中射入或者击中对方的腋窝、脖颈等甲片薄弱之处，才能对敌人的性命造成威胁。

所以，我们尽可能地贴近对方，再在对方眼前，拉开硬弓，射出足以致命的箭矢。

“哈哈哈，”伊达浑在我身旁哈哈大笑起来，笑声中，盾墙外一名身材高大的窝集人轰然倒地。

脚下的草地枯黄而干燥，如果人死后仍然有知觉的话，那么他摔倒时肯定不会感觉到疼痛，或许还会生出一丝丝惬意。

死于伊达浑箭下的这缕亡魂，应该是窝集人中一名举足轻重的勇士，“将为军之胆”，在他轰然倒地后，窝集人的阵线中爆发出了一片小小的骚动。

“你们都看见了吧！这人是我干死的！战后论功时都要给我作证啊！”伊达浑方才的那一箭，应该能够为他换来一口大肥猪，哈哈哈，又可以给他的五个孩子解馋了！哎，他窘迫的家境又怪谁呢？还不是他自己……

把自家的女阿哈全都搞出了子嗣，家里一下子多了十张吃饭的嘴……不过，如果刚刚被他射倒的这名窝集好汉泉下有知，晓得杀死自己的赏赐仅仅只有一口大肥猪的话，也不知会作何感想……

两个月前的一个傍晚，打完生口后大家回到了章琥塔部的屯营，那次的收成也不错，年轻的人们在蛤蟆河子边点燃篝火，每人都拿出了一些上头赏赐的酒食，一起吃着喝着唱着跳着。

那晚，我仅仅浅酌了几下便即停了口，自从变成了“大熊”，我就不曾畅饮过劣酒，因为我害怕自己酒后会说出些什么不该说的话……

坐在篝火的阴影中，我看着眼前那一张张兴奋的脸，发现人群中独独少了伊达浑，他是一个好酒好热闹的人，这种场合，他为何没有参加呢？带着这个疑问，我再一次仔细地找寻起来。

在远离篝火的河岸处，一个孤零零的身影静静地呆坐在那里，看身形，分明就是伊达浑……他为什么不来参加这次聚会呢？哦…….可能是拿不出能够与大家分享的酒食……

那一晚是满月，清冷的月光下，伊达浑抱膝而坐，默默地看着眼前奔流的河水。看着他，我的心里也突然泛起一阵孤独……

我轻轻地碰了碰几人外的韦赫达，指了指远处伊达浑那凉寒的身影。这名曾经被人熊掳走的青年，现下已经是章琥塔部年轻一代最杰出的好汉了！“石台山”——我早已经悄悄地译出了他的汉语名字。

韦赫达眯着眼睛看了半天，疑惑地问：“我刚刚也看见了，以为他是在那拉屎呢，这都这么久了，他怎么还蹲在那里？看来不是在拉屎啊……那他蹲在那不过来是要干什么？”

“可能是酒肉都给家里那五个婆姨和五个崽子吃干净了,然后不好意思再来吃咱们的吧，毕竟这次出战他的得到的赏赐最多……”

粟鞨人虽然在作战中狡猾多变，但在人与人之间的交往上，还保留着一丝耿直与淳朴。我不得不给韦赫达解释了一下伊达浑对月伤神的缘由。

“这小狗崽子！他哪次不是舔着脸来咱俩这蹭吃蹭喝？怎的今天突然给咱们整上这个‘景’了呢！”韦赫达笑骂了一句，在章琥塔部中，我们三人年龄相仿，因此征战狩猎之时，总是在一起行动。久而久之，我开始下意识地感觉，他们与我金羽卫中的那些伙伴越来越像……

“可能是因为你今年娶了福晋的原因吧……”

韦赫达的新婚妻子忽汗雪是从忽汗海畔的忽汗部娶来的，干练爽利，却也有着粟鞨女子特有的精明。上次在韦赫达家吃酒时，忽汗雪似乎对伊达浑说过诸如什么时候你也能请大家喝一次酒之类的话。

“狗崽子原来是存了这种心思！”韦赫达腾地站起了身，朝伊达浑的方向奔去……

我射出了此役的第11支箭，两只胳膊开始感到酸胀。出击的窝集兵已经倒下了一小半，剩下的人也没有了最初的凶悍，看来，是时候给他们一个撤退的理由了。

我从挂在身体右侧的小箭囊里抽出了一枝缠绕着松明的箭矢，用随身携带的火种点燃，拉满弓，将燃烧的火箭射向窝集营寨。

几名射手见状，也依样随我射出了火箭。窝集人的寨子一般都用白桦原木搭建而成，极易点燃。一阵“天火”后，远处的寨子就冒出了冉冉的青烟。

出击的窝集勇士们更加混乱了，随着从盾墙内飞出的又一轮齐射，百余名窝集残兵发一声喊，一齐向寨子的方向逃去。

我们并没有追赶，因为在我们的身后，已经响起了隆隆的铁蹄声。三十余骑铁骑斜刺里朝窝集残兵溃退的方向包抄而去。他们就是所谓的“白摆牙喇”，即白甲护军之意，由固山中最精锐的三百多名披甲人组成。

白摆牙喇们就像一只小小的铁铲，横扫过窝集溃兵的军阵，一阵践踏砍杀后透阵而出，在不远处兜了一个小小的圈子，再次冲入窝集溃兵之中，几个轮回后，几十名仍然站着的窝集兵扔掉了兵刃，缓缓跪下……

骑兵在金色的草原上雍容地驰骋着，重新在不远处的高岗上驻马结阵，继续等待着属于他们的战机。征尘中，韦赫达身上那件由小人熊皮做成的胸甲格外显眼。

死兵们已经推进到了寨墙之下，头顶盾牌手持大斧吭哧吭哧地砍着木墙。我们在不远处竖起盾墙，遥遥地放着箭。寨中最精锐的窝集勇士刚刚已经在众人的注视下全军覆没，寨墙上吓破了胆的无甲弓箭手在我们的箭雨之下苟延残喘着，只敢盲目地射出一些毫无准头的箭矢。

寨墙终于被砍开了一道豁口，死兵们一声不响地撞向寨内如林的长矛阵，铁器对于窝集部落来说是仍是稀罕之物。他们的长矛大多是用硬木绑着黑曜石制成的简易组合。

饶是如此，也还是有几名死兵被矛丛戳翻在地。一时间，破墙附近呈现出焦灼之势。

伊达浑提着狼牙短棒怪叫着向战团中跑去，这人想赏赐想疯了，每次出阵都像极了红着眼的疯狗，倒也算是人如其名。

我轻轻地叹了口气，紧紧地随在他身后第二个冲向了前方的矛林，在我们的带动下，一小部分锐兵抛下弓箭，加入了肉搏的阵列。

一直以来，我都十分厌烦眼前这种肉搏。丛枪戳来，乱刀砍去，混乱中，我自幼练就的倭刀术毫无用处，运气倒成了决定生死的关键。

我一直也搞不懂我的运气究竟是好还是坏，自被家父送至金羽卫后，死里逃生似乎已经成了家常便饭……可如果因为这样就说自己运气好的话，为什么我现在会站在这样一群不伦不类的异族中间，在这样一场和自己毫无关联的战争中搏命拼杀呢？

似乎，也不能说这一切就与我毫无关联，此刻我之所以愿意身接锋矢并不是为了粟鞨人所说的“前程”与赏赐，而是无法让伊达浑独自一人面对危险，朋友之间最重要的是一个“义”字！

韦赫达、伊达浑、以及艾吐浑（公野猪）、兀斯哈（星星）吉砑浑（鹰）等部内的年轻汉子们，他们虽不曾读过圣贤之书，但平日里在与我相处之时却处处义字当头。

曾经，粟鞨人在我眼里只意味着报功时冷冰冰的首级，可是现在，他们却是时常让我热血沸腾的兄弟……

伊达浑矮小却壮硕的身躯就像是一颗出膛的佛朗机炮弹，狠狠地撞进了闪烁着黑暗光芒的长矛森林。不知是因为灵巧还是单靠运气，在这个过程中他躲过了大部分的曜石矛尖，而他身上的两层铁甲，则帮他抵御了剩下那一小部分长矛的侵袭。

“嗷呜，我就是章琥塔的疯狗！”

他一边抡着狼牙棒，一边喊道，声音中夹杂着兴奋与狂躁，对，和疯狗的叫声如出一辙……

他的身形似乎格外适合这种间不容发的乱斗，或者说，是临阵时这种亡命徒般的气势让他所向披靡！平心而论，虽然他没学过任何搏击之术，但如果当真让我和他一对一搏命……会有那么一天吗？感谢命运，让我们现在成了兄弟……不然的话，倒在地上的人多半会是我吧……

“大熊，这一次开兵打生口，我一定多赚些赏赐，也安排你们两个痛痛快快地喝一顿酒！”昨天夜里，站在能够遥望窝集木寨灯火的林际线处，伊达浑突然由衷地说出了这句话。

这似乎就是他今天比往日更加亡命的原因……我跟在他的身后，咬着下嘴唇，浑浑噩噩地举刀，砍向眼前的一片迷茫……

缺口终于打开了，锐兵们呐喊着冲向寨中，满身是血的伊达浑抛了狼牙棒，双手撑着膝盖、大口地喘着粗气。

寨中又升起了几缕青烟，烧吧！反正接下来要做的事情，就是抓捕丁口，搜刮寨中的粮食物资，最后再将整个城寨付之一炬。

相比作为粟鞨人挥刀冲阵，这些事情则更加让我厌烦，每到这种时候，我就会感觉自己是滋生于大宁帝国后背上快速膨胀的恶疮中的一滴脓血……呵……脓血最初不也都是由纯净的血液变化而成的吗？

不，我不是脓血！我不会是投降匈奴终老一生的李陵，也不是娶了辽国公主后整日愁苦的杨四郎！相信自己，只要守住内心，终究有一天我能成为苏武！

苏武不过就是一介书生，赵凝，你不仅是一个有举人功名的书生，还是一名堂堂的金羽卫！金羽卫的前辈勋烈中，也曾有过只身潜伏敌营十余载的传奇，赵凝，你就把这眼前的一切，当作是一次官派的差遣吧……坚持住！

我退到一旁，在离伊达浑不远处坐下，看着同伴们从眼前蜂拥而入。我随手从窝集人的尸首上割下了一块兽皮，擦拭着佩刀的刀刃，粟鞨人对这种刀头沉重的牛尾刀情有独钟，以便于劈砍破甲，可是这些年来，我越是使这牛尾刀，就越是怀念倭刀在手时的凌厉锋锐……

“韦赫达！这一仗打完我肯定也能当白摆牙喇了！”伊达浑冲着正在策马而来的摆牙喇骑兵们大声喊着。是啊，以他的实力，足以成为摆牙喇了……

越来越近的韦赫达兴奋地向我俩挥了挥手，可就在这时，我突然发现一抹惊恐从他灿烂的笑脸上划过。

“不好！有危险！”我沿着这抹惊恐回头望向身后。

在缥缈的烟雾中，一个身影从死尸堆中爬起，平端着长矛缓慢却坚决地刺向了伊达浑的后背……伊达浑恰好正处在我和刺客中间。

“伊达浑，趴下！”我一边大吼，一边向刺客掷出了手中的牛尾刀……

面对突如其来的牛尾刀，伊达浑兴奋的表情凝固在他的脸上……

恰在此时，我的头部受到了一记不知从何而来的重击，眼前的一切开始天旋地转起来。

突如其来的倭兵……暮雨的咆哮……高鲜的崇山…… 轩子佩久违的面孔……破烂木房中的妖冶春色……蔚山城下燃起的火球……黔贵兵粟鞨兵倭兵绝望的嘶吼……

不对啊！为何这些日后才会发生的事情正在一件一件迅速地从我的眼前闪过？这一切究竟是怎么了？

我猛然睁开双眼，这些画面也随之在一瞬间灰飞烟灭……

不，还有一个画面仍然固执地停留在我面前——是轩子佩那张蹉跎的方脸。我抬起手，想驱散这最后的余孽，却反而被这余孽一把抓住了手腕！

“举人……求你不要再用粟鞨语说那么吓人的梦话了好不好？那条狗趴没趴下我不晓得，本官倒是差点被你这一声大喊吓趴下了……”

轩子佩一边拍着我的脸，一边低声用粟鞨语说道。

“你这说的什么乱七八糟的梦话，我一句都听不懂！快起来！陈小姐来找你啦！”这一句话他的声音很大，用的却是汉语。

环顾四周，我发现自己躺在一座由石头砌成的房子里。淅淅沥沥的雨声舒缓地敲打着窗外葱茏的草木，清新的气息在室内欢快地跳跃。

呵……方才的那些刀光剑影，原来不过是一个由回忆填充的梦境……

我在哪？嗯，这里不是家乡，不是东北，而是黔中崇山中的一座小屯堡。

我是谁？哦，我再也不能是赵凝了，也不是章琥塔·大熊，我现在是刚刚从滇黔司调入东北司的金羽卫赵霆！

一阵若有若无的幽香袅袅而来。顺着香味，我看见一个娇小娉婷的身影站在门前，消瘦的脸庞上带着浅浅的微笑，一双清澈的妙目穿过屋内昏暗的光线，正饶有兴味地注视着我的一举一动……

这个女人……敏敏……按道理，她是“我”的未婚妻……

“你们聊，我先回避了！”轩子佩转身闪出了石屋。

“原来大人还没起床，这样显得我好性急啊……”待脚步声远去，敏敏嘟囔了一句。这川黔方言，竟然这般动听。沙哑软糯的嗓音从我的毛孔钻进身体之中，抵在我心头的褶皱上轻轻摩擦，好痒……

呵呵，是我想多了，只不过是一句平淡的对话而已……

“别发呆了，穿衣起床吧，再过几天我哥哥他们就要拔营回云龙屯堡驻防了，在这几天里，把你的故事给我讲完，我好决定是嫁给你，还是寻个由头把亲事退了，金羽卫小旗，章琥塔·大熊大人……”

如烟的雨雾弥漫在蔚然深秀的群山之间，敏敏撑着一把油纸伞，轻巧地走在我身前。翠绿的裙角在青苔纵横的石板路上摇曳，而我心里，翻腾的潮水一刻都未曾停歇……

“出其东门，有女如云。虽则如云，匪我思存。素衣綦巾，聊乐我员。”

扪心自问，我并不是我粟鞨兄弟伊达浑那样的好色之徒，也并非如我高鲜朋友金七九那般的风雅之士。女人，在我的人生中，长久以来都处于一种缺失的状态……

幼年时，我于青灯寒窗之畔埋首书案，一心想走科举正途，自是无暇风月。

然而造化弄人，在我取得举人功名后，正打算一鼓作气春风得意马蹄疾地再战春闱时，却不得不远赴辽东成为读书人口中最不屑提起的帝国鹰犬中的一员……

苦寒之地刀头舔血之暇，也曾想去烟花之地纵情堕落一番，但东北那些常年伴侍行伍之人的土娼，又哪里有丝毫“秦淮风月”之妙境呢？虽然我也晓得，自己早已不再是那个策马陌上诗酒风流的翩翩公子了，可那些读书人的臭毛病，我却一直无法完全改掉……

再然后，我就变成了章琥塔·大熊……暮雨冷艳的容颜猛然出现在了我的眼前……啊……那个我不敢想却仍会时时忆起的女人。

那是个连我自己都搞不懂究竟是我亏欠了她，还是被她亏欠了的女人……

苏武在重回汉地后，会不会时常想起那个陪他在北海之滨牧羊的匈奴女子呢？每当想起她时，他又会不会如我这般如芒在背而又欲说还休呢？

在粟鞨的岁月中，我曾时时以苏武自比，但想来圣贤的襟怀气度必定不会如我这般狭窄吧！

呵……我终究做不来名垂青史的苏武，她亦不是那个甘于逆来顺受的匈奴女人……

不想了，在这距鞔州万里之遥的黔中山地，该放下的东西，尽快放下吧……

在一所建在山涧中的石亭下，敏敏收了纸伞，一面小瀑布从不远处的石壁上倾泻而下，汇入亭旁的小溪，欢快却不吵闹。

驿道远远地从前方经过，随一座斑驳的石桥渡过激流，延进层林深处。头顶的山峦一线如剑，这黔贵之地，处处都是打伏击的好地方……

听闻我拖着骨折未愈的大腿，用一场伏击救下了这名可能让我身份暴露的女孩，轩子佩意味深长地冲我坏笑着……

我明白他笑中的含义：按照金羽卫的行事风格，我当时的确需要拖着断腿翻山越岭布设伏击，但伏击的目标却不应该是区区几名黔军乱兵，我射出的第一支箭矢，便应该插进眼前这个让我颇有些心猿意马的女孩儿身上……

毕竟，只要我那样做了，就可以省去许多麻烦，避开很多未知的风险……

在轩子佩眼中，8年中，本就于女色上无甚了了的我，应该在粟鞨的铁血熔炉中被锻造得更加冷酷刚硬。然而我却做出了一个在金羽卫战术体系中最差劲的选择。其原因只能是我多年未碰女人，色欲熏心了……

诚然，眼前巧笑嫣然的敏敏是迄今为止我遇到的最符合我审美观念的女人，哦，还是称她为女孩吧……

虽然她说她已经23岁了，但看起来却好像只有15岁一般……在她小巧灵动的外表下，却蕴藏着军户女孩特有的坚韧与刚强。

可是在我决定救她之时，却并不知晓她的样貌。我偶然于深宵之中听见了她绝望的痛哭，进而又和她相隔咫尺共同度过了地道之中的漫漫长夜。

我并不是一个口若悬河之人，甚至在近几年中，就连思考问题时，我也会强迫自己在脑海中用粟鞨语去自说自话……

但是那一晚，我却突然有了一种想要聊天的冲动，特别是当我意识到她竟然是我冒充的那个“赵霆”的未婚妻后，我想把我这些年的经历一股脑地都讲给她听，当然，如果那时说起那些，她肯定会被我吓坏的……

不过没关系，即使不说那些，我仍旧想和她聊天，聊什么都可以。于是，隔着一堵窄窄的墙壁，我们聊了两天两夜。

黑暗中，她沙哑而甜腻的嗓音犹如一条半绢半麻的丝带，一点点地将我缠紧，时而麻痒时而柔滑……

当然，我清楚地晓得，她是我新身份中最大的一处隐患，既然上天阴差阳错地让她撞到了我的手里，最理智的选择就是趁此良机一举将她解决……

只要在她放下戒心后将她引到塌陷处的缝隙旁……这些年来我手上沾染的血迹早已经洗不清了，有些豪壮之士常常自我标榜：我从来不杀女人和孩子！但我却晓得这种话大多是用来吹牛的。

当金羽卫时，我和我的袍泽依照官命杀过妇孺；成了粟鞨兵后，我和我的族人在“打生口”时仍旧杀过妇孺。只要人身上溅上过血，这男人和女人又有什么区别呢？

但是，自一开始，我就清楚地晓得——杀这个姑娘，我下不了手……不仅自己下不了手，我还不想让任何这世间的污浊伤到她哪怕一丝一毫。

聊着聊着，我开始有了一种憧憬，如果能够作为“赵霆”——一名普通的金羽卫小旗在滇黔的锦绣山河之中与她生活一世，该是何等的自在快活……

后来，她被乱兵掳走。“救我救我救我……”虽然她并没有说明，但那洞中她能够求援的对象就只有我一人，当石壁另一侧的我自始至终保持沉默时，她的心里该是何等的失望与落寞……

敏敏啊，傻姑娘……擦掉你眼角的泪痕吧，我又怎么会将你一个人丢下不管呢？

于是，在她被乱兵掳走之后，我拄着拐杖潜入驿道旁的山林，虽然彼时我并不知晓她的模样……

被我从叛军手中夺回后，她一下子就扑进了我的怀里，放肆地嚎啕大哭起来，没有半点生疏之感。好像我们是相识多年的情侣，在经过了短暂的别离后，终于又迎来了重逢。

不过以我现在借用着那具躯壳，倒也不负这个真挚的相拥。

“敏敏，你听我说，也许接下来你听到的事情对你来说有些太过匪夷所思，但请你一定要保持冷静，因为，这世间能帮我的人，只有你……”

我一边摩挲着她的脑后的秀发，一边在她耳边轻声低语。

“我，是你的未婚夫婿，赵霆。”

“你才不是赵霆！”敏敏抽泣着说道。“虽然我只在幼时见过他一次，但是，我确信你绝对不是他！”

“没错，曾经的我的确不是赵霆。但是因缘际会下，我现在必须借用他的躯壳，而你，现在是这世间唯一一个能够拆穿这件事的人。所以，你会帮我吗？”

“为什么要求我呢？刚刚只要再多射一箭，岂不是更安全，也更省事？”

敏敏从我怀中探出头，静静地看着我。

“哼，没错，你就是个登徒浪子！”没等我回答，她突然毫无来由地用膝盖踹了我的裆部一下……我怔了怔，突然意识到自己身体的那个部位，此时正高高挺起，坚硬如铁……而藏身在我怀中的敏敏，自然能够感觉到他的异样。

“不是你想的那样！厮杀搏命时，他有时也会不自觉地变硬……”我红着脸解释道。

真正的性命相搏中，那东西有时的确会不由自主地变硬，但是，料理这几个叛乱的屯军，又哪里称得上是性命相搏……

然而不论我如何解释，敏敏却一直带着一种洞悉一切后的了然似笑非笑着，仿佛在说：“多说无益，原来这就是你不杀我的原因！啧啧啧……”

我一瘸一拐地将乱军的尸首推下山崖，然后指挥敏敏在一处可以观察驿路的山坡处草草地搭建了一处营地。

“你的故事很长吗？”敏敏熟练地给我的伤腿换了药。

“很长，8年里发生的事情，不是一句话两句话就能说完的。”

“那你就慢慢讲给我听吧……听完后，如果我不满意，你就要寻个由头把这门亲事退了，然后咱俩相忘江湖各自安好。如果我满意……那么，我或许会将错就错嫁给你当媳妇!总之，这件事的决定权在我这里！”

故事还未讲完，从云龙出发的平乱部队便不合时宜地出现了，行伍中既有敏敏的大哥，又有轩子佩等护送我的金羽卫。

从辽东死里逃生的未婚夫偶然间救下了身陷乱军的未婚妻。这个颇具唐传奇小说色彩的故事让众人一时间无不拍手称奇。

两日后，云山堡这场密谋已久的叛乱被官军彻底平定。陈知勇率领麾下军马屯驻云山，协助金羽卫对叛乱军兵进行整编。轩子佩则趁此时机将我从滇云镇抚司调回了东北镇抚司。

期间，我断断续续地将自己的身世，以及在粟鞨发生的一些事情告诉了敏敏……

“待我先把茶烹好，你再开始讲你的故事吧！”

敏敏从一直背在身后的小布包里取出了一套小巧的茶具，用瓦罐在小溪边汲了些水，放在红泥小炉上烧开。一抹翠绿被芊芊素手投入罐中，于翻腾的水花中缓缓舒展，载沉载浮。

“这里的地势比平原高出许多，所以即使是沸腾的水也可以直接拿来煮茶。这是去年的茶叶，你将就喝吧。我家的茶山，要等两个月后才会有新茶下市，我娘年年都会托军驿将自己亲手采的鲜茶捎来，到时再请你尝鲜。

你上次说的人熊，和我家乡的“老变婆”有些像，传说中，女人去世后，因太过思念丈夫和孩子，会变成浑身长毛的妖怪悄悄潜回家中窥望。

三分像人，七分像鬼，但仍旧穿着入殓时的衣装，有时，还会趁人不注意，抱起孩子就跑，凡是被“老变婆”抱走的孩子，便没法子再重新寻回来了。

我小时候有时会不大乖，我娘就会用这个东西来吓唬我,只不过我们的‘老变婆’没有刀枪难入的皮毛，身高也和寻常人在伯仲之间，哪里像你们那里，一丈高的大毛人，真可怕……”

“嘿嘿，那可不咋的，俺们东北那疙瘩什么东西都老鼻子大了！不像你们黔贵，啥啥都长得小么嘎达眼的……”我故意用辽东方言说道。

人和人之间的第一次对话真的很重要，彼时，为了安慰塌方另一侧那个嚎啕大哭的女孩儿，我不得不摆出一副登徒浪子的嘴脸和她插科打诨。

但是，自那之后，我就再也没办法用君子的脸孔和敏敏相处了。不过，虽然和女人相处的经验不多，但我也能感觉到，敏敏内心里对我的好感，的确在与日俱增……

我这样做对吗？明明知道不久之后就要重新回到那个早已用刚铁与鲜血刻进自己宿命的修罗地狱。现在却仍旧在这个本不该属于我的世界里流连，有意无意地，在敏敏的心湖中撩起一圈圈涟漪……

或许不对吧，我曾经告诫过自己——赵凝，你那双已经沾染了太多血污的手，不配伸进她清澈见底的心湖之中，好好和人家姑娘说说，寻个由头把亲事退了吧……让她继续在这柔媚的黔地群山中，度过自己的青春年华。

但是每一次相处，我都会不由自主地沉醉在她明媚的笑颜之中。在她流动的眼波下，我突然产生了一种倾诉的欲望……

我的心中，其实早已经被一团团系紧的死结所堆满,而敏敏纤细的手指，或许可以帮我解开这些日益禁锢的缠绕。

然而，此去东北，万里关山就如同一幅巨大的帐幕，可以将那修罗地狱中发生的事情重重隔绝，我又凭什么将这幅帐幕在她眼前掀开，让那惨烈的景象搅碎她良宵的佳梦？

我又凭什么将自己那戴得太久的面具在她的眼前鲜血淋漓地揭下，让她告诉我，我现在最真实的模样又究竟是何等的狰狞恐怖抑或是颓丧迷茫？

算了，不想了，就像敏敏说的那样，将选择的主动权留在她手中吧。毕竟，这些年中，那些和我有关的处心积虑，最终都会变成镜花水月般的梦幻泡影。

当年，家父为了保住我这颗“完卵”，将年纪轻轻就已经考中举人功名的我送至金羽卫中，躲避看似马上就要到来的倾巢之日。

然而，鸟巢在倾覆前却奇迹般地得以保全，而我这颗原本可以变成凤凰的完卵却被遗失在茫茫的东北雪原之中，最终被孵化成了一只沉郁的海东青……

曾经，有人费尽心力想将这只海东青留在身边，但她却不晓得，她的怀抱，却终非这只海东青翱翔的天空……

敏敏，不知道你有没有这样的感觉，名字这东西仿佛有一种魔力，我单名一个凝字，字了宁，只有“了”了，才能“宁”，方能“凝”……曾经，我一直渴望这个由“了”至“宁”的境界。

但是，在我这二十八年的人生中，却经历了同龄人无缘经历的种种际遇。在我得知自己考取举人功名那晚，我没有和同榜的考生们一起去花楼夜饮，而是默默地坐在书斋之中，为我的倭刀擦油打粉……

现在想来，这可能就是一个有趣的预兆，因为，那之后没多久，我就不得不通过恩荫成了一名金羽卫……16岁就中举的小老爷却去当了恩荫的金羽卫，这种情况看似荒谬，但从开朝以来，做了同样选择的少年却多如恒河之沙。

为什么？呵呵，金羽卫名声虽臭，但是有一点对于官宦之家却极其难得——入金羽卫者，可不受本家政治上的牵连——即使你的父兄在朝堂之上失势获罪株连家人，只要你是金羽卫，那么你就不会受到牵扯。

因为你已经是圣上的亲卫了，与原来的家人再也没有丝毫干系！当然，造反谋逆之罪是不包括在内的。

说来也巧，家父当年给我谋的差使，原本和这赵霆一样，在金羽卫西南镇抚司锦江卫……那是金羽卫中最消停最安逸的一个卫所。

想必，以他当时的心境，肯定是想让我远离争斗，平稳安宁地度过一生吧……但是，他的政敌却也不傻，你以为将儿子送去安逸之地当金羽卫就万事大吉了？哼哼，却说这金羽卫中，有个叫东北镇抚司的所在！近几十年，那里就是金羽卫中的阎罗殿！

因此，还没等我抵达滇云，在你们黔贵的镇远，调令就追了上来——让我改往东北赴任……

话说我虽浪迹天涯漂泊多年，但如镇远那般的地方，却绝对是独一无二的存在，小家碧玉般清秀的石屏山与玉带般蜿蜒的舞阳河间，白墙黑瓦的小城暗香飘荡，遗世独立……就像范文正公写的那样：春和景明，波澜不惊，上下天光，一碧万顷，岸芷汀兰，郁郁青青，渔歌互答，此乐何极！

但是，我刚进行到心旷神怡、宠辱皆忘，还没来得及把酒临风，其喜洋洋呢，就突然间一下子变成了真正的迁客骚人……哈哈哈。

对了，在敏敏还是小屁娃时，说不定便已经见过哥哥我了。

不过，我父亲的政敌却万万料不到，我这个年轻的举人老爷，却也使得一手好倭刀！在东北司，我迅速脱颖而出，成为了寅字队的夜不收。

慢慢地，我发现，自己在东北所做的事情，不正是在践行着之前从书中读过的那些大义吗！虽然有时候手段确实不那么入流，但是想必你也能感觉到，和其他读书人相比，我这人并不迂腐！

因为我有举人的功名，队里的一些公文信函便都由我来处理，后来因为这个技能，还被镇抚司衙门点名要过，想让我去千户身边当赞化，专职处理案牍公文之要务。

但是，我当时心气高得很，想都没想就一口回绝了，我堂堂少年举人，怎可委身于那般枯燥劳神的幕僚庶务中呢?

再说，那时候的我，已经爱死了那种“上马击狂胡，下马草军书”的生活。

“夜不收”其实是一个九死一生的差使，深入敌境，或搜集情报，或暗杀突袭。锋镝往来之间，生死富贵全由天定。

到后来，我渐渐开始感到一种沉重的压迫之感，因为我发现，从某种意义上来说，看似稳如泰山的辽东边境，其实最有可能酝酿出惊天巨变，搅乱帝国这已经平稳了几十年的安宁局面。而阻挡或者说延迟这种变化的，只有我们……

我感觉，我身边的那些大老粗同袍其实也都晓得这一点，因为夜不收队是自愿加入的，多领的那俩赏钱，和危险相比，简直不值一提!

什么?辽东边军甲天下?呵呵，敏敏啊，有些东西对于你们女孩子来说或许当真是太过复杂了……

什么?你是军户的女儿，比一般女孩子懂得更多?哈哈哈!或许吧……

让我来打个比方，你家里有养猫吧，如果老鼠太弱太少，不能给主人造成烦扰，主人还会继续养猫吗?如果家里的猫太过勤快，把老鼠全都抓光了，那主人家里还会养它吗?言尽于此……你自己慢慢琢磨去吧。

话说我们每次“干活”前，大家都会抱着同一种觉悟——死就死了，忠魂可以进金羽卫祠堂受四时香火，若是不死，就继续和兄弟们刀头舔血策马雪原……可是，我万万没想到，等着我的竟然是另外一种结局……我这样一个骄傲的人，竟然以粟鞨人的身份，成了粟鞨人的阿哈奴隶……

你已经晓得了，我的粟鞨名字是大熊，用粟鞨话说出来就是“讷新”。没错，是她给我起的，那个用一支箭杆改变了我人生的女人……

对了，粟鞨人对于熊的感情，其实很复杂。

在东北，被熊杀死的粟鞨人，恐怕比其他猛兽杀死的人加在一起还要多些。

老虎虽然强悍，但是数量少，性格孤傲，平时会有意识地躲开人群，给人一种不屑与人争锋的感觉；狼嘛……和粟鞨男丁一对一的话，狼的胜算很小，并且它自己也知道这件事；野猪胆子小而且吃素；豹子的数量比老虎还要少些，力气也并不比狼大多少。至于“阿尔犸斯”人熊，大部分粟鞨人一辈子也没机会见到一次。

只有熊，力气大，数量多，凶狠狂暴，而且好像还带着三分痞子气，我见过被熊杀死的人，明明只需一巴掌就可以取人性命，但是它偏要挤头掰腿地将人慢慢虐杀……

但是，粟鞨人一样非常喜欢猎熊，熊皮质地好，还可以熬煮出很多熊油，熊掌和熊胆可以通过咸州粟鞨拿到汉地去互市。总之，熊的全身上下都是宝贝。

因此，在我看来，粟鞨人对待熊的态度是又爱又恨又怕。粟鞨人打猎时的禁忌很多，猎熊时尤甚，从营地出发后，猎手们彼此说话要呼唤对方的假名字，沿途还要故意报出假的部落名，比如我们沿路要故意说自己是舒穆录部的猎队。

杀死熊后，要用专门的煽马将熊尸驮回，最有趣的是在吃熊肉前，人们要围着熊尸一边学乌鸦叫，一边跳一种独特的舞蹈，意在让死去熊的魂灵相信，吃它肉的不是人而是乌鸦……

粟鞨人信仰萨满教，相信万物皆有灵魂，但是，他们肯定不认为做了这些，就能骗过死去的熊的灵魂，在我看来，这样做只不过是给熊一个台阶下罢了，熊有了一个不报复人的借口，人也有了一个放心吃熊肉的理由，于是彼此之间继续心安理得地保持安稳现状，也就是继续在森林中相爱相杀……

给我起名字的人，其实很早就开始怀疑我的身份了……但是，她一直没有点破，我也就继续装糊涂，就像是人和熊的魂灵一样，在彼此都心知肚明的情况下，双方都默契地不去捅破那层窗户纸，继续相安无事地相处着。

奇怪吗？其实一点都不奇怪，所谓粟鞨人，也就是现在的鞔州人，其实就是一个大杂烩，女芝人、宁人、索伦人、高鲜人，大家一起被投进那个叫东北的大熔炉，用风雪、酷寒进行熔炼，能活着走出熔炉的人，自然而然就变成了一个新的民族——粟鞨人！

在那里，没人在乎你之前有过什么样的过往，人们只看重你当下能够为部落做些什么，“功必奖，过必罚”，于是，在用三眼铳击杀了阿尔犸斯后，我便不再是阿哈了。

人的一生中，总会经过一些所谓的“命运的分水岭”，这些分水岭有些就像是十字路口，向左还是向右，前进抑或是退后，你彼时的选择，影响着你今后的人生。

有些分水岭则像是一道关隘，关隘的另一端或许是一马平川繁华在望，或许是荆棘遍布幽深曲折，你只有费尽力气向上攀援，站在那关山之巅眺望，方能知晓前路到底是何种模样。此时就算你发现前路坎坷迷茫，也只能咬紧牙关继续前行了……

那一年，在我成为章琥塔·大熊的第五年，不论对大宁朝还是对我，都属于这样的分水岭，只不过，我们的大宁，需要在雄关漫道之间跋山涉水…而在我面前的，是一道可以选择的十字路口……

事情的契机，是一张“敕书”，所谓敕书，就是辽东布政使与辽东总兵共同签署的一张官方贸易许可证，粟鞨部落可以凭敕书到开设在抚奴城等地的马市与宁人进行贸易。你可别小看了这份文件的价值，很多咱们用惯了的东西，粟鞨人都造不了，因此，他们只能用貂皮 人参 率滨马等特产从汉地换。

几百年来，辽东官衙也一直靠敕书来平（搅）衡（乱）粟鞨各部的强弱。近年来，这种敕书一般都被由“蔺家将”大力扶持的咸州粟鞨真金部把持着，宁公特粟鞨要想和汉地进行贸易交换，只能仰真金部的鼻息。

因此，在经过真金部和汉官奸商的层层抽水后，宁公特各部在这种贸易上总会吃一些亏，即便如此，也仍然要对咸州人感恩戴德，在某些事上往往还要唯咸州粟鞨马首是瞻。

但就在那一年，小小的宁公特粟鞨章琥塔部，竟然得到了一份敕书。因为，在真金部的大力奔走下，咸州与宁公特之间的联盟已经初步建立了……

真金部为了施恩，一反常态地广派敕书，就连章琥塔部这样的小部落，也得到了一张。

这在章琥塔部来说，可是一件大事儿，人人都想跟着商队去汉地的马市逛逛，按照你们黔贵话来说，就是去“赶场”。不过，赶一次场，需要往返近3000多里路。

商队在那年8月出发了，二十多人骑着双马，赶着30多驮货，浩浩荡荡地奔马市而去，商队基本是年轻人，只有带队的青柏超过了40岁。我、韦赫达、伊达浑，还有暮雨，都在其中。

马队在层层叠叠的林海中穿行，东北的山不像你们这里的这样高这样密，但比你们这里的山要“大”，最主要的是林子厚，绵延千里，仿佛一片浩瀚的绿色海洋，沿途亦少有城镇。

就是这道绿色的屏障，隔绝了很多本应该引起朝廷中枢重视的“青萍之末”，在中枢诸公的印象中，这片与世隔绝之地虽然凶险，但居住其中的粟鞨人开化程度却很低，因此粟鞨边境并不如和韦兀交界的那些地方重要。

说来也怪，只要稍稍分析下这些年从辽东发回的情报，就能发现粟鞨人已经越发难以驾驭了。

但是，中枢的着眼点，就是不往东北放，甚至在前些年，还找由头弹劾了辽东总兵蔺成栋！那之后，蔺成栋才……哎，万事皆有因果啊……

海上来的佛朗机人有句谚语“魔鬼隐匿于微末之中”。在我还是金羽卫小旗赵凝时，曾经上报过一条情报。那年9月，我受了点伤，喏，伤疤在这，肩膀上中了一箭，那段时间只能天天在边堡里养伤，百无聊赖之际，我就去逛边堡旁的马市，逛着逛着，我发觉有些不大对。

那一年马市上卖铁锅的摊位前不如往年热闹，而且，往年并不畅销的粗劣洛锅这一年竟然卖得比精炼的广锅还要好！我暗暗心惊，在马市结束后赶紧调阅了马市的交易账簿，发现那几年马市上铁锅的交易量一年比一年少，这一年尤其明显，竟比往年足足少了六成！

不懂？

其实很简单，洛锅由粗劣的生铁冶成，一口十斤重的洛锅，回炉后可得精铁3斤，而一口广锅，则可炼精铁5斤。这些精铁，就是制造铠甲兵器的原料。

一直以来，粟鞨人都会在马市上全力采购铁锅，尤其是广锅，为的就是回炉炼铁，打造军器。这一年，为什么他们突然不买铁锅了呢？肯定不会是因为他们热爱和平……

那一年粟鞨各部之间的纷争一点都不比往年少。所以说，原因只有一个，就是粟鞨人找到了铁矿，并且学会了开采……

我赶紧把这条情报交给了上官，上官看后也很重视，着军邮飞马报至京城。然后？然后就没有然后了……

也许这条情报被哪个内急的小公公用来擦腚了吧……所谓“书生之血诚，徒以供胥吏唾弃之具”……古往今来，一直如此……

章琥塔部一行人在山林中跋涉了将近四十天，然后，熟悉的景象出现在我的眼前……廖月城，久违了……

廖月堡是金羽卫夜不收队出击时常用的前哨堡垒之一，我们在城外的空地处扎下营寨，白天，同伴们兴高采烈地带着土产去城边的马市里贸易，我则对他们说，我从小就烦宁人，见到宁人我就控制不住想拔刀砍杀，因此还是留守营地照看马匹吧。

哎，那几天，我缩在马群的阴影下，偷偷地看着廖月城内来往的人群，我既想从中找到自己熟识的面孔，又害怕见到他们……

平心而论，金羽卫，特别是辽东镇抚司的金羽卫，并没有被过多的条条框框所束缚，行动时，你可以采用很多律法之外的手段来达成你的目的——私刑利诱 甚至是草菅人命，只要你能给这一切找到一个冠冕堂皇的理由。

但是有一条，却是金羽卫必须遵守的铁律，那就是忠：忠于圣上，忠于组织，忠于袍泽。金羽卫对于背叛者向来都是赶尽杀绝，从来不会手软。金羽卫官方定义的背叛包括许多形式，其中，就有临阵被俘这一条……

没有办法，因为我们干过的机密勾当实在是太多了，每个人的肚子里，都装着一些不足为外人道出的重大干系。因此被俘就意味着背叛……

加入金羽卫的那天，和飞鱼服一齐发下来的，还有一条银项链，项链上有一个中空的吊坠，里面装着可以在顷刻间让人命丧黄泉的烈性毒药。我们被教导说，在深陷绝境势必被俘时，要毫不犹豫地吞下这吊坠中的毒药，自杀成仁。

但是对于我们这样的夜不收来说，很多时候都要进入粟鞨人的地盘，冒充成粟鞨人勾当公事。有时甚至要长时间混迹于粟鞨人当中。因此，关于是否被俘，对于我们有一条特殊的判断标准——孤身行动归来后，需验看身份牙牌。

牙牌贴身藏匿，如完好无损则说明该夜不收深陷虎口时身份并未暴露；反之，则说明这人在被人发现金羽卫的真实身份后仍旧得以苟活，足以证明该夜不收已经投降变节……这样的不忠之人，组织上是不能够允许他继续活在这世上的。

而我的尴尬之处就在于，我在被俘后成功地隐藏了金羽卫的身份，但同时，牙牌却不见了……

慷慨捐躯的觉悟我一早就有，但是，作为变节的逃兵被自己人剥光衣服、跪着砍掉脑袋……这种死法，我可不接受！

所以那几年，我一直老老实实地生活在粟鞨人身边，努力让自己演好章琥塔·大熊这个角色，我坚信，大宁和粟鞨之间必有一战，到那时，我或许就能够找到一个合适的契机重回金羽卫，又或者，可以给自己找一个堂堂正正的赴死之地！

我在营地留守了两天，章琥塔部带的土产就已经卖得差不多了，第三天上午，同伴们带着最后的货物去马市贸易，刚出发没多久，伊达浑就慌慌张张地跑回了营地。

“你快去看看吧，暮雨出事了！砍了一个宁人，宁人的衙门要抓她！”

我听后，也顾不得会不会被人认出了，就赶紧跟着伊达浑跑回了马市上。

马市那时候已经很乱了，粟鞨人、宁人推推挤挤地往暮雨砍人的地方涌去，我用带鞘的顺刀在人群中左劈右砍，生生地劈出了一条路。

在一面翻倒的书摊前，章琥塔部的人拿着刀将暮雨围在中间，和一群市丁对峙着，一名酸儒模样的人倒在被鲜血染红的书堆之中。

后来，我才知道这件事的前因后果——当时，咸州粟鞨那边流行看三国演义，以野牛皮为首，咸州的那些部落首领都找认识汉字的人给自己读这本书，想从其中学宁人的用兵之道……

你别笑，那段时间里,初步统一的粟鞨人总想抓住一切机会让自己变得强大，兵法书的内容对粟鞨人来说太过玄妙，但是总得给首领们找一本关于战争的启蒙读物啊，咦？这本叫《三国演义》的书不错！好，就它吧！

《三国演义》你看过吧！演义，演义，在我们久经行武之人看来，那书当成消遣看看还行，要是读来直接用作兵法就难免贻笑大方了。

但是，对于粟鞨人来说，那本书的有用之处在于，是可以让他们对汉地的大规模征战有一个模糊的认识。能做到这点，也就够了。

其实，粟鞨人从出生起就在打仗，部落之间的权谋斗争也毫不亚于朝堂之上的明争暗斗。可以说，他们的兵法，早已经融进了他们的血脉之中。

暮雨这次来，一直想给阿玛弄一本《三国演义》回去，但是，这书商却欺她不识汉字，在收了她的一小捆貂皮后，拿出一本金瓶梅交到她手里，一本正经地告诉她这就是《三国演义》……

暮雨拿过书后打开翻了翻，就察觉出了异样，因为那本书里插着很多秘戏图。就算不识字，她也能意识到写国与国交战的小说里，不会有男女交欢的插图。

但是，那书商仍旧一口咬定这书就是《三国演义》，还摇头晃脑地说，三国者，即潘金莲、李瓶儿、春梅之意，姑娘要是不懂其中奥秘，请随在下入客栈一叙……

看他这么说，旁边围观的宁人看热闹不嫌事大，一个劲地跟着起哄，那书商也越发得意，指着书中的秘戏图露骨地对暮雨描述西门大官人之独门兵法究竟妙在何处……

围观之人也跟着一边指指点点，一边不干不净地对暮雨说着污言秽语，暮雨懂不少汉话，这时被众人环绕着调笑，以她的脾气理所当然地勃然大怒起来，拔出顺刀一下便砍翻了书摊，将书商按倒在地拳脚相加。

粟鞨人的身材，要么又高又壮，要么瘦小精悍，中等身材之人很少见，暮雨属于前者，乍看之下，她似乎比我还要高些，但身材却不臃肿。自小就弓马娴熟，她用的弓和寻常粟鞨男子用的一样，会骑射，那落魄的宁人酸儒，又如何是她的对手。顷刻间，书商就被打得双眼乌青，鼻血长流。

平心而论，那书商这么做其实情有可原……

粟鞨人的实力正在一天天迅速膨胀着，而官方为了达成自己的目的对这种变化一直持默许，甚至是暗中相助的态度。这一切，辽东边民全都看在眼里，怒在心头。

他们知道，粟鞨这头沉睡了几百年的恶兽正在迅速苏醒，这头恶兽醒来后要做的第一件事情，就是咬碎他们的生活，吞掉他们的家园，将他们的妻儿老小嚼得粉身碎骨。然而，他们仅仅是百姓，他们对此束手无策，他们只能在忐忑中等待着即将到来的厄运……

因此，当看到就连美丽的妙龄粟鞨女人都在试图换购《三国演义》时，这名书商的心中该是如何的惊诧、愤怒、恐惧和无奈……他这样做，其实是在以他自己的方式对抗那柄高悬在头顶的利刃。呵呵，对待一个想要从自己这里买书，然后靠着书中的指点反过来夺取自己性命的人，他所做的那些事情，本就是无可指责的……

然而，这一次他所面对的，是暮雨，章琥塔部骄傲的公主……

市丁迅速出现了，市丁也是百姓，他们的情感和书商没什么不同，于是，市丁理所当然地偏袒起了书商。

“这件事错误在你，你们粟鞨女人生性放浪，一定是想买这《金瓶梅》回去研读如何偷汉子，然后书商看你年纪轻轻的，虽然非我族类但仍不忍心坐视你堕入淫途，于是拿了《三国演义》给你，但是你却将书商的好心当成了驴肝肺，恼羞成怒之下砸了书摊，还对书商施暴！是这样吗？”

“对！”

“这粟鞨女人不要脸！”

“刚刚她还说只要给她《金瓶梅》，她就陪书商去客栈做那快活事儿呢！”

此时，围观之人越来越多，其中有宁人也有粟鞨人，但是市丁说话时用的是汉语，因此宁人听后高声附和，粟鞨人则懵懂地互相询问着究竟发生了什么事。

“哎，晚生真是多此一举，早知道这粟鞨女人如此不可救药，干脆按她说的给她一本《金瓶梅》，然后再和她一起去客栈翻云覆雨多好，虽然她长得丑了点，身上还有一股子牛马味，但为了给粟鞨人改下种，我受点委屈又有何妨呢？”

书商从地上爬起，擦掉鼻血后见有人给自己撑腰，所以又来了劲。

“好吧，粟鞨娘们，既然先生大度，原谅你的过错，且愿意屈就于你，那么就陪先生去客栈快活快活吧！给先生伺候舒服了，就给你《金瓶梅》，你看了之后准保比你们部落其他娘们更受男人疼爱！”

市丁一边说，一边冲围观的宁人挤眉弄眼。

围观的宁人笑得更欢了。

暮雨家里有宁人阿哈，她对汉地的风物也很感兴趣，因此市丁、书商、围观百姓说了些什么，她基本上都能听得懂。但是她此时仍旧忍耐着，我很难想象，以她的性格，她当时是如何做到的……

“书我不要了，把貂皮还我。”她平静地对书商说道。

“貂皮？什么貂皮？这粟鞨女人竟然还想从我这里讹到貂皮！你方才明明说是想靠卖春来换书的！怎么现在又想要貂皮？也罢，只要你能给我服侍得舒舒服服的，给你一张貂皮又有何难呢？”

在围观人群的哄堂大笑中，暮雨默默地闭上了眼睛，肩膀气得不住颤抖。她已经快到极限了。

然而，书商却以此认为暮雨软弱可欺，竟然想伸手去拉暮雨的胳膊……

于是，暮雨的顺刀再一次出鞘了，顺刀的刀锋并不十分锋利，但是割开书商的喉管却绰绰有余了……

我到现场时，廖月堡的驻军也赶到了。

更多的粟鞨人也到了。咸州的，宁公特的，认识的，不认识的，这些人将暮雨护在中间。

驻军要求拘捕暮雨，粟鞨人不允。

驻军点燃了火铳的火绳，粟鞨人拔出了随身的顺刀，围观人群哭喊着四下逃散……

我站在暮雨身边，饶是我平日里暗暗以能谋善断自负，但当时我的脑海中却是一片空白，战火一触即发，我该如何抉择？

这时，暮雨看了我一眼，她凝视着我的眼睛，欲言又止……那一眼中，包含了太多的内容，我一时间没办法完全领会。她从怀中拿出一个物件，悄悄塞进我的手中。

一种熟悉的感觉一瞬间传遍了我的周身！滑腻的质地，钢劲朴拙的雕工，我的手指缓缓划过那一串熟悉的字迹——金羽卫小旗官赵凝……我久违的牙牌，我身份的证明，我作为赵凝的命……竟然在这种时候，回到了我的手中！

就在我握着牙牌怔怔地站在原地之时，暮雨轻轻推开了层层叠叠的人群，翩然走到边军如林的火铳前。

“我是宁公特粟鞨的章琥塔·暮雨，这个人是我杀的，我跟你们走！”

章琥塔部的年轻人跃跃欲试地鼓噪着试图上前抢人，上了年纪的青柏等人在费力地弹压着。人们推推搡搡，怒吼声、劝阻声交织在一起，但是，那时候我却什么景象都看不到，也听不到任何声音。

两行泪水不可抑制地从我的眼眶中流出，站在那个纷乱繁杂的马市街头，我毫无顾忌地哭了起来。终于，我可以堂堂正正地回到宁人的世界里，重新作为一名金羽卫来继续我的抱负和志向了！

5年了，为了生存，为了隐藏，我每天都在麻痹着自己，一遍一遍地对自己重复着自己编写的剧本，你的名字叫大熊，你生来就是一名粟鞨人，你因偷马而沦为章琥塔部的阿哈，而后又因功重获自由。赵凝？赵凝是谁？他不过是你的一个梦，一个做了二十年的梦……

你知道吗？我在金羽卫中服役四年，我习惯了塞外的朔风，习惯了战马的嘶鸣，习惯了腰刀从耳边劈过时恐怖的啸声，习惯了眯着一只眼去瞄准众生……但是，我仍旧不感觉自己是一名合格的金羽卫，因为，我不善于欺骗，不善于编造谎言。

然而，在这5年的大部分时间里，我都成功地将自己骗了过去，只有在每天临睡着前的那些刹那，我才会清楚地感觉到，在这个世界上，曾经真的有一个叫赵凝的少年存在过。然而，只要这个念头从我的脑海中闪过，我就会被吓得一身冷汗，睡意全无……每天晚上，我都要这样反复多次，方能浅浅睡去……

而现在，我的牙牌重新又回到了我的手中！我的命运，再一次回到了我自己的掌握之中！握着牙牌，我仿佛攥着我的全世界！

我猛地抬起头，当时有一种特别强烈的冲动，我想冲着人群大喊一声：金羽卫小旗官赵凝在此！尔等还不速速远遁！

然而，在抬头的瞬间，我再一次怔住了，透过模糊的泪眼，我看见那个熟悉的背影正渐渐隐没在边军的红色战袄之中。

这个背影我太熟悉了，她的主人——骄傲、敏感、霸道、坚韧，然而，这些表象下，却又掩藏着粟鞨式的忧郁，那份忧郁来自于辽远的天空，来自于沉默的桦林，来自于无尽的冬雪……

对，整个部落里，只有我能感知到这些。

抑或是，她也晓得我能感知到她的这些情怀，从而下意识地在我面前不加掩饰地流露出自己的忧郁，自己的脆弱……

或许，在她心里，一直都暗暗地期望在未来的某一天，能把自己的这颗少女心，盛放于我的胸膛之中……因此，她才一直默默地替我守着秘密。那个足可以让我脑袋搬家的秘密。

一瞬间，我读懂了她刚刚向我投来的那个眼神——乍看之下，她像是在说：大熊，啊不，赵凝……是救我，还是转身走掉，你自己看着办吧！

但是只要再稍稍想想，我就能感到她心里想对我说的其实是另一句话：大熊，救我！我不想被宁人折辱；同时，我也不想在粟鞨人面前流露出软弱！所以，我只能做出这个选择，因为我晓得，你一定能保我周全！

呵呵，就知道你会问我这个问题，我是不是早就已经喜欢上她了？

喜欢？不喜欢？那时，我真的搞不清楚。

对，她就是我给你看过的画中人，长得着实挺美。在我三铳轰死人熊后，她阿玛就存了招我当上门女婿的心思，这个心思，整个章琥塔部的人都晓得，因此在人们的心中，我俩早已经是一对璧人了。

我被“抬旗”后，仍旧住在她家的院子里，每天朝夕相处，渐渐地我也习惯了她的存在。围猎时，我会自然而然地护在她身边，防止野兽伤到她。开兵归来，我亦会在迎接的人群中寻找她的踪影。

但是，那段时间我顶着那个秘密，活得实在是太沉重了，在她面前，我连话都不敢多说一句，常言道：饱暖方思淫欲，我一个在生死线上走钢丝的人，哪里又有谈情说爱的情致啊。

而且，我们之间的感情自始至终都过于复杂，我并非是一个大肚的人，对于一箭击碎我人生轨迹的女人，我终究是无法释怀的……再者说，算了，不多说了，总之你应该可以明白的，粟鞨人和宁人之间，永远存着一条无法跨跃的天堑。

但是当我读懂了她的眼神后，这一切便统统被我抛到了脑后。

“赶紧带大家回营！别让任何人单独出行，别再惹出任何事端！暮雨的事情，包在我身上。”

我一把抓过青柏的衣领，对他吼道。然后，随手翻上了一匹马，向廖月堡驻防游击的官厅驰去。

敏敏，别用那种眼神看我。你把她想成是你，把我想成是你哥哥，这样想，感觉就差不多了。

平心而论，我真的不是一名合格的金羽卫，如果换作是我的同袍，他们肯定会借此天赐良机，鼓动粟鞨人与驻军对抗，将事情闹得越大越好，借以打破辽东边境当时那浮于汹涌暗流之上的可怕沉寂。

廖月城不大，而且是我之前就走熟了的，因此我赶在驻军之前就到达了官厅。

守门的兵丁想要拦我，被我几鞭子抽倒。

“游击呢？游击！我是金羽卫夜不收！有紧急军情与你相商！”

我一边吼，一边骑马直接闯进了官厅。

廖月堡游击愣在那里，嘴都合不上。也难怪他吃惊，我当时穿着一身粟鞨衣服，剃着锃亮的大光头，说的却是一口地道的京腔官话。

“瞅鸡毛瞅！几年没见不认得老子了？”我把已经攥热了的牙牌扔到游击的手里。

游击看看牙牌，再看看我，半晌，恍然大悟：“哎呀！原来是赵老弟啊，可真有几年没见了！我之前听人说……”

“听人说老子喂狼了？你就当老子喂狼了吧！嘴巴严点，反正就你见过我，要是跑了风，就是从你这走的！”

金羽卫经常会做一些见不得光的勾当，卧底潜伏之事，并不稀奇。我故意让那游击觉得我是借着假死的名，在粟鞨卧底。

“晓得、晓得，不过老弟重任在肩，为何在这光天化日之下来为兄的官衙呢？”

我一口气将方才发生之事和游击说了。

“你们抓那人，碰不得！不过具体原委，还请恕下官无法告知之罪。”

“好好，老哥哥都这把年纪了，当然晓得这个事理。”

这时，门外传来了人喊马嘶之声，想必是刚刚在马市上巡逻弹压的兵士回来了。

我又叮嘱了守将几句，就悄悄从后门出了游击衙署，没过多时，暮雨也从后门出来了。我们二人默默地相对了半刻有余，方才并肩往营地走去，一路上谁都没有说话。

对于这一切，她似乎一点都不意外，看来我的身份，她其实早就已经知晓了。一个粟鞨女孩儿，而且还是宁公特粟鞨，竟然对金羽卫的事情有所了解，具体原因我真的搞不懂。因为金羽卫的触角一般只能伸到咸州与野鹤，在宁公特的存在感着实很低。

我心里盘算着，把她送出城，就悄悄脱身回抚奴城复命，金羽卫在那里常年设有前哨营地。她好像也猜到了我的打算，但是，仍旧没有开口问。

“熊祖母、熊祖母，食尔骨肉的乃是一群乌鸦，呱呱悲鸣，绕树三匝……”不知不觉间，我俩先后哼唱起了这首吃熊肉时的歌谣。

也许再也见不到了吧，看着暮雨的背影，我一边走一边想。真的要回去了吗？这一走，这辈子都不会再见到那个江河交汇处的小村庄了吧……还有伊达浑、韦赫达、兀斯哈他们………

这些年来，我们其实早已经成了兄弟，梦境中，他们的面孔，总会和轩子佩，田利常等人的面孔重合在一起。

我似乎在粟鞨盘桓得太久了，想到马上就要走了，心里突然有些紧张，对，不是依依惜别的不舍之情，是紧张！想到要回抚奴城，我的第一感觉竟然是紧张！

看来，我终于成功地把自己也骗过了。

暮雨高挑的背影，在我眼中开始变得有些纤弱，她自顾自地朝前走着，脊背似乎在微微颤抖。我有种冲动，想从背后将她抱住……

呵呵，我这个人说到底骨子里其实还是些文人心性，总会突然间就冒出些奇怪的念头，但自己也晓得念头这东西当不得真，往往冒过之后也就忘了……

在我们到达城门口时，看见城门处正乱成一团，几个边兵正在急三火四地准备关城门，但是城门处却拥塞了太多的百姓——之前在城内闲逛的粟鞨人急着想出去，在城外马市贸易的宁人商贩哭喊着想进来，那几个边兵一边高声喊叫一边用刀鞘四下猛抽，反而加剧了身边的混乱程度，所以这城门一时半会还没办法关上。

我顾不上多想，拉着暮雨上了马，二人一骑直接从人群中撞了出去……

我并不是为了借机抱她！！！

哎，我的小姐啊，您关注的地方和一般人真的不太一样……

你就不好奇城门处乱成一锅粥的原因吗？

是粟鞨兵啊！

远远的林际线上，粟鞨人结成军阵缓慢而坚定地向堡门处压来。

来马市的章琥塔部人丁总共才有二十来个，而眼前的军阵，少说也有将近三百人！看穿搭，不仅有宁公特粟鞨，还有咸州粟鞨。

要知道，之前几百年里，粟鞨人大部分时间都处在互相倾轧互相杀戮的状态之中，咸州和大宁官军时而站在一条战线上一起打野鹤，时而又拔刀相向互相砍杀。

野鹤时而会作为高鲜的屏障抵御着来自咸州的侵扰，但只要高鲜有一丁点的怠慢之处，他们就能引着咸州和宁公特去高鲜抢掠一番。

宁公特虽然颇有超然世外之态，实则地处三战之地——北有更野的窝集人，南有高鲜为邻，经济则被咸州掌控……别说这三人宗粟鞨之间常年征伐，就是同宗粟鞨间的各个部落也一直在不停地互相攻杀。

而此时，这些人竟然抛开世仇共同组成了军阵，而起因竟然只是因为一个之前并不相识的粟鞨少女……

遥看那军阵，死兵、锐兵、奇兵序列分明，井然有序……可这些人之前并不熟识啊，而且自事件发生到现在，连半个时辰都没到……

看到眼前这一幕，我犹如在严冬之时坠入冰窟一般，彻骨的寒冷让我抑制不住地开始战栗，从头皮到脚跟……我和我的袍泽弟兄以身涉险，为的就是让眼前这幅可怕的画面晚些来临，为此，我还付出了我5年的时光，经历了常人无法想象的人生。然而，该来的，终究还是来了……我们所做的那些虽非徒劳，但其效用也仅仅只是延缓……

战栗中，一个可怕的念头从我心头闪出……这个念头给我带来的惊骇竟超出了远处的军阵，因为按照我对自己的了解，我确定我必然会投身于这个疯狂的念头之中，纵然这个念头可能会让自己万劫不复……

“这块象牙牌还给你！宁人的东西，我不喜欢……”没错，我把那块牙牌，我生命一般的牙牌，重新又塞回了暮雨手中……

暮雨把牙牌拿在手里摩挲了一下，塞回了怀里，什么都没说，笑了笑继续哼起了歌：

“熊祖母 熊祖母，食尔骨肉的乃是一群乌鸦，呱呱悲鸣，绕树三咂……”

哎…….这怎么能是色胆包天呢！？我的小姐啊，在下虽纵横江湖多年，但这南方女子的凌厉，今日方是第一次领略……在下佩服，佩服……

再后来我们就在一起了？姐姐啊……你怎么总是去关注这些枝节上的琐碎呢？回去后没过多久，我就去高鲜打仗了！根本没时间去顾及那些儿女情长之事嘛……

我当时，25岁，读了十余年圣贤书，复又砍了9年人，那时我感觉自己能文能武，只要机缘得当，时运平稳，终将有一番作为。

大丈夫生于世间，惟立德、立功、立言方不辱七尺之躯。没办法，我知道自己做了太多的缺德事，所以立德注定与我无缘了。那就立功、立言吧，其中立功为基，唯先立功而后方能立言。

“天将降大任于斯人也，必先劳其筋骨、饿其体肤、空乏其身……所以动心忍性，曾益其所不能。”

那时我一直以这句话自勉，认为眼前这颠倒的境遇，其实是成就大事前的准备和磨练。

看着远处的粟鞨军阵，我清楚地知道，那就是风云变幻之际即将到来的征兆。而我，恰好又身处于这暴风之眼，只要再继续坚持一下，再大胆一些，必然会立下不世殊勋！

再者说，我当时一直有种感觉——这世间的大多数人此时都在沉睡，全然意识不到东北边疆即将燃起吞天噬地的烈火，我作为为数不多的清醒之人，有责任去做些什么。而上天已经为我搭好了舞台，并给了我一个合适的身份——章琥塔·大熊。因此，我在那一瞬间，悄悄地做出了选择……现在看来，哎，那时的想法好幼稚……

现在，我越发感觉金刚经中说得对，一切有为法，如梦幻泡影，如露亦如电，应作如是观……

什么立德立言立功……都不抵此刻，这山间的溪水和微风，以及你手中的这杯清茶……

第六章

金七九

金七九扶正腰间的倭刀，昂首从身前一列列整肃的军伍前缓步走过，火红的大宁边军制式铁叶棉甲随之铿锵作响。

四指宽的棕色腰带上，除了长倭刀，另插有一把长约一尺九寸五分的胁差。两名身着高鲜衣甲的副将亦步亦趋地随在他身后，见缝插针地向他介绍着校场上这支军伍的情况。数百步外，千余高鲜百姓兴奋地围观着。

“当先而行的那名大宁天兵可真是威风八面啊！”

“那可不是什么大宁天兵，是咱们高鲜自家的金老爷，‘倭乱’前在弘文馆任正四品教理之职。倭乱时一直随着世子殿下在沦陷诸道打游击，立了不少军功，是以文官之身统领军马的文武双全之士啊！”

百姓们的议论声隐隐传至了金七九耳中。历时两年的倭乱将将平息不足4个月，百姓们似乎已经渐渐从那段残酷的岁月中抽出身来，重又找回了倭乱前的安宁与乏味。可是自己，在被烽烟血火炙烤浸润了两年多后，再也无法变回原来那个清贵而淡泊的弘文馆校理了。

校场四周的百姓越聚越多，人们互相推挤着想要占据有利位置，以便亲眼目睹眼前这难得一见的场面。

两年前，凶神恶煞的倭兵蜂拥渡过双马海峡，高鲜上空烽烟骤起。数月间，全境八道便沦陷了七道。而今天，三千余名降伏的倭寇整整齐齐地排列在校场之上，褪去了可止婴孩夜啼的倭式“具足”，穿着高鲜军兵的衣甲，恭顺地接受高鲜文官的校阅。

此情此景，定然会在岁月中长久地流传下去，如果不亲眼一见的话，日后若是儿孙问起，自己又该如何向他们自豪地描述呢？

“火铳队，放！”带队的高鲜武官拔出腰刀，随着他的一声大喝，百余名降倭扣下了手中敷州“铁炮”的扳机，一阵硝烟在清脆的铳声中弥散开来，将站在火线后观看的金七九等人逐渐笼罩。

恍惚间，金七九又想起了一年前的那个夜晚，正是在离此地不足三十里之处，自己亦如今日这般，站在一群倭寇之中，静静地聆听着“铁炮”的轰鸣……

营火在断壁间摇曳，一杆被绳索绑住的“铁炮”从低矮的房梁上垂下，乌黑的枪口缓缓转动。

“轰”！火绳燃尽，一名高鲜人的生命于瞬息间终结，铅丸从他的颧骨旁射入，搅沸了一池脑浆后，带着一大片头盖骨从脑后离开。巨大的冲击力让他的身体平平地向后飞出，脱离了这场诡异的夜宴。

“第四个……”血沿着金七九的额头流下。当然，这血来自于那个刚刚被击中的倒霉蛋，他用白色的衣袖轻轻拭去血痕，这件白衣，已经被他贴身穿了多年，袖口处绣有一株随风摇落的花树，衣袂飘飘间，片片落樱便会随他的身姿翩然起舞。金七九拿起面前的黄铜酒碗浅酌了一口米酒，借以不动声色地长出了一口气。

此情此景，让人觉得他仿佛只是在下朝之后与同僚于寒阳的妓馆之中宴饮冶游。

然而此际在跳动的火光之下，忽明忽暗的却是一张张惊惧的脸孔……

众人中间，竟然还夹有一名留着“月代”发型的敷州国武士。

“权右卫门！你身为萨漠岸津家的武士，就要有随时赴死的觉悟！今天的游戏，要一直玩到你腿不颤抖，气不乱，能够谈笑自若地等待死亡之时，才可以结束！你刚刚枪响时的样子，都不如这名高鲜战俘！”

夜宴的篝火外，另一名敷州武士大声地呵斥着。两名敷州倭寇上前将尚在抽动的尸体曳出破屋，唯一一名参加“游戏”的敷州武士一言不发地喝光了碗中的烧酒，仿佛为自己鼓劲般地大喊了一声。金七九懂一些倭语，为首武士的话让他内心里颇为不屑。

“要不是为了储君殿下，我怎会落入你等蟊贼之手！”他将原本就笔直的腰杆挺得更加直了。

“我就是要让你们看看，你们敷州国萨漠藩岸津家所谓的武士，在赴死之时远远没有我这个本该孱弱如鸡的高鲜战俘从容笃定！”想到这里，金七九的脸上又多了一丝凛然。

然而，这悲壮的气氛却被一声轻笑打破了，笑声非常小，小到金七九甚至怀疑是自己听错了。但是，当他看见那双隐藏在角落里的眼睛时，他确信，这笑声就来自于那个比寻常倭人高出一头的壮硕武士。

他穿着一身精致的具足，腰间佩戴着的骑战时使用的短柄太刀，剔着锃亮的光头，前额上绑着钵金。他似乎在“夜宴”刚刚开始时恰好路过了这片萨漠武士的御宿之地，继而就站在角落里饶有兴味地俯视着这一切。

又一根火绳被倭寇点燃，枪口再次旋转起来……“轰”……

“第五个！”金七九的腰杆依旧挺得笔直。

阙月静静升上中天，照亮了残垣外的几枝早樱，一只禽鸟被枪声惊起，扑棱棱飞向夜空，盘旋几圈后，似乎耐不住春夜里料峭的寒意，重又试探着落在了方才栖身的凉枝之上……

“解衣欲睡，月色入户，欣然起行。念无与为乐者，遂至承天寺寻友。友人亦未寝，相与步于中庭。庭下如积水空明，水中藻荇交横，盖竹柏影也。何夜无月？何处无竹柏？但少闲人如吾两人者……”

金七九凝视着破屋外的夜空，一声声枪响间，他忽然忆起了这篇他曾经读过的中国古文。

“何夜无月？何处无竹柏？但少闲人如吾两人者……”他轻声默诵着，心中如积水空明月下中庭。

一声愤怒的吼叫打破了这瞬息间的宁静，金七九下意识地抬手一拦，挡住了来自营火对面的拳袭。攻击他的，正是同席那名唤作“权右卫门”的敷州武士。

“原来只剩下我们两个人了啊！”

金七九这才发现，就在刚刚自己神游珈蓝之时，同席的“酒友”们都已纷纷踏上了黄泉之路……

有被火绳枪击中身亡的，也有因耐不住重压想要逃席而被“酒监”一刀砍翻的……此刻，空空荡荡的篝火旁上只剩下了自己和这名正对自己挥拳相向的敷州武士。

“他在念咒！你们听见了吗？他刚刚在念咒！他的咒语可以躲避铅弹！逼他把咒语写下来，在战场上大大地有用啊！”权右卫门朝众人大声地喊道。

“不可救药的蠢物，竟然将文豪的散文当成了咒语……”当然，金七九不屑于和这群粗鄙的敷州武士争辩，他反而当真想将这篇《游承天寺》用汉语写出交到身旁诸倭手中。

“假如东坡先生在天有灵，知道自己的文章在这种情形下因被我这个高鲜人默诵，继而又被倭寇误当成神咒的话，以他老人家的性格，不但不会生气，反而会开怀大笑吧！”

想到在弹矢横飞的战场上，一群倭兵拼命默诵东坡先生这篇传世之作以求刀枪不入的情景，金七九不由得心中暗笑。

“混蛋！在战场上什么咒语都不如‘南无妙法莲华经’顶用！”为首的萨漠老武士一拳将权右卫门打倒在地。

“敷州武士百万骑，刚猛勇毅谁第一？”老武士一口气喝干了一小坛高鲜烧酒，大声地问道。

“萨漠岸津属第一！”其他武士高声附和。

“来啊，勇敢的岸津武士们，有没有人敢来陪我和这个会念咒的高鲜人玩‘铁炮生死番’？看看是他的咒厉害，还是咱们的‘南无妙法莲华经’管用！”

“玩就玩！萨漠武士怎么会输给高鲜俘虏？”之前在“夜宴”之外充当“酒监”的倭寇们纷纷加入了酒局。

“我说，看热闹的那些家伙！你们都是哪家的家臣？别在一旁向艺妓般傻站着，尔等要么留下来和我们一起玩‘铁炮生死番’，要么就滚出萨漠豪杰的营地，不过日后要记得向身边诸人传扬今日所见之萨漠人的勇武！”

在老武士颇具挑衅味道的话语中，几名围观的别家武士纷纷作鸟兽散，而那名之前一直在角落里默默观战的高壮武士则面无表情地将腰间的短柄太刀放在屋角，挨在老武士的右侧坐了下来。从佩刀的形制上看，他应该是某位大名身边的骑侍“马回役”。

“还挺懂得礼数嘛！”老武士满意地嘟囔了一句，金七九循声看去，发现这名骑侍把胁差插在了身体右侧。

除他之外，还有一名身着破旧红色具足的武士也坐了下来，从他的神情上看，此人似乎是被营火前的米酒吸引而来。

一名武士将火绳点燃，这次的火绳比较长，看来需要过些时候方能燃尽。

这‘铁炮生死番’乃是萨漠藩武士酒局上常玩的生死赌局，正如之前所见，一杆倭人称为铁炮的火绳枪被绳子吊着从房梁上垂下，人们将点燃的火绳插入铁炮的火门之中，并让铁炮自由旋转，此间参加游戏的人们需宴饮如常，直至火绳燃尽铁炮击发。

即使是在勇武之风盛行的敷州国，这种动辄要人性命的游戏也只在萨漠藩一处流行。

老武士向身穿着红色具足的武士微微举了举杯：“长崤之战的弹雨，你可曾亲眼目睹？”

赤色武士微微皱了皱眉，表情看似颇为痛苦。“在长崤之战时，我第一次套上了这身赤备具足，作为胜赉公的一名小姓，站在‘不动如山’之本阵当中。然而……”

“然而，号称‘不动如山’的本阵，在我们铁炮的弹雨之下，第一次晃动了！哈哈哈哈！”

待铁炮缓慢地从二人眼前转过。老武士酌了口米酒继续说道：“你可知道，我当时就守卫在你对面阵中的木栅之后，用铁炮向你们这些奔涌而来的‘武阒赤备’射击，不瞒你说，我虽然向来以勇武自居，但是那日在你家如扑火飞蛾般豪迈冲锋的红色骑兵面前，仍旧吓得两股战战……

到后来，我的铁炮都烧红了。有几个时候，我坚信武阒家的骑兵肯定能突破弹幕杀进我们的阵线，但是，胜利最终还是来到了我们这边。”

“可能是我武运不济吧，我上战场前，我父兄跟随昕轩公纵横甲辔。我一直盼着自己能尽快长大，早日穿上红色具足和父兄一起驰骋疆场。可是，等我真能上阵时，武阒家的末日也随之来临了……我亲眼看着我的父兄……”

“轰！”突如其来的铁炮声打断了他的话语。激射而出的铅弹擦着金七九身侧那名萨漠武士的头顶飞过，在他新剃之月代上犁出一道深深的弹辙。

“真刺激！”逃脱一劫的武士一口气喝干了碗中的米酒。

“王京城虽大，但规矩繁杂，要不是今日随盛乡大人出城扫荡，真不知要等到何时才能重温这刺激的‘铁炮生死番’！我们大家敬盛乡大人一杯！”

“是啊是啊，能在这异国的土地上重温家乡的游戏，一时间真如回到了家中一般！”

“自从治部少辅那厮来到王京之后，这城中的规矩就多了起来！他当真是可恶之人！”

“盛乡殿，还望您能多多在主公面前争取如今日这般的扫荡任务，多带弟兄们出城透透气才好！”

众武士纷纷举杯，敬向为首的老武士。一番喧杂后，铁炮又随着燃烧的火绳转动起来，这一次从火门处垂下的火绳，比之前几回又长出了几分。

“我的父兄就没有这位大人‘炮下逃生’的好运气了……长峭之战当日，二人先后战死在了治瑱联军的铁炮之下。”赤色武士幽幽地说完了刚刚被铁炮打断的话。

“若是武阒赤备队出身的话，您现在的俸禄一定很高吧！”方才死里逃生的武士一边问一边将温在营火上的热酒倒在头顶的伤口上。

“武阒家倾覆后，我当过浪人，也换过主家，现在，只在贞田家吃着区区80石俸禄，这一次来高鲜，希望能赢取更多的功名吧！”

“现在大宁也参战了，吾辈能博取的功名应该会越来越多的！听说大宁军队的先锋已经进至距离王京70里的青羽馆附近，和雨夕多家的巡逻部队打了一仗，现在梨花家和小藻钏家的部队正齐头并进地赶往青羽馆，准备围歼这支大宁的先锋军呢！”一名武士插话道。

“虽然似乎依靠王京城的城墙坚守更加合理，但看来一众大名也都存了博取功名的念头，准备一齐主动出阵在野战中挫败大宁的兵锋。这不，我们在此处留宿，就是为了等待本家出城参战的部队啊！”

“咱们现在能够享受大战前的悠闲时光，真是难得的福气！”

众人议论纷纭之际，那名叫盛乡的老武士突然间像是想起了什么似的，死死盯着赤备武士的双眼：“你方才说你是贞田家食禄80石的武士？这么说，你已经在平骧之战中与大宁军兵交过手了？”

“对啊，看来是我的武运当真不够昌隆吧！前次在平骧城又吃了败仗……”

“听说小夕公在平骧城被大宁军队歼灭了8000多人！你们贞田家的损失似乎不大，已经很厉害了！我们岸津家的武士一直在这王京城内担任戍卫之职，因此还不曾见过宁军的模样，给大伙讲讲平骧之战吧……”

盛乡亲自拿起酒坛将赤色武士的酒碗斟满。

“这要从何处说起呢？其实，我们早在半年之前就和宁军交过手，那一次是3000骑东北边军，他们一路疾驰越过边境，旋风般兵临平骧城下，这些边军精锐勇悍，人人双马，身穿内镶铁片的棉甲，夏季里，那种甲胄穿在身上可不如咱们的具足舒服啊。

小夕公虽说是商人之子，在军略上较其他武家出身的大名要略逊一筹，但恰恰因这种出身，让他能够听从其他将领的合理意见。

在战前的军议上，我家主公说道：‘听闻大宁边军倍道兼程而来，一昼夜竟能行军150余里，其军势固然可怖，但也恰好说明了他们的狂妄自大。

用寻常的方法守住平骧城并非难事，但如此一来这些骑兵于坚城之下受挫，自会迅速遁去，无法彰显我等的勇武。因此，与其守城，不若开城，利用大宁边军的骄横狂妄，将其引入平骧城中！

城中的街垒早已修筑完成，再加上我们的铁炮，足可以全歼来犯敌骑以弘扬我们的武略。和全歼大宁精骑相比，嘉腾军抓获高鲜王子的功劳，也就算不得什么了！

我家主公虽说是驰名敷州神国的智将，但如此涉险以搏全功的计谋，寻常主帅必然不敢采用。但小夕公略加权衡后，便当即采纳了这个计策。

辽东铁骑抵达平骧城下的那晚，按照宁国节气刚好是七月十五，圆圆的月亮挂在城头，城外的守军按照计划佯装此前并不知晓宁军来袭的模样，狼狈地撤回城中，连城门都来不及关，辽东铁骑一个冲锋就顺势冲进了平骧城。

那一晚我没骑马，站在朱雀大街的一处酒肆屋顶，身边放着三杆铁炮和一捆投枪，两名足轻在我身后跟着，专门负责给我装填弹药。

震耳的铁蹄声越来越近，雪亮的月光下，我看见黑压压的一片骑兵挤在狭窄的街道上向我们冲来，平骧城和王京城很像，街市并不宽敞，即便是朱雀大街也没办法让十余骑马并肩而行，狭窄的街道逐渐减缓了他们冲锋的马速，虽然前锋的速度慢了，但是后续骑兵却并不了解城内的地形，仍旧打马猛冲……我眼前的朱雀大街瞬间变得拥挤混乱，像极了大阪城下町中的集市。

这时，从大街尽头的街垒处响起了雨点般的铁炮声，那是一座非常大的堡垒，和你们在王京城内修的一样，由砖石砌成，里面驻守了二百余名铁炮足轻。

眼前的辽东铁骑纷纷中弹，但是中弹的人却没有从马上摔下，呵呵，原因竟然是太拥挤了，人连向两旁歪倒的空间都没有。

宁军倒也勇悍，稍稍迟疑了一下就继续向前冲击，试图攻下那个街垒。那一晚并没有风，二百杆铁炮同时发射后的硝烟弥漫在街道上，久久不散。

我借着迷雾般的掩护，伏在墙头向宁军射击，根本不需瞄准，冲着拥在一起的骑兵随便扣扳机就可以了……各位都晓得，朱雀大街上除了那座大街垒，还有数不清的小堡，加上房顶上还藏着像我这样的射手……

眼前的宁军就像是被迷雾吞噬了一般，而我们就是这团迷雾的爪牙，一口口将自大的铁骑嚼得支离破碎。

宁军开始还击，和原来武阒家的赤备铁炮队一样，这些骑兵也可以在马上施放火器，他们的火器乍看之下犹如本愿寺僧兵常用的鬼金棒，由三个并列在一起的小管组成。点燃火绳后，三颗铅弹一齐从小管中喷出，威力也是不小。

但是我们事先选定的埋伏点都很不错，他们这种黑夜里的盲射并没有取得多大的战果。

这时候，宁军的后队开始向我们射箭，那箭射得是又准又狠。我身边的一个足轻太过大意，站在房脊上给铁炮装填，结果被一支利箭中，半张脸都被箭刃给撞碎了。

箭雨下，我们屋顶处的铁炮火力稍稍减弱了一些，趁着这个空当，宁军骑兵散进了朱雀大街旁如蛛网般密步的街巷中，那些街巷宽的可以容四五骑并肩突驰，窄的仅够一骑穿行。我当时杀得兴起，就把铁炮舍了，扛起一捆投枪，沿着街市边鳞次栉比的屋顶跳跃着追杀脚下突围的宁军骑兵。

被铁炮打晕的骑兵四散突驰，试图寻找‘一骑打’的对象，但是我们的士兵除了隐藏在掩体里，就是像我这样在房顶间施射着弓矢弹丸。

我用房脊的阴影隐藏自己，等骑兵从身下接近时就冲出来当头掷下投枪，近距离再加上马的速度，我甚至都能听见枪尖刺透铠甲贯穿胸膛时所发出的尖利声响。那种感觉，真是太过瘾了！

大概是在投枪用去大半时，街市上方才还浩浩荡荡的宁军铁骑逐渐开始显得寥落了，铁炮声朝城内深处延伸而去，却没有初始时那么密集，街上影影绰绰地出现了我方武士的身影，一定是性急的家伙们开始从掩蔽处走出准备割取敌军首级了。

我慢慢站起身，从一直跟着我的足轻手中接过铁炮，铁炮的炮管冒着青烟，火门处也刚刚换过火绳……

哎呀，这次的火绳好长啊，我说了这么久还没响，不过，正是这种长长的等待才更能磨砺萨漠武士的勇毅品性吧……

当时，我看着燃烧的火绳稍稍愣了愣神，一枝突如其来的羽箭就差点要了我的命，就差一点！

羽箭射中了我兜鍪上的牛角，巨大的冲击力让我一下子便从屋顶上摔了下去，好在这高鲜的房屋都不太高。我仰面躺在地上，发现3名宁军骑兵以深蓝色的天空为幕布，身上披着月光，如狂言剧中的主角一般策马冲杀而来，三人中有一人引弓发箭，两人挥刀砍杀，几名挡在他们马蹄前的武士转瞬间就成了刀下之鬼。不过他们看起来并不打算冲我挥刀，因为我躺在地上，只要撒马踏过来就可以了……

我慌忙滚向路旁，然后拄着刀站起身来，还好，还能动，说明腰没被摔断！

可能是刚刚被看不见的火力网压着打得太憋闷了，因此不想轻易放弃我这个来之不易的对手，一名骑兵竟然勒停了坐骑，原地转了个圈再一次向我冲来！

为了躲开这来自马上的当头一击，我慌忙向路旁扑去，结果竟撞破了临街房屋的木门，摔进了一户高鲜人家之中。我摇摇晃晃地爬起来，发现一家高鲜百姓正缩在屋角瑟瑟发抖，这时，门外传来了沉重的脚步声，我轻叹一声，这名骑兵也太执着了吧！竟然在这种时候下马来寻我，看来此人对我的首级是志在必得啊！

长刀应该摔丢在门外的某处了，还好胁差仍牢牢地插在腰间，我赶紧调整了下呼吸，平持胁差静静地等待着……

来了！那名宁军足足比我高出了一个头，提着一柄怪异的马刀——刀头宽大，刀身厚重，就如牛尾一般。

我们短短地对视了一下，他就一声不吭地挥出了刀，他这一刀自上而下向我劈来，想来是准备仗着身高臂长一刀取我性命，可是这一点却恰恰让他丢了性命！

高鲜的房屋……喏，就像咱们现在身处的这个残破房架，这样低矮的结构，他这势大力沉的一刀挥出后刚好砍中房梁，刀刃深深地卡了进去……

我趁此机会，一个突刺，将胁差插进他的胸口，我那把胁差不愧是‘掘川国广’啊，轻轻松松就穿透了他胸甲内铁叶的缝隙！

我打了这么多年仗，也没见过像这名宁军一般的勇悍之人，他被当胸刺中后，大声地喊了一句，不是大宁话，也不是高鲜话！接着毫不在乎地撒开马刀用双手卡住了我的脖子！

我想把刀拔出来再刺，可胁差却在他的体内一动不动，我想转动刀柄，可刀柄也转不动……那人狞笑着，一拳打在我的脸上，只一拳，我的意识就开始模糊了。恍惚中，他又将我摔倒在地板上，复又坐在我的身上用手死死卡住我的脖子，我无力地挣扎着，双腿蹬踏，但丝毫没有用处……

‘看来我的武运就要终结了吧！’真好笑，作为一名昔日的武畋赤备，没有在川中岛的战阵上死于尚衫家的刀下，却在高鲜被宁军扼死……

失去意识前，这个想法让我不由得露出了一丝微笑，不晓得众位萨漠勇士是否经历过这种濒死的瞬间，我在那时只感觉心中一片安宁。虽然，当时我屎尿齐流，样子一定是很不雅观……

不晓得过了多久，也许是一个时辰，也许只是瞬息之间，意识又回到了我的身上。屋外，依旧回荡着铁炮声和喊杀声；屋内，那家高鲜百姓仍然缩在角落间瑟瑟发抖。

我感觉胸口处憋闷异常，仔细一看，原来是之前想要杀我的那名宁军骑兵压在我的身上，一动也不动。嗯，我的胁差，不愧是‘掘川国广’啊！

我缓了一会，攒足了力气将他从我身上掀了下去，啊！这下便可以畅快地呼吸啦！

我大口地喘了几下粗气，开始仔细查看这个差点要了我性命的敌人，他年纪大概在二十岁左右，我除下他的兜鍪，发现他的发髻特别奇怪，既不是宁人高鲜人的那种式样，也不是咱们的月代或者僧人的光头，而是光头后面，留了一条细小的发辫，仿佛拖了根老鼠尾巴一般……

我摇摇晃晃地拔出了胁差，一点点切下他的首级，战后点验首级之时，发现其中有不少首级的发式都和他相似，小夕公说这是在大宁朝辽东边军中服役的粟鞨人。之前射出箭幕助主力突围的，就是这些人！

哈哈，对，他们就相当于是大宁朝的虾夷人！只不过，他们从小就与弓马相伴，比虾夷勇武多了！说到马，也挺有趣，我在割他首级之时，一匹马悄然从屋外走了进来，用马嘴轻轻触碰着倒地的尸身，不住地悲鸣，这马比敷州的马要高出许多。我心中大喜，作为曾经的武阗赤备，我在这些年间颠沛困顿，胯下所骑的一直都是驽马，没想到此刻死里逃生后，竟然又得了这样一匹神骏的好马！

想到这里，我不由得哈哈大笑起来！在我的笑声中，还夹杂了一些嘤嘤嘤的哭声，哦，原来是我一边割人头一边哈哈大笑的模样吓坏了角落里的高鲜百姓。

我这才来得及去细看角落中的高鲜居民，他们是一家人，一名三十多岁的高鲜男人，以及他的妻子，还有两男一女三个孩子。发出哭声的，就是那个十余岁的女孩儿。

此时，我发觉自己的家伙正在直挺挺地立着，大家也会这样吧，在战场上经历生死后，那家伙就会直直地挺着……

屋外，杀声仍在持续着；

屋内，一颗分量不轻的首级，一匹骏马，还有两名女人……

我长长地出了一口气，那个夜晚，属于我的战争已经结束了……我去门前寻到了我的长刀。然后返身掩上被我撞坏的木门。

我特意用宁军的马刀一刀一个把男人和他的两个儿子依次砍死，那种刀太沉了，我用着并不舒服，想必只有像地上那具死尸一样壮硕的人，才能用得惯那种马刀吧！

那一夜，我在这间房屋中一直待到天亮，当然，是和那对高鲜母女一起，天亮后，我一刀砍死了成年的女人——那张大饼脸在天亮之后越看越烦。那个小的嘛，嘿嘿，被我带回了本阵，一直到从平壤城突围时，我才给了她一刀……

哎，大家看，这个高鲜人竟然用这种眼神看我！哈哈哈！莫非他能听懂咱们的话？算了，听懂与否都不重要，只不过是一介阶下囚俘而已。

嘿，高鲜人，我在平壤淫虐的那对母女，说不定就是你的至亲好友呢！哈哈哈！”

赤备武士说到这里，喝了一口酒顿了顿。

“当年治瑱信昌公有一个习惯，就是坚决不在自己的领国与敌人交战，哪怕是只前出几里路，也要将战火烧至国土之外……如此看来，异乡作战虽难处颇多，但……”

“什么东西！”权右卫门打断了赤备武士的话，跳起身来拔出长刀。

众人随之一惊，顺着权右卫门的目光看去，只见一只僵硬的胳膊搭在断壁之上不住地抽搐，这只胳膊，不正是属于刚刚在‘铁炮生死番’中殒命的一名高鲜俘兵吗？

这诡异的画面让众人面面相觑，盛乡等人在惊愕间起身，跳动的营火中，一把把倭刀相继出鞘……盛乡持刀缓缓接近那只耸动的手臂，惨白的月光从他的刀锋上倾泻而下，照亮了手臂上斑驳的血污……

“轰，”铁炮恰在此时又一次鸣响！

“汪呜~”炮声中，一只大狗夹着尾巴逃进夜色，刹那间不知所踪，那满是血污的胳膊也随之停止了抽搐——原来，是一只野狗在偷食着墙外的人尸……

盛乡收了刀，颇不自然地回过身，却发现一名萨漠武士的面孔，已经在方才的那声铁炮中变成了一个血肉模糊的空洞……

而他身边的金七九则仍旧平静地端坐于原地，由于他是此时唯一一名坐着的人，看起来不仅不像战俘，反而像是众人的主公……

“接着点火绳！”盛乡恨恨地说道，眼前的一切让他很没面子，如鲠在喉的憋闷感越发强烈，他可以现在就将这名高鲜战俘的头颅一刀砍下，给外面的野狗再增加一道餐食。但是，在两名他藩武士面前，萨漠武士又岂能丢了最为珍视的尊严……

“火绳再长一点，咱们继续听‘赤备君’讲平骧的战事！”

金七九看似静如秋水的心中，却涌动着一浪高过一浪的暗潮……

在刚刚的骚乱中，一柄短刀悄悄被人递送到了他手中，那把刀此刻正藏在他宽大的衣袖内，刀柄上缠绕的皮绳摩擦着他的手掌，这种由武器而至内心的踏实感，他已经许久没有感受过了！

但是，这把刀竟然是从……静观其变吧，既然早已经进入了所谓的死地，最坏的结果也无非就是……只要继续保持这份从容，这“铁炮生死番”就得一直玩下去，一直玩到自己被铅弹打死，刚刚已经有一名倭寇给自己殉葬了，嗯，已经不亏了！

“亏吗？赚吗？小夕公总给人一种感觉，就是他无时无事不在斤斤计较……这商人，即使当上了大名，骨子里也还是个商人！

那一夜，我们在平骧城砍了一千余颗宁军首级！但就算是这样的大捷也没法让小夕公彻底振作起来！

5个月后，一小队大宁军使来到平骧，带来了宁军大队人马已经进入高鲜，不日即将兵临平骧城下的消息！但是军使说，宁军出兵的目的，是为了和太阁议和。

于是，小夕公也向宁军大营派出了使者，没想到，100余人的使团到第二日回来时只剩下了三十余人……宁军给出的解释是双方语言有异产生了误会，才导致使团被宁军砍杀了七十余人！

这理由，就连过去武阒家寻常的小姓都骗不过，然而，一心只想议和的小夕公竟还是对此信以为真。

大宁那边传话来说，大宁主将将在正月初六抵达平骧城下亲谈议和诸事，小夕公竟然派家老着盛装于当日清晨出城十里，在路旁迎候。

结果，大宁军到来时那阵势哪有一丝议和的样子，前锋轻骑二话不说就把迎接的家老们砍了！

大军直接开至城下环城布阵，那架势，就像是太阁大人前些年在伏间城举办的那次阅兵一般。我站在城西的七星门处，只见城外宁军铁骑驰骋，扬起的飞尘如白雾般四下弥漫，竟然笼罩了10余丈高的平骧城头，时时有阵阵耀目的光点穿透烟尘，想来那一定是宁军铁甲反射的日光。一浪一浪的马蹄声震得连城头的垛口都跟着微微颤抖。

宁军大军中，骑兵至少占了7成！想来大宁朝着实地大物博，竟能养得起这么多骑兵。想当年，就连我们号称神国第一军团的武阗家，也没有这么多骑兵啊！

不多时，马蹄声渐渐停歇，白雾也随之缓缓飘散，敌军的军阵一点点在我眼前露出了峥嵘——城西的七星门、普通门， 城南的芦门、含毡门，以及城北的牡丹峰外均有众军集结，唯独城东的两座城门外没有敌军。可是，城东不远处，就是浩荡的大通江，大通江的江面上只结了薄薄的一层冰，暗暗地翻涌起阵阵寒气……这就是兵法中的“围师必阙”嘛！

第二日一早，宁军就开始攻城了，哎，这守城，真的没什么好讲的……

宁军在城外架设了一排排的‘石火矢’和‘大筒’，攻城前万炮齐发，压得我们抬不起头来，咱们的铁炮从城上向下发射本来就麻烦，还要先用布裹住铅弹再塞进铳管里，然后才能向下发射……根本就打不过对方的大筒嘛！

而且，宁军狡猾的很，竟然还使诈！

攻城前，小夕公看攻击城南芦门、含毡门的军队所穿为高鲜军服色，就把守军调去驰援牡丹峰了。结果，进攻含毡门的高鲜军却是由宁军精锐假扮的，其中一大部分就是那些射箭又准又狠的粟鞨兵，披着好几层重甲却一点都不显得笨拙，嗷嗷叫着第一波爬上了城墙……

这群蛮兵多用大斧大刀之类的兵器，悍不畏死地在城头上左冲右突，咱们神国的武士虽然勇武，但是身形实在和这群蛮兵差得太远，我远远看见，一名武士被人家如同捉兔子般提起，随手就扔下了城头……

眼看城墙守不住了，我们慌忙退入城内，想像上次一样凭借街垒和敌军打巷战，我抓了一把铁炮，和几十个人一起钻进街垒中，想在这里迎击宁军，正等候间，我身后的光风阁却响起了厮杀声，不多时又燃起了大火。

原来宁军仗着骑兵多，竟然穿插到了我们的后方！没办法，我们就只能继续跑，不跑的话很快就会被宁军分割围歼掉。

最终，我们这伙人逃进了城东的练光亭，那附近街垒众多，小夕公也在，准备带领幸存的人在那里与宁军决死一战。

敌军看样子是想用火攻烧死我们，但是他们的大筒一时间没法进城，小一些的大筒则打不穿我们的街垒，因此在这个时候，我们的铁炮更占优势。几轮齐射阻住了对手的攻势，此时，天色渐渐暗了下来。

我当时，已经有了战死异乡的觉悟，抱着铁炮守在一个射击孔后静静地吃着饭团，高鲜的大米，真香啊……

就在此时，宁军使者又送来了信息，说他家主将不忍多伤性命，允许我们撤军出城云云。大家正将信将疑之际，侧翼的守卫传来消息：几支已经穿插至城外大通江边准备抄大家后路的敌军人马，正从练光亭两侧悄然撤往宁军本阵之中。

这个报告消除了小夕公的疑虑，在他的命令下，大家迅速从长庆门和大同门处撤出了平壤城。

大同江已经封冻了，但冰面却并不厚，从远处看去，一层如绫缎般的薄雾从江面上氤氲升起，将渡江的前锋军慢慢缠绕……前锋就是我们贞田家的武士，小夕公的家臣则率领小夕家武士担任殿军给大家断后。

军势通过冰面时的速度特别慢，想来是因为冰层比较薄的原因吧。我一点点地随在阵中向前挪动，大家时不时便会回过头看一看大宁军马有没有追赶上来。

人就是这个样子……原本在坚守街垒时已经下了从容赴死的决心，但在接到撤退命令后，方才还在躯体内滚滚奔腾的勇气就一下子全都烟消云散了。

奋战一天，汗水早已经将具足内的衣衫打湿了无数次，打仗时感觉不到什么，但此刻阴风一吹，冬夜的寒气就会沿着具足的缝隙钻入，侵蚀着众人的身体。

如果说方才消散的是我们身上的勇气，那么这时候溜走的则是大家的力气……

我感觉自己的两条腿越来越沉，脑子里混混沌沌的早已经停止了思考，当时能够做的，就只有被阵列挟裹着，一步一步地往前挪动……

就这样，我的双脚终于踏上了大通江的冰面……之前就晓得冰面肯定很薄，但没想到上面竟然还飘着一层浮水，好在由于出城时匆忙，大部分马匹都没来得及带走。要不然，这种冰面肯定没办法承载骑兵在上面往来奔驰。

我的双脚贴在冰面上缓缓地向前蹭着，耳边不时传来微小的碎裂声——随着那声音，冰面上渐渐地裂开了一条条细碎的缝隙。

浮水初时只到脚面，但当我行至江心时，已经没过了我的脚踝。真冷啊，双脚就如同被千万根钢针攒刺一般，渐渐地，刺痛感一点点消失了，而我亦感觉不到双脚的存在。

要振作！再坚持一下！我不停地给自己鼓着劲。虽然匆忙，但接战之前我们贞田军就已经备好了撤离用的行囊。呵呵，我家主公号称智将，早就看出小夕公的战意并不强烈，合战之中，主将的脑子里一但存有退却的念头，到最后必然是要付之于行动的！

我的行囊中除了粮弹之外，还特意带了一双皮靴，这皮靴正是我从我杀死的那名宁军脚上扒下来的。只要坚持着上了岸，我就可以换上这双皮靴了，这样一来，我的双脚也就不会被冻坏了。

八十步，五十步，再坚持一下，江岸就在前方，只要踏上江岸，就……

然而，该发生的事情还是发生了，后军处爆起了一阵铁炮声——宁军开始衔尾追击了！

“跑啊，”大家拼命叫喊着，争相向江岸处逃去，我身处贞田军的后阵，贞田军大部分已经上了岸，并且点起了一堆堆篝火准备烘烤渡江时打湿的身体。

冰层的缝隙原本就已经很大了，军阵缓缓前行时，尚能支撑片刻，可此时众人竟一齐发足在上面狂奔……

突然之间，我的身体被刺骨的冰水吞没，还好，江岸已经很近了！

在响彻四野的悲鸣声中，我死死地盯着前方那一堆堆闪耀的篝火，艰难地在冰河中跋涉。

寒冷将我身上本就所剩无几的力气一点点冻结，一些战友此刻已经停止了挣扎，无声无息地沉入了水中，但是我不能放弃……

就在最后一丝力气将要用尽之时，一柄十字文枪突然出现在我眼前，我下意识地紧紧抓住枪杆，被战友合力拽上江岸。

可是，我身后的人却并没有我这般的好运了，此时的大通江早已变了一番模样——薄薄的冰面被滚滚波涛所取代，激流中满是挣扎的身影，江中大小不一的浮冰就如同战场上陷阵的骑兵，在落水武士中横冲直撞，收割着他们的性命。

江面上，寒雾愈发浓重，将冰河中挣扎的大军一点点淹没。我蜷曲在火堆旁，目之所见只有那一江的血色苍茫。

呼救声，厮杀声，铁炮声，兵刃相交声，铁蹄踏雪声……

奔跑的武士，驰骋的骑兵，零落的阵列，载沉载浮的身影……

这些似真似幻的景象在浓雾中时远时近，若隐若现……

我们则在相隔不远处，坐视着眼前的一切，没有丝毫办法。半生戎马中，这样诡异的场景我还是第一次经历。

终于，我们烤干了衣服，结成军阵保着小夕公缓缓退却，哎……一年前我们正是沿着这条路摧枯拉朽般地横扫了高鲜八道，威风八面地开进平壤城，可是现在……

此时，就连不知从何地冒出的高鲜民军都敢遥遥地尾随在军阵四周，伺机截杀掉队的武士。

军阵后一直回荡着掉队者被高鲜民军虐杀时发出的惨叫，我们却只能强迫自己充耳不闻且不去回头，继续在沉默中缓缓转进，因为这个时候整个军阵仿佛也仅凭着最后的一点元气吊着才不至于崩塌，再也没有多余的精力去收容受伤和掉队的士兵了。”

说到这里，赤备武士突然站起身来，一脚踹向了正襟端坐的金七九。

“你这个可恶的高鲜棒子！听我说这些，你竟然敢笑！”

众人听了赤备的话后均感诧异，这名高鲜战俘一直以一种老僧入定的气势端坐于火前，脸上的表情就如无声流淌的鸭川般空明沉寂，怎么会说他笑呢？

“哈哈哈哈哈哈哈哈哈！”咦，这次真的有人笑了，循声看去，只见自入席以来就未曾说话的那名年轻骑侍正在放肆地仰天大笑。

“你又笑什么！”赤备从这突如其来的大笑中，分明听出了一丝不屑。

“没什么，没什么……我只是想到了家师曾经说过的话语，突然有些想笑，‘赤备’君勿要多疑……”骑侍一边说一边极力想抑制住自己的笑声，然而，这颇为刺耳的笑声却一直响彻在斗室之中。

他的口音有些奇怪，贝前？陆佐？还是辉津？众人都听不出来，不过此番倭军集敷州全岛之力大举入侵高鲜，军中各藩国武士的口音本就不尽相同，有些将领之间甚至需要借用笔谈的方式，才能协调各部间进退合战等诸多事宜。而且，说到口音艰涩难懂，全军之中尤以他们萨漠为最！

“究竟有什么好笑的？”赤备正色问道。

“啊，其实也没什么，家师曾经对我言及，说昔日诸雄逐鹿天下之时，尤以武阒、尚衫两家军团最为强悍！其中武阒家又略胜尚衫家一筹……不过今日所见所闻，哎，此刻方知，我师父那小老头，原是在欺我呢！”

“混蛋！你是在嘲笑我军转进之际失了勇武吗？”

“不敢不敢，如平骧合战那般的兵败如山之时，贞田家仍旧能够结成军阵有序转进，最终不至让小夕公的第一军团全军尽没，也保得小夕公得以全身而退。这般泰山将崩而仍旧从容若定的气魄，在下着实佩服得紧。”

闻听此言，萨漠众武士纷纷点头附和。在大军溃败之时贞田公仍旧能让自家军阵保持秩序，这般的用兵调度，的确称得上是“武阒遗风”。

“我笑的是‘赤备’君在初次平骧伏击战中与宁军骑兵‘一骑打’时的情景……以及，方才的一番所作所为！”骑侍止住了笑声，语气渐渐变得强硬起来。

“失礼了！”他向左边的盛乡微微欠了欠身，将特意佩戴在身体右侧的胁差换到左侧，随即拔刀出鞘。

“当时，那名宁军骑兵的刀卡在了房梁之上，然后，你用胁差一刀刺进他的身体中，刀却卡在了敌军体内，对吧！”骑侍持刀向前虚刺了一下。

“就如这般？”

“对啊，难不成我要用刀柄去刺他吗？”赤备皱眉说道。

“呵呵呵……”骑侍再次笑了起来，而此时，盛乡的脸上也露出了一丝嘲讽的表情……

“你们！你们为何发笑？”此时，赤备的脸已经憋得通红。

“持刀突刺时，要刻意地放平刀身，让刀这样横着刺出！这样，刀身就可以不被敌人的肋骨卡住。这个道理，你作为昔日神国最强的武阒赤备队员竟然不懂吗？”

赤备闻言之后猛然一怔，脸上逐渐露出了茅塞顿开的表情。

是啊，这么简单的道理，我为何直至今日方才知晓？

骑侍将胁差插回刀鞘之中，再次佩回了身体的右侧。

金七九却牢牢握住了袖中的短刀，骑侍刚刚在做突刺演示时，有意无意地向他这边看了一眼，金七九觉得，这一眼中似乎包含着某种暗示……

“说得好！不过，我们萨漠刀法中，却没有这般的刺击！我们的刀法只有劈砍劈砍再劈砍，在室内的话，直接使用胁差劈过去就好了嘛！”盛乡悠悠然喝了一口酒。

“是咯，在贵藩人眼中，这世间大部分的刀法，修炼过程都太过繁琐……不若贵藩武士修习的‘现世流’刀法，只需要木棍和木桩即可。”

“你竟然知晓我们萨漠的刀法？这也是你师父告诉你的？看来你师父渊博得很嘛！”听骑侍认真地附和自己，盛乡感到颇为意外。

萨漠人的“现世流”可谓是敷州国中最特立独行的一种刀法，在修炼的初始，修习者只需要手持一根木棍对着树木进行劈砍即可；到了一定阶段后，则会在地上竖起一些木桩，修习者一边在木桩间跑动，一边用手中的木棍来回劈砍这些木桩。修习的程度越高，木桩的数量也就越多。

临敌之际，其招式虽只有这凌厉无比的一记劈砍，但在瞬息之间却足以让对手找不到抵御之法 。可以说是一种极其适合在战场上使用而并不适用于道场比武的刀法。

加之萨漠藩与敷州国本土隔海相望，其国武士除征战外少与世人接触，因此世间对这种“现世流”刀法所知甚少。武士们一边对这种无甚变化的刀术不屑一顾，一边又对这种一击决死的战斗方式感到不寒而栗。

此刻，这名年纪轻轻的骑侍却不仅能够说出“现世流”刀法的名称，而且还知晓“现世流”的修习之法。看来，他的师父应该是一名“兵法名家”。

不过，从他刚刚演示的那记突刺看来，他的武技似乎并不出众，那一刺虽说只是演示，但出招时略显拖泥带水，毫无一气呵成的畅快顺达之感。正是这一点，让盛乡感到有些诧异……

“嗯……关于贵藩的刀术，恩师曾经有所提及。”

“可以知道他的名字吗？”

“恩师虽对我教诲颇多，但终究不过是一介浪人而已，至于他的名字嘛……岛森繁。”

“哦？”盛乡听后，脸上的惊诧之感随即又增加了三分，愣了愣神后随即又摇了摇头。

“岛森繁这个名字在我年轻时曾经一度颇为响亮，那时，他曾经是大和国筒井家的家老，武名显赫。

但听说后来和主家闹翻了，有人说他被主家赐死，还有人说他随海贼团伙前去大宁沿岸劫掠为生……他的名字，算算差不多已经消失了近20年……他那种人，只要活着，是不会让自己默默无闻近20年的！

看你的年纪，也不过二十几岁，而且这身手嘛……看起来也并非一流……不可能的，不可能的！年轻人，你一定是遇见了冒名顶替的骗子咯！”

“盛乡大人所说，还是太过客气了，家师曾经说过，像我刚刚那般的武技，连三流水准都算不上。哈哈哈，这是我自身的原因，并不是恩师他老人家教得不好，说起来不怕大人见笑，恩师还曾带我研习过‘现世流’刀法的击破之术呢……”

“嗯？你师父竟如此自大？认为可以凭其他刀法击破萨漠的‘现世流”？嘿嘿嘿，你速速说来听听，也让老夫开开眼！”盛乡被年轻骑侍气乐了，同席的另外三名萨漠武士也都随之大笑起来。

“那么，就得罪了！”年轻骑侍先向左侧的盛乡轻轻鞠了一躬，又向坐在自己右侧的萨漠武士微微颔首。

盛乡一手拿起酒杯，一边盘起腿等待着骑侍演示所谓的“现世流”破解之法。

其实从内心里，盛乡最初对这名年轻骑侍并不反感，在盛乡向围观的武士们发出半是挑衅半是嘲讽的邀请时，只有“赤备”和他没有退散，入席后面临不知何时就会打响的铁炮，亦能谈笑风生。这就说明，这个年轻人不仅具有胆略，而且对自己武士的荣誉也颇为珍视。

更可贵的一点是，入席后，他主动坐在了盛乡的右侧，而且将随身的胁差转而佩戴在自己身体的右侧。

这种就座方式，乃是流传于敷州西部诸藩武士中的一个代表了尊卑长幼秩序的坐法——这种坐法可以让年长武士方便地拔出佩刀砍向年轻武士，而年轻武士被袭时则不可能将刀拔出进行有效的抵抗，这就意味着年长武士在酒宴之中可以随时出手对年轻武士的不当之处进行责罚。可是懂得这种礼节的年轻人，近些年似乎越来越少了……

不过，现在此人竟然敢说研习过“现世流”的破解之法，就凭他那拖泥带水的刀术？哎，说不得，一会多少要给他一些教训尝尝……

与此同时，一种莫名的躁动在金七九体内迅速升腾而起，他缓缓吐出胸中的积郁的怨气，抑制着脊背的颤抖，微微睁开本就不大的眼睛，扫视着营火前的一切，铁炮依旧在旋转着，火绳似乎就要燃尽了……

他复又闭起双眼……一呼一吸间，他感觉一股寒气从对面暴起，如疾风般穿透了燃烧的篝火。

“就是现在！”金七九猛地睁开双眼，果然，在营火的另一边已然生出大变——盛乡的身体被人用袈裟斩劈成了两半，一把鲜血淋漓的胁差，正握在骑侍的左手上，砍向他右侧的萨漠武士。

闪耀的刀刃，挟裹着鲜血与寒风……这一记凌厉的劈砍，与此前他用右手演示的那招突刺完全不同。

又一名萨漠武士的头颅应声掉落，圆睁着惊愕的双眼与盛乡那半幅跌落的身躯在尘埃中面面相觑。

“原来如此，他左手使出的刀，勉强可以接近一流水准了……”看着自己余下的多半幅躯体缓缓倒下，盛乡带着释然的表情闭上了双眼。

在铁炮的轰鸣声中，金七九猛然将袖中的短刀掷进了权右卫门的眼眶之中。悄悄握住短刀后，他原本计划着要用飞刀之术率先对盛乡进行突袭，但没想到睁开眼后，盛乡已经被骑侍先一步解决了。

最后一名萨漠武士一声不响地向金七九扑来。

“哎，真不喜欢这种粗蛮的格斗方式……”金七九暗暗皱了下眉头，多年来，他一直以御弓之术被时人称道，对这种近身搏击之技，却并不擅长……

几番挣扎之后，金七九终究还是被粗壮的萨漠武士死死压在了身下，萨漠人的长短双刀均不在身边，此刻虽占尽优势，急切间却也没有办法迅速取走金七九的性命，只能用双手卡住金七九的脖颈。虽然要害被对手制住，但金七九内心之中却依旧一片空明。

“假舟楫者，非能水也，而绝江河。君子生非异也，善假于物也……我要找个家伙，就能干掉这个莽汉了……哎，这个就可以嘛！”

金七九腾出一只手，从篝火中抽出一只燃烧着的木棍，缓缓抵在萨漠人的后脑上。

“呼……终于能呼吸了！”发须皆燃的萨漠人一时间斗志全无，舍了金七九，试图向屋外逃去，金七九随手拾起地上的一柄肋差，掷进了他燃烧着的后脑。

“道德格波饶特！”

一声吼叫让金七九心头一颤……这吼声既不是敷州话，也并非是高鲜语，更不是他自幼就精通了的“通用语”（汉语），似乎与自己此前在北部边防线担任军监时所听过的粟鞨话有些相似……

“是谁发出了这声奇怪的战吼？”金七九回过头，想要对这件蹊跷之事一探究竟。

然而，眼前的情势却打断了他旺盛的求知欲望，他现在要做的，是赶紧寻一柄倭刀为他那莫名其妙的盟友解倒悬之危——在火堆的另一端，赤备正将骑侍死死压制在破墙之上，他手上那把据说很是锋利的名刀“掘川国广”一点点割向骑侍的脖子，而骑侍手中则空空如也，只能凭借具足的铁质护手抵住缓缓逼近的刀锋。

方才，就在金七九与壮硕的萨漠武士生死相搏之前，悬于房梁之上的铁炮突然间打响，赤备的运气似乎当真就如同他所说的那样好。

出膛的铅弹刚好击中骑侍手中那把正在向他砍去的肋差，巨大的冲击力让那把短刀直直地飞上了屋顶的房梁。

赤备借机反扑，二人之间的情势也随之逆转，名刀“掘川国广”的锋刃一丝丝割开了骑侍脸上的皮肤，赤备狰狞地笑着，准备调整角度，以便可以直接将刀尖刺进对手的眼眶之中。

命悬一线间，一声怒吼从骑侍的胸膛中爆响。

“道德格波饶特！”

这声怒吼让赤备整个人瞬间怔在了原地。半年前，平壤城内的那一幕在他的记忆中缓缓苏醒，彼时，死于他刀下的那名蛮族士兵就是一边喊着这句话一边紧紧扼住了他的喉咙……

虽然他自幼就随父兄征战，也经历过许多生死攸关的时刻，但在一生之中，只有那一次，他真切地感受到了自己的恐惧，以及，裤裆中横流的屎尿。

此刻，这声怒吼再次冷不防在他耳边响起，虽然，这一次主动权已经被自己紧紧地握在了手中，但那股久违的绵软酥麻之感还是不由自主地从他的心底缓缓弥散而出，刀尖划破了对手的脸颊，只要再稍稍倾斜着往前一送，就能够取走骑侍的性命！

但赤备的斗志，却被那一声突如其来的战吼所惊破，这了结对手所需的最后一点力气，也随之从他的刀尖处烟消云散……

金七九从容地将一把拾来的肋差自后颈插进赤备的身躯之中。

骑侍一脚将委顿在自己身上的赤备踹开，坐起身双手扶住膝盖大声地喘着粗气。

“你不是倭寇？”

金七九将那柄据说很是锋锐的“掘川国广”拿在手中，刀尖似有意似无意地对着坐在自己脚边的骑侍。虽然感觉对方似乎并非倭寇，但这句话却仍是用倭语所问。

“这把肋差确是佳品，我原本已存了据为己有之意，但奈何时运不济，让你手刃了该倭……算了，君子不夺人之美，你收着吧……”

骑侍没有接他的话，也没有理会那把对着自己的刀锋，毫不在乎地站起身在遍布尸骸的破屋之中寻觅了一圈，最终将盛乡所佩的肋差插在了右侧腰间，又转身拿起了自己那把斜倚在墙边的短柄太刀，插在身体右侧。他虽对金七九的问题置之不理，但答案已是十分明显——他说的是汉语，也就是高鲜士人都懂的“通用语”。

“当”的一声，短柄太刀荡开了仍旧朝向自己的“掘川国广”。

“你们高鲜号称礼仪之邦，你手中的刀尖不该朝向你的救命恩人，方才我要是不出手的话，你早晚让这群萨漠莽汉折磨致死，这点你没有异议吧！”

“诚然如此……不过，‘投之以木瓜，报之以琼琚’若是没有我刺出的这一剑，想必阁下此刻也定然踏上那万劫不复的黄泉之路了！”金七九一边说着，一边将刀鞘从赤备的身上取下，把“掘川国广”佩在腰间。

“嗯，既然你我二人此番已结下了这般生死之交，今后一定要‘匪报也，永以为好也！’”

骑侍的脸上，现出一种比较怪异的表情。像是要极力地忍住些什么。

“哈哈哈哈……”

他终于忍耐不住放声大笑起来。

“6年了，终于又一次听见有人在我耳边吟出了‘子曰诗云’，而且竟然是在这倭寇的宿阵之中，吟诵之人亦非我华夏族类……哎，当真是造化弄人啊！”

“兄台此言大谬！”

圣人云：‘微子去之，箕子为之奴，比干谏而死，殷有三仁焉。’

高鲜一国推其源流，乃是商末‘三仁’中的箕子所立，话说商朝末年，昏君无道，身为天子叔父的箕子不忍看四海沦丧，便率五千人来此地开垦耕种，后周天子感其高义，正式以高鲜之地封之，自始方有高鲜一国。

此事于《论语》《尚书大传》《汉书》中均有所载录，我高鲜子民实乃华夏一脉。兄台方才所说‘非我族类’之语，切切不可再提，以免贻笑大方尔。”

金七九皱着眉头回答道。

“咳咳，呃，是在下失语了，兄台莫怪。此刻你我二人身处强敌环伺之中，尚未脱此累卵之危，圣人曰‘千金之子不立危堂之下’，还请兄台速速暂换倭兵之甲胄，随我做‘白龙鱼服’之计，早早离此荆棘之境方为上策！

不行了，这样说话我真的受不了，你们高鲜人说汉语时，都如你这般引经据典子曰诗云吗？”

“咳咳，也不尽然……不过在下出身于两班世家，又是寒窗苦读科举入仕，因此认为，用通用语对话之时，原该如此这般嘛！”

金七九的目光在尸身之中环视一圈，最终落在了赤备队员的红色具足上。

“不错嘛，当真有些武阒遗臣子弟的风范！武阒家覆灭之后，倭国各路诸侯纷纷高薪争聘其家遗臣为自家效力，而武阒家出身的武士为了彰显自己的甲州血统，也一直穿着这套火红的武田赤备具足。因此这种装束的人各家都会有一些，你穿上后绝不会有人起疑的！”

当金七九将这身武田赤备具足穿戴完毕后，骑侍围着他前后看了看，又意味深长地将金七九贴身白衣上那株娇艳欲滴的樱树绣样掖进了具足之间，这才由衷地赞许了一句。

金七九却不由得暗叫了一声惭愧……

倭乱未生之时，身为弘文馆校理的金七九因不苟言笑，容貌刚硬，而被同僚私下里称之为“倭国浪士”——也就是来自敷州国的流浪武士。

对这个不太风雅的称号，金七九自己也是心知肚明，堂堂的玉堂官竟被人如此称呼……这雅号虽无关痛痒，却是战前最让他耿耿于怀的小事之一。

“如我这般倜傥俊逸之人，哪里又像是倭寇浪人了？”每当在鉴前整理衣冠时，金七九都会如此勉励自己一番。但是，此刻眼前这人竟然在初次相见之时就称赞自己“当真有武阒遗臣子弟的风范！”……

金七九默默地叹了口气……

“在下姓金名七九，表字弘久，号缸窑钓叟，身居高鲜国弘文馆校理之职，还没请教兄台名号？”

“在下姓赵，单名一个凝字，表字了宁，呃……号……这个号嘛……号 雪罴庐主人！在下虽身着倭甲，却是大宁人士，因种种机缘流落至此，现在欲寻找宁军以便重回故国，此事日后或许还需金兄助我一臂之力。不过眼下，咱俩还是速速离开这倭营方为上策！

对了，把这杆铁炮也带走吧，倭兵之利，全凭此物。且金兄身着赤备具足，如再携一杆铁炮，就更加不露破绽了！不过，请恕在下直言，金兄的倭语不甚流畅，如遇盘查，还请紧闭尊口，由在下前去应对即可！”

冷月残花之下，几只食尸的野狗早已去而复返，撕扯着残垣之中的尸骸。

方才屋中那发生在电光火石之间的同类相残之事刚好被群狗看在狗眼之中，破屋之内浓重的血腥之气渐渐弥散，撩拨着野狗们的神经，但畏于屋内两个凶人的存在，野狗们终究是不敢越雷池一步，只能在断墙之外焦急徘徊……

终于，那两个残杀同类的凶人小心翼翼地跨过断墙，一声不响地潜进花影之间！就趁现在！群狗欢腾雀跃地涌进了破屋，里面新鲜的尸体，将是他们今晚的又一次盛宴……

敷州武士平日里禁食四足之肉，仅吃鱼贝虾禽之属，想来其肉身的味道，肯定与近日里狗群们吃惯了的高鲜人肉有所不同吧！

第七章

暮　雨

一团团低沉的乌云如一列列军阵般自天际线处铿锵而来。在行经的路径上投下狂风与暴雪，阵列之间，则是蔚蓝的天空。

嶙峋的玄武岩苔原上，一簇簇血红的金达莱花在灰暗的残冰中傲然怒放，摇曳于风雪之间。

“终究不过是一场徒劳，这些春花现在虽然可以凌寒自开，但过不多时，就将化为铁蹄下的尘埃……

不过那又如何呢？明年此时，它们依旧可以再次盛放……而那些注定在今日终结的人命呢？

人们会将与他们有关的物品用泥土掩埋，再小心翼翼地剔除记忆中包含着他们的段落。

即使在爱人心里，他们的笑颜也会日渐模糊，最终只剩下渐行渐远的背影……

‘可怜无定河边骨，犹是春闺梦中人’……大熊，原谅我，今日之后，请你从我的梦中离开吧……

你比大多数被草草掩埋于沙场之下的枯骨都要幸运得多——我已经为你留下了骨血，你的生命，就让他帮你一点点延续下去吧！让他用成长的足迹，继续在我的世界里书写下属于你的诗篇……”

暮雨摘下小牛皮手套，偷偷揉了揉又一次被泪水浸湿的双眼。

“嘿嘿，风真大，有沙子吹进眼里了！”一瞥之间，她发现自己的举动被身边的族弟韦赫达看在眼中，于是赶忙用满不在乎的语气解释了一句。

在这个时而晴朗时而飘雪的春日，在隐伏于山谷间的六千名宁公特铁骑之中，章琥塔·暮雨是唯一的一名女人。

但是，她高挑的身材让她在人群之中并不突兀，铁盔上的护面自出发时就一直未曾掀起，因此除了自家牛录的兵丁外，其他人并不知道有一个女人将在不久后与他们并肩作战。大部分汉子都披上了双甲——铁叶棉甲内，有人穿着海兽皮甲，有人穿了连环锁子甲。

暮雨是这个山谷中防护最强的战士之一，一件由人熊皮制成的软甲被她贴身穿在棉甲之中，人熊皮的防御力大抵可以保持10年左右。

哎……那个用三眼铳射杀人熊的夜晚，已经是七八年前的事情了……而那个如救世主般的年轻啊哈……

韦赫达、伊达浑、艾吐浑、兀斯哈……这些大熊曾经的伙伴，现下正层层环绕在暮雨身边，其中，韦赫达与伊达浑身上穿着白摆牙喇特有的银色铁甲，他二人原本只需作为固山的预备队，于战线之外游弋待机即可。但是当二人得知暮雨将随牛录一同出征后，便一起向上官陈了情。

“原来是这样啊……阵亡在高鲜的拖沙喇哈番的遗孀，想要随军出征替夫报仇……好，那就准你二人于此役随本牛录一同出阵。

两军征战之际，务必要片刻不离她的左右，这种女人养育出的后代，一定也能够像他父亲那样英勇善战，咱们靺州人有这样的母亲、这样的妻子、以后就再也不会受大宁的欺压了！”上官听了事情的原委后，颇为动容地感叹道。

一团乌云徐徐遮住蓝天，从众人头顶翻涌而过，碎雪自云层的缝隙处倾泻而下，乘着狂风砸向人们的脸颊。

暮雨再次紧了紧马肚带，从鞍鞯上的兜囊里拿出了一个熟鸡蛋，小心地剥开，给大黑马吃下，大黑马兴奋地刨了刨蹄子。

相比第一次披甲上阵的暮雨，大黑马此前已经随大熊数次身临锋矢，颇为灵骏的坐骑仿佛已经从空气中那紧张与亢奋杂糅为一的气息中感知到了将要发生的大战，它把头抵在暮雨胸前轻轻蹭了蹭，仿佛是在安抚着初临沙场的主人。

说来也怪，大熊出援高鲜之前，大黑马曾一度不喜被本主暮雨骑乘，但是大熊临行之际却仍将此马留在家中，自那以后，大黑马便将暮雨重新当成了主人……

“大黑马，你想大熊吗？自他走后，我时常能听他在我耳边絮语，唠唠叨叨的，就好像他仍然在一样……

你呢，他和你说话吗？那些年里，我感觉只有骑着你驰骋于在山川之间时，才是他唯一真正快乐的时刻……今天，让我们一起为他复仇吧！

这一片石岗虽沟壑纵横，却是你熟悉的地方，记得吗？也是一个这样的春天，我们和大熊来过这里……”

大黑马满不在乎地喷了个响鼻，仿佛在说，那一次仅仅才过了两年而已，我又如何会忘记呢……

“骑慢些，只要逆着风，不一会就可以冲出去！这种地带沟壑遍布，最伤马蹄，千万不能疾行。”两年前，也是在这样的天气里，暮雨和大熊打马从眼前这片开满金达莱花的火山熔岩上小跑而过。

两骑马穿过绚烂与荒芜交织的苔原，奔向高耸在地平线处的火山之巅，云雾在白雪覆盖的山间缭绕蒸腾，两人的身影时隐时现。

“终于到了！这里就是我之前所说的神山。”站在山巅向下俯瞰，这座火山里竟蕴藏着一泓幽深的寒潭。

“听老玛法说，每隔几百年，这座山就会抽搐一次，小湖中的水会变得沸腾、翻涌，传说在不知道多少年前的往昔，小湖中的雪水于一瞬间幻化成了流动的火焰，将四周茂密的森林一口吞噬！流火最终沉寂、凝固，而后才有了咱们刚刚经过的那片百里石岗。

章琥塔部自古以来就有一个传统，每当有人想要问一个人问题时，就会来到这座山上，在这片曾化成火焰的湖水面前，回答的人不能撒谎，必须一五一十地给出答案，否则，说谎之人日后必将被烈焰吞噬……

而知道答案的人，则要保守二人之间的秘密，否则，日后亦会被烈焰吞噬。听明白了吗？我的金羽卫小旗大人……”

“呵呵呵……”大熊无奈地笑了笑。

“你既然三番五次这样叫我，就权当我是那劳什子金羽卫小旗好了……不过，在这东北雪原之中，所谓的粟鞨人，对，咱们现在已经改叫‘鞔州人’了。

大家在来到这片土地之前，是女芝人、通古什人、宁人、高鲜人、奥古雅人、索伦人，甚至还有金发碧眼的罗珊人……但是当他们在这里扎根繁衍后，世间对他们的称呼就统一变成了粟鞨人……

6年了，我在章琥塔部已经整整6年了，我之前究竟是宁人、高鲜人、女芝人、奥古雅人，还是通古什人都已经不重要了……”

“好，我们不说这个，那你告诉我，你这一次主动参加援高阿哈军，目的又是什么？”

初春之时，一个看似不太起眼的消息从咸州传来——一支据说是来自大海另一边的军队，侵入了高鲜的领土。

鞔州首领野牛皮闻知此讯后，做出了两个部署，他一方面命令直属的正黄镶黄两固山军马陈兵于野鹤边境；另一方面则从咸州各部征发了三千余名精壮阿哈单独组成军队，又命宁公特粟鞨的正白镶白两固山各抽调一百五十名职位在马甲以上的壮丁，充任这支阿哈军的各级统兵将校。野牛皮宣称，这支精悍的部队，将随大宁官军入高助战。

这两条部署，让盖马大山另一边的宁公特两固山大感诧异，近几十年中，与高鲜汉州、朔州二道毗邻而居的野鹤人渐渐与高鲜结盟，高鲜为其供给熟铁、器物、粮秣等物资，野鹤骑兵则在高鲜边境形成一道屏障，抵御来自咸州、宁公特诸部骑匪的侵扰。

此番高鲜国有难，赴援的本应该是其盟友野鹤诸部，趁此边界空虚之机，宁公特人正可以翻过盖马山，从朔州道边界进入高鲜国境，大肆劫掠一番。

然而由于正黄镶黄两固山大兵压境，野鹤的骑兵被死死地钉在了自己的领地上不敢妄动。驰援之担则顺势被野牛皮以那三千多阿哈军主动承了过来。

布设这一盘让人揣摩不透的棋局，咸州那边到底意欲何为呢？不过对这些发生在千里之外的事情，宁公特两白旗微微惊讶后却并没有放在心上，只是从两万名健儿之中抽三百人助战而已，和寻常的“打生口”又有什么区别……

而且，这一次凡是参战赴援的宁公特健儿，除去在战时充任各级官佐将校不说，战罢归乡后至少也可以再升上两级。

舒穆录贝勒将这三百余个镀金淬火的机会，均分给麾下各部，由老章琥塔部组成的这一部牛录，也得到了一个援高助战的名额。闻此讯息后，大熊当仁不让地主动请缨欲赴此援高之役。

“这是感觉自己出身太低，想给自己走捷径多攒点前程，为堂堂正正地迎娶暮雨做准备呢！”牛录中的旗丁们私下里对这件事都抱了同样的看法。

然而，暮雨却认为，事情并不似大家想象的那般简单……

自从在马市外，大熊于众目睽睽下单枪匹马从宁人衙门里救回心上人之事被族人传为美谈后，在章琥塔部众人的心中，二人成亲之事早已如板上钉钉般水到渠成了。可是笼罩在那块金羽卫腰牌外的层层迷雾，一直以来亦弥漫在暮雨的心间，久久不能散去。

“男人一旦进了金羽卫……他的心啊，就不会再在女人身边停留了，记住，不是不会在某个女人身边停留，而是不会为了女人而停留……哎，老了老了，还说这些干什么？”

大熊以三眼铳击罴人熊后不久，暮雨曾悄悄拿着象牙腰牌前往舒穆录部，本想让号称“牡丹乌拉两岸第一智者”的老婆婆帮她解开关于这块腰牌的种种疑惑，哪知婆婆身边竟然有一块形制完全相同的牙牌。婆婆轻轻抚摸着手中的腰牌，话语中似乎藏着无尽的怅然过往。

“婆婆，可以把您的这块腰牌送给我吗？我用二十张貂皮来换！”暮雨大胆地提出了请求，其实，她自己也不晓得为什么会想要婆婆珍藏的那块腰牌，也许，仅仅是为了让自己的腰牌在这雪域之间不至于太过孤寂吧！

“哦？二十张貂皮？那可是一笔不小的财富啊！哈哈哈，小姑娘，看来你是真心想得到这块没用的小牌子啊！好吧，那我就将它送给你，我这身臭皮囊，八成是熬不过这个严冬了，与其让这块见证了前尘往事的腰牌随我零落成泥，不如让它陪在有缘人身边继续在这人世上存留……”

因为浑浊，婆婆那双又大又空的眼睛，犹如冰湖一般幽远、深邃。

“人们说你主动参加救援高鲜的阿哈军，是为了赚取前程名正言顺地娶我为妻！

是这样吗？章琥塔·大熊？

或者说……赵凝赵小旗！

你看着我的眼睛，回答我！是想娶我为妻？还是心中另存了些什么不可告人的企图？”

暮雨直视着大熊的双眸，那双小而沉郁的眼睛在暮雨瞳孔中渐渐凝固，像极了二人脚下的这座火山——隐藏于波澜不惊之下的，或许就是吞噬一切的烈焰……

“神山为证，我，章琥塔·大熊，此去高鲜征战，全为积攒前程，以便在归来之日迎娶暮雨为妻！”

他一字一顿说出的话，如此动听，却又如此缥缈。

“我章琥塔·暮雨是何许人也，这些年你自然晓得；

我章琥塔·暮雨心中有何想法，这些年你自然也是知晓；

如果你想娶我为妻，无需那些没用的‘前程’，你已经是白摆牙喇了，堂堂的披甲健儿，足可以娶我为妻！

如果你想娶我为妻，明日即可，何必要等到从高鲜归来？战阵之中人命就如同飞蛾，谁敢说你此去高鲜，就一定能够全身归来？”

暮雨的问题越发咄咄逼人起来。

“呵呵，我大熊是何许人也，这些年来你也是晓得的吧！我曾是你家的阿哈，如果我现在娶了你，不论今后我如何努力，身上都会带有‘娶了主人的阿哈’这一不光彩的标签！

你当年若是没有射出那支没有箭头的羽箭，或者说，你射出的箭上带有箭头，那么我的人生将会和现在大不一样。

可是6年前你射出了那枝没头的羽箭，你这随手的一箭，已经改变了我人生的轨迹！金羽卫腰牌的意义，想必你已经打探清楚了。

在马市上，腰牌已经回到了我的手中，如果我想，我当时完全可以凭此物重回汉地！但是，我回去了吗？我当时亲手把腰牌又交还到了你的手里！

我这样做意味着什么你应该明白吧！可是，为何直到今日，你还对我抱有如此之多的疑虑？

我究竟该怎样做，才能让你完全相信我？相信我已经不是你口中的那个‘赵凝’，相信我今生今世只想在这茫茫雪原之中，做你身边的一只‘大熊’？相信我的心并非铁石所铸？相信我……”

炙热的红唇让他平静的辩白戛然而止，6年来，暮雨第一次投进了大熊的怀中，熊熊烈火突如其来地在她胸中迸发。

她将他推倒在棉软又干燥的松针中。如灵蛇般紧紧缠绕在他的身上，大熊轻轻地挣扎着，她则顺势将冰凉的小手从他衣衫的缝隙处探入，轻抚那健壮的胸肌……大熊低沉地叹了一口气，停止了犹疑的挣扎，翻过身将她紧紧压住，炙热地吮吸着她的双唇，乍暖还寒的春风，一点点吹落了二人的衣衫……

撕裂的痛楚与充盈的踏实交织缠绕。晴空中，骤雪与艳阳缱卷交融……

温存过后，暮雨缓缓抚摸着埋首于自己胸前的爱人。

“在这天地之间，粟鞨人唯爱两种生灵，一种是翱翔在北海冰屿之间的海东青，一种是驰骋在盖马大山山间草原上的率滨骏马。

海东青呢，你是晓得的，熬出一只，只能用三年，超过三年的海东青就不中用了。

率滨马则不同，被主人驯服后，一辈子都会尽忠职守，不过，传说世间最神骏的率滨马即使被捕获后也很难臣服人下，你知道要怎样才能驯服这种骏马吗？”她轻轻地在他耳边絮语着。

“当然知道了，只要当着那匹马的面，一把火烧掉它曾经驰骋的草原，它的野性就会随之消散了……”

大熊闭着眼睛，用脸颊温柔地蹭着暮雨坚挺的双峰，似乎还在回味着方才的云雨迷情。

“哦，原来你知道啊，我倔强的小马驹……你看，我手中拿的，是不是就是你的草原？”

一惊之下，大熊猛然把头从暮雨胸前抬起，暮雨纤长的手指上，赫然吊着一枚雕工肃毅的象牙腰牌。

“金羽卫腰牌！”

“对，就是你朝思暮想的金羽卫腰牌！”

对大熊这种无意间流露出来的惊讶之情，暮雨显然感到很满意，一丝嫣然的浅笑在她的嘴角处稍纵即逝。

“呼啦啦，着火咯！”她毫无征兆地将手一扬，手中的象牙腰牌在天空中划出一道轻快的弧线，坠进了火山口内的寒潭之中……

大熊惊愕地大张着嘴巴，两道凶光从他的眼中射出，暮雨毫不畏惧地继续用浅笑回击着他的目光。良久，男人长叹一声，颓然地再次将头埋进了女人的双峰之中。

“小乖乖，姐姐的小乖乖，忘了那片草原吧，姐姐这里有叠嶂的山丘，还有秀美的深湖……足以让你快乐自由的驰骋……”暮雨轻抚着大熊的光头，复又将爱人按倒在了松针之上……

“四次……我们之间唯一的一夜，四次……大熊，你真的很幸运，只一夜就在我的体内种下了种子……”

想到家中的幼子，暮雨浅浅地露出了笑意。一切都是天意吧，一夜之间，我们的生命永远地牵连在了一起……

那一夜后，我看着你打马从我的视线中消逝，以至于今日想起你时，第一个映入我脑海之中的，竟是离别时你那渐行渐远最终隐没于风雪之中的背影……

情思至此，她眼前的那枝金达莱花逐渐变得模糊起来。自从诞下小小熊后，暮雨的眼窝就变得比原来浅了。

记忆中，生产前的上一次流泪，还要追溯至自己年幼时，偶然发现母亲将父亲从高鲜抢回家中的糖果悄悄藏在被垛中，以便让妹妹偷着多吃一些……

但是，那一次哭声刚起，母亲便将一小块洁白晶莹的冰糖塞进了她的嘴里，那直冲心扉的甘甜，一瞬间冲淡了眼泪流进嘴里的苦涩。

可是现在，突然而至的眼泪总是不分时间、不分地点、不分场合地模糊着她的视线。她从不抬手擦拭，流吧，泪水总有流干的一天，与其慢慢地流淌十年、二十年，莫不如让它放肆地随情思奔涌而出！等到流干了，自然也就不流了！

咦？为什么眼前的金达莱花枝，又愈发剧烈地开始抖动了呢？要知道，章琥塔部诸人隐蔽待机之地乃是一个小小的山坳，石岗上时断时续的风雪纵然猛烈，也不会吹到这里。

莫非？这是…….

“来了！”

韦赫达一把扔掉手中把玩的金达莱花枝，从蹲伏处站起身来。

“大家准备，有尿的抓紧时间再放一次！不然战死后一裤子黄汤不好看，也不好收尸！”

众旗丁悄声地哄笑着，纷纷背过身解开裤子做开兵前的最后准备。作为章琥塔部公认的第一勇士，韦赫达的话早已经在众人之间颇具分量。

暮雨偷偷地抹了把眼睛，低伏身姿独自一人爬上了山崖。

极目远眺，地平线处那超然缓行的云雾雪团中，依稀闪烁着铁骑驰骋的剪影。一支人马正奋力地奔行在风雪之中，铁甲铿锵蹄声隆隆。

“不是说只有500人吗？为何这蹄声竟有如此之气势？”暮雨喃喃自语着。

“的确只有500人，但是，每个人都备了三骑马。两匹平时用来骑行赶路，一匹作战时骑乘冲锋陷阵。”

不知何时，韦赫达也爬上了山岗，他的玛法和暮雨的玛法是嫡亲兄弟，按亲辈论起，韦赫达应该叫暮雨一声大姐，但是打小他就没有这样称呼过暮雨。

大熊尚在部中时，二人之间的关系最为亲厚，自从大熊随阿哈军于高鲜全军尽殁的消息传回后，从小就吝于叫暮雨姐姐的韦赫达，却把嫂子这个称呼挂上了嘴边。

我的大熊，我当初真的没必要去质疑你，你已经和部中的汉子们亲如兄弟了，以你刚直敦厚的秉性，又怎能做出背亲叛友之事？

远方的军马终于突破了风雪的合围，冲进了浓烈的春光之中。艳阳下，赤色的镶钉铁棉甲彰显着他们桀骜的身份。

从高鲜朔州道边境到这宁公特腹地，需穿越盖马大山中绵延千里的茫茫林海，但此刻这支骑兵行伍严整肃穆，丝毫不见千里奔袭后的疲惫和散乱，倒好像刚刚从营寨开拔一般。

火红色的队伍不疾不徐地吞噬着浓艳的金达莱花丛，在石岗上留下笔直的航迹。仿若是一道从火山口处喷出的岩浆，挟雷霆万钧之势沉默地向前奔流。

按照他们的计划，只要再驰骋半日，就可以抵达这次千里奔袭的目的地，进而再发动致命的突袭……然而，一张严密的铁网早已经在这片由岩浆凝固成的苔原上悄然架好，只等这支火焰般的军队一头撞来。

“嫂子，你听，连他们的马蹄声都响在同一个节奏里！真不愧是天下一等一的强军劲旅！”韦赫达啧啧赞叹道。

“下去吧，他们早都放完水了，再有半刻钟，‘生口军’那边就该打响了，待‘生口军’与他们消耗得差不多时，就该咱们上了！”

“大熊就是被这群人害死的啊！”暮雨拉了拉手中骑弓的弓弦，这张弓梢短小的骑弓虽看起来并不显眼，但弓弦却是用人熊的大腿筋腱做成，无论是韧性还是力道，都极其适合在马上使用。

这张弓是她此役的主要兵器，棍刀？虎枪？那些需陷阵突驰时方能派上用场的搏命兵刃对她来说毫无意义。

在她心中，并没有汉地女子引以为傲的那些诸如“讨死”“殉情”之类的情思。

千百年来，战死沙场是绝大多数粟鞨男人打下生之时就已写好的宿命。在严酷的北国，粟鞨女人没时间也没精力为死去的男人长久地流泪追思，霜雪终将会冰封起那些曾经让人魂牵梦萦的身影。

男人在战场上殒命只需一息之瞬，而他身后的女人不仅要熬过一冬又一冬的凄风冷雪，还要呵护着年幼的孩童顺利成人。相比之下，真的很难说二者哪个更加悲苦，哪个又更加幸运……

对于暮雨来说，这次出阵更像是一次对往事的告别。

大熊，不久之后敌人的火铳就将炸响，我不会如你们汉地女子般哭喊着持矛冲向敌群，以死来证明我对你的爱意。虽然，你曾经取笑我，说我的身材比有些辽东边军还要健壮……

作为你的妻子，今日我会冷静地在沙场上驰骋，一箭一箭地射杀这些害你性命的仇敌，就当他们是我平日里围捕的困兽；明日，作为你儿子的母亲，我要开始一点点淡忘掉我们之间的那些念念不忘，一心一意将你的儿子抚育成人，让他成为和你一样的“巴图鲁”！

这，才是我这个粟鞨女人对你最深的爱意！

像所有人一样，暮雨跨上坐骑，前方的石坡早已提前用泥土铺垫完毕，以便山谷中的这一千五百余铁骑可以随时沿着这条道路现身在战场之上。

大黑马上除了满满的三囊箭，还挂着那杆当年大熊用来击杀人熊的三眼铳，暮雨此前早已发动部中的孩童捉足了屎壳郎，又按照大熊的方法，将屎壳郎粉浸泡在鹿血之中调制成发射药引。

他曾悄悄告诉过她，这是他从一本宁人野史中学来的奇门秘法，按书中所载，回疆的响马曾依此方法为自己的鸟铳调制引药，只身与围捕自己的官兵在深山中周旋了数月之久。

这笨重的三眼铳她使用起来并不顺手，但在今天她一定要用它向敌人发射一次，原因无他，这种颇具仪式感的筹划只与暮雨心中那份浓浓的执拗有关。

一阵如夏日里冰雹般突如其来的声浪打苔地北方突然传出。

"是铳声！开打了！儿郎们，随我冲啊！"领军的甲喇章京一声大吼，兴奋的坐骑几乎人立着跃上了土坡，几下腾挪便驰上了火山苔原。

身后，一千五百余铁骑如山洪般汹涌而进，呈锋矢阵形在遍开春花的荒原上滚滚向前。

暮雨稍稍抬起身体，以便大黑马奔驰的更加舒适，震天的呐喊声让她微微有些眩晕，其中，伊达浑的喊声最为清晰也最为特别。

"骚娘们儿们，撅起屁股乖乖等着！老子要干死你们！我就是你们命中的煞星！哈哈哈哈哈！韦赫达！大熊！你俩给狗爷我护好两翼！别让小骚货咬着狗爷的'行货'！"

伊达浑一边狂笑，一边胡乱地喊着乌七八糟的话语。

作为固山的白摆牙喇，他早已经熟悉了烽烟的味道，但如今日这般六千铁骑同时参加的大阵仗任谁都是第一次经历。

极度的亢奋下，伊达浑把身边的暮雨当成了往昔与其一同征战的大熊，在之前的那些战阵中，因为有大熊守在他的身侧，伊达浑每每都可以毫无顾忌地勇往直前。

听伊达浑这样喊，韦赫达无奈地笑了笑，论身材，他足足比伊达浑高出了一个头；论力气，韦赫达昔年里第一次参加围猎就一箭射杀了一头小人熊……

可是，在战阵之中韦赫达却从不像伊达浑那般一味地凭凶蛮博取军功前程，战斗越是在胶着之时，他的头脑就越发冷静，因此，总能在最关键的时刻射出打破僵局的那支箭矢。

“你们三人被部中众人并称为‘章琥塔三株松’，那么，到底谁更厉害一些呢？”暮雨曾经悄悄地这样问过大熊。

“论起陷阵破敌，一骑独斗，应该是伊达浑厉害一些，只要闻到了血腥味，他就会变身成一头野兽……那股子不要命的气势，还没动手，对手心中就会率先升起三分怯意，要不然大家能唤他作‘疯狗’嘛！

韦赫达虽然以射术闻名，但他真正可贵之处却在于身上颇有些古之名将的风范，战阵之中，最重要的就是能够准确地感知到双方随时随地都在变化的‘势’，然后再抓住有利于己方的‘势’破掉敌人的‘势’。

至于如何感知、如何把握则全看为将者自身的天赋，其奥妙不足为外人道也……

韦赫达在这一点上可以称得上是天赋异禀……至于日后他能否真正成为名将，则要看他自身的造化了。”

那一次，大熊一边抠着微微掉皮的脚底，一边认真地回答着暮雨的提问。

“那你呢？堂堂的大宁朝金羽卫赵小旗，究竟又有何过人之处？”暮雨一边说一边扔给了大熊一块遍布空洞的火山石。用此物搓脚最是舒爽。

“主子又说笑了……奴才可不晓得金羽卫赵小旗究竟是为何物……不过要论起奴才的长处嘛……可能，单打独斗上比韦赫达强些，射箭呢，又比伊达浑准些……不过有一点，那两个是远远不及我的……”

“是什么呢？”

“当然是取悦主子的芳心了！”

大熊坏坏的笑容在滚滚烟尘中慢慢消散，如今，作为宁公特诸部最勇悍的战士之一，此二人的名字早已经被统领两白旗的舒穆录贝勒所知晓。但是，每每出阵都与他俩并肩作战的大熊，在章琥塔部外的名声却并不像他二人那样响亮……

这又是为何呢？我的大熊比他们二人更加勇猛，为何这两人可以声名远播，而大熊在世时却一直都默默无闻，好不公平啊！

咦？这件事真的只有“不公平”这样简单吗？

这个第一次闯进脑中的想法让暮雨没来由地浑身一凛……我不要想，我不要想！暮雨用力地摇了摇头，试图赶走这个让她不寒而栗的谬论。

三支鸣镝拖着尖利的尾音撕破了苔地上纷杂的声响。

“三声鸣镝？这不是全军驻马的信号吗？”疾驰中暮雨诧异地看了看周围的伙伴，果然，大家也都是一边狐疑一边渐渐放缓了马速。

大队骑兵驰骋之间，最忌前队疾停而后队不止，一旦如此，位于矢尖上的前锋很容易被蜂拥而来的中军与殿军撞翻践踏。

因此，粟鞨骑兵如遇突变军情需要紧急驻马时，会返身射出三支鸣镝，后队听闻后，要立即拉停坐骑，中军前军则是放任坐骑继续奔跑一段后再缓缓放慢马速。这样一来，整个队伍才不至于因自相冲撞而乱了阵脚。

“为何疾停？”伊达浑一脸懵懂地大声问道。

“战况和预想的不对，你站在马背上看一看就晓得了！”

于是，伊达浑也学着韦赫达的样子站上了马背。

“哎——是不对啊！”

按照预先的计划，此刻，被伏击的这支辽东铁骑应该与由新近归附的窝集粟鞨人组成的两千生口军缠斗在一起，500对2000，纵然这些帅府家丁真如传闻中的那样凶悍，也将会在四倍于己的生口军的缠磨下被逐渐消耗。

待到猎物疲惫难支时，四面合围的两白旗正兵才会加入战团——自开战时就一直在生口军后待机而动的五百马甲兵，会发起冲锋将辽东残军撵向暮雨所在的军阵，这一千五百余骑将作为最后的铁锤，彻底将疲惫不堪的对手碾成尘埃。

作为炮灰的生口军实力并不弱，这些窝集粟鞨本来生长于更加蛮荒的额虏尔河流域，酷烈的环境让他们比宁公特人更加坚韧也更加凶悍。

但由于所居之地过于偏远，各个部落过于分散，当已经从部落转化为军队的宁公特粟鞨人来到他们的寨子前时，这些窝集部落只能单打独斗般地穿上皮甲，拿起手中的石矛、骨刀对抗宁公特人的铁骑钢刃……

几个回合后，窝集人就不得不放下武器，焚毁世代居住的家园，被远方的“同族”挟裹着向南迁徙……

此刻，他们有了钢刀，也发现套上鞍鞯的烈马比原来所骑的光屁股驯鹿更加利于掌控。于是他们迅速地接受了这些南方“同族”用铁与火给他们带来的涅槃。

“这一仗你们是前锋，打好了，就抬你们入旗！”

战前，手持着牛尾马刀的南方“同族”在他们身后独立结成阵势，他们知道，这是一场有进无退的仗。假如他们退却了，势必会葬身于身后坚兵的硬弓与马刀之下，而留在城寨中的妇幼族人，则将尽数被充为最低等的阿哈，做牛做马……

不就是打仗嘛！容易得很，只要不要命地冲进敌阵，用力将看见的敌人一个个全都砍下马就行了，二马相交，要么你砍死我，你砍不死我我就砍死你！打仗，就是这样一件简单的事情嘛！

可当他们将愤怒恐惧与期许一并抛在脑后，嚎叫着纵马冲向眼前这区区五百名辽东铁骑后，却发现这场仗远没有他们预想的那么简单。

当辽东铁骑发现自己遇伏后，瞬间分成了四支小队，在尖利的唢呐声中，四小队骑兵迅疾如电地在生口军中纵横捭阖，忽而分兵，忽而聚合，忽而彼此呼应，忽而各自为战。犹如四头窜入牛群的恶狼，把数倍于己的对手玩弄于股掌之中，将瘦小硬生生地演绎成了精悍……

生口军空有一身凶勇的蛮力，但面对灵蛇般的对手，却总也找不到施展之机。再者说，这些于荒原中野蛮生长的窝集粟鞨人，真的就比与之对阵的这些辽东铁骑更加凶悍吗？

说到底，在粟鞨人的骨子里，猎人的成分更多一些，猎人的习惯是用各种手段干掉猎物，而不是光凭一腔凶蛮与猎物同归于尽。

而眼前这些身穿红色铁棉甲的汉地骑兵，则好似死士一般，冲杀之际浑然不将生死当成什么紧要之事，一刺一砍，全都是以命换命的打法……

生口军有些懵，不久前，他们认为钢刀是这世间最为凌厉的武器，不然为何自己曾经的骨刀石矛在这些钢铁利器面前如此的不堪一击？现在，我们手中也有钢刀了！握紧新得的钢刀，窝集“生口”们由衷地感受到了武器回传给自己的信心。

然而，这些汉地骑兵却拥有着一种比钢刀更加让人匪夷所思的家伙，当勇士们信心满满地挥刀劈砍时，这些骑兵却举起了手中那短粗的铁筒，轰！铁筒前端火光一闪，己方勇士那高举的马刀便无力地垂了下去……

作为铁锤的儿郎们懵了，既然猎物并未像预计中那样被驱赶至己方阵前，那么自己像刚才那样疾驰进设想中的战场也就全无意义了，因此，一千五百余骑只能停驻在荒原中，焦急地等待着战事的下一步演变。

督战的五百粟鞨马甲同样很懵，阵形散乱的生口军此时已经成了裹在辽东铁骑身外的层层铠甲，如果这五百精骑于此时加入战团，不仅于事无补，反而会使战势更加胶着！

可如果坐视生口军继续混乱下去，己方战前的布置就将完全毁于一旦。他们现在应该做些什么！可是，他们现在又能做些什么呢？

杀声震天的战场上，一时间竟诡异地散发出了让人窒息的沉闷……

率先打破这份诡异的，还是原本被赋予猎物角色的辽东铁骑。

尖锐的唢呐声再次爆响，一直在生口军中反复绞杀的四队骑兵闻声后迅速彼此掩护着杀破了重围，在阵外再次合兵一处，主动发起了冲锋。

辽东铁骑马刀所指之处，让分散于荒原各处的鞑州军阵同时倒吸了一口凉气——这些汉地骑兵竟然以雷霆万钧之势直直地冲向了列阵于苔原东北的领军大将固山厄真处！

初惊之下，数阵鞑州甲士自开战以来就一直郁结的心绪瞬间疏阔起来！儿郎们终于有了冲锋的目标！

细看辽东铁骑从生口军中透阵而出后的阵势，似乎在方才那场霸蛮的绞杀中，也折损了近百人的战力。任你这四百余人再凶再锐，新任鞑州正白旗旗主，舒穆录贝勒家大公子身边的一千多精骑却不是方才那些生涩的新鞑州生口军。

能被编入本阵的儿郎，哪一个不是血里火里滚过的好汉子？更何况其中还有那冠绝固山的300余名白摆牙喇兵。以四百骑兵冲击这样的阵势，何异于以卵击石？

看见辽东铁骑竟敢直袭自己的本阵，舒穆录家老大嫌恶地撇了撇嘴。

“这是要学赵子龙吗？这么点人马就敢冲小爷的主阵！呵呵，你是赵子龙，可小爷却并非那曹阿瞒！”

《三国演义》这本兵书，舒穆录家大公子可是一早就让人给自己念过的。

他早知对方主将乃是传说中一名如赵子龙般勇武的人物。

“赵子龙在这种情形之下，肯定也会做同样之抉择！我必须比他还要勇猛，方不会在众军面前失了威名！”

大公子想到此处，手中虎枪一挺，迎着敌军袭来的方向第一个纵马而前。主将如此，麾下一千儿郎哪个还不奋勇争先?

铁蹄轰鸣中，白色的本阵发起如同雪崩般的冲锋，其中300名银盔银甲的白摆牙喇兵仿若巨兽的獠牙，昂首阔步地奔腾在军阵最前方。

主阵动了，各阵儿郎也纷纷呐喊着再次发起了冲锋。

“大人且慢！这阵势似乎不对！”韦赫达一把拉住了正准备率军冲锋的甲喇章京。

“大人且看，敌军看似虽已合成一阵，但细观之下隐然分为一大一小两队人马，且大队人马处在右翼，可以随时突击石蟹螯方向，您看那石蟹螯的守军……”

在苔原的东南角，耸立着两个高高的石峰，恰如螃蟹的两只蟹螯，石蟹螯乃是这片火山苔原的门户，周围沟壑遍布，洞窟嶙峋，只在两螯之间余有一条三十步宽的通道能够供人马通行。出石蟹螯外不远，就是烟波浩渺的忽汗海，上古时席卷世间的熔岩在这片幽深的寒潭前戛然而止，忽汗海周围遍布着遮天蔽日的老林子，一直延伸至盖马大山的群峰之中。

为防猎物沿此路遁逃，五百忽汗部甲兵携强弓硬矢布阵于两座蟹螯之上，但是沿着韦赫达手指的方向看去，甲喇章京的眉头逐渐凝成了一个“川”字……

“这帮不听号令的废物！战后我定要在老贝勒处告他们一状！”甲喇章京恨恨地唾了一口。

原来，为了能够抢得一份战果，忽汗部四百多人浩浩荡荡地冲下了石岗，两座蟹螯上只留有百余名平日里不受上官待见的旗丁守卫。

“韦赫达！现在本章京命你率原属牛录的三百骑兵，溯喇蛄河绕至石蟹螯外，以防残敌于彼处逃遁！”

“得令！”韦赫达大声应到。“章琥塔部的儿郎们，随我溯河杀敌啊！”

暮雨阿玛因此役之前身患风寒，是以并未参战。章琥塔部编成的牛录，战前就已授命由韦赫达临时护理指挥之任。

三百余骑兵脱离大阵，踏进冰雪初融的喇蛄河中，溯流绕向石蟹螯外，冷冽的冰河溅湿了众人的衣甲，但如果此时想要迅速出现在石蟹螯外，就只有如此一条路径。

“哈哈哈哈！”伊达浑抹了抹胡须上的冰碴，又一次放声大笑起来。

“韦赫达，你在家时日日被忽汗部的婆娘管着，出战时还是逃不出替忽汗部擦屁股的宿命！可老子们凭甚陪你这个乖女婿一起耐受这踏冰溯河之苦？此役过后，需得让忽汗雪家的女阿哈们陪狗哥哥我好好舒服上几日！”

一片低沉的雪团先鞔州主阵一步，吞噬了疾驰的汉兵，当雪团踱走后，在这片苔原之上，伊达浑是唯一一个还能够笑得出来的粟鞨人……

正如韦赫达所料，冲出雪团后的400余名辽东铁骑变为了一大一小两阵，由150余人组成的小阵浑如一颗出膛的炮弹，继续沿着原来的路线坚定地朝鞔州主阵撞去。

余人则突然偏向东南，兵锋所指，正是那门户一般的石蟹螯……

忽汗部诸人见此情势，方才想到自己肩负着守卫门户的重任，400余人慌忙返身回奔，想赶在辽东铁骑之前回至石蟹螯进行防守。

荒原上再次出现了一幕颇不寻常的画面——战场正中偏东北，鞔州主阵与辽东铁骑分阵这一大一小两队骑兵，均以悍不畏死之势向对方发起冲锋；

不远处，400名忽汗部旗丁被数量逊于自己的不到300名辽东军追撵着向东南方退却；在两队人马身后，又远远地尾随了近两千名鞔州兵丁；300名章琥塔部骑士则在冰河中朝着石蟹螯外艰难跋涉着……

小队辽东铁骑与鞔州本阵精兵迎着对方射来的箭雨越冲越近，近到弓箭马上就要失了用处。鞔州兵将硬功收入弓囊，握紧了手中的虎枪；辽东铁骑们则把骑弓随手扔在了马下，想来他们早已经接受了近在咫尺的死亡宿命……

呈锋矢状的辽东铁骑在即将与鞔州主阵对撞之时点燃了手中三眼铳的火绳，三眼铳射程虽近，但与骑矛虎枪之属的长度相比，还是占据着绝对的优势。一排鞔州骑兵在可以看清对手眼睛的距离被铳子击中，带着不甘从马背上栽下，被同袍的马蹄碾成肉泥……

“轰轰轰”，相差悬殊的两个军阵终于迎头相撞，一时间大地仿佛都在为之震颤。如果双方脚下那凝固的熔岩有生命，一定会认为不远处的那座火山，又一次爆发了。

一片挟裹着风雪的云团急匆匆加入了战阵，以乱雪为矢，张开由狂风做成的两翼，将交战的双方一齐笼罩。

雪团之外，浓烈的艳阳仍旧高悬在青天之上。

雪团内，泛红的风雪卷集着惨烈的搏杀声在苔原间越发地扑朔迷离……

向石蟹螯方向猛扑的300余辽东铁骑加快了奔袭的速度，身后，150余名同袍正在与庞大的对手进行缠斗，以生命为代价换取尽可能多的时间。可是在七倍于己的敌军面前，他们究竟能够坚持多久？这一点谁的心里都没有定数。

一名须发斑白的老兵默默流下了眼泪，他的眼泪并非为自己而流，也并非为了身后那些将肉身化为盾牌的同袍而流。

战死疆场对于身为帅府家丁的这些辽东铁骑来说并非难事。辽东兵马甲天下，九万辽镇边军中，他跻身的这三千多帅府家丁更是精锐中的精锐。

一人三马，身披铁甲。马刀、短铳、三眼铳、强弓硬弩这些让世间任何一支人马眼馋的精良装备都不是家丁们最引以自傲的地方。

真正让他们在疆场之上能够舍命拼杀的，是他们每人名下的田产，那广袤的、肥沃的、黑黝黝的，仿佛能攥出油的黑土地……

遍数大宁朝之前的二百余年历史，能够拥有私田的士兵，他们是前无古人般的存在。如果在战阵之中尽职战死，他们名下的土地依旧会归属于他们的家人，如果死得够英勇，上峰还会拨下相应的追封。

这些家丁大多数都曾经品尝过颠沛之苦，因此，现在既然能用自己曾经一钱不值的性命为家人带来优渥的生活，那么战死疆场亦不值得让自己黯然伤悲……要知道，这年头，在关内，寻常百姓的命比达官显贵家中的狗命都要贱上三分……

可是现在，家丁们曾经喧嚣熙攘的军营，正在一日日冷清下来……

一年前，800多名家丁战殁于高鲜的青羽馆，现在，这次出来的这500人到最后又能活着突出去几人？哎……威名赫赫的帅府家丁，莫非真的就要支离破散了？

那个骄傲的身影，那个近几年中已经接替乃父，成为三千帅府家丁，甚至是九万辽镇边军图腾般存在的身影，依旧骄傲地奔驰在队伍最前方……

听说朝中诸公盛赞此人为辽阵柱石，而天子更是称其为霍去病转世。哎，赞他什么不好，为何偏偏要将他比作霍去病？

霍大将军当年专喜轻骑深入匈奴腹地几千里，自家的柱石不在自家庭院中好好撑着，反而动辄以身涉险，靠着这样的柱石，真的能够保得大宁江山四平八稳吗？

圣上啊，您难道没发现吗？自你拿他与霍公对比后，此人就越发喜欢轻骑独进了……

哎，罢了罢了，不管如何，今日便是拼了这条老命，也要保着这位“霍去病转世”冲出重围，只要有他在，我家的地就在，我的父母妻儿就依旧是人上人！

“杀啊！为主家尽忠！”老兵摇晃着手中的马刀，高声呼喝。

“杀啊！为主家尽忠！！！”

帅府家丁的呐喊声如涛如潮，在忽汗部兵甲身后澎湃着、激荡着，一浪高过一浪。发自肺腑的呼声让三百余人心中的火焰燃烧得更加猛烈。

在身后声浪的紧逼下，忽汗部众人越发惊惶，时人呼粟鞨诸部为渔猎民族，因受制于领地的地理条件，有些粟鞨部落偏猎，有些部落偏渔，有些部落则渔猎兼而有之。

眼前这支世居于高山平湖忽汗海畔的忽汗部，可能是宁公特诸部中“渔”的成分最浓的那一部。相比于骑马开弓，他们更擅长于泛舟湖中……

再过一个月，忽汗海中的坚冰就会融化，忽汗部的人们将驾起由整棵桦树剖制而成的独木扁舟在湖中遍撒大网，当号称粟鞨四鲜之首的第一网开湖鱼被捕捉上岸后，宁公特粟鞨的诸部首领们将齐聚于忽汗海畔，忽汗部的姑子们用大铁锅盛满清冽的湖水，将五六尺长的大鱼整条放进锅中，加入山苏子与榛蘑干小火炖煮……

在等待鱼汤变成奶白色的间隙，姑子们把长不盈尺的“小鲫瓜子”放在野猪油中煎至微熟，再加入“高鲜酱”慢慢焖制。当然，那些远道而来的部落首领，可以先用炭火上面炙烤着的红尾小鱼填填肚子，这种小鱼肉质细嫩，鱼刺虽多但好在不硬，有些心急嘴急的首领，往往一口就能吃掉一条鱼而不吐出一根鱼刺。

当“全鱼筵”烹制妥当后，宁公特诸部的大小首领们入席依次而坐，用鲜鱼与烈酒慢慢稀释上一年中发生在彼此之间的恩怨情仇……

忽汗海畔的开湖宴，是宁公特粟鞨绵延多年的重要盛典，忽汗部虽在弓马上不甚出众，但由于这个万年东道主而带来的好人缘，让他们在这些年间也并未遭受过什么太过惨烈的外敌侵袭。

此次汇战，舒穆录贝勒安排忽汗部兵甲把守石蟹螯，也是暗含了照顾之意。两座蟹螯间的通路已被事先布置的巨石路障所阻断，忽汗部守在两螯之上，只需居高临下地射出一阵强弓硬矢，就可以让企图从此路突围的敌军尸横遍野。

可是现在，这四百余赶着回防的忽汗部甲兵却深陷在进退两难的局面之中。

“操蛋，刚刚就应该迎着敌人冲过去，四百打三百，我家儿郎虽不长于弓马，却也未必会输！”

忽汗部的牛录厄真心中焦躁异常，纵使他此刻已经看清了局面，可若是再想要回军与紧紧随在身后的辽东铁骑以弓马决胜，却已经是不可能完成的事情了。

刚刚决定回防时，忽汗部牛录在转向时出现了小规模的混乱，耽误掉一些时间后旗丁们方才完成了回转。然而正是利用这个间隙，辽东铁骑已经成功缩短了二者之间的距离。

现在，听那马蹄声，宁人的刀尖距自己至多不过二百步……此时若是返身再攻，定会叫敌人趁乱将自家儿郎彻底打散打残……

现在，忽汗部只能继续向防区疾奔，妄图想在到达前将跗骨之蛆般的辽东铁骑尽可能地多甩开一段距离。

但是眼下四百人被三百人追着跑的局面……哎……不论此役胜负如何，这忽汗一部，怕是很长时间都没办法在宁公特人中抬起头颅了！

“喀拉”一声，忽汗部军阵中的一匹战马踏进了苔原上的石头缝隙，细长的马腿应声而断。战马嘶鸣着倒地，又带倒了身后的两匹战马。三马三人被滚滚铁蹄践踏碾压，转眼间就变成了面目模糊的一团血糊。忽汗部阵中再次爆出了一阵混乱。两队人马之间的距离，又被拉近了些许……

直至石蟹螯下，这场赛马会方才落下了帷幕，而你追我赶的两队兵马也几乎搅成了一队。双方齐齐下马，嶙峋的石岗上爆发出激烈的短兵相接。蟹螯上的守军顾及自家兵马，再三犹豫，一度拉紧的弓弦终究又无力地松弛了下来。

辽东铁骑手中的各式火铳却在毫无顾忌地喷射着火焰，近战之中，短管火铳最是凌厉，辽东铁骑只需抬手按下机括，就会有一名忽汗部兵丁抽搐着倒在金达莱花中。

石岗上的守军拔出佩刀与战斧，呐喊着向岗下冲去，在半山腰迎接他们的，却是一片滚烫的铁雨——山脚下，几门刚从马上卸下的短管火炮对着他们张开了血盆大口。

半山腰上一时间铅块横飞，碎石四溅。 轮射击后，石岗上躺着的粟鞨人，就已经多过了站着的粟鞨人。

“大帅！你快走，这里就交给我们吧！”被鲜血染红了须发的老家丁冲着那个尚在奋勇搏杀的高大身影纵声喊道。

“大公子，就当是老奴求你了，快走吧！”老家丁扔了手中冒着青烟的短铳，拔出佩刀砍倒了一名鞔州军壮大（十夫长）。

未及收刀，又被一枝斜插而来的虎枪刺中了左肋，他身上精良的铁甲替他挡下了这一记致命的攻击，老家丁舍了佩刀，从腰间再次拔出一枝火铳，扣动机括，轰倒了准备乘势突刺的对手。

“要走一起走！我怎能舍了你们这些打老帅起就入了家门的老卒啊！”那个被呼为大帅的高大汉子上前扶起了被刺倒在地的老家丁。几轮厮杀后，守岗的忽汗部丁众已被尽数歼灭，辽东铁骑也只剩下了一百五十余人尚能站立。

“大公子，东奴的大队人马转眼就到了！咱们要是一起走，到最后谁都逃不脱！”老家丁指了指身后越来越近的追兵。

“大公子！第一个教你开弓的人，就是我……我在你家三十余年，虽不算享尽荣华，却也是能够让家人衣食无忧……此生已然无憾，就让老奴带人给你断后吧！大公子，大帅！！最后再听老奴一句劝，今日若能生离此地，日后一定要稳坐中军，行军时将二十四路塘马远远地撒出，莫要再去学什么霍去病了！！”

说罢，老家丁甩开了大帅的手，俯身捡起方才扔出的短铳，冲着浑身是血的残兵们大声喊道：“弟兄们，这些年你们吃的是谁家的米？”

“蔺家的！老帅的！大帅的！”残存的辽东铁骑纷纷附和。

“你们的父老妻儿，靠谁恩养？”

“蔺家养！老帅养！大帅养！”

“今日咱们就舍了这性命，守住石岗，保大帅平安突围！让咱们的老小家人继续得享富贵！”

“万死不辞，万死不辞！”

军心如此，被称为“大帅”“大公子”之人唯有一声长叹，决然地牵起战马从路障中的缝隙间穿行而走，三十余名贴身近卫紧随其后。

“弟兄们！孩儿们！把虎蹲炮全都抬上山去，宁公特鞑子虽猛，咱们大帅府的家丁却更不是白给的！

那鞑子整日里只晓得钻林子日狗熊，哪像咱们弟兄这般东征西讨，威名赫赫？他们手里有刀枪弓矢，咱们手里除了刀枪弓矢，还有火铳大炮！一会只管居高临下轰他娘的，隔着这些乱石，鞑子除了干瞪眼，又能有何办法？

我蔺有存五十有二，搏杀半世，像今日这般的局面，并非真正的十死无生！咱们粮弹充足，只要坚守至入夜，本参将自有主张！

有道是：战刀在手中，富贵险中求，贪生必死，向死而生！！这修罗沙场上，不怕死的不一定能活，但是怕死的可早都完犊子了！！！”

老家丁这一番豪言壮语仿佛给石蟹螯上的一百余残兵注入了新的生气。这名老家丁出身的辽镇参将蔺有存，乃是帅府家丁中有名的豪杰，所谓将为军之胆，见参将大人如此笃定，众残兵也俨然看见了一线生机。

“孩儿们！那一侧就全靠你们了！！”蔺有存隔着岗下窄窄的通道向另一只蟹螯上的守军们拱手喊道。对面的守军一边紧张地布置着刚刚抬至岗上的三门虎蹲炮，一边以呼声应和着蔺有存的嘱托。

“弟兄们，原谅老哥让你们又有了本不该有的希望，可是，为了大帅能够成功脱险，我必须让你们带着希望在这两座石岗上尽可能地长时间坚守下去……”看着重燃斗志的袍泽弟兄，蔺有存心中忽地一酸。

石蟹螯处发生的激变，被原本作为铁锤使用的那一千多旗丁实实在在地看在眼中，在遥远的地平线上，忽汗部以不可思议的速度被一小队辽东军击溃，进而又被全歼。

另一队一百五十余骑被当成死兵，用以牵制己方主阵的辽东军兵，却以飞蛾扑火般的决绝与主阵的一千多精骑绞杀在一处。宁人死兵似乎早已经接受了自己注定阵亡的命运，厮杀时直如死灵一般浑然不惧，加之甲厚器利，主阵的友军们难以在短时间内将其吃掉。

这一千余旗丁只能再一次改变了进击的路线，向着已经由灰色变为红色的石蟹螯处发起了冲锋。

“粟鞨小娘们来了，虎蹲炮招呼着！”蔺有存一声大喝，山头上的五门虎蹲炮同时发出怒吼。四射的霰弹与冲锋的粟鞨铁骑结结实实地撞在一处，粟鞨前锋瞬间倒下了一大片。炮口的尘烟中，帅府家丁们又射出了一批箭矢。

粟鞨军的阵形突然乱了，并不是因为这一轮炮击和箭雨给他们带来了多大的损失，而是旗丁们胯下从没有听过炮声的坐骑，猛然在这片荒芜的苔原上听到了比春雷还要爆裂的声响后，一窝蜂般地惊了……

大部分粟鞨将士将将勉强射出了第一箭，就不得不抛了弓，双手控住缰绳，以防被炸毛的坐骑抛至地下。二十余匹惊马跳荡着，带着主人直冲向敌军据守的山头，然后陪着主人一起被山岗上的守军用弓箭和火铳射成蜂窝。

“哈哈哈哈！抓紧时间再来一轮！这群宁公特鞑子虽比咸州鞑子凶悍些，但看来的确是些没见过大世面的乡巴佬！他们的坐骑竟然害怕炮声！哈哈哈哈！抓紧时间装填，尽快再轰他一轮！”

不待蔺有存吩咐，操纵虎蹲炮的家丁就将发射过的子炮从炮身中拎出，重新在炮身中填上了预先就装定好药子的新子炮。这种“子母炮”形制的虎蹲炮长不过六尺，重不过二百斤，可以轻松固定在特质的鞍具中，伴随辽东铁骑流动作战。

原宁公特诸部多年来除互相征伐和远赴窝集粟鞨打生口外，干得最多的就是翻越盖马大山进入高鲜境内掳掠。对于大炮这种武器，大部分旗丁不仅没见过，甚至都不曾知晓世间竟然有如此可怖的火器。

“妖术！这是妖术！赶紧回营去叫萨满，用跳神来破宁狗的妖术！！”又一轮炮击后，一名牛录厄真惊愕地向部下发出了如此的命令。

“休要胡说，这不是妖术，这是大炮！就是大号的火铳！没什么可怕的！”到底是甲喇章京见多识广。

“儿郎们，马惊了就不要了！下马冲！那大炮打一炮要停半天！咱们下马冲过去！！”甲喇章京率先跳下马，抽出牛尾刀第一个冲了上去，其他旗丁也一齐跳下惊厥的坐骑，将主将护在当中。按照新颁布的鞑州军法，阵失主将乃是大罪，麾下需要十丁抽一为主将陪葬……

“来得好！想徒步攻山？这是嫌自己命长吗？”蔺有存大笑着，他坚信，自己笑得越豪迈，袍泽们的士气就越高涨。

“大人你快看！”一名家丁惊叫着指向身后——手指之处，正是“大帅”“大公子”撤离的方向，出了石蟹鳌没多远，便是冰封的深湖了！只要沿着忽汗海湖边再疾驰上一阵，就可以钻进遮天蔽日且直通盖马大山的森林……

蔺有存闻声望去，只见一队三百余骑的粟鞨军兵不知从何处冒出，横在“大公子”的退路前方。慌不择路的“大公子”在近卫的簇拥下直接驰上忽汗海的冰面，试图抄近路进入森林……

“轰隆隆隆隆……”沉睡一冬的忽汗海被这突如其来的马蹄声惊醒，用它自己的方式发泄着春睡未足的怒气……

“哐当，”一直被蔺有存紧握在手中的火铳掉在了地上，两行老泪从他的眼眶中奔涌而出，在他沾满鲜血的脸颊上犁出了两行沟壑。

泪水滴落在地上时，早已经变成了鲜红色……

红色的残花、红色的鲜血、红色的甲胄、红色的眼泪，今日，在这片由滚滚熔岩凝固而成的荒原上，又一次像万年前岩浆肆虐时那样，被一望无际的红色所覆盖……

第八章

金七九

盈满春水的寒江漾起阵阵月色向东默默流淌，在空寂寥落的伽倻琴声中，一艘画舫碾碎江面上婆娑的月影，缓缓驶向南岸的阑珊灯火。

与几经战火至今仍是一片断壁残垣的平穰不同，在不久前结束的倭乱中，高鲜国国都王京城虽先后两度易主，却均是在兵不血刃中完成了交替。

新月早已升上中天，平民聚居的江干之北一片悠黑静谧，而“两班”云集的寒江南岸则仍然闪烁着银汉般的璀璨灯火，若有若无的歌声摇曳着满城新柳，轻轻地为这座光复未久的王城拂去旧日的阴霾。

此刻，金七九独坐于寒江南岸的一点烛火旁，斗室中，半满的书架上排列着一本本略带霉味的书籍，一本汉文写就的《世说新语》被他擎在手中，细小的眼睛不住闪动，迅速地追逐着在书页间跳跃的灯光。

时下的王京城，如果以藏书而论财富，那么金七九绝对可以算得上是家有“邓通之财”。

倭寇来袭之际，两班贵胄们在仓皇出逃之前大多只是将家中的金银玉器细心地做了藏匿与转移，只有金七九在将细软处理妥当后，又用油纸将一部分喜爱的藏书包了，埋在了花园之中。

这番功夫既耗时又费力，以至于他还差点因此随城池一道沦陷在倭寇手中。这一举动曾被朝中同僚好一番取笑。

“金校理当真是王京城第一痴儿，此番倭寇大举跨海而来，为的是让我高鲜亡国灭种，因此连财宝都未必能入得了倭寇的贼眼，又何必为那几本藏书如此劳动心神？”

高鲜文官们不可能想到，就在他们的声声戏谑中，一名刚刚进入王京的敷州倭将正按照自己的计划对高鲜进行着异样的掠夺……

“呵呵，只顾驱兵向前的小夕与嘉腾之辈又懂得什么？就算你今日占据了高鲜的城池，等他日大宁援兵到达时，还不是一样守卫不住？只能盘踞一时的城池，除了彰显武名之外，日后又有什么意义？

在这次高鲜征伐中，我的目标与其他诸将均不相同，我要尽可能地获得高鲜的藏书，经史子集统统都要，多多益善！

以此让儒学在神国进一步流传，让神国的武士懂得什么是“道”，什么是“义”！这就是我参加这次高鲜征伐的目的所在！”

敷州国120万石大名尚衫氏家老，采邑30万石的稻润城城主志江兼旭一边如饕餮般地搜集着高鲜国的汉文藏书，一边对麾下众将如是说道。

因此，当王京光复后，金七九埋藏于花园中的书籍，就变成了王京城内稀缺的珍宝。

“钟士季精有才理，先不识嵇康；钟要于时贤俊之士，俱往寻康。康方大树下锻，向子期为佐鼓排。康扬槌不辍，傍如无人，移时不交一言。钟起去，康曰：‘何所闻而来？何所见而去？’钟曰：‘闻所未闻而来，见所未见而去。’”

金七九轻声地诵读着，书中所载的这则逸事，像《世说新语》中的其他名篇一样，他早就能够用“通用语”熟练地背诵。但此番于倭乱之后再度读起，一种有别于往昔的感觉却在他的心中油然而生……

“‘闻所未闻而来，见所未见而去。’那个人，当真算得上是‘闻所未闻’‘见所未见’之人了！”金七九放下书卷，看了一眼被春风吹进窗棂的月色，转而摩挲起了放置在书案旁的短刀“掘川国广”……

一年前，就连像今夜这般温润的春风与洁白的月光，也无法吹散飘荡在高鲜大地上的阵阵血腥……金七九与那名自称叫赵凝的同伴身穿敷州倭军具足，牵着坐骑斜倚在路边的杨树上，看着大队倭军疾奔着从二人眼前的大路上向前开去。

“诸君努力，此处距青羽馆已然不远！”作“马回役”装束的赵凝振起双臂朝倭兵们大声喊道。

“呼……青羽馆下再相见！”斗志昂扬的倭军武士边跑边回答道。

“看见没，战线的确是在青羽馆附近……”赵凝小声对金七九耳语了一句。这已经是第三队星夜兼行从二人眼前驰过的倭兵了，三队人马都在朝着距此地十五里的青羽馆方向卷甲疾进。

“‘凡用兵之道，十则围之，五则攻之’青羽馆周边没有可以据守的城池，看来倭寇此番调集重兵，是要与大宁天兵以及我国军马在那里展开一场野战啊！”

“野战更好，若是攻城战的话，咱俩可没法子穿越城墙重回本阵！继续走吧，从此处到青羽馆的小路，想来金兄也一定熟识吧。”

脱险后，仗着赵凝流利的倭语以及金七九对王京周边地域的熟悉，二人周旋于各路倭寇之间。此刻，二人再一次转下大路，踏上了一条已经被荒草湮没的小径。

“想必沿着这条小径就可以抵达战线了吧！”赵凝小心翼翼地问道。

“呵呵，沿此路前行，既可抵达青羽馆，也可通往我高鲜义军的大营！”

“金兄，你我二人可否算得上是生死之交呢！”赵凝勒停了马缰。

又开始了……金七九暗暗皱了皱眉。不知为何，自探明战线所在后，赵凝就一直有意无意地与自己套起了交情。乍看之下似乎是想说服金七九与他一起联袂穿越战线，重回己方阵营之中，但似乎在这之外，还有一些不可言说或不好马上言说的难言之隐。

金七九暗暗感到，自己似乎已经卷入了赵凝策划的某个颇为复杂的计划之中，并充当着至关重要的一环。不然，两天前他又何必涉险从萨默武士的刀下将自己救出呢？

虽然此刻在这强敌环伺的险境之中，自己唯有与他同舟共济这一条道路可选，但赵凝的身边，好似笼罩着一层薄薄的烟雾，让人实在是放心不下。

此人自称是生活在倭国的华侨，闻知大宁天兵抵达高鲜后，不愿与祖宗之国作战，加之为金七九的凛然之气所感，才抓住机会乘机反正，欲携金七九寻路回归本方阵营。

但金七九明白，真相并不似那样简单。不过他自幼便开始读经养气，是以此刻内心虽有重重疑虑，可仍是咬紧牙关，对所疑之事不发一言。

“继续绷紧了，要让他首先撑不住，把心里隐藏的话全都主动说出来，这样一来，他就变成了有所求的一方，主动权方能被我攥在手中。

呵呵呵，看来他已经快要崩不住了。这养气的功夫，我毕竟没有白练啊！”

金七九脸上虽如深潭般波澜不惊，但内心里已然颇感自得。

“诗曰，啊，那个……岂曰无衣？与子同袍。王于兴师，修我戈矛。与子同仇！岂曰无衣？与子同泽。王于兴师，修我矛戟。与子偕行！

小弟与金兄虽然相处时日尚短，但在这几日中一起身接锋矢，肝胆相照，早已经是诗经中所言的袍泽兄弟了！”赵凝继续故作深情地在一旁感怀着。

“唔……应该是，岂曰无衣？与子同裳。王于兴师，修我甲兵。与子偕行！赵兄背错了……”金七九面无表情地指正着同伴文句间的纰漏。

“啊！的确如此，的确如此！在下近些年戎马倥偬，于学问上早已是生疏了，让金兄见笑了。哈哈哈！当真是‘疆里虽重海，车书本一家。’在这高鲜士子中，金兄可称得上是翘楚了吧！”

“岂敢岂敢，莫要折杀了小官，高鲜士子中藏龙卧虎，骐骥万千，如我这般德薄识寡的，实在不值一提！”嘴上虽是这样说，但在金七九的心里，却不是这样想的。

身为弘文馆校理官，在平成时节中，他时常对朝中诸人入仕前不学无术，上位只靠祖辈恩荫，入仕之后一心党争的士风颇为不满。

如果高鲜的官员个个如我一般文武双全、博学清雅，又何至于有今日这般肆虐的倭患！在汉州道义军的营地里，金七九时常感到胸中塞有一腔无处宣泄的苦涩。

去年年初，敷州军以摧枯拉朽之势侵入高鲜。短短数月，高鲜三都沦陷，全境八道有七道被倭军占领。

高鲜国王带领王室、朝臣一路狂奔至与大宁毗邻的小城忠义州，向天朝上表称："死于父母之国胜于沦为倭寇刀下之鬼。"他要求进入大宁境内暂避倭寇兵锋，但这一想法遭到了多数大臣宗亲的反对。无奈之下，国王又想出了"分朝"的计划。

一方面，自己率领大部宗亲、朝臣暂避忠义州等待天兵救援，一旦时局继续恶化，亦可以迅速前往大宁境内避险。

另一方面，立一直以来以聪慧贤明著称，却迟迟不得册封的明海君为世子，命其统带部分大臣，代替王驾前往汉州道、熊州道、尚州道等沦陷区招募义军，抗击敷州倭寇侵略。

这明海君之所以没能在平成时节中被册封为高鲜储君，乃是因为在他之下，还有一个幼弟临城君颇得恩宠。

多年来，高鲜朝局一直随"东人党"与"西人党"之间的斗争而飘忽不定，在本朝立储之争中，明海君为'东人党'力挺。临城君的身后则有'西人党'为之撑腰。要不是倭军突然入侵，这夺嫡之争还不知要持续至何时方能瓜熟蒂落。

此时，明海君临危受命被册封为储君，手握诸道兵马统治之权。虽颇有些"疾风知劲草，板荡识英雄"的意味，但免不了因深入倭寇卧榻之侧，而被凶悍的敷州国大军视为眼中钉肉中刺，欲除之而后快。

一旦明海君遭有不测，这王世子之位必将顺理成章地落于临城君及其西人党羽之手。所以，这次看似以"分朝"而告终结的夺嫡之争，其结果背后仍然涌动着凶险的暗潮……

作为东人党的一员，金七九在"分朝"之际义无反顾地跟随在明海君身边，返身朝着沦陷区的方向，踏上了吉凶难测的征程。

在挺进敌后与倭军周旋的半年时间里，他时而在明海君身边参赞军务，时而又自引军马对倭军进行打击。不仅逐渐成了明海君身边的得力助手，还在高鲜义军中打出了自己的威名。

在金七九等人的努力下，掌握在明海君手中的义军规模，也越发地壮大了。其势力已由汉州、熊州二道扩展到了尚州道、京畿道等地。

前几日，明海君先是收到塘报，称大宁已派大批天兵入高，并迅速光复了重镇下京平骧。而后又接到了父王自忠义州发来的诏令。

命其统帅义军，配合天兵收复都城王京。一旦王京光复、倭寇遁逃，那么这高鲜王位，就铁定是明海君的囊中之物了。然而，就是在这个寒冬过后的早春时节，金七九却沦为了倭寇的阶下之囚……

“金兄，此刻军情紧急，在下就直话直说了。俗话说‘客随主便’，你我二人眼下身在高鲜。下一步是穿越战线也好，返回大营也罢，一切全凭金兄做主，在下在一旁跟随就是了。不过，可否请金兄答应在下一个不情之请……”

“好！此人终于崩不住了！”

金七九心头有蔷薇瞬间开放，脸上却仍挂着风轻云淡的空洞。

“哦？何事？”

“如在下之前所言，我家本是福建商贾，自父辈起移居倭国，此番想趁机回归祖宗之国。又怕贸然投效被天兵所疑，反而弄巧成拙，乃至有性命之危……

窃观金兄器貌谈吐尽皆非凡，定是高鲜国响当当的人物，是以想请金兄手书一封，细数在下心向故国之意，再通过高鲜义军将在下郑重送归……如此不情之请，不知金兄能否应允？”

“不允！”

“为何？”

“正如赵兄之前所言，你我二人虽刚刚相识，却已经有了肝胆相照的袍泽之谊。小弟这条命是赵兄自倭寇手中救下的，对此小弟当真是感激不尽，原本应该对赵兄所提之请言听计从才是……”

“请金兄直接从‘可是’二字之后讲起！”

“可是！！‘君子不可欺之以方！！！’

赵兄，你当真是心向故国的旅倭华侨吗？

‘君子，所守者道义，所行者忠信，所惜者名节！’

赵兄以袍泽之谊说我，却又以捏造之身欺我，真当我金七九是不谙世事的黄口孺子吗？赵兄可以不守道义，不行忠信，但在下却不能不惜名节！是以对赵兄所提之请，还恕在下无法应允之罪……”

“金兄为何如此一口咬定我身份有假呢？”

“呵呵，‘道德格波饶特’，旅倭的福建华侨，为何又会在生死一线之际，高声喊出这粟鞨韃语？在下不才，却也是在朔州道边军中做过军监之人，何为倭语，何为韃语，还是能够分得清的！”

金七九言毕，静静地看着赵凝，赵凝咧了咧嘴，欲言又止地苦笑着。

早春的山间小径一片静谧，微风吹过，路边枯黄的草丛沙沙作响，打破尴尬的，正是这阵寻常的山风。

“金兄，你看那边!”

此人如果当真和我翻脸，以他的身手，不需“声东击西”之流的把戏也足以取我性命……金七九在心中稍做盘算，方才向着赵凝手指的方向看去。

二十余步外随风摇晃的草丛中，有一只满是血污的手正在轻轻抽搐，时隐时现……

二人对视一眼后跳下战马，拔出倭刀一前一后向发出异动的草丛走去。

当先而行的赵凝小心翼翼地用刀拨开半人多高的草丛，只见一个遍身黑衣之人躺倒在血泊之中，看身材，应为倭人无疑。

此人肋部被火铳击中，虽有锁甲护身，却仍被铅弹所伤。

此刻，鲜血不住地从伤口中流出，黑衣倭寇双眼微睁，意识恍惚，距命丧异国只在片刻之间。

赵凝单膝跪下，用刀鞘拍了拍他的大腿，黑衣倭寇方才发现有人到来。赵凝将水囊从腰间解下，递到他面前，黑衣倭寇无力地接过，勉强喝了两口。

“我是为小藻钏殿下服务的伊河众。”

黑衣倭寇断断续续地说道。

“一个时辰前与宁军细作遭遇，被火铳击伤……那细作火器凌厉，我的同伴全都死了，不过那宁军细作也受了伤。劳烦两位大人给我一个痛快……然后沿着这条路追下去，定能毫不费力地取下细作的首……”

不等黑衣倭寇把话说完，赵凝的刀就割开了他的喉管。二人又粗略地在路边搜索了一番，共计发现了五具尸体。其中有四名身穿黑衣的伊河忍者，均是被火铳击中而亡。

“看服色，另外一人是高鲜义军。”金七九查看着己方战士的尸身，这人的眼睛被一枚星形钢镖击中，但真正要他性命的，还是颈间的那道刀伤。

赵凝并没有答话，他正在一旁依次仔细验看着倭寇身上的创口。

“倭尸间距如此之近，又都是铳击至死，能在仓促间连发数铳，大宁细作所用之器定然是……定然是……对，没错！！可算叫我找到了！！”

赵凝一跃而起，飞身上马，头也不回地策马沿小路飞驰而去。没办法，金七九也只能上马紧跟在赵凝身后。

二人疾驰了约有一里路，赵凝没来由地勒停了坐骑。

“在这里，大宁细作从马上掉了下来，他昏了一小会，可能就是因为昏迷了才摔下了马背。然后，醒来之后，他开始继续沿着路向前爬……”赵凝观察了一下周围的痕迹，向金七九解释道。

“何以见得？”

“呵呵，金兄不是在朔州道边军中任过军监之职吗？还能辨出粟鞨鞑语来。可见对东奴粟鞨并不陌生，定然知道辨认踪迹乃是粟鞨猎人的基本技能。”

赵凝突如其来的坦率反而让金七九一时间有些无所适从。只能皱了皱眉，继续跟着同伴向前搜索前行。

二人继续沿路走了二百余步，又发现了一具蜷曲的尸身。赵凝迅速跳下坐骑，因太过着急，落地时竟险些崴伤了脚踝。他一把将尸身翻起，凝神看向死者的脸庞。

“啊……”赵凝轻呼一声，脸上浮现出了无尽的感伤。他将尸身紧紧抱在怀中，久久不语。

金七九偷眼观瞧，死者30余岁，同样作高鲜义军打扮，身上并没有什么严重的伤口，只在鼻梁旁有一道伤口，想来也是被倭寇的星形钢镖所伤。死者的十根手指上凝固着黑褐色的血痂，想来他在坠马后又手脚并用地向前爬行了二百余步，方才……

赵凝将死者缓缓放在路边，撕下衣襟拭净了他脸上的血污，将粘在他发髻上的草屑与土块一一摘去，再从水囊中倒出清水依次清洗着结满血痂的手指，并轻轻抚了抚死者的肩膀，最后将死者额前的头带解下撕开，从中取出一封折好的信件。

赵凝展开信函迅速地看了一遍，方才郑重地将信递到金七九手中：“金兄，此信所载的紧急军情，对贵国来说干系重大，如何处置，还请你阅览后再行示下。”

金七九接过信，逐字逐句地看了一遍这封本应由大宁备倭提督、太子少保、辽东镇总兵官蔺如风第一个观阅的密信，信中所载非常简洁，即金羽卫探知，王京倭军现已倾巢而出，城内防卫极其空虚，连城外二十里处囤积大军粮草的龙山仓也仅余1000余人防守。金羽卫汇同高鲜京畿道义军200余众已潜入龙山仓附近山中伺机而动，现将该军情呈送至蔺大帅处，如何处置，还望大帅自行定夺。落款为金羽卫东北镇抚司副千户吕砚凝。

一块千钧巨石悄无声息地在金七九心中落了地。这封盖着金羽卫副千户官印的密信不会有假，这么说来，京畿道义军已经和金羽卫成功完成了对接。自己被俘以来一直为之忐忑的事情也就并没有发生。

半月前，明海君奉王命准备从熊州道前往京畿道，以率领京畿道义军配合南下的天兵光复王京，临行前一日，沉吟多日的金七九来到世子驾前，悄然献上一策，将原本准备一同出发的500兵马分为一正一奇两支队伍，正队200人由金七九及兄长金清九带领，打世子旗号按照原定路线奔赴京畿道。奇队则由王世子自统300僧兵，绕山间小路前往京畿义军密营。王世子听后，也觉此策虽稍显颠沛，细思之下却不失为老成稳妥之选，此时抗倭局势日渐明朗，自己的确不应再亲身涉险，遂采纳了这条万全之计。

没想到，这个在金七九看来都有些过分小心的计划，竟然当真在进军途中得到了应验。一支数量庞杂的军队在两道交汇之处伏击了金七九的300骑兵，金七九发现，向自己袭来的并非倭军普遍装备的铁炮，而是高鲜边军所惯用的重矢……

清九七九兄弟二人率领麾下军马且战且退。激战中，七九坐骑中箭，仓促间，为摆脱追兵的袭杀，他只能纵身跃入了山间的河流。而后才辗转被倭军俘获。

兄长是否逃脱？王世子是否顺利抵达京畿义军密营？在短暂的战俘生涯中，这两个疑问日日压在他的心中，时时让他如鲠在喉。

“当然是尽快将信送至蔺大帅手中为上！”饶是金七九养气功夫了得，此刻拿着密信的手，也不由得微微颤抖。倭军之所以从王京倾巢而出，定然是为了与南下的大宁天兵以野战决出雌雄。

二人早就探知倭军预设的战线在青羽馆一带，说明天兵距此已然不远，假如蔺如风能够派出一支偏师轻骑疾进，一日之内即可抵达龙山仓。若是粮草被毁，倭军就势必要退出王京了！

“我高鲜国山高水疾，天朝大军如想从平骧南下王京，只有沿驿路行军一途。此刻你我二人身处的这条小路大抵与官道平行，地势又在官道之上，我们只需继续沿路北行，就势必会与天兵在中途相遇。”

“好！不过还请金兄稍候片刻，待我将此人的遗体稍加料理。”

从赵凝刚刚的举动中，金七九已经发觉他与这名死去的金羽卫关系密切，赵凝的这句话，更加坐实了这个猜测。金七九并未多言，而是从马身上拿下弓箭，攀上了几步外的一棵大树，持弓进行警戒。

赵凝在死者身上摸索一番，找到了一块象牙腰牌，他将此物拿在手里端详了一下，轻轻叹了口气，随即将其揣进自己怀中。

死者身边有一把形状奇特的短铳，弯曲的铳柄上，六根如水车般的铳管环绕铳身依次排列。想必就是依靠此物，死者生前才能够连续击毙多名倭寇忍者斥候。

赵凝拾起一把遗落在路边的腰刀浅浅地掘了一个土坑，把阵亡的金羽卫和那把怪铳一并放进了坑里，又割下了死者的左手无名指带在了身上。

“秦声，自野鹤城一别至今已7年有余，你若再多撑些时候，你我兄弟二人还可以……哎，这趟差使我帮你干了，你就安心上路吧！”赵凝一边用浮土掩埋着曾经的同袍，一边轻声地说道。

“赵兄，前一刻我对你的身份来历还颇为怀疑，这一刻却能够放心与你一同去做这干系重大之事，你可知这番转变事出何因啊？”二人一前一后策马在山路间疾行。金七九看着赵凝的背影，颇为感慨地说道。

“并不知晓。”赵凝头也不回地答道。“金兄不怀疑我是粟鞨鞑子了？”

“说实话，看赵兄举手投足间的气质，当真有些东奴鞑虏的痕迹。但是，刚刚在见到那名阵亡的金羽卫时，赵兄所表露出的真情，实乃发自肺腑之中，不似作伪。之前赵兄曾言道你我二人已有袍泽之谊，依在下愚见，赵兄与那名金羽卫之间的情谊，才是真正的袍泽之谊吧！”

赵凝耸了耸肩，并没有答话。

“赵兄，如若此行顺利，我们能够平安与天兵汇合，那么面见蔺大帅时，是由在下为正，还是由赵兄为正啊？实不相瞒，小弟正是这义军中人，由小弟为正虽算不得欺瞒天兵，但毕竟国别在此，恐怕有损情报分量……

方才我看到赵兄从死者身上拿了一块腰牌，想来那就是金羽卫的印信吧！赵兄既然得了此物，此前又与金羽卫关联颇深，在觐见蔺大帅时，不知能否以赵兄为主？”

“可！见到蔺帅后，要称我为沐秦声！就是这名成仁金羽卫的姓名……”

“哈哈哈！”金七九突然纵声大笑起来。

“金兄为何突然大笑？”赵凝勒转马头，皱着眉头颇为不悦地看向金七九。

“赵兄莫要动怒，小弟方才突然想通了一件事情，是以才忍不住开口大笑，确是小弟孟浪了……”

“想通了何事？可否说给在下一听？”

“那小弟就斗胆一言，出于我口，入于君耳。一切全凭猜测，如有谬误之处，还请赵兄见谅。

倭乱未起时，小弟身居高鲜国弘文馆校理一职。公事之余喜遍阅天朝古今典籍，是以对贵国金羽卫之事也略知一二……

这金羽卫乃是天子亲军，除天子宿卫车驾外，还掌侦缉、监察、典狱之事。此前在朔州道军中时，亦曾听闻，大宁金羽卫东北镇抚司有‘夜不收’之属，常常扮作粟鞨鞑虏之状，深入粟鞨腹地做诸般不可言说之勾当。直如鬼魅一般，粟鞨诸部畏之如虎……

小弟窃以为，这金羽卫身份机密，行事也一向神龙见首不见尾，假若……假若一名金羽卫夜不收失陷在了粟鞨腹地，再想回归本队可就不那么容易了……

传闻此番天兵大举援高，那粟鞨鞑虏，对，现在叫鞔州六旗了，这鞔州鞑虏也派了几千军马随军助战。如果我是那陷于敌手的金羽卫，我一定会参加援高之军，再伺机回归本队！可是，这金羽卫的行踪是何等机密，想在这三千里高鲜大地上寻到金羽卫的踪迹，直入大海捞针一般！

换作是我，肯定会设法让这金羽卫主动来寻我！方才我已经说了，金羽卫掌天下侦缉、监察之事，如若扮作被高鲜送至大宁军中的投效倭人，必然会被金羽卫审讯。

这样一来，这名深陷粟鞨的金羽卫夜不收，自然就可以回归本队了！不过，至于这辽东金羽卫为何会讲倭语，会用倭刀，小弟就无从知晓了，想来一定是有些特别的机缘吧！”

“嘶……”

赵凝倒吸了一口凉气。

“想不到高鲜国竟有心思如此缜密之人！”

“心思缜密的考语，小弟愧不敢当，要知道这高鲜虽小，官场上党争之惨烈，却与大宁无异……那些愚钝之人，要么会一直沉寂下僚，要么早已被党争的车轮碾为齑粉……赵兄，如你所说，你我二人这几日来共同出生入死，早已与袍泽兄弟无异。兄弟之间只有坦诚相对，方能肝胆相照。不过或许你身负机密，而你我二人又国属有别，方才我说那些话，并不是为了从你这里寻得什么答案。

乱世之中，江湖之人，胸中免不了会藏着一些无法言说之隐……既然眼下你我二人已经共同担起了这副事关王京光复大业的重担，那么就一定要心无芥蒂地精诚合作。

王京乃是鄗国国都，你我二人今日所冒之险均是为了鄗国的国运和鄗国的子民。这一点，小弟一直了然于胸，在此先行向赵兄致谢了。

不过，好在此事如果办成，赵兄也可以水到渠成地……

圣人云：群处守口，独处守心。深陷绝域却能做到心地不迷，为了胸中之志甘愿历尽曲折以身犯险，看来，汉籍中所载的苏子卿、班定远之事绝非虚言……言尽于此，还望赵兄好自为之便是！”

金七九言罢，向赵凝深深一揖，纵马向前驰去。赵凝低头笑笑，亦催马紧随。两骑马踏过小路上弥乱的荒草，并辔前行。

疾驰了不到五里，山下隐约传来隆隆的炮声。

“正是青羽馆方向！”二人夹紧马腹，坐骑喘着粗气奔上了不远处的山头。

驻马山巅，但见西北方向的青羽馆遥遥可望，一队队倭兵如白蚁般将小小的青羽馆重重围困，轮番攻打。

地平线处，更多的倭寇正沿官道疾行开来。此番倭军是渡海来犯，因此军兵以步卒为主。从高处望去，就会感觉倭军的行进速度比蜗牛还要迟缓。

此时的青羽馆已经被临时改造成了一座要塞，一架架偏箱战车环青羽馆外列成阵势，车身上竖着一丈多高的挡板，就像一堵木制的寨墙。

宁军与高鲜军倚墙而战，居高临下将大量的火箭、弗朗机、虎墩炮子倾泻在汹涌而来的倭军头上。成排的倭军在冲锋中突然倒地，抽搐着发出濒死的哀嚎。几番轰击过后，倭军的攻势开始减缓。

几架偏箱战车向两旁移动，寨墙中现出若干缺口，一队队骑兵自缺口处冲出，呐喊着杀入倭军阵中，铁蹄以雷霆之势踹向已显疲态的敷州武士，溅起阵阵血花。冲锋的倭寇瞬间向后溃散。大宁骑兵亦不远追，掩护高鲜义军割取了阵前的倭首后，缓缓退回车阵之中。

“万胜！万胜！”宁军的呐喊穿过层层倭阵，回荡在金、赵二人耳边。

“大宁车营！昔大宁朝已故蓟镇总兵、左都督、太子少保戚武毅公在剿灭沿海倭患闻后，又奉调至蓟镇对抗北虏，这车营阵法正是他为了迎击韦兀骑兵所创。却不想今日正好用在了对抗倭军上。戚少保若是泉下有知，一定会感觉到十分快慰的！”

赵凝兴奋地解说道。

“苦也，苦也！车营之中，有我国王世子明海君的旗号！”金七九眯眼观瞧了一阵，突然攥紧了拳头。

“王世子竟然亲率义军前来助战！哎……千金之子，不立危堂！这个道理您怎么还不明白啊！我的世子殿下！！！”

“金兄莫慌！你看那两队倭军！”

重山之下，两大队倭军从两翼绕开青羽馆，直接沿官道向前开去。每队倭军均有七八千人之众。

“这两队倭寇绕开青羽馆，是为了迎击随后的援军，其军势甚疾，说明大宁援军已然不远，青羽馆内驻有一个完整的车营，加上贵国义军，人数虽只有三千余众，但车营的火力却不可小觑，这一营兵，光是弹丸就有近二十万发。

倭军又缺乏骑兵，急切间想要吃掉这营车兵绝非易事。咱俩还是抓紧时间办咱俩的紧要之事吧，必须赶在这两队倭寇之前迎上大军，不仅可以将密信送到，还能把这里的战况告知蔺帅。

密信中说的没错，你看围在这青羽馆周边的倭寇少说也有三万余众，王京此刻恐怕已经是空城一座了！”

赵凝并没有给金七九思索的时间，话音刚落便打马而去。

“世子殿下，您一定要保重啊！微臣这就前去为您搬取救兵！”金七九对着青羽馆方向大声喊道……

回荡在夜风中的马蹄声穿透窗扉之外的隐隐清歌，自远至近愈发响亮。金七九猛然从回忆中转出，下意识地从书案旁一跃而起，同时拔出了手中的“掘川国广”。

孤灯如豆，持刀而立的金七九茫然地笑了笑，随即还刀入鞘。倭寇早已退去，自己也并非身处强倭枕侧的义军密营，但是这征战中养成的机警，却延续到了现在的太平时节。

马蹄声在自家门前停息。

“咚咚咚，”有人叩响了大门。已经子时了，为何还会有人簧夜来访？金七九复又在书案旁正襟危坐，将翻开的汉籍小心翼翼地合上。

不多时，睡眼惺忪的下人引着访客进入了房间。

“‘风雨如晦，鸡鸣不已！’在这飘满南城的‘后庭花’中，只有金卿独坐陋室，手不释卷，真可谓‘即见君子 云胡不喜？’啊！”

金七九闻声慌忙俯身叩拜，在这深夜之中造访府邸的，不是别人，竟然是不日便将身登王位的王世子明海君。

“微臣驽钝，不知世子来访，失了礼数，还望世子恕罪……”

“你我乃患难君臣，无须多礼，平身吧！”明海君径自越过伏地叩拜的金七九，坐到了金七九的书案后。

“刚刚大婚没几日，不去春闺之中陪伴新妇，却在这里青灯相伴悬梁刺股？哦？原来金卿在看《世说新语》啊！”

世子饶有兴味地将汉籍拿在手中，随意地翻阅了几页。“这‘世说新语’乃是由中华南朝宋武帝之侄所编，此人封爵临川王，为避党争之祸，自请解去朝堂之职，广招天下文学之士，遂著成此本旷世经典。

千载之后，世间又有几人能够忆起南朝宋文帝姓甚名谁？可是他刘义庆的大名，却随着这本‘世说新语’代代流传。在咱们这远去中原万里之外的高鲜国都，仍有金卿这样的俊彦深夜诵读！可叹，可叹！”

“世子殿下……”

“其实我原本也是‘性简素，寡嗜欲’之人，若无这场倭患，我或许也会如这刘义庆一般，做个闲散王子，远避江湖之上，精研学问，散淡一生。

但如今既已临危受命……哎，金卿读此书，当知此书所载乃是魏晋年间汉地名士的雅言与轶事。魏晋之间的百年风流，最终因‘五胡乱华’戛然而止。身处乱离之世，能够安身的唯有手中的刀剑！”

明海君放下汉籍，又拿起了倭刀“掘川国广”，刷的一声拔刀出鞘，摇曳的烛火中，刀身上的乱刃如猛十般兴奋地跳跃着。

“听说这把倭刀是金卿深陷敌营时，从被你寻机手刃的倭寇手中夺取的？真是把好刀啊！”

“微臣愿将此刀进献给世子！”

“哈哈哈，好意我心领了，这把刀就当是我收下后重新转赐给金卿的吧！

其实，金卿你便是那把被我握在手中的宝刀啊！况且，这把刀拿在金卿手中，或许很快就又能派上用场了！来，看看这个，这是我刚刚接到的塘报！”

明海君从怀中取出了一个信封，放在了书案上，金七九膝行上前拿过塘报，迅速展开。

“藺帅！藺帅他竟然……”一阅之下，金七九的眉头瞬间皱成了一个“川”字。

“是啊，金卿当初冒险向这位大帅射的那一铳，现在看来，也只不过是给他多延了不到一年的性命而已……”

王世子略带感伤地说着，金七九则好似没听见一般怔怔地出了神。

一年前，他和赵凝潜伏在距青羽馆20里外的官道旁，每人手中擎着一把倭军铁炮，铁炮上的火绳咝咝燃烧。

100步外，大队宁军骑兵正在纵马朝此处疾行而来，蹄下发出奔流般清脆的声响。

倭寇的铁炮与高鲜的火铳无异，金七九自幼便习得放铳之术。此刻，他将尾托深深抵在肩膀与胸膛之间的交汇处，左手牢牢地托住铳前管的护木，右手则轻握住铳柄，食指虚虚地搭在扳机之上。

汗水不住地从他额前向下滑落，昔时他曾自诩为铳术文官第一，但此刻他要做的，是在百步之外射击疾行的骑兵，而且那名骑兵还是身系高鲜安危的大宁朝备倭提督——辽镇总兵蔺如风！

“听我的，照着蔺大公子的身体瞄！”赵凝的话更是让金七九的头上又多了几行冷汗。

“不是射马吗？为何要朝人瞄准？”

“呵呵，你当自己是李广转世？百步之外这火铳还有什么准头？瞄什么，肯定就射不中什么！听我的没错，咱俩就朝着蔺大公子的身上瞄！”赵凝咬了咬下唇。

“听我倒数，五、四……”

金七九深吸了一口气，继而缓缓呼出，以此让自己的呼吸变得更加自然。照门、准星之外，那个在红色激流中身披金甲纵马疾行的身影时实时虚。真不想开这一铳啊，可是，这一铳又不得不射……

方才，自从超过了两支打援的倭军后，金赵二人便明目张胆地转行至官道之上。

“来者何人！速速驻马！”

行不多时，一伙身缠枯草的黑衣倭人自路旁跳出，拦在了两人的马前。

“我二人乃是石畋治部少辅派出的母衣众，奉军令前出哨探宁军动向！尔等可是小藻钏殿麾下的伊河众？”赵凝勒停战马俯视着一众黑衣倭人。那战马奔得兴起，虽被缰绳勒着，仍是不住地在原地打转、刨蹄。

“大人慧眼，我等伊河众在此埋伏，准备伏杀沿路而来的宁军将领。大宁军马已然不远，二位大人自此折返便可。”

昔年间，岛森繁在教授赵凝刀术之余，还曾细致地为他讲授过敷州语言、世情及敷州倭军的战法。

赵凝知道，这些自称“伊河众”的黑衣人，乃是伊河藩国的一些下层乡野武士，与寻常武士不同，在倭国持续百年的乱世中，这些伊河武士专司暗杀、侦缉之职，且技艺娴熟，手段多端。

“混蛋！你一个小小的伊河众，足轻一样的家伙，竟敢对治部少辅的家臣指手画脚？”赵凝大喝一声，一松马缰，坐骑人立长嘶，向前疾奔。金七九一声不响地紧随其后。

此番远征高鲜，七万倭军隶属于十数名不同的大小名（诸侯）麾下，而在不久之前，这些大小名还在互相征伐。其号令统属之乱可想而知。

伊河众技艺虽然独特，但身份却不高，向来被正统武士轻视。面对身着具足的金赵二人，伊河众丝毫不敢放肆，眼看着二人策马扬长而去。

“两个不知死活的傻瓜，由他们继续找死去吧，这二人与宁军遭遇被斩杀后，宁军就会更加大意了！”为首的伊河众嘟囔一句，重新回到路边伏好。身上枯黄的野草让潜在路旁的五十余名伊河众与大地宛若一体。

继续沿路疾奔了5、6里，金、赵二人同时勒停了战马。

道路前方，有雷鸣般的马蹄声滚滚而来。

“天兵！是大队天兵到了！！”金七九激动地跳下战马，想到自己作为高鲜信使，他下意识地想正一正衣冠，却发现自己头上所戴的并非平成时节里的乌纱朝冠，而是一顶敷州倭寇的兜鍪。

这一发现让他不由得一怔。接下来更让他惊愕的是，同样跳下马的赵凝冲着他没来由地就是一记侧踹。躲闪不及的金七九一跤跌进了路旁的沟渠中。

“找死啊你！您这么一杀气腾腾的倭寇立在路中，还没等开口说话呢就得让大帅府那群飞扬跋扈的家丁拿噜密铳给你轰成筛子喽！”赵凝一边飞快地从马上取下二人的铁炮，一边划着火镰点燃了火绳。

“那又如何是好！”金七九猛烈地撕扯着具足的搭扣，可那倭国具足共分胴、草折、笼手、眉庇等十余部分，急切间根本无法尽数卸去。

“而今之际，唯有兵行险招了！”赵凝将一把铁炮扔给了金七九。铁炮里的铅弹已经预先装好，为了不从铳管中滑落，赵凝还特意用棉布在弹丸外面又加包了一层。现在只要扣动扳机，这杆铁炮就可以击发。

“鸣铳示警？”

“没用！蔺大公子率麾下骄兵悍将挟平骧大胜之威，一心想尽快进抵战场，怎可能因为咱俩这两声如蚊鸣一般的铁炮就三军齐停？

你看，大军已经来了！金兄，听我的，咱俩在百步之距开铳，将蔺大公子的坐骑击伤，马中铳后大抵还能继续前行一段，伤马刚好会在咱俩附近脱力倒地。

大军此时没有奔驰，只是快步疾行，有了这百步的反应时间，蔺大公子也不会被后军践踏！利用大公子换马的空挡，咱俩便可以从容卸甲，将密信呈上！你看，大军阵前当先而行的金甲大将就是蔺如风蔺大公子！就他这副扮相，咱俩要是不能成功将他阻住，不消多时他就会折在那几十名伏路倭兵手中！”

“好！”金七九咬牙切齿地从胸腔之中崩出了一个字。

“二……一……开铳！”赵凝一声令下，两杆铁炮先后打响。疾行于百步之外的大帅坐骑胸前接连绽出两朵血花。

那匹高大的河曲骏马一阵痉挛，险些将主人摔下身去，但这匹红马的确神骏，几步之间就已经调整好了步伐，载着主人一点点地慢下了脚步。最终停在了距离二人不到十步的距离，一声长嘶，委顿在地。

蔺如风借势从马背上一跃而下，拔刀在手。已经脱掉具足的赵凝一边大喊着：“卑职金羽卫小旗有紧急军情禀告蔺帅！”一边抢在帅府贴身护卫开铳之前跳至蔺如风身前。

赵凝刚一落地，十几杆黑洞洞的铳口就齐刷刷地指向了他的周身。但苦于刺客和大帅相距过近，众护卫投鼠忌器，一时也不敢开铳。

“劳请大帅验看卑职腰牌！”赵凝摊开手掌，露出紧紧攥在手中的象牙腰牌。

金七九此时早已于路旁下拜，他偷偷抬起眼睛，打量着这位大宁备倭提督官、太子少保、辽东总兵蔺如风。

这位名满天下的少帅年纪不过四十出头，身着金色的山纹罩甲，铠甲的缝隙处，露出内嵌的棕红色皮毛，这种毛色的兽皮，金七九可是从未见过。

赵凝不卑不亢地半躬着将腰牌缓缓向前递去，蔺如风却并不接牌。凌厉的眼神仿若两柄长矛，直直地刺向赵凝，似乎要将来人扎穿再以验看心肺的方式判定该人的真伪。

“蔺征夷！”蔺如风点了麾下一名家丁的名字。

“末将在！”一名身着红色镶铁棉甲的威猛汉子闻声下马，来至蔺如风身侧。

“你与金羽卫混得熟，你来验验此人的真伪。”

“得令！”蔺征夷扬起下巴倨傲地看向赵凝。

赵凝知道，帅府家丁乃是辽东铁骑中最为精锐的人马。三千帅府家丁由蔺府名唤蔺有生、蔺有存、蔺有兴、蔺有常、蔺平奴、蔺破虏、蔺征夷、蔺灭胡的八大家将统领，且后四人均为归化的异族。

当年在金羽卫中时，赵凝曾经与眼前的这位这蔺征夷见过几次面，似乎帅府与金羽卫之间的通联一向由该人全权负责。

那几次见面均是在酒宴之中，蔺征夷坐在上席，赵凝则身处偏席。7年来，赵凝的样貌虽然没有什么太大的变化，但蔺征夷是否对自己还留有印象，赵凝也不敢确定。当下只能平静地抬起头，冲着对方微微颔首。

“看着眼熟……应该是有这么个人！”蔺征夷上下打量了赵凝一番后，在心中暗暗想到。

“事关重大，我且试他一试！”

“咳……此番金羽卫随军东下高鲜，确实辛苦……我在出征高鲜之前，才参加了午队萧百户家公子的周岁宴，哎，抛家舍眷的……也是不易啊！”蔺征夷故作轻声地说道。

“呵呵呵……近三十年间，我金羽卫东北镇抚司试百户以上官员，有哪个家里生过男丁？萧关客生的，明明是名千金好不好！军情紧急，本应分秒必争，征夷兄又何故在此编排嘲讽我金羽卫的闲话？”赵凝剑眉微挑，佯做不悦之状。

“哈哈哈哈，口误口误，兄弟莫要见怪！”这“百户以上无男丁”乃是近年来辽东金羽卫的难言之隐，来人连这事都知道，身份定然不会有假……

蔺征夷打了个哈哈，朝蔺如风递了个眼色，表示该人确系金羽卫无疑。

蔺如风轻轻嗯了一声，对准赵凝的铳口随即一齐撤去。帅府护卫四下散开，将蔺如风保得密不透风。

“来人莫不是弘文馆的金校理？”后队中有人用高鲜话喊道。

金七九闻言望去，只见大军中一名身着高鲜衣甲的军官正挤出军列，向自己走来。金七九识得，此人乃是高鲜国王驾前的内禁卫从事官，此刻从天兵而征，想来应是作为向导之用。

“启禀大帅，那人是鄙国的四品文官，此前随王世子往沦陷诸道经略抗倭诸事。”禁卫军官恭敬地禀报道。

蔺如风听罢只是嗯了一下，却连看也没看金七九一眼。

“这人为何如此傲慢？许是在大宁被文官压制久了？”金七九暗暗想道。

“究竟是何军情？竟能紧急到铳击本帅坐骑的地步？？速速如实禀来！若是不够紧急，本帅眼里可没有什么金羽卫和四品文官，定然要将尔等依军法处置！”

辽镇边军与辽东金羽卫之间的关系略显尴尬。金羽卫相当于“天子家丁”，级别虽然不高，但身份尤为尊崇。其搜集的情报向来只呈送中枢阁臣，及司礼监诸位秉笔掌印大太监阅看。是以多年来，辽东金羽卫与辽镇边军虽相去不远，但互通军情之事却甚为罕见。

今日突然有金羽卫出现在疾行的大军前，还以铳击帅驾的方式禀报军情，即使蔺如风身具大将之风，此时也微微感到诧异。

“军情有二，请大帅先阅此封密函！”赵凝躬身将密信递上。蔺如风伸手接过，却并未拆阅。

“本帅要先听那第二件军情！”

“禀大帅，卑职二人方才探知，距此五里之外，有百余倭寇死士暗伏官道两旁，以荒草缠体，携带毒矢火铳之器，意欲伏击大帅车驾……卑职为穿越战线，不得不以倭甲护体，急切之间恐被友军误击，在下身死事小，但大帅的安危及紧急军情却马虎不得，是以才不得不出此下策……望大帅明鉴！”

“有存！你带三百儿郎，给本帅将伏路的倭寇铲了！”赵凝话音刚落，蔺如风就发出了帅令。

待麾下家将得令后迅速带兵奔驰而去。

蔺如风这才徐徐展开了密信。

“好！真乃天助本帅！”信中所载的内容让蔺如风精神一振。此番他将大军抛在身后，亲率三千家丁长驱直入三百里，为的就是独霸光复王京之功。那作为前哨被倭军围攻的车营，其实是蔺如风给倭寇置下的一记香饵。或者说，是一张石碾。

如移动要塞般的车营，其宿命就是吸引敌军前来围攻。王京城下突然出现一个不大不小的车营，守城倭寇定然不会坐视不理。

三千人的规模，既可以让倭寇动起全歼对手的心思，又可以保证其不会在一时半刻之间就被倭寇吃掉。双方酣战之时，蔺如风再出其不意地率领铁骑与被车营吸引出城的倭军野战。这就是蔺如风于此战中的计划。

王京作为高鲜国二百余年来的都城，城高池身，易守难攻。此番出征高鲜，他麾下的近万辽东铁骑，乃是辽镇军兵的精锐。蔺如风最怕的就是坐困坚城之下，让精锐骑兵在攻城战中一点点消耗殆尽，直至师老兵疲。因此，权衡再三方走出了这一步险棋。

在刚刚过去的平骧之战中，蔺如风和他的辽东铁骑第一次品尝到了倭寇这一陌生对手的滋味。“不过尔尔！”麾下的骄兵悍将们一边擦拭着沾满血肉和油脂的马刀，一边不屑地说道。

但是，蔺如风却感觉这个新对手并没有部下所想的那样简单。对于自己这三千铁骑能否在野战中将数倍于己的出城守军击溃全歼，蔺如风并没有十足的把握。

不过，眼下这封来自金羽卫的密信，却让他一路上颇为忐忑的心，彻底放了下来。

“如虹、如霰！”蔺如风大声喊道。

“末将在！”两个弟弟闻声出列。二人皆是三十出头，一般的身高相貌，原是一对双生兄弟。

“你二人带六百轻骑，随金羽卫使者沿山路奔袭王京城外的龙山仓，那里是倭寇屯粮的重地，此刻只有千余倭寇守卫。你二人前去替为兄将倭寇的粮草烧了，就是此战的第一大功！”

“得令！”蔺如虹、蔺如霰齐声接了军令。

“大帅，依卑职方才沿路得见，倭寇军兵似有近四万之重，一部将前哨车营于青羽馆处团团围困，一部沿官道进袭，似有打援之意。”

赵凝顿了顿，扫了一眼身边的金七九，继续说道：“高鲜世子为配合天兵作战，亦亲率义军一部列阵于车营之中……”

“本帅晓得了！”说到这里，蔺如风不知为何从腰带上取下了两把燧发短铳，一一搬起机括，双手各持一铳，雕工华美的铳口缓缓指向赵、金二人。

“大帅铳下留情啊！”随征的高鲜王内禁卫从事官惊呼着跳下马，膝行几步拜倒在蔺如风身旁。刚刚叩了几下头，就被两名帅府家丁上前提开。

铳口之下，赵凝眯起双眼，上牙轻咬起下唇，迎着蔺如风的目光直直地看了过去。

“这厮莫非是要拔刀！”金七九发现，赵凝的左手微微颤了几颤。“此人似乎是存了要和蔺如风玉石俱焚的想法！大敌当前，世子被困，若是天兵主帅有个三长两短，我家世子的性命可就……不行，若是赵凝有拔刀的征兆，我定要出手制止！”

电光火石间，金七九心下盘算已定。脸上自然而然地浮现出了一股视死如归的坦然。

大军一片寂然，阵阵排铳之声隐隐从远处传来，一群林枭扑棱棱拍打着翅膀，飞离了树梢。

“轰轰”两声，燧发短铳终于打响，缭绕的青烟中，赵、金二人的坐骑嘶鸣着倒在了血泊之中。

“不错，你二人均是铁骨铮铮的好汉子！只可惜，一人是天家亲兵，一人是高鲜命官，不然，本帅说什么也要将你二人收入麾下，以壮我辽东铁骑的声威！

如雪，重新给他二人找两匹好马！对了，衣甲也找两副出来！”蔺如风大笑着倒转铳柄，将短铳分别插在赵、金二人的腰间，用力地拍了拍二人的肩膀。

“儿郎们！前面有倭军四万，我军只有区区三千，尔等可敢随我陷阵杀敌？”蔺如风跨上了另一匹坐骑，回身朝大军高声问道。

“愿为大人效死！愿为大人效死！”众军齐声呐喊。

“想效死？怕也没那么容易！平骧城下大家也看见了，那倭寇身高仿若七岁孩童，倭马大小直如走狗癞犬！这样的军马，纵有十万之众，又怎当得起我辽东铁骑的雷霆之击？儿郎们！随本帅冲啊！”

蔺如风一抖马缰，胯下这匹伊犁骏马人立长嘶，撒开四蹄向前奔去。

“万胜！万胜！万胜！”高呼声中，两千多铁骑再次汇成了一条红色的激流，滚滚奔涌而前……

“金卿？”王世子一声轻唤，将金七九从回忆中拉出。

“微臣失仪，请世子恕罪……”

“这粟鞨人，为何会在这么短的时间里，变得这般强悍？”王世子的话，有些像喃喃自语。

“蔺帅乘此番驻节我国之机，出朔州边境，穿越盖马大山往宁公特粟鞨腹地轻骑捣巢，不成想……金卿啊，提典整编向化降倭一事，你办得如何了？”

“回世子，微臣已编练降倭三千有余，其中计有铁炮队一千八百余人，长枪手一千余人，倭刀短兵二百余人。十夫长以上均由原来义军中的弟兄们担任，战法依照倭寇之旧规操演。校场之上，我军人人奋勇，降倭个个争先。只要再略加磨合，其成军便可计日而待！”

“若是让你统带此军外出征战，不知金卿可有信心？”

“臣虽才疏德薄，但世子之命，万不敢辞！”金七九自接令整编降倭之日起，就知道这句话终究有一天会从自己的嘴里说出。但是，他万万没有想到这一天竟会如此之快。

国境之外，翻过盖马大山那横亘于天际之间的雪线，咸州粟鞨与宁公特粟鞨恍若在一夜之间就变成了鞑州联盟。

此番出境援高，数千鞑州兵甲于临阵之时突然作乱，欲陷辽东铁骑于死地，不过辽东铁骑似乎早有察觉，及时全师而退。反而是鞑州乱军与天朝山地步卒及一部倭军混战多时，闹了个极其罕见的三败俱伤。最后时刻，辽东铁骑去而复返，尽取渔翁之利，乘势夺下了久攻不破的蔚山城。

此战之后，金七九兀立于遍野的尸骸之中，是年的第一场新雪缓缓落下，将枕籍至天边的亡魂一齐掩盖，再也分不清谁是宁人，谁是倭人，谁又是粟鞨人……

大地马上就要封冻，金七九不得不命民夫草草挖掘了一座大坑，将这些尸首不分彼此地统统扔进坑中草草填埋……

“大宁与粟鞨，日后必有一战！”

金七九一边自言自语地说着，一边俯下身，拂去一具尸体脸上的白雪，一个标准的粟鞨发式出现在了他的眼前——细细的鼠尾辫，可以从通宝钱的方孔之中穿过。

他在尸身的怀中摸索了一番，找到了一根弓弦，一个油纸小包，里面包裹着一小撮卷曲坚硬的毛发。纵是在这尸山血海之中，金七九仍然忍不住笑出了声。

“想不到还是个风流鬼……”除此之外，还有一封小心折好的家书。

“爹，你要奋勇作战，大人说了，只要你立了战功，咱家就能抬旗！有新房子住，有大肥猪吃，我也就可以向佟三狗喊他爹那样称你为阿玛了！”这封用歪歪扭扭的汉字写成的家书，金七九若有所思地读了又读……

他将毛发和弓弦重新放回了尸体的怀中，这封家书却留了下来。金七九慢慢站起身，一个人的背影从他的脑海中清晰地浮现了出来——期冀与厌离，并存在那双和自己相似的小眼睛里。

“此番你我二人并肩纵横于千重倭阵之间，几进几出，毫发不损！实乃在下平生不亦快哉之事！当此山雨欲来之世，今日一别，日后或许仍有相会之期，风萧水寒，还望金兄多加保重！”

龙山仓腾起的漫天大火点燃了湛蓝的星空。周身浴血的赵凝回过身朝金七九拱了拱手，便拍马随辽东铁骑复又向青羽馆方向驰援而去。

“赵凝……”

金七九默念着这个依旧让他云山雾罩的名字。他突然感觉，四下里这片鬼气森然的修罗战场，似乎与这个人有着莫大的干系……

第九章

轩子佩

一只石制海马耸立在屋脊之上，踏着蹄下新生的青苔，默默地俯瞰着眼前如烟的雨雾，一滴雨水自它额前滑落，穿过黑活瓦间的缝隙，滴落在轩子佩脸颊上，和从他额角渗出的汗水一道，掉在那团被他一次次卷起，复又一次次展开的白绢上，最终与白绢上书写的那个“伏”字润为一体。

这封于半个时辰前收到的鸽讯，只有二十一个字，却无异于一声响自东北方向的惊雷，斜穿过帝国辽阔的疆域，把身处黔贵腹地的几名金羽卫劈得呆若木鸡……

“二月初十，如风率轻骑自高鲜远出捣巢，中伏力战死。”轩子佩再一次喃喃地读了一遍鸽讯上的内容。

自打升了试百户后，他已经渐渐习惯了在部下面前，用一张空寂的脸盛装起自己内心深处的真实想法。但此时，发自胸臆的寒意在他的躯体之中横冲直撞，让他不住地打着冷战。

轩子佩和大多数年轻金羽卫一样，对这位“中伏力战死”的蔺如风蔺大帅，向来就无甚好感。

“不过是一位乘父荫上位的军头二世祖而已，骄横轻率，恣意妄为，不知彼亦不知己……”

然而，蔺家这名大公子自当年收复开阳一役后，圣眷便日渐优渥，直至手提重兵镇守辽东，麾下彪悍之士云集，加之其家在东北边疆经营近四十年，积威甚深。是以纵然轩子佩对他有再多的不屑，也无法否认，当今世上只有此人才能够内压辽东军头，外凌粟鞨强奴，担起帝国东北的千里边防线。

可是，现在这封鸽讯上却说，辽阵的擎天博玉柱，已经在几日前毫无来由地折断了……

岂不闻“军争为利，军争为危，千里争利，卷甲而趋，则必撅上将军！”堂堂的太子少保、征虏前将军、二品大员，刚刚在高鲜就差点因为轻敌冒进而被倭军围歼，怎生就如此不长记性?

“率轻骑远出捣巢！”自“开阳之乱”后，粟鞨人被你蔺家父子明里暗里肥养了这么多年，此前在高鲜既然已经敢对着你这旧日恩主龇牙露爪了，你怎么还敢把它当成是昔年间那条在暗地里帮你蔺家争利的小狼崽子呢?

呵呵，西自甘肃镇起，延绥、宣府、蓟州…….这大宁九边无论哪一家都在玩这类养寇自重的把戏，可唯有你这辽东镇，一不留神把那看似俯首帖耳的小狼崽子养成了口吐獠牙肋生双翅的洪荒巨兽！

现在可好，一口就把你家这位轻敌浪战的大公子吞掉了，连骨头渣都不剩一毫……如今之危局，对你家来说原可称得上是咎由自取，但是帝国的东北边防却又如何是好?

金羽卫……金羽卫……说的倒是好听，贵为天子亲军……可我等弟兄却只能坐看这一切在自己的眼前发生，明面上什么都做不了，只能在暗地里搞些见不得光的小勾当……

哎……野鹤城那把火烧出的太平日子，随着这位蔺如风蔺大帅的死，算是结束咯！

半个时辰内，在云山屯的官衙中，轩子佩一直在咒骂着这位于不久前“中伏力战死”的辽镇总兵。与他对坐于石室之中的，只有赵凝一人，哦，或许，现在应该称他为赵霆……

赵凝朝火塘中又加了一些炭块，黔贵的春日当真奇怪，日日早间都有阴雨，一直下到中午方止。下雨时，屋内似乎比室外还要阴冷一些，这两名来自东北的精壮汉子，此时也不得不燃起了炭火。

“有传言说，蔺大帅之所以喜欢轻骑疾进，是因为圣上曾在明发御旨中称其为‘当世之霍去病’，所以这位蔺大公子才愈发地喜欢自提轻骑深入敌境腹地，以此来报答圣眷天恩。

呵呵呵……浅薄之至！

若换我是那位大公子，听闻圣上公然称我为‘当世霍去病’，我定然马上上表请辞，请中枢另派贤能文臣赴辽东执掌帅印……”赵凝一边拨弄着火塘中的炭火，一边幽幽地说道。

“哦？为何要那般行事？”轩子佩终于停止了对蔺大公子的诟詈。

“你当那‘当世霍去病’是好词吗？昔年间，霍去病暴卒后，其弟霍光权倾朝野，翻手为云，覆手为雨，连废立皇帝之事，也全凭其个人好恶而恣意为之。满朝要职，均被其霍氏一族握于股掌之中。

最后，终惹得天家震怒，一夕之间将他霍家众人满门抄斩，连婴孩也没留一个，当真是斩草除根……‘当世霍去病’这个称号出自圣上之口，落于他蔺氏之身，又如何能不让人不寒而栗啊！”

“嘶！要说这《汉书》我也曾读过，可听你说这话之前，我还真没往那方面去想过，哎，你能回来，真好！”轩子佩充满阴霾的内心里，终于闪过了一丝亮光。

振作吧，自己也是遍读经史的儒将，为何突然间就如此悲观了呢？须知“十邑之境，必有贤能”，大宁帝国幅员辽阔，即使少了他蔺大帅，也必然会有新的贤臣异士出现，在狂风满楼之时整理好屋顶的瓦片，为帝国遮挡这场即将袭来的凌厉山雨……所谓“时势造英雄”是也。

“我感觉，真正一步步将蔺大公子逼向深渊的，不是别人，正是他那位极人臣的爹。”

和“野鹤城大火”前一样，赵凝的嘴里，依旧会时不时地蹦出一些乍听之下让人惊奇不已的“谬论”，可是当你于中夜难眠之时偶然再回想起这些“谬论”时，就会意识到，这一夜，自己都很难再次入眠了……

“父荫这东西，对大多数人来说就是一柄双刃剑，既有可能让人顺利地从芸芸众生之中脱颖而出，又有可能起到揠苗助长之效。

大公子这个人，心高气傲，矫矫不群，气量似乎也不甚宽宏。我估摸着，在这世间他谁都看不上眼，包括他老爹。

因此，他年纪轻轻却身居高位后，就会竭尽所能地想向世人证明，他蔺大公子更胜乃父一筹，可他老爹已经把辽镇总兵能做的一切，全都做到极致了。

大公子当然不会甘于守成，做个‘萧规曹随’的继任者。于是，他就只能通过‘轻骑疾进’之类的倾奇把戏，来抹掉自己身上‘蔺成栋之子’的深深烙印。

当然了，这父荫对于我来说，却并非双刃剑，要不是因为这‘父荫’，本公子早就科场及第，钦点翰林了，啧啧，春风得意马蹄疾，一日看尽长安花！

做个清贵京官，当值时做些案牍公文之事，下朝后吟风弄月，诗酒风流！你们这群朝廷鹰犬在那辽东边地是死是活，与本翰林又有甚干系！可是现在……老子为了重新穿回这身鹰犬的皮毛羽翼，竟费了这么大的周折！”

吊在火塘上的铁壶发出了阵阵鸣响。赵凝将壶取下，烫了烫摆在案头上的粗瓷茶具，从陶罐中取出碧绿的茶叶投入茶壶之中，复又注入滚烫的开水。静待片刻后，将碧绿的茶汤倒进两个茶碗之中。

“尝尝吧，这山乡间所产的粗茶，也还别有一番风味。”

“嘿嘿嘿，老弟啊，你此前是费了些周折不假，但到头来不仅又重新如愿穿上了这身‘飞鱼服’，更是白捡了一个娇小俊俏的南国媳妇！这周折嘛，即使再多费些也不妨事！”轩子佩一边饮着茶，一边饶有兴味地调侃着赵凝，他知道，这“山乡粗茶”，正是来自于赵凝的“未婚妻子”所赠。

“值此风云际会之际，我区区一介金羽卫小旗，就如那飘荡在盖马山间一片雪花，只能身不由己地随狂风分散转逐……何必再徒增情愫。

你看那夏日里辽东林间弥散的茕茕磷火，不都是些生前存着生渡玉门关的心思，死后又被这痴念搅得无法投胎的孤魂野鬼吗？

孑然一身，反而爽利些！

唔……现在这孤魂野鬼里又增了个纱帽大的！正二品太子少保，啧啧，在古往今来殒命东北的孤魂野鬼里，蔺大少也算是数一数二的了！”赵凝拿起茶杯浅酌了一口，不动声色地岔开了话题。

“百户爷，哦，试的……你还记得咱俩最后一次看见这位蔺大少时的情形吗？”

“最后一次……是青羽馆突围时吧！你别说，在那数万倭寇阵前，这位大公子还当真有点天朝大将的威仪！”

纵然是轩子佩，也不得不对当日虽被倭寇重重围困，却仍旧于万军之中左右突驰，丝毫不露怯意的蔺如风击节赞叹。

那一晚，在击溃倭寇守军，将囤有敷州粮草辎重的龙山仓付之一炬后，金羽卫东北司副千户吕砚凝率临时统带的高鲜义军与蔺如虹、蔺如霰麾下的六百余辽东铁骑合兵一处，连夜奔赴青羽馆方向驰援与倭寇鏖战正酣的蔺如风部。

旭日东升之时，在阵阵厮杀声中，援军终于登上了先前金、赵二人俯瞰青羽馆的那座山峰。

一轮金乌从地平线处升腾而起，数千身着红色铁叶棉甲的辽东铁骑周身披满朝霞，从万丈金光中蓬勃而出，铁骑最前方的锋锐之中，一点耀目的金色尤为显眼，数千骑兵在他的带领下，在臃肿的倭阵之中纵横跳荡，锐不可当。

然而倭军势大，辽东铁骑虽多番突驰，却始终难以破围而出。

“众儿郎！大帅被困，尔等随我杀入敌丛，与大帅患难与共！”蔺如虹扬起狼牙短棒，大声吼毕，便要当先跃马前行。

“将军且慢！”吕砚凝抬手拉住了蔺如虹的马缰，不合时宜地阻止了这次应当会气势如虹，但终将于事无补的冲锋。

“大人！你这是何意？”蔺如虹脸上那两道剑眉不悦地聚在了一起。

吕砚凝抬起鞭梢向山下的战阵微微虚指。

“据本官此前探知，山下众倭中，有不少均是自平壤之败后被咱天军吓破了胆子，主动弃守城池收缩进王京城内的衰兵怯将。且咱家大军到来之前，一众倭酋曾就是该出城迎战，还是弃城而走争论不休。

将军，你细观那倭军阵势，彼兵力虽众，攻守之际反而束手束脚，略显颓势，想来是心中存着杂念，致使其战意不坚。多半是担心咱大宁的援兵，随时可能会抵达战场吧！

想来这些倭寇昨日里一定已经被大帅麾下的辽东铁骑打怕了，但苦于自己人多势众，今日又不得不出阵与大帅这样继续耗下去——想打，又有些怕；想撤，又不甘心……

此时，咱这七百多人如果一鼓而进，投进数万倭军的大缸里，无异于杯水车薪。而且还容易被倭军一眼就看穿了虚实，那样一来，数万敌军抛开了顾虑，就更加不好打了……

依我看，莫不如让众军分散开来，鸣炮呐喊，广造声势，给倭寇造成一种咱天兵大举来援的错觉，也刚好给他们一个收兵回城的理由!”

看到眼前这自家上官振振有词地将辽东军头唬得一愣一愣的场景，轩子佩不由得在心中暗暗发笑。

吕大人这副嘴脸，简直是活脱脱的诸葛孔明嘛！以后出征，一定要提醒田利常为副千户准备一柄白色羽扇……

在蔺门诸子中，蔺如虹向来以平易贤明著称，而蔺如霰则一直唯如风、如虹两兄长马首是瞻。这也正是此前蔺如风之所以派他二人带领偏师前去龙山与友军配合作战的原因。

听了吕砚凝的一番剖析，蔺如虹稍加思虑，便即依言行事。金羽卫身份虽然尊贵，但论官职，吕砚凝是正五品副千户，而蔺如虹则是正四品参将的官身。

且金羽卫与辽镇战兵虽并肩多年，但职责有别，彼此间常年泾渭分明，一直鲜有配合之先例。是以此次蔺如虹能依吕砚凝之言布设军阵，实属难得之至。

若是换了如雪、如岚等人提点军马，想来定然是未等吕砚凝把话说完，就已经冷笑一声纵马冲锋了……

自身后突然袭来的遥击炮火，以及遍布山岗的阵阵杀声，着实让恹恹而战的倭军大惊失色。

虽然远方袭来的炮子大多落在了本方的军势之外，但敷州的阵形却逐渐呈现出了松散之势。

重围之中，辽东铁骑对着“藤巴旗”与“草叶旗”两部之间的结合处发动了新一轮的猛冲，铁蹄之下，二部阵势随即溃散。

就在被困宁军即将破围而出之时，铁骑的兵锋猛然又转向了此前兵锋最为凌厉的“黑曜巴旗”所部。仿若一记突如其来的勾拳，当头击在了“黑曜巴”所部的面门之上。

“黑曜巴”部自开战以来就一直颇为严整的阵形瞬间松动，随着铁骑的持续猛攻，“黑曜巴”部不住向后退却，直至阵形散乱。

瞬息之间，胶着的战况终于开始变得清晰起来，随着三部倭寇先后被宁军击溃，倭军其余没有受到攻击的诸部也不得不一一后退。

站在山岗之上，轩子佩发现，蔺如风麾下数千骑兵正不疾不徐地跟在溃退的倭寇身后衔尾追击。而位于宁军身后的几部倭寇竟然呆呆地停驻在原地，既不敢上前攻击，也不敢随意穿越宁军阵线向王京退却。

蔺如风率部向前直追了三里有余，这才调转马头带领大军从容转向，一千多骑兵护着收拢完毕的车营，盛气凌人地返身朝身后的几部倭军驰去。

远远望去，红色的辽东铁骑如一柄刚从炉火中淬炼而出的犁头，劈开呆若木鸡的倭阵，从容地向后退去。所过之处，一众倭兵避之犹恐不及，没有一兵一将胆敢上前接战……

金盔金甲的蔺如风，昂首阔步地驰骋于大军的最前端，马刀和骑弓早已经被他收还进了鞘囊之中。他双手持缰，居高临下地俯视着在铁蹄到来前就已经自觉让出道路的芸芸众倭。

仿佛这不是两军对阵的疆场，而是他蔺大帅在自家的关前，校阅着一支隶属于麾下的新兵。倭阵之中，不时有倭兵抛了军械，跪倒在驿路两旁，对着面前的这尊金甲天将虔诚地叩拜着、祷告着……仿佛此人就是敷州国军神源浥清、楠征岑的化身！

然而，便是这样一员威风八面的战将，此时却已经化为了关外荒原上的一点磷火，冥冥灭灭之中，只能与历代的幽魂毗邻相伴……

“举人，你说蔺大公子从高鲜提轻骑前出，打的是哪一部粟鞨呢？”对这个问题，其实轩子佩心中早已经有了答案，但他还是想通过赵凝的回答来印证一下自己的判断。

“别老再说什么粟鞨哪一部了，人家现在叫鞔州联盟，鞔州六旗！从高鲜出发，要么跨越雅鹿江通过野鹤诸部进击咸州粟鞨，也就是两黄两红四旗，要么翻过盖马山，暗袭宁公特粟鞨，也就是两白旗。

不过野鹤与咸州虽依旧互相征伐，但两者间的关联千丝万缕，且过了雅鹿江后，人烟相对稠密，想要不知不觉地提轻骑前去捣巢，胜算定然不大，他蔺大公子虽虎，却也不傻……

如此一来，突袭的目标就是宁公特诸部咯……出高鲜边境，翻过盖马山，只需要再疾驰上几日，便可抵达宁公特第一大部舒穆录部！舒穆录部边上，就是我的老家，章琥塔屯……”

说到这里，赵凝用上牙咬了咬下唇，缓缓地调戏着火塘中忽明忽暗的炭条。

轩子佩放下茶杯，腾出手轻轻地抽了抽赵凝的脸颊，然后将右掌比作刀状，对着赵凝的脖颈轻轻一划：“这种话你今后切莫再提，吕大人、我、还有利常，大家费了这么大心思，就是为了让你能够名正言顺地重回东北镇抚司麾下。这些年来你身陷敌群，历尽磨难，时时刻刻如履薄冰为的又是什么？

不就是为了有朝一日能够重新穿回飞鱼服，与袍泽弟兄一道为国尽忠，名垂青史吗？‘天将降大任于是人也，必将劳其筋骨、行拂乱其所为，所以动心忍性，曾益其所不能！’

现如今遍数辽东镇抚司上下，又有何人能比你对粟鞨人的了解更深？这些年你历尽九死一生之劫，但现在却毫发无伤地与我重新对坐饮茶！

缘何如此？你真当是你小子福大命大吗？屁！我告诉你，此乃天意！是上苍让你在有了这些机缘后，成为了辽东金羽卫中最举足轻重的一个人！

‘天与不取，反受其咎！’此番大战在即，正是你不负天命，实现报复的大好时机啊！

常言道：心口相通，你方才无意间说出的那句话何其危险你自己晓得吗？

战阵之中，生死只在一念之间，你如对粟鞨人存了那不该有的好感，你自己倒霉倒也罢了，但累及那些将你视作倚靠，对你有所祈盼的袍泽弟兄陪你一道命丧敌手，将头颅拱手送给鞑奴用作升官进阶的彩头，让身躯暴露荒野，任狼撕熊咬……

却是你赵某人几生几世也无法洗清的罪孽！

举人啊，明日我等就要倍道兼程回返辽东了，我给你一天时间去细细思考此间的是非曲直。

若是你无法以大义为重，仍然念及这些年来你在粟鞨部落中的林林总总……那为兄也不为难你！

当初在高鲜，吕大人对你的承诺仍然有效，你那时说自己没有家，不晓得去哪，但是现在不一样啦！现在你可以有家了嘛！

喏，只需用刀背往你腿上堪堪愈合的断骨之处再这样一砍……你就留在这黔贵腹地，守着你新得那小娘们现世安稳，岁月静好吧！

我早看出来你对她有意思了，这不正合适嘛，按道理，当年若不是奸人作梗，你本该是被派遣到西南司去晒太阳的吧！

哎，念及这么多年来的兄弟之情，若某日里你在这清风细雨的山峦中与佳人红袖添香夜读书时，偶然听闻我轩某人殒命疆场了，还请在清明、中元二节给我烧上些纸钱吧！

对了，还有吕大人，田利常那两份，咱寅队夜不收里的老人，现如今也不剩几个了……”轩子佩言毕，意味深长地直视着赵凝的双眼。

微弱的炭火幽幽地在火塘中呜咽着，火光将赵凝紧皱的双眉映照得好似要滴出鲜血一般。轩子佩想起，那一夜，在龙山仓燃起的漫天大火中，赵凝的脸上，也跳动着如今日这般的火焰……

“再多搬些火雷、火筒过来！”站在龙山仓主仓外，轩子佩大声地吩咐着身旁的高鲜通译。一个时辰前，就在金羽卫率领二百余高鲜义军强行发起突袭之时，驰援而来的辽东铁骑也如雪中送炭般及时抵达了战场。

黑夜中，六百骑兵往来突驰时发出的巨大声响，让猝然被袭的倭军惊慌不已。

“小藻钏势在青羽馆被大宁骑兵攻破了！”

“梨花殿、黑畋殿被敌人阵斩了！”

“治部少辅连夜逃向蔚山了！”

按照事先探知的敌情，吕砚凝早就请助战的闽浙金羽卫将以上惑乱人心的话语译成敷州倭语，教高鲜义军背得滚瓜烂熟。

此时，在惊雷般的铁蹄声中，四下里埋伏的义军齐声发喊。将当夜的龙山变成了被楚歌重重环绕的垓下。

部分早就在寨墙下潜伏的义军乘此倭寇惊惧之际，用火雷、火筒等引火器物点燃了敷州倭军的营寨。

这些火雷、火筒，均是按照田利常改良过的方法配制而成。不仅火势更猛更快，燃烧之际还会弥散出大量刺鼻的浓烟，熏得倭寇涕泪横流。

那一夜，天干物燥，春风正疾，倭军的寨墙不多时就变成了一堵火墙。辽东铁骑也将携带的虎蹲炮从马背上卸下，肆无忌惮地轰击着倭寇的营寨。

终于，忍无可忍的倭军守将率领一队百余人的倭兵乘着矮小的倭马从寨门中撞了出来。

“弟兄们，给我干了这些‘骑狗的顽童’！”蔺如虹大声笑道。‘饥渴难耐’的辽东铁骑一窝蜂般冲了上去……

在目睹主将被敌军踩成烂泥后，守寨倭兵发出一声喊，四下里溃散了……

“让他们把粮食给老子扔了！”

轩子佩大声喊着，倭兵溃散后，面对龙山仓里小山般的军粮，高鲜义军们便再也崩不住了。

也难怪，高鲜境内群山纵横，可供耕种的丰腴之地本就不多，即使在丰收之年，普通百姓也需勒紧腰带挨过一段青黄不接的时日。更别说像现如今这种兵祸连绵的年景了。

初抵义军大营时，轩子佩吃到的接风宴是一碗海带汤，一块拇指大小的海带率领着两只小干虾米，在清澈见底的汤水中载沉载浮。

饶是如此，也把轩子佩身边的一名少年义军馋得流出了口水，见此情景，轩子佩无奈地笑了笑，伸手将这碗海带汤递到了少年手中……

但是此时，可不是滥发妇人之仁的时候，王京距此只有不足三十里，敷州军的援兵随时可能反扑，眼下虽然突袭得手，但说到底，联军的兵马也只有八百人……

轩子佩抽出腰间佩戴的绣春刀，接连用刀背砍倒了两名试图搬运粮食的高鲜义军。

“不许搬粮！不许搬粮！”轩子佩大声喊道。但在蜂拥的高鲜义军面前，他的刀背和呐喊略微显得有些苍白。

他咬了咬牙，将祖传的御赐绣春刀插回鞘中，转而拔出了佩在腰带右侧的短火铳，他将铳口对准一名领头搬运粮草的高鲜义军，可还没等他扣下铳机，那名义军以及与其一同搬运粮草的其他五六名义军就在一阵排铳声中滚倒在地。

一小队辽东铁骑从轩子佩身边疾行掠过，缕缕青烟从骑兵们手中的马铳铳口处缭绕弥漫。

“看某家替大人料理了这群不识时务的高鲜贱民！”

领队的军官一边高声喊道，一边指挥部下将火雷抛向囤有大量粮草的龙山仓主仓，冲天的火焰瞬间将粮仓吞噬，几十名正在仓中抢粮的高鲜义军叫骂着冲出火场，不少人的须发已然被大火燎燃。

“这他娘的辽东铁骑，竟比老子金羽卫还狠！”

轩子佩苦笑着骂了一句。此时，他恰好看见田利常正急匆匆地向自己跑来。

“甜甜，你这次做的这火雷可真他娘的火爆！”轩子佩指着主仓上空的烈焰，对田利常说道。

向来笑不离口的田利常此时却有些反常，他没有理会轩子佩的调笑，反而一把拽住了轩子佩的胳膊，拉着轩自佩与他一起往回疾奔。

“老轩，我可事先告诉你，你得有个心理准备，一会别忍不住惊得哇哇大叫起来！”

“怎么了？你先告诉我，是好事还是坏事？”

“好事，喜事！”田利常简短地回答道。

二人踏着倭兵的残躯，穿过纷乱的战场，来到了一处开阔地，这里是辽东铁骑炮队的集结地，兵士们正忙着将虎蹲炮重新抬起，安置在驮马背上特制的炮架之中。

不远处，龙山仓的大火将辽东铁骑身上的红色棉甲映照得更加浓艳。

听闻脚步声临近，一名正在给战马松解鞍鞯的骑兵朝二人转过了身。

“子佩兄，别来无恙！”那人将头盔缓缓摘下，一个既清晰又模糊的笑脸出现在被火光映红的夜空中。

轩子佩感到有些许眩晕，在年复一年的金羽卫生涯中，他已经见过了太多的光怪陆离。但是，此刻他无论如何也不会想到，时隔7年，这张已经在他记忆中开始逐渐变淡褪色的面孔，竟然又出现在自己的面前。

7年前，那个深秋的夜晚，野鹤城燃起的大火，也如今日这般点燃了天边的星河……

那一晚，轩子佩手持硬弓伏于山岩之后焦急地等候着。利常、萧关客、桑空林、金卓、沐秦声……一个个熟悉的身影在他面前次第出现，可他悬空的心不仅没有放下，反而越发焦躁了……

终于，这个当夜没能按时归队的身影，在7年后的今天，重又出现在了他的面前！

“举人！”轩子佩下意识地用手指触了触赵凝的脸孔，所及之处，是温热的。

“老轩，你这是干嘛！难不成咱俩还能同时遇见鬼啊！你眼前的，就是活生生的举人啊！”田利常笑着嗔怪道。

田利常与赵凝年龄相仿，赵凝向来桀骜不羁，田利常却为人平易谦和；赵凝喜读经史诗书，田利常专工遁甲奇门；赵凝常练硬桥硬马之功，田利常素擅假物驭器之术……

昔年时，犹如一冰一火般截然不同的两个人，彼此之间却很是亲厚，当差巡哨时，二人也互相配合得颇为默契，被旁人誉为“寅字队双子星”。

近年来，田利常受上官赏识，已经从小旗职升到了试百户，当然，作为金羽卫试百户的他，终究没有逃脱近年来一直困扰着金羽卫的“百户无男丁”之魔咒……

“老轩，甜甜，一别7年有余，个中种种机缘，非是三言两语就能道尽的……现在大军激战正酣，此处也并非密谈之所，你等权且压下心中疑问，待此战之后，我再将这些年的际遇向弟兄们娓娓道来。

不过，我失了腰牌，已属戴罪之身……”

未等赵凝说完，轩子佩便用双手撑住了他的肩膀。

“兄弟啊，既然你现在仍然活着，能喘气能说话，不缺胳膊也不少腿，那就比什么都强！无论你身上背着什么样的事，都有弟兄们帮你想办法，就算是失了腰牌……也总还有斡旋的余地吧！”

赵凝听罢哈哈一笑，从怀中取出两张层层折叠的粗布，分别递到了轩子佩和田利常的手上。

“个人荣辱，又算得了什么！粟鞨人现如今组成了一个鞔州联盟，你们晓得吧！对于这鞔州联盟的详情，镇抚司里掌握得透彻吗？”

“说来惭愧，弟兄们虽费尽千方百计，但对其中的详细内情却一直知之甚少!”说话间，轩子佩翻开了这块粗布，借着火光，可以看见粗布的正反两面，都已被密密麻麻的小字所写满。

“这两块布上写的，名唤《鞔州军略详考》，乃是我这些年来卧薪尝胆的心血之作。其中详述了鞔州六旗的兵丁员额、战法战术、军械武备，以及各旗的优劣之处，每旗固山厄真、甲喇厄真、摆牙喇厄真的脾气秉性，家族从属等等……凡此种种，不一而足。”

赵凝又从马裤中掏出了两张形制相同的粗布。

“这两张，是我绘制的《盖马山、牡丹乌拉、阿勒锦乌拉并额虏尔河兵要图志》，嘿嘿，之前一直放在裤中贴肉藏着，这个味道嘛……不算太鲜！但还请两位也一并收着吧。刀兵无眼，这些天里我一直都夜不能寐，担心若是自己糟了难，这一式两份的《军略详考》与《兵要图志》也就白白地随我埋没了。

现在好了，给你俩分别揣着。利常，待此战分出胜负，你定要及时将此物直接交给吕大人！我听说，吕大人已经是副千户了啊……”

虽说此地并非密谈之所，但直到大军转而开始向青羽馆方向驰援，赵凝的嘴就一直没有停过。

“终于能说汉语了！若是再有两年时间遇不见你们，我这汉语怕是就要忘光了。”

三日后，在谡水城外的废弃民居中，一盏孤灯下，轩、赵二人每人手里拿着一条轻薄如纸的明太鱼干，就着一坛浊酒，慢慢地撕扯着这难得的安宁时光。

青羽馆突围后，大军退回至谡水城驻扎，蔺如风一边等候后军陆续到来，一边向王京方向派出了二十余路探马，倭军粮草被毁，这撤离王京，想来也只是时间问题了。

长夜漫漫，7年的时光讲完，距离天明仍然还有好一段时间。

当讲到几日前与金七九一起北下搬兵时，赵凝从怀中拿出一块腰牌并在一根无名残指上，放在了轩子佩面前。

“沐秦声被我葬了，那地方不错，就在去往青羽馆的小路附近，‘头枕山，面朝川，子孙代代出高官！’不过话说他还没娶亲吧！”

轩子佩叹了口气，拿起了沐秦声的腰牌。

“和咱们放火之前相比，最近几年已经算是很太平了。不过，金卓，在你‘死’后第二年巡哨时让熊瞎子给拍了。桑空林也没了，没死在粟鞨人的刀下，却死在了女人的肚皮上，就是得花柳病死的，也算是风流鬼了！

当初一起在野鹤城放火的人还剩下几个了？对，萧关客升了！百户！关鹏举也没死，那事之后，为了保密起见，司里面将他调职了，带着他那粟鞨第一美女，去京畿镇抚司当差！举人，你今后……”

“今后如何我不晓得，但是，过几天我还得作为‘章琥塔·大熊’重回粟鞨军中……对吧！

另外，别再说‘咱们在野鹤城放火，烧出了几年消停日子’之类的话了……

火，的确是咱们放的！可是起火之后的事情，想必你也一定和我一样全都在暗处看得一清二楚吧！

粟鞨人也不是好相与的，若不是……单凭咱们那几个人点了一把火，再放出了几匹马，根本造不成那么大的破坏！

哎……也不能说咱们那把火放的就没用……可是，我总感觉咱们那晚好像被人当成了一枚棋子，每每想到这里，我胸口处便有些发紧……”

“吕大人临去平骧前吩咐过，他说你做得已经够多了，你若是想回家，就给你重新安个身份，让你回关内过消停日子也可以……”轩子佩没有理会赵凝的后半段话。

“什么叫‘也可以’？大人最想让我做的，恐怕是去粟鞨军中当细作吧！”赵凝微笑着撕扯着鱼皮上最后的一点鱼肉。

“大人说，无论如何，都要尊重你自己的选择！举人，这次粟鞨人搞的这一招，着实让人摸不着头脑，咱们在粟鞨军中倒也安插了细作，但是，因其阶层太低，所知甚为有限……”

“所以说嘛，我还是要回去继续做那‘章琥塔·大熊’，我跟你讲，这‘大熊’可了不得啊！乃是鞔州正白旗的白摆牙喇兵！

何谓白摆牙喇兵？一旗战兵里才有堪堪三百多人！就相当于咱金羽卫中的夜不收，或者是辽镇军中的帅府家丁！

现在，‘章琥塔·大熊’又在这阿哈军任牛录章京之衔。有机会列席军议，还能接触到机密。你当金羽卫这么多年，见过如此完美的细作吗？”

赵凝摔掉了光秃秃的鱼皮，劈手将轩子佩的那份抢了过来。

“举人……”

“三千多兵丁，基干为咸州四旗里的精壮阿哈，基层统兵的，是宁公特两旗的三百多青年健锐，这大将嘛，想来你也知道，费多比！也不知道这老犊子是命好还是命坏，全家男丁都死在野鹤城下了，唯有他一人逃得了性命！

你说，这种军队来高鲜，究竟安得是什么心？我若是不回去当细作，就算上峰不怪罪，我自己也没办法安心坐视着咱家大军的卧榻之畔，隐伏着这样一头暗暗龇牙的恶狼啊！”

轩子佩翻身下炕，不知从何处又找来了一碗大酱，以及几根半干的大葱。

“高鲜这小国除了荒山就是穷海，太贫瘠了！大军的粮草没法就地筹全，还得靠着‘夫子’从国内往前输送。现在连辽东军都填不饱肚子，各路客军就更惨了！

就因为这粮草供给之事，天天都有高鲜官员被饿兵饥将们打板子！我听说黔贵援军饿疯了，还在平壤城外抢过百姓，可那高鲜百姓让倭寇来来回回地洗了这么多次，已经开始‘易子而食’了，哪还有余粮给他们抢？

这一次蔺大帅轻骑奔袭王京城，倒也不是一味地为了抢那克复都城的功劳。也有粮草不济，不得不兵行险招以求速胜的原因在里面存着。

你看，从平壤至此仅仅二百里，但直至今日，援高诸军也未能全部集结。若是按照常理，慢慢地摆开阵势攻击有数万倭兵把守的王京坚城，以饿兵对阵人家倭军的健卒，孰胜孰负可真就难说了。还好，此战虽然颇为凶险，但终究还算是胜了……”

“胜了？”赵凝撅了一段大葱，蘸着高鲜豆酱大口地嚼着。

“轩大人感觉此役是他蔺公子胜了？他老爹辛辛苦苦积攒了这么多年，

才攒下这三千出头的帅府家丁。辽镇九万军马，全凭这三千家丁打头阵。

然而只此两仗，就报销了将近一千，若再来几次这样的胜仗，这辽东怕是要姓‘艾森阙洛’喽！

大公子倒是真有一腔赤子情怀，一心只想着为圣上分忧，不计代价地想要尽快将倭寇赶出高鲜。不过，镇守一方的统兵大将有这么一颗赤子之心，真的算是好事吗？

只求大义，不计利弊……大公子啊，之前给他爹当当前锋还是可以的，他蔺家一门中，适合统领全军的还得是那老二蔺如云！只可惜……

粟鞨人在辽镇军中的细作，可比咱们在他们那里的要多得多，青羽馆‘大捷’的消息用不了多时就能传到粟鞨那边，若是野牛皮知道了让他如芒在背的帅府家丁一下就少了三分之一，肯定会乐得杀翻一头大肥猪，做那白肉酸菜炖粉条来庆祝的！”

“打住，别再说那白肉炖酸菜，说得我越发馋了！”

轩子佩也恶狠狠地咬了一口大葱。

“向西十五里，就是粟鞨兵的屯驻之所，蔺大帅以‘咸州步卒尤为精锐，此番大军出征，骑兵多、步卒寡，且高鲜之国群山纵横，利步战’之由，将粟鞨军充为步队，坐骑也借机收缴了一批，但这粟鞨军却仍然先于诸路援军抵达谡水，虽说是东拼西凑的杂牌，但实力仍然不可小觑！”

“被收走坐骑的只有阿哈，虽被充作步兵，但真鞑子仍是有马。阿哈嘛，在粟鞨就相当于是牲口。

而且，这群两脚牲口心中都存有执念——只要在战场上立了战功，积攒下前程，他们就能够被抬旗，别管你之前是宁人是粟鞨人还是高鲜人韦兀人，只要抬旗了，就是粟鞨人是鞔州人。

有执念的人，不会叫苦，不会闹饷，不怕寒冷，不怕死亡，虽麻木却无比坚定。

这种将人洗脑，让人数典忘祖，还甘之如饴的制度，才是鞔州联盟真正的可怖之处！”

赵凝说完，长长地吁出了一口气。

“所以说，我还是回去吧……野牛皮派这么一支军队来，必然是包藏了祸心的，我必须盯在粟鞨军中监视他们的一举一动，你尽快安排好与我日常接头之人，以及遇有紧急军情后我与你们的联系方式。

吕大人的意思是，要么我去粟鞨军中当卧底，要么另造身份回家享清闲。

总之，再想变回赵凝是不可能了……在敌后失了腰牌要被斩首是白纸黑字的铁律，就连吕千户对此事也无能为力，对吧？

哎，回家享清福……我现在连我家在哪都不晓得，还谈什么回家啊！”

“兄弟，这件事咱们慢慢办！办法终究会有的嘛！”轩子佩给赵凝倒了一碗高鲜烧酒。与紧缺的食物相比，这一小坛子酒则显得更为难得。但是，二人今夜对饮酒似乎都没什么兴趣……

此时，门被人“咚”的一声从外面撞了开来。

“弟兄们，看我带什么回来了！”田利常风风火火地走了进来，兴高采烈地将一个细长的包裹放在了炕桌之上，赵凝迫不及待地将外层的油纸撕开，昏黄的油灯下，一小捆明太鱼干散发出诱人的光泽……

第十章

暮雨　田利常

队队南归的候鸟低鸣着划破肃朗的天空，降落在春水初升的牡丹乌拉中。阵阵春风自片片羽翼下徐徐升起，吹开江流中飘零的碎冰，拂过残雪下默默开放的冰凌花丛，将来自远方的些许春意抛洒在广袤的雪原林海之中。

暮雨将穿了5个月的各色貂裘收入匣中，重又着上了麻布织造的春装，铜鉴中，这套去岁的春装已然变得宽大，一丝笑容自她的眼角处漾起。

不错，最近一段时间，又骑马、又拉弓，自生产过后就日渐臃肿的身形又慢慢恢复了昔日的窈窕与紧致。只可惜，那人却再也看不见了……得，看不见就看不见吧，怪谁？只怪他自己福份浅薄！

“娘！娘！我要去看大雷公！带我去看大雷公！”仍然穿着一身貂裘的小小熊如黑色的毛球般一溜烟跑了过来。

暮雨抱起儿子向上举了两举，小小熊伸出肥嘟嘟的小手顽皮地将额娘整理好的发髻几拳打散，暮雨索性晃了晃头，任瀑布般的长发随意从肩胛处倾泻而下。

儿子自过了一岁生日后见风就长，现在不仅跑得更快，而且话也说得越发流利了。半月前，暮雨随大军凯旋而归，小小熊几步扑进额娘的怀中，所说的第一句话竟然是“额娘，自你走后，孩儿每天都在惦记着你，怕你也像阿玛一样不能再回来，不过，我虽然怕，但一次都没有哭。”

这一番话将在场的暮雨、暮雨阿玛、额娘以及一众阿哈惊得目瞪口呆。

“咱家男主子早年间就是旗里的‘白摆牙喇’，此番女主子又立下赫赫大功。今日咱小主子小小年纪就能说出这么有见识的话，长大之后那还了得？必然会成为鞑州响当当的‘三音哈哈巴图鲁’！”阿哈们无比真挚地感叹道。

“儿啊，额娘已经亲手为你阿玛报了仇了，日后就一心在家守着你长大成人，再也不跟着大军去开兵见仗了！”暮雨抱着分别没几日的小小熊，哭得就好像春雨中石岗子上那如雪片般飘飞的野梨花。

听女儿这样说，站在一旁的阿玛下意识地松了一口气。

对于暮雨披甲上阵这件事，阿玛是打心眼里反对的。不过他晓得，就凭自家女儿身上那股子野猪般只知前进不懂后退的脾气秉性，这件事如若不遂她的心愿，让她按自己的方式将夫婿阵亡一事和自己做个了结，那么终她一世，都将在这桎梏中郁郁徘徊，不得安宁……

因此，他只能咬紧牙关准了女儿的请求。老人独自磨好马刀，选好利箭，准备在战阵之中亲自保护爱女周全，但是在出队前夜，因心中忧思太盛，阿玛竟得了“卸甲风”，病在炕上无法起身……

几日后，病体初愈的老人听到了探马传回的捷报。在此番“石岗子伏击战”中，由章琥塔部所编成的牛录料敌先机、力挽狂澜，毙杀敌首辽东总兵蔺如风。真金家族派至宁公特诸部总理政务的鞑州正黄旗梅勒章京厄亦初闻讯后大喜，下令将决定此役成败的关键人物牛录章京韦赫达连升两级，直接提拔成了甲喇章京，并兼任忽汗部牛录的牛录厄真。

暮雨为报夫婿之仇，以区区一介女流之身冲锋陷阵并最终立下大功之义举，也迅速由快马报送至真金家族居城赫提庵兰。

据说，厄亦初特意破格在奏报中替暮雨请立了一个“拜他喇布勒哈番”爵位，如果获得恩准，那么暮雨将是第一个有军爵的粟鞨女人。

对于这有可能到来的“拜他喇布勒哈番”爵位……阿玛心中喜忧参半，他希望女儿如其她粟鞨女人一样，平平淡淡地在家中管理阿哈，抚育子女，等过一两年后，如果女儿有意，争取再为暮雨重新寻一个得体的夫婿，安度一生。至于这“拜他喇布勒哈番”，哎，最好还是算了吧！

回来后的这半月中，回荡在石岗上的刀光剑影，血火铿锵……如过眼云烟般渐渐从暮雨的脑海中消散，她已经亲手解开了心中那个难解的结，接下来，她只想重新做回她自己。

“额娘，对岸有大雷公，这几日天天都轰隆轰隆地响！韦赫达叔叔家的小哥哥，还有伊达浑叔叔家的小姐姐们都过江去看过了！你也带我去看看，好不好？”近日里，儿子的声音似乎少了一些奶气。

“大雷公？”暮雨疑惑地看了一眼额娘。

“嗨，大雷公就是你们缴的那些门大火铳！宁人也真不嫌麻烦，造那等劳什子兵器做什么？射起来不如弓箭快，拎起来不如马刀轻，那轰隆一声响虽然有些吓人，但到头来不还是被你们凭着弓箭、马刀给缴回来了嘛！”额娘一边清洗着刚刚采回的冰凌花，一边絮叨道。

“今天太阳好，风也不大，对岸新城那里听说要搞什么操演，你带小小熊过去瞧瞧热闹吧，男丁嘛，就应该多出去跑跑见见，那大火铳轰隆轰隆的，倒是能帮咱家小小熊练练胆子。”

暮雨感觉额娘的这番话说得有些道理，小小熊没见过阿玛，若是不想让自家孩儿日后因缺乏男子气概而遭人耻笑，自己就应该在平日里多带他四下里做些骑马射猎之事。

话说，经此石岗子伏击战一役，两白旗里一夜间就增加了近千没阿玛的孩童，不久后，这一数字也许还会更多吧！

“好啊！额娘这就带你去看大雷公！”暮雨微笑着挽起长发，牵着小小熊的手向屋外走去。

“早点回来啊！晚上额娘拿冰凌花和着鸡蛋给你们用野猪油烙盒子吃，这种时鲜的东西，一年中也就能吃这一回啊！”母子二人小跑着冲向马厩，将额娘的声音远远甩在身后。

暮雨并未让阿哈给大黑马佩上鞍鞯，而是直接抱着小小熊跨坐在光滑的马背上，在与暮雨一同经历战阵之后，大黑马在女主人面前越发显得驯良。暮雨一夹马肚，大黑马便轻快地跑出了家门。

母子二人沿‘蟾鸣水’向东北方向驰了七八里，来到了牡丹乌拉岸边。牡丹乌拉北岸，一座拔地而起的新城已初露峥嵘，这座城距离章琥塔部的屯落只有不到十里，是真金家族派至宁公特诸部总理政务的鞑州正黄旗梅勒章京厄亦初的居城所在，所谓“宁公特城”是也。

此时春江水浅，母子二人从一浅滩处浮马渡过了牡丹乌拉。

来到对岸，暮雨才知道额娘方才所说的“搞什么操演”的含义。

一排虎蹲炮整齐地踞坐在江滩上那层若有若无的新绿之中，百余名旗丁围着炮群跑前跑后地忙碌着。若是仔细观瞧，可以发现其中一些人的发髻是新剃的，朝阳照在他们明亮的前额上，泛起道道刺眼的油光。

不少旗丁、妇孺站在炮群之外对着这些耀眼的光头指指点点地议论着。

“咱宁公特人现在了不得了！看见没，那些新剃头的就是半月前在石岗子上归降的汉军！”

“那是了，我听我家掌柜的说，这些人在汉军里也是了不得的角色，相当于咱旗里的白摆牙喇兵呢！”

“这么厉害？那怎么还降了呢？”

“你晓得什么！他们几百人被咱们六千人围着打了半天，就剩下这五十来号人，仍然死守山崖保着主子逃逸，最后主子被赶上忽汗海，掉进冰窟窿里喂了鱼。

这些人没了倚靠，方才降了……‘阵失主将’，估计在宁人那边也是死罪吧！这些人降过来也挺值！

厄亦初大人亲自拍板，给他们全部抬了旗，不仅每人受赏十个阿哈，还给配一个窝集粟鞨婆姨为妻呢！

领头那个，直接给了一个牛录章京的前程！厄大人又从红摆牙喇兵里挑了一百个人，另编了一个牛录，跟着这些人学那大火铳的操演之法。连学了十余日，想来已有小成，今日便要在此处操演给大人观看！”

“哦哦哦！这么说这些人的确挺了不得！不过这些大火铳长得跟烟囱似的，看起来又大又沉，真要是开兵见仗时能耍得开吗？”

“哎呦呦，你们是没尝过这大火铳的厉害啊。那日我在石岗子和他们厮杀，亲眼见识到了这玩意的威力！

只要这大火铳轰隆一响，它对面三十丈远、四五丈宽的地面上就没有活物了！这些人把这几门大火铳架在石岗子边缘的‘石蟹螯’半山腰，我们一个甲喇的旗丁围着他们使劲攻，可半天也没能攻得上去！

别的不说，只要这玩意一响，咱们阵里的坐骑们可就炸了营了！戈岑（霜）家的，你掌柜的不就是被马尥蹶子摔伤的吗？现在还在炕上养着呢吧！”

“这瘪犊子玩意，回家跟老娘说他是被三个宁军围攻，被铁鞭砸了腰才坠马的！原来竟然是自己蹶下马来摔伤的！这般无用的孬老爷们，都不如俺这个好老娘们！白瞎了老娘这几日给他炖的鸡汤！”

“哈哈哈哈！”

“哦，要我说这几日咱各牛录的旗丁轮番赶着坐骑来江滩上，呆愣愣地听大火铳鸣放呢！原来是为了让咱们的马匹习惯这轰隆隆的响声啊！”

“戈岑家的，这你都能悟出来！你可真是个好老娘们啊！下回再开兵出队时，你干脆和你家自己摔下马那孬老爷们换换得了！像人家章琥塔部的暮雨那样，亲自披甲上阵，没准也能立了大功，得个‘拜他喇布勒哈番’的前程！”

“哈哈哈！那是当然了，老娘下次一定也要试试看！不瞒你说，我这几日也把弓箭重又翻出来了，闲暇时练了练，准头也算说得过去！”

“你们看，那个牵着个小阿哥的，就是章琥塔部的暮雨吧！”

“对，对，那就是暮雨！这次她可真是给咱们宁公特娘们长脸了啊！暮雨！暮雨！”

听见人群中有人喊自己的名字，暮雨笑着朝他们挥了挥手。一群孩童打闹着跑了过来，其中有韦赫达家的大儿子，还有伊达浑家的几位千金，小小熊挣开了额娘的手，加入了孩童们的行列。暮雨任由儿子与孩童们在暖阳中追逐打闹，自己则信步继续在草滩上走着。

“这些宁人，剃了粟鞨人的发式，换成粟鞨人的衣着，其中也不乏懂得粟鞨语言之人，但看起来却仍旧还是宁人……为何大熊就与粟鞨人无异呢？

若我没有翻出那块牙牌，没有好奇地去向婆婆求证，或许到现在也不会晓得他会是宁人出身吧……大熊啊大熊，你以为我把你的腰牌扔进了火山湖中，却不知我是在骗你的吧！我扔下去的那块腰牌，是从舒穆录部婆婆处得来的……上面刻着的名字是田……哎，那不就是婆婆吗？”

暮雨在人群中发现了婆婆的身影。

舒穆录部此刻已整体迁居到了这座宁公特新城，在人群中看见婆婆的身影，也是平常之事。不经意间，婆婆也抬起了头，二人目光相接后，不约而同地向对方走去。

“婆婆，您也来看这‘虎蹲牛录’操演啊！”暮雨轻轻地挽住了婆婆的胳膊，二人沿江岸缓缓前行。

“孩子，我虽深居茅庐之中，近日来却也听到了一些关于你的传说。那辽东总兵蔺如风，当真是你用三眼铳击毙的吗？”婆婆陡然间问起了这件事。

“啊……我也说不清……那日兵荒马乱，开战后我没干别的，一直随大家在石岗子上马不停蹄地四下飞奔。

当蔺如风那厮蓦然间真的出现在我眼前时，我的脑海中一片眩晕，至于自己究竟做了些什么，我当时就已然记不大清……

回来后，人们又不停地告诉我说，你当时是如何如何做的！而且每个人说得又都不大一样，听来听去我就更加懵了。所以，到现在反而不晓得蔺如风那厮，到底是不是死在我的三眼铳下了……”

“嚯嚯嚯……”婆婆大笑着弹了一下暮雨的脑门。“别管别人说了什么，你把你认为的真相，原封不动地讲给我听！”

“呃……让我想想，那日，我们牛录的三百旗丁突然杀出，逼得蔺如风慌不择路地逃上了忽汗海的冰面。这时节，忽汗海的冰又薄又脆，就是人上去都要塌，又哪里能禁得住蔺如风一行几十骑在上面走马啊。大家就都在湖岸边停了下来，等着看蔺如风覆灭的景象。

可是我也不晓得是怎么了，晕呼呼的打马一直追、一直追。等我反应过来时，自己也已经奔驰在湖面上了。

我那马比寻常坐骑要快些，加之敌军已经经过了数回合大战，马力损耗了一大半。

奔了一会，我抬眼一看，见敌军已经离我不足十丈了。

有一员穿金甲的敌将，亲自在队尾断后。想必那人就是蔺如风了吧！

这时，我突然听见冰面发出破碎的声音，您听过那声音吗？那种细碎的崩裂声，密密麻麻地一齐涌进人的耳膜，吓得我瞬间就清醒了。

我的马反应也快，一个急停就要往回跑。就在这时，我才发现自己手中一直擎着那杆已经点燃了火绳的三眼铳，便在匆忙间朝着敌群按下了机括。

然后，就听见轰隆隆一阵巨响，我还诧异了一下，我就想，怎地这三眼铳的声音如此之大？然后我才发现，这哪是三眼铳的响声啊，这是冰面破裂时发出的声音！

好在当时我那马已经往回跑了，我慌忙中瞥了一眼，看见那些敌军全部掉进了冰窟窿中……

那一铳究竟射没射到蔺如风，我自己也没看清，不过我觉得八成是没打到，毕竟隔着十余丈，我还没瞄准。

不过回来后，大家就都传说那厮是我击毙的。就连固山里的大人们也是这样说……弄得我这几日都不好意思出门了。”

婆婆听暮雨说完，再次大笑起来，满脸的皱纹便如忽汗海的冰隙一般蜿蜒开阖。

“哈哈哈，可叹蔺成栋那老贼，强横一世，在东北大地只手遮天，覆雨翻云，马刀下不知染过几千几万粟鞨人的鲜血！

可到头来呢，在老贼尸骨未寒之际，继承他衣钵的长子却折在了区区一介粟鞨女流之辈的手上！当真是萨满大神显灵啊！”

“婆婆，他其实是掉进冰窟窿里淹死的啊！”

“他究竟是淹死的，还是被粟鞨女人击毙的，又有什么区别？终究还不是死了嘛！

现在所有人都说他是被你击毙的，那么他就是被你击毙的！辽东总兵自己掉进冰窟窿里淹死本来已经够丢脸了，但是，多少还存了些体面。宁人也会说，此人是故意自尽殉国的。

所以，固山里的各位大人更愿意对外宣称，这位总兵大人是被粟鞨女人用宁人的三眼铳击毙的。

堂堂的辽镇统帅被一介女流阵斩，这样的故事粟鞨人听了有多欢乐，宁人听了就有多憋屈！

所以说，这蔺总兵被你击毙一事，已经是板上钉钉的史实了！日后还会被写入史书之中，世代流传！

哈哈哈哈哈哈！蔺成栋你个老贼，老瘪犊子！你不是能吗？东北这嘎达不是属你最狠最凶最霸道吗？你倒是从棺材里钻出来把你蔺家这污点从史书中抹下去啊！哈哈哈哈…….”

“这婆婆……是有多恨蔺成栋啊……”站在大笑不止的婆婆身边，暮雨竟有些担心，对于上了年纪的人来说，这种狂喜其实与狂悲无异，最是伤人身体。

“孩子啊，我听说，你之所以随男丁披甲上阵，为的是给折在高鲜的自家男人报仇？”良久，婆婆收敛起笑容，正色问道。

“是！我如不亲手为他报仇，此生都将不得安宁！”

“呵呵呵……老婆子我已经这把年纪了，世间事也差不多都看透了，有些话其实本不该说……不过，今日就对你多句嘴吧，你那男人，可否就是此前你拿给我那块象牙腰牌的主人？”

“婆婆，此事你又是怎生晓得的？”

暮雨不由得重新打量了一下眼前的老婆婆。一般来说，上了年纪的老人会越长越矮，在粟鞨女子中，暮雨的身高可以称得上高挑，但婆婆却并不比暮雨矮小多少。老人脸上皱纹密布，但脸型却仍如鹅蛋一般浑圆。

“这老婆婆年轻时，定然是一个姿容绝代的美人！”暮雨暗暗惊叹道。

“人上了年纪，耳朵听不清，嘴巴尝不清，眼睛看不清……但是，心却变得越发透亮了。

我曾经跟你说过，这腰牌，有时对金羽卫来说就意味着性命，你能拿着腰牌，就说明腰牌的主人离你不远，且与你关系紧密。

而你，你定然是喜欢他的。

不然，若是为了不相干之人，你会骑马跑四十多里远，从章琥塔部到舒穆录部来寻我？

你这孩子，和我年轻时一样，又蛮又犟，只要认准了一个人，定然到死都不会回头。

世人都说你是为夫报仇，这个夫，除了那腰牌的主人，还能有谁？”

“婆婆……”

“让我想想……他叫赵凝，对吧？那边玩耍的孩童，便是你二人的孩子了？”

“他是多年前我无意中擒获的阿哈，这些年东征西讨，早就因战功被抬了旗，后来又成了固山里的白摆牙喇兵。

我对他之前的过往有过一些推测，但是，面对我的质问，他从来不曾承认，也从来不去否认……

婆婆，对不起，为了让他死心，在他临去高鲜前，我当着他的面将您给我的那块腰牌扔进了火山湖口中，骗他说，那是他的腰牌。”

“傻孩子啊!”婆婆伸出枯瘦的手，轻轻抚了抚暮雨的脸庞。

“这金羽卫中的男人，就如同那翱翔在天际间的海东青！任你有千般风情，万种手段，他也不可能在你身边，和你相守一世，他可能会因为某些原因在你身边待上一些时候，但终究会拍拍翅膀重新飞回蓝天之上的！”

婆婆的话，犹如一记猛击在胸甲上的重锤，震得暮雨五脏六腑间发出嗡嗡的震响。但是，婆婆接下来所说的话，却让她越发感到惊诧。

“这些日子里，你一直在为他的死而悲伤不已吗?

哎！大可不必这样。

我记得，当年咱宁公特的旗丁参加援高军，是志愿的吧！如此说来，你的情郎，是主动要去高鲜的，对不对?

呵呵，依老太婆看，若真是如此，你的心上人八成是不会死的！”

暮雨一时间不知该说什么是好，只能呆呆地与婆婆四目相对。因为浑浊，婆婆那双又大又空的眼睛，犹如火山湖一般幽远、深邃。

睡梦中，一股温热的气息在田利常身下弥散开来。他慌忙使了一招“鹞子翻身”从炕上跃下，落地时却差点闪了自己的腰。

“小甜甜，你究竟要到什么时候才能不尿床啊！”借着从窗棂间透进的月光，田利常稳健而迅捷地给女儿重新换了一块尿布。

他将熟睡中的女儿放进了自己的被窝，小心地掖好了被角。女儿蹬了蹬肉嘟嘟的小腿，以自己的方式告诉爹爹，这块尿布裹得松紧适中，自己此刻感觉周身干爽舒畅。

一方精致的沙漏在炕沿上细细簌簌地轻声絮语着。

“已经是寅时过半了。”

田利常瞟了一眼沙漏上的刻度。他轻轻披上衣衫，蹑手蹑脚地来到外屋。此时已是春季，但这升阳城的黎明，仍旧带着几分冬日里尚未消散的寒气。

在妻子低沉的鼾声中，他拿起炉钩捅了捅灶膛内已然不是十分旺盛的炉火，又向炉中填了几根劈柴。鲜红的火苗，在他眼前重又雀跃起来。

自打田利常从高鲜归来之后，他们夫妻二人就一直分房而居，原因很简单，女儿时常会在半夜里哭闹。

“你男人是‘夜不收’出身嘛，夜里的活计还是交给为夫吧！”田利常为了让爱妻能够舒舒服服地一觉睡到大天亮，就带着女儿睡在了偏房，主动承担了“守夜”的职责。

田利常自幼双亲皆故，因此家中只有小夫妻二人携娃而居，若是换了别家，这妻子夜夜倒头大睡，反而让夫君照料孩童之事，定然是无法施行的。

前些年，作为“夜不收”中的一员，他常年在关外奔波，直到已经坐稳了副千户交椅的吕砚凝使了些手段，将自己的这个小老弟提拔到了试百户的位子上，专门跟在自己身边参赞机密事宜。

这样一来，田利常才算是稳定了下来，出征之前，他已经在升阳城置下了房产，紧赶慢赶地将成婚多年的妻子接到城中。

金羽卫东北镇抚司衙门坐落在浑江东岸。每天，田利常都是众多同僚中第一个来到衙门的那个人。

此时，距他上差的时间已经不足一个时辰。田利常索性回屋悄悄穿好飞鱼服，然后又回到灶间。掀开灶台上小铁锅的锅盖，一股香气扑面而来，锅中的那只猪肘，是他在前一晚就开始炖煮的。

“辽东好猪肉，价钱如粪土。宁人不屑吃，东奴不解煮。慢著火，少著水，柴头罡烟焰不起。火候足时它自美。每日晨起来一碗，饱得自家君莫管。”

少年时，田利常与一众袍泽顶着风雪围坐于篝火之间，看着坚如铁石的肉砖在头盔中的热水里载沉载浮，有着举人功名的赵凝便信口唱出了这首炖肉歌。

据他说，这首炖肉歌乃是前代一位以老饕自居的文豪所著。只要按照歌中所述之法炖煮猪肉，必然美味无比。田利常一边吮着肉砖，一边将这个歌诀默记于心。待返回大宁辖地后，他照着这个方法文火慢炖出一锅喷香的猪肘，果真吃得大家一个个嘴油肚圆。

“那文豪还传下了一道美味，屠户宰杀活羊，剔去羊肉后，剩那羊脊骨颇为便宜，咱们只需花几文小钱将那脊骨买来，先用开水煮熟，再洒上酒，抹上诸般调料，放在炭火上慢慢炙烤……

嘿，那味道就不是羊肉味了！

‘得微肉于牙隙间，如食蟹螯！’那苏杭之人惯食的大闸蟹，不知诸位可曾吃过？这样料理了羊脊骨，就相当于吃了一顿大闸蟹啊！”

当时，赵凝一边剔着牙间的碎肉，一边对众人夸夸其谈道。“金卓、关客，你二人不要那露出那副不屑一顾之态。人家文豪可说了，‘用此法食肉，则众狗不悦耳！’”

不久后，赵凝便消失在了野鹤城的大火之中。虽然这个食羊脊的方法也被田利常记了下来，但一直都没有被他付诸于实践……

在炖煮这只猪肘时，为了迎合夫人的口味，田利常以酒做汤，又向其中加了不少冰糖。此时，猪肘的颜色已经变成了诱人的焦红色，细腻的肘皮随微微翻滚的汤汁轻轻颤动，若是夹起一口吃进嘴里，即使不用咀嚼也能瞬间在唇齿间融化。

田利常满意地盖上锅盖。

“举人他们此刻应该已经知道了蔺大公子的事，想必正在快马加鞭地往回赶吧！待他们回来后，再这样炖一锅猪肘，对，还要烤一次羊脊！和兄弟们一起好好喝一顿，上次在高鲜夜饮，酒倒是不少，但正值粮荒，下酒菜却是乏味得紧……”

田利常一边想，一边掀起了灶间另外一个坛子的木盖。这个坛子里，装着用陈醋泡制的芸豆，是他泡来给夫人养胃用的……

堂屋正中的香案上，供奉着一柄御赐的绣春刀。此刀虽已有百年之龄，但华丽的刀装下，三尺四寸长的刀身仍如秋水般森然凛冽。

在镇抚司衙门里当值，事事都要求讲究规矩，当年做“夜不收”时，一身飞鱼服历经三年，却仍然能够光洁如新，因为一年下来，他能穿带起这身官服的机会屈指可数。

不过现在可不一样了，不仅飞鱼服要日日上身，绣春刀也要时时横在腰间。这绣春刀虽然锋利，却并不是给人厮杀用的。

遇有战事，田利常惯用的军械是一杆短矛。

“玄字号戊戌短矛”。

玄字号，说明此乃大宁水军所造，短小强韧的矛杆并不是常见的圆柱状，而是做成了椭圆形刀柄的形制。矛尖颇为阔长，两侧开有辅刃，与矛相比，看起来更像是一把短剑。

这种短矛原是为了水军在与敌舰相接时近战使用。精悍灵活，可刺可砍，在舰船狭窄逼仄的甲板上显得尤为凌厉。同样，在东北的密林之中，“玄字号戊戌短矛”也可以发挥巨大的威力。

田利常瞟了一眼放置在兵器架上的短矛，转身将秀春刀取下，小心翼翼地佩在了腰间的镶玉皮带上。

不经意间，他的手指触到了刀柄上紧密的缠绳。

“儿子，看好了，这皮绳要像鱼鳞一样缠绕，握刀时才能又稳又紧。”

记忆中，在开阳城老家，父亲坐于烛火之下细致地打理着这柄御赐的佩刀。还是幼童的自己侍立在父亲身侧，静静地修习着诸般保养之法。

田利常自幼被寄养在升阳城的姑母家，打他记事起，一直到当年开阳城陷，父亲力战殉国，父子二人一起相处的时间加起来可能也没超过三个月。

前些年，父亲的音容在他的脑海中日渐开始模糊，近日里却不知因何缘故，那张本已逐渐变淡变暗的笑脸，又重新在他的记忆中变得明晰鲜活起来。

整理好仪容的田利常复又潜回偏房之中，将仍在甜睡的女儿用被包好，紧贴在胸前抱到了妻子所居的正房。虽然只有这短短的几步路，但他光洁的飞鱼服还是被女儿蹭上了一抹口水……..

“官人，你这就要走啊……”半睡半醒的妻子呢喃地说道。

“一会别光吃冰糖肘子啊，醋豆也要吃一些，春日里最适宜进补了！”

田利常将女儿放在妻子身侧。晨曦洒在妻女的身上，照得他心头暖暖的。

妻子揉着惺忪的睡眼，从被窝里探出半个身子，在官人的脸颊上轻轻一吻，复又迅速钻回被窝，将娇小的身子缩在阳光尚未触及的地方，继续蒙头大睡。

田利常与妻子是总角之交，幼年时，在开阳城内毗邻而居的两家大人早早为这两个小娃娃定下了亲事。

“她以后是要给我当媳妇的！我一定要护她周全。”与其他孩童一起玩耍时，又高又胖的田利常总是对这个粉雕玉琢般的小女孩呵护备至。自己若得了什么新鲜的吃食、玩具，也会拿给“未过门的小媳妇”一同分享。

当然，彼时他不会想到，就是这么一个在他身边一边擦着鼻涕，一边吮着糖果的娇弱女孩，会在多年后开阳城城破之时，抑制住失去双亲的痛苦，用锅灰涂黑了脸，牵着比自己还小四岁的妹妹，混迹在流民之中，在风雪间跋涉多日，最终平安地抵达升阳。

“利常哥哥，我们的父母都没了，以后咱俩一起在人世间做个伴吧！”蒸腾的热气冉冉上升，寄居于升阳城姑母家中的田利常舀起一瓢热水，细心地替女孩清洗着打结的秀发，女孩的这句话，让他周身震颤，他一把将她搂在怀中，忘情地吻着她的樱唇……

战乱平息后，田利常补了父亲的缺，成为一名金羽卫。那年秋天，二人在开阳城破败的老屋中成了亲。

虽已历经多年，但关于那次突如其来的兵祸，蒙在田利常心头的层层雾霭却仍然并未消散。

那次战乱如同夏日午后的风雷骤雨，以吞噬天地之势从青萍之末猛然而起，看似就要席卷众生，却又在一瞬间消散无踪……

粟鞨作乱、守军闹饷、开阳城破……辽东军民都晓得，究竟是谁站在幕后主使着这一切，在辽东，也只有此人拥有这样翻手为云，覆手为雨的能量。

然而，在开阳城被攻陷后，蔺家诸虎中人望最高、能力最强的二公子蔺如云却战殁于乱军之中。要知道，虽然开阳城被攻陷，但辽东边军在那一战中的损失并不大，甚至连城中的边民们也大多逃得了性命。

但为何这位蔺家二公子偏偏就战死了呢？当真是天日昭昭，因果报应吗？不可能……在那个时候，蔺家还不似今日这般……

田利常始终认为，他父亲对其中的内幕一定了然在胸，叛乱发生前不足半月，久未露面的父亲突然回到家中，不由分说地将田利常送往升阳姑母家中，并且破天荒地将祖传的御赐绣春刀也一并交给了田利常保管。父亲走后，他又在自己的行李中翻出了五只“小黄鱼”……

几日后，父亲在开阳城殉国的消息传到了升阳，田利常并没有感觉到如书中所述的那种巨大悲痛。在他体内四处游走的，是一种如抽干了力气般的空寂。

他自幼便不知自己的母亲是谁，每一次都是倏然而来，复又匆匆而去的父亲也从未对他讲过关于母亲的只言片语。

他生命中最为珍视的，是那些与父亲相处的瞬间，夜深人静之时，他会将这些记忆中的珍藏小心翼翼地一一拿出，反复回忆，反复咀嚼，以此来鼓励自己，撑过孤独的岁月，等待父亲的下一次回归。

可是，现在衙门里的人告诉他，他的父亲已经殉国了……

“不过，貌似我现在也是大人了……”田利常当时虽然年少，但身高已近七尺，无论在哪，人们都会下意识地将他视作成人对待。

补缺之后，田利常很快就成了一名广受同袍喜爱的金羽卫。立国至今，金羽卫中向来都不乏勾心斗角之事、尔虞我诈之人。

虽然辽东司因地域特殊，袍泽间的情谊相较于其他镇抚司要更浓、更纯一些，但日常相处之时人与人之间仍然会有一些无法明说的小龃龉。但是，上至千户下至番子，没有人不对田利常报以最诚挚的微笑。

不争、不抢、不坏、不谄、不奸、不佞……他从来不会给任何人带去压迫与威胁之感，大家都认为，从某种意义上说，他就是为了给大家解决问题而存在的……这样的同袍，又有谁会不喜欢呢？

“甜甜啊，我看你这辈子是投错了胎，若是托生在乌斯藏，你必然会成为一名广受爱戴的‘仁波切’。”

当年，赵凝的这句话，让大家一致点头称是，深以为然，是以田利常又多了个“活佛”的诨号……

田利常信步走出家门，远山的层峦中，一轮红日正喷薄而出，清冽的空气吸进胸中，已不似几日前那样寒冷，呼出的哈气与朝阳的光芒交融，似乎也带着几分暖意。

世人都说，辽东大地没有春天。值此时节，冬与夏彼此攻伐，互有攻守，如此你来我往数个回合，直至五月间，夏季方能扫平残冬，以成全功。

以今日为例，似乎就是夏军占了上风。这种天气最受辽东百姓欢迎，因为再过得几天，那遮天蔽日的大风便要开始日夜鸣叫了。

繁杂的吆喝声从不远处传来，前方，一个规模不小的早市正在用袅袅炊烟将升阳城一点点从沉睡中唤醒。市井小民们被香味吸引着，穿梭在一片片随朝阳倾泻而下的金色光瀑之间，挑选着汉胡杂糅的各色早点。

“老板，一碗羊肉馄饨在这吃，一笼肉包子走时打包！”田利常走进了一个简易的草棚，草棚虽然不大，生意却颇为火爆，五七张老旧的四方小桌旁，密密层层地挤坐着享用早餐的各色食客。

田利常在一张朝阳的小桌旁捡了一个空位坐下，从怀里掏出了烟荷包，小心地拈出一撮烟丝，均匀地撒在一张三寸见方的宣纸上，熟练地搓成一卷。

“啪，”同桌的一名食客及时地划着了火镰，替田利常点着了烟卷。田利常冲这人笑了笑，将烟卷叼在嘴上，悠悠然长吸一口。

“田百户今日又来这小铺子‘与民同乐’啊！”那人略带谄媚地说了句玩笑话。这人一身皂吏服色，一看便是升阳府衙门里的公差。

“天儿好，大早晨来一碗热汤馄饨，挺舒服的！”田利常张开嘴，变戏法般吐出几个烟圈，回了那公差一句。

正如此人所说，金羽卫的百户中，只有田利常一人平日里会在这种临街的小铺里与贩夫走卒之流同桌而坐。不过，若是这铺子中坐着的是另一位身着飞鱼服的金羽卫老爷，食客们想必早就吓得作鸟兽散了。

小铺掌柜似乎也早已对座上出现这样一位随和的实权官老爷一事见怪不怪了。

此刻，他飞快地掀开了临街支放的大铁锅，从翻腾的羊骨高汤中迅速捞起一大勺饱满圆润的五和面馄饨，和着奶白色的汤头一齐倒进预先备好佐料的粗瓷碗中。

白色的香气从碗中氤氲四散，飘进温暖的阳光之中。

掌柜端起瓷碗作势欲朝田利常处走去，田利常却迎着老板的目光，朝着另外一张桌子的方向使了个眼色。老板当即会意，朝田利常微微一躬，转而将馄饨端给了坐在那张方桌前先到的食客。

田利常怡然自得地又吸了一口烟。

一阵浓烈的腥膻从早市上诸般吃食的香味之中破阵而出。

不用说，这股刺鼻的气息，是从三名信步闲逛的韦兀游民身上所发。这三人均是男丁，由于胡须太盛的原因，一时间还真看不出他们的年齿。

除此之外，他们身上还蕴藏着另外一些让人费解的谜团。比如，他们那被油污染得光亮润泽的皮袍原来的本色究竟是哪一种？又如，他们插在腰间的韦兀弯刀上，究竟是否沾染过宁人的血痕？三人莽莽颠颠地晃进了一间粟鞨人经营的食肆之中。

“你们家巡抚大人，这几日究竟往城中放了多少人？”问话时，笑容仍旧淡淡地挂在田利常的脸上。

“回百户爷，具体数字小的不知，粗略算来，三千人总还是有的，其中，能披甲能开弓的大概有一千余丁。”公差斟酌着答道。

“呵呵，巡抚大人果然是名不虚传啊！”这一次，总算轮到田利常的馄饨出锅了，他舀起一勺浓郁的汤汁，吹了吹热气，细细地品尝着。

从正月开始，升阳城西北方的广袤草原上，先是闹“白灾”，继而又开始闹“狼灾”。不堪重负的韦兀人纷纷携家带口南下辽镇诸城，祈求官府救济。

时任辽东巡抚的刘继勋刘大人昔年里曾因治理黄河有功，被黄泛区灾民尊称为“万家生佛”。此番见韦兀人扶老携幼蹒跚而至，刘大人不觉佛性大起，遂照会辽镇总兵衙门，欲打开诸城大门，放韦兀流民入城就食。

其时，辽东边境战云翻滚，见到数千韦兀流民聚集城下，护理辽镇总兵之职的副总兵蔺如雪却另存了一番心思——历代辽东边军之中，都不乏韦兀骑兵的身影。

不可否认，不论这些韦兀人转投大宁的动机究竟是什么，他们中相当大的一部分，最终都变成了大宁帝国忠诚可靠的精英战士，披甲挽弓，为帝国的利益征战四方。不论对手是粟鞨人，抑或是同宗同族的韦兀人，他们都不会表现出丝毫的犹疑与怜悯。

“这些韦兀人，本就是大宁开国之初设立的‘石韦卫’骑兵的后裔，虽然后来这些人不再归我朝节制，但这些年间，朝廷却从未下过裁撤‘石韦卫’的文书嘛！所以，开城放他们进来没问题，不过，辽镇需从中挑选健锐之士，编练成军，以资他日之耗。”

蔺如雪如此答复了刘继勋。此时，田利常说刘继勋“名不虚传”，指的就是他的这个“万家生佛”之名。

“呵呵呵，好一个‘万家生佛’……竟然能出这般的馊主意，一下子将三千韦兀人放进城中。此时若是烽烟骤起，战局有利还则罢了，一旦兵势危急，这些韦兀人瞬时间就会变成一颗随时都将燃起的巨大火球，将升阳城从里到外付之一炬。”

田利常皱起眉头，将一个馄饨囫囵个吞进嘴里，嘶嘶哈哈地咀嚼着。

“如此一来，是不是提前将家眷再往南边送送呢？”一个可怕的画面浮现在了田利常的脑海之中——四面火起的升阳城内，一队穷凶极恶的韦兀乱兵提着滴血的弯刀，一步步向自家房屋缓缓逼近……他不由得打了个寒战。

“百户爷爷，自打他们进城起，这才几天的工夫，咱升阳城中都听不见晨鸡报晓了！狗似乎也少了许多。老朽听闻，你们金羽卫‘上管天，下管地，当中管空气’，能不能管管这些遭人厌恶的韦兀鞑子，为我家大黑做回主！俺家大黑……从前日夜间起，就已经寻不见了！”同桌的一名老汉咬牙切齿地说道。

“这等寻常小事，怎能劳百户老爷费心？这事我就能替百户老爷分忧。你家那大黑，究竟是男是女，是老是少，何种模样，又做甚打扮，一一说与我听！”那公人歪过头，正色问道。

“俺家大黑，是一条四尺长，三尺高的黑狗……”

“哈哈哈哈！”听老汉这么讲，同桌的食客们瞬间笑成一团。那做公的刚要发火，却发现田利常也在大笑，便只能硬生生地收回了怒火，讪讪地随着众人笑了几声。

此时，一阵喧闹之声从那间粟鞨人经营的食肆中传出。众人一望即知，不出大家所料，这阵喧闹之声的源头，就是那三名韦兀游民。

“你竟然敢把猪肉端到我的桌子上！我们是草原上翱翔的雄鹰，只食有蹄兽类之肉，快给我们找羊肉去！”为首一人在食肆中跳脚大骂，一碗满满的猪肉炖酸菜洒落在地上，兀自冒着香气。

“几位大爷，我们家只有粟鞨吃食，旁边那家铺子，倒是有羊肉馄饨和羊肉包子。”粟鞨掌柜嘴角轻轻抽了抽，指着田利常等人就餐的铺子说道。人群中，田利常身上鲜艳的飞鱼服煞是显眼。

“走，那咱们就去这家！”

三人大摇大摆地走了进来，直接挤坐在本就不宽松的四方桌前，从腰中抽出半尺长的匕首，“哐当”一声扔在桌上，这种匕首是韦兀人吃肉时惯用的，当然，韦兀汉子也不仅仅只把这种刀视作一把简单的餐具……原本坐在这张桌前的几名食客慌忙离席而走，三人得意地互相点了点头。

“喂！快给咱们爷们上羊肉！”一名韦兀人用匕首敲了敲桌子。

“几位，一人来一碗馄饨？”掌柜努力地舒展着自己紧皱的眉头。看来，今日也只有自认倒霉的份了，赶紧一人一碗馄饨将这些韦兀大爷打发走了，才是为商之道。

“好香啊！”

一名韦兀人抽了抽鼻子，几番寻找之后，发现这浓郁的羊肉香味来自于铺子中支着的那口大铁锅。他几步来至铁锅之前，一把掀了锅盖，将匕首拔出刀鞘，伸进沸腾的汤头中搅了几搅，挑出一根羊骨棒，拿在手里吹了吹气，大口地啃了起来。其余两人见状，也都乐哈哈地围到了汤锅前，有样学样地拔出匕首挑食羊骨。

“几位，几位，咱家这羊骨是做汤头的，并不单卖！”掌柜的声音中已经存了些许哭腔。今日在大庭广众之下，这几名韦兀人如此啃食他汤锅中的羊骨，被街面上熙熙攘攘的行人看在眼里，想来今天一天的生意已经算是废了。

“这种事，近来多吗？”田利常淡淡地问了公差一句。公差一愣，随即发现这名平日里一直都笑嘻嘻的金羽百户此刻正面沉似水地盯着自己……他立即站起身来，快步走到汤锅跟前。

“兀那鞑子，此处不是你等撒野的地方，小心扰了贵人雅兴，让尔等吃不了兜着走！”

一名韦兀人甩手将啃了一半的羊骨扔回汤锅，用一双怒目直勾勾地盯着公人看了一会，方才说道：“凭什么不让我们吃？我们是巡抚亲自下令请进城中的，便相当于是他老人家的贵客！不让客人吃饱肚子！天底下有这种待客之道吗？”说罢，他再次用匕首挑出了一根棒骨，当着公差的面，恶狠狠地撕咬起来。

“大哥，你误会了！这公人是让咱们‘吃不了，兜着走’。就是说，要把这一大锅羊汤全都送给咱们！咱们可不要辜负了人家的美意啊！”另一名韦兀人一边说，一边用厚厚的皮袍袖筒笼住双手，作势要直接从火上端起这口汤锅。

又羞又急的公差刷的一声抽出了随身的铁尺，但是还没等他抡起来，额头上就重重地吃了一记羊腿骨，公人愣了愣，摇摇晃晃地委顿在了地上……

眼见韦兀人公然逞凶，食客们有的猫起腰离开了这片是非之地，有的则快步躲到田利常所在的桌子旁，棚铺内瞬间一片哗然。

田利常飞快地连着吃了两个馄饨，又恋恋不舍地喝了一口羊汤，这才站起身走到闹事的韦兀人身旁。

三人这才发现，原来在这间简陋的食肆内，竟然还坐有这样一名衣着华贵、气宇不凡的大宁官员。

为首一人虽并不晓得这身飞鱼服的含义，却也慑服于田利常身上所散发出的雍容之气，一时间也没胆子像方才那般轻举妄动，只能瞪起圆眼，直勾勾地朝来人怒目而视。只见这名大宁贵人随手拿起了一笼热气腾腾的大肉包子，笑呵呵朝向自己递来。韦兀人木木地抛了羊腿骨，下意识地接过了盛有包子的笼屉。好香啊！他在心中由衷地称赞了一句。

另一边，田利常瞅准了韦兀人双肘抬起的间隙，一把抽出了悬在韦兀人腰间的弯刀。轻抖手腕，一刀割开了此人的腰带。

“啪嗒”，他的裤子滑落在了地上。古铜色的后臀暴露在空气之中。

“啊呀！”韦兀人大吼一声，顾不得多想就一屁股坐在了地上，妄图保护自己正在接受众人观瞻的私密之处。

田利常舍了此人，挥刀又是两下，用刀背将另外两名尚在懵懂之中的韦兀游民砍倒在地。

“老少爷们们，速速将这三人绑了，送交提刑按察使衙门发落。动手的人每人有二钱银子赏钱，正午之前到镇抚司领取。”

随着田利常的一声令下，之前躲在他身后的食客们呐喊着一拥而上，对地上的三名韦兀人报以老拳。临近的铺子热心地送来了绳索，悠悠转醒的公人指挥着众人将这三名被打得半死的韦兀人五花大绑了。

“扁担！哪家有扁担借来使使，咱爷们要将这三个撒野的鞑子挑至提刑按察使衙门打板子！”几名闲汉大声地吆喝着。方才还嚣张跋扈的韦兀人此时就如鸡雏般老实，怯怯地缩在地上，连呻吟声都不敢发出。

利用这个空挡，田利常擎起手中的韦兀马刀，仔细地端详了一番。这把刀长约四尺有余，刀背宽厚，刀身弯曲。刀刃处开的是文蛤刃，相比之下，这种钝钝的刀刃更适合缺乏铁器的韦兀人用来骑战。

晨光中，几道深褐色的旧痕在黝暗的刀刃四周若隐若现，想来这把马刀至今已经传了几代人，并且时常可以尝到鲜血的滋味……

铿锵的铁甲声自街边响起，田利常将目光从马刀上收回，循声看去，一小队巡城的辽镇步卒向此处疾奔而来。

“何人闹事？”带队小旗费力地分开了围观的人群，用语调生硬的汉话问道——真是无巧不成书，这名小旗官竟也是一名韦兀人。

“这三个腌臜的泼鞑在此处寻衅滋事，殴打官差，金羽卫的官爷看不下去，号令众人将他们拿了，正要送往提刑按察使衙门处置。”人群中早有快嘴的闲汉大声喊道。

小旗官朝田利常行了个军礼，躬身说道：“百户大人，小人刚好负责这一带的巡城之职。像这等滋扰地方的不轨流民，即使送至按察使衙门，最终也都会再转至辽镇军中收押服役，不知大人能否直接将这三个泼鞑直接交给小人发落？还请您老人家示下。”

“好，就依你所言！别忘了把他们的马刀一并带走，货色也还算可以。”田利常倒转刀柄，将刀扔给一名军兵。随即又回到桌前坐好。

方才还烫嘴的馄饨此时已经微微有些凉了，田利常用汤勺在碗中舀了舀。朝着惊魂甫定的掌柜伸了伸手：“今日这馄饨是吃不成了！算了，给我来一笼羊肉包子吧！”

吕大人口味真怪，放着连汤带食的馄饨不吃，偏生喜欢这干巴巴的包子……田利常一边一口吞下了一个包子，一边看着巡城军兵押着三名韦兀游民消失在街市的尽头。

时至今日，他们弟兄在那一夜所做的努力，终于就要彻底透支一空了。该来的，终究会来，而在那一天到来之时，自己似乎要和像方才这三名韦兀游民一样的乌合之众并肩而战……

田利常下意识地舀起一勺馄饨汤，喝进肚里之后方才意识到，这已经变凉的馄饨汤，并不能驱散笼罩在他心头的阵阵寒意……

春来昼长，地气回暖。白日里，和煦的艳阳将山间的积雪慢慢融成春水，到了夜间，骤降的气温又会让其凝结成冰。几次往复之后，苍莽的荒原便逐渐褪去了冬日的银白。

暮雨拂去脚旁那抹薄薄的残冰，信手拈起了一朵冰凌花，淡黄色的花瓣上，散布着一圈细碎的冰屑。暮雨用鼻尖轻轻触了触花蕊，淡淡的芳香在心中四散缭绕，五个月的严寒过后，天地之间再次出现了春日的芬芳。

此刻，她站在牡丹乌拉江岸西侧一座小山的阳坡之上，俯瞰着江岸处一群群小如蝼蚁的人丁。从这里望去，人群中排成一列的虎蹲炮还不如自己手中的这朵冰凌花粗大。

就在两刻前，暮雨简短地对婆婆讲述了击毙蔺如风时的情景。二人临分别时，婆婆突然没来由地说了这样一句话：“孩子，今日阳光虽好，但若是一会操演起大炮来，江滩上少不得人喊马嘶，乱作一团。依老身之见，还是带着孩子回家吧。想要踏青，明日也不迟啊！”

这闲聊般的话语乍听之下似乎无关痛痒。但在说这句话时，老人风轻云淡的眼中，似乎飘过了一丝乌云。

与中原不同，粟鞨人的孩童从小就在这山林之中野蛮生长。以小小熊为例，虽然此时他只有不到两岁，但已经可以援着马尾，自己爬上大黑马的脊背了。

如果有大人站在一旁，小小熊还敢于用小手拽着大黑马的鬃毛，煞有介事地策马徐行一小段距离。

不久前，暮雨阿玛为外孙做了一套小巧的蹶张弩，弩机的力道不大，小小熊可以自己用脚踩着上弦装箭。打这以后，暮雨家散放的鸡鸭便倒了霉，在小小熊的追猎之下，战战兢兢，终日惶惶。

前几日，小小熊一阵风般地跑进屋内，兴奋地将一只肥大的土拨鼠扔在了炕上，原来，这是已经不满足于射击家禽的小小熊用小弩成功猎取的第一个野物。暮雨将土拨鼠剥了皮，做成了一副小手套，以此来纪念儿子的第一个猎获。

信奉萨满教的粟鞨人认为，山林间的万物皆有自己的宿命，既然孩子的命运在出生之时就已经写好，莫不如放任孩子在这山野之间自由穿梭，长大之后，也更加容易成为一名受人尊重的“巴图鲁”。

其实，在最近的两三年间，随着宁公特城的建立，原本四处散居的宁公特诸部已经逐一搬迁至宁公特城周边定居。大量的“粟鞨生口”或迫于刀兵，或自愿归附，也日渐与宁公特两白旗融为一体。牡丹乌拉两岸的人烟正日渐变得稠密起来。

光天化日下，就在这宁公特城边上，小孩子跟在额娘身旁，又能有什么危险呢?

但是，在暮雨看来，这位婆婆并非唠叨之人，她的这句嘱托显然是有意为之，至于其中藏着什么玄机，也许不久之后就能得见分晓了吧。

因此，与婆婆分开后，暮雨不顾儿子的抓挠哭喊，仍是将他提上了马背，疾驰着送回了家中。自己则悄悄打马来到了这座小山之上，俯瞰着脚下的江滩。

气象森然的宁公特城依山傍水，虎踞龙盘，一缕缕炊烟从江岸两侧袅袅升起，原本因蛮荒而处处凶险的遮根采岭，正在一点点被人间的烟火气息所浸润侵蚀。

暮雨突然想起了8年前那个初冬的下午——彼时，为了防备“阿尔犸斯”的侵袭，她站在寨门前，望着急急坠落的夕阳，一边忍受着心中的煎熬，一边苦苦等候着最终也没有到来的救兵……

哎，这才过去了8年，现在想来竟有恍如隔世之感。倒在他三眼铳下的，也许是这八百里遮根采岭间最后的一头人熊吧……

前几日，暮雨与额娘在家中闲坐，静看余晖斜斜地劈过不远处的宁公特城，洒落在春水融融的牡丹乌拉上，溅起道道霞光。

“这座城，可以算得上是古往今来咱宁公特地界上最大的一处所在了吧！”额娘由衷地感叹道。

“才不是！”暮雨在心中暗暗回了额娘一句，嘴上却只是笑了笑，并没有将这句话说出。

“沿着牡丹乌拉的江岸，溯流而上七十里，就能到达那座巨城的遗迹，不过，那座大城是属于我和大熊两个人的秘密，怎么会讲给你们听？”

在两年前那个春风沉醉的夜晚，暮雨将头埋进大熊的臂弯，弥散在火山湖畔的，不再是料峭的春寒，而是一阵阵若有若无的金达莱花香。

“你知道，我第一次对你产生怀疑，是在什么时候吗？”暮雨用手指在大熊宽阔的胸膛上轻轻地撩拨着。

“何时？何地？何事？”大熊长长地呼出了一口气。

“你初到部落时，第一次跟着大家进山打秋围，嗯……那一次打围的地方离这里不远，就在牡丹乌拉岸边不远处。黄昏时宿在一片毗邻乱石岗的水泡子旁，那时，我突然感觉你的情绪有些不大对。

还记得吗？你刚来那段时间很少和人说话，平日里总是阴沉着脸，上工时只晓得低头干活，下了工就四处捉屎壳郎……在旁人眼中，就如同傻子一般。

可是那天，在那片乱石岗上，你的眼睛突然间就变亮了，左顾右盼地打量着那些东一堆、西一簇的破烂石头，嘴巴里似乎还自言自语地念叨着什么。

我当时就感觉不大对，于是夜里多留了一个心眼，果然，你假装如厕，一个人鬼鬼祟祟地溜到了石岗上。

我当时就悄悄地跟在你身后，哈哈哈，看来你果然没发现我哦！

那一夜，我看见一个小傻子，在乱石堆中跑来跑去，这瞧瞧、那摸摸，然后一个人站在一块巨石旁哈哈大笑。笑着笑着，你又突然趴在地上使劲地翻掘着泥土，似乎在寻找着什么。挖了一会后，你好像找到了要找到的东西，双手捧在眼前看了看，又继续哈哈大笑起来。

我感到好奇，也学着你的样子蹲下身翻了翻土，不多时，就翻出了一块瓦片样的东西，上面似乎印有布料的纹理。一块碎瓦，几堆乱石，有什么好大惊小怪的呢？我顿时感觉有些扫兴，就悄悄地回营睡觉去了……

不过，打那次起，我隐约感觉到你这个人身上藏着些不为人知的秘密。你想啊，千千万万的粟鞨人中，又有谁会在中夜里起身，围着一堆乱石傻笑？

即使是跳神的萨满，也做不出这样的事来，何况，你看起来并不像萨满……这几年我一直都好奇，那一晚你究竟发现了什么？”

她的脸颊不知不觉间从他的臂弯处移到了他的胸膛，调皮地伸出舌头，轻轻地舔舐着嘴边的那颗“小樱桃”……

“多说无益，明日我带你去那里一看便知！”他伸出胳膊将她紧紧搂在怀中，用低沉的声音在她耳边沉吟道。

第二天，二人春睡既足，便控马来到牡丹乌拉岸边，向昨夜谈及的那片石岗处徐徐而行。

“停一下，你向远处看，对，往那处水泡的方向看。告诉我，看见了什么？”二人驻马于一片山岗之上，大熊抬起马鞭向远方遥遥一指……

“哎，奇怪啊，那里似乎有一座大城！那水泡不就是上次咱们扎营的地方吗？在那泡子旁边，怎么可能忽然间突然多出了一座这么大的城池？这是怎么回事？是见鬼了吗？”暮雨惊叫着拔出了马刀。在大熊鞭梢所指的方向，似乎矗立着一座气象森然的城阙！翻涌的云气中，楼台宫阙，烟井庐舍，无不依稀可辨，当真有烟郭辽阔，万家屯聚之象……

“哈哈哈哈！”大熊大笑着纵马奔向了前方的那座大城。暮雨稍一踟蹰，也驱赶坐骑，紧随在大熊的身后。

“这城，怎地又没了！”当二人奔至目的地后，暮雨却再也寻不到关于那座城池的丝毫踪影，目之所及，只有一丛丛的乱石，矗立在奔腾的流云之下……

“疆里虽重海 车书本一家
盛勋归旧国 佳句在中华
定界分秋涨 开帆到曙霞
九门风月好 回首是天涯”

暮雨惊愕地拽住了大熊的衣角，大熊却满不在乎地用汉语吟诵起了诗句。

“什么意思？这是一首关于送别的诗吗？”暮雨虽粗通汉语，但对于诗词一类比较生涩的文句，却不甚了了。

“大概在800多年前，一名远国的王子来到当时的汉地都城，学习中华文化，当他学业有成准备归国时，这些年在京中的好友们设宴为他饯行，期间，一位诗人就吟出了这首为他而写的送别诗。

第一句诗的大概意思是，王子的故乡虽在重海千山之外，但习俗却与中华无异。你猜？那位王子的故乡在哪？”

“千山之外，习俗与中华无异……那一定就是高鲜国咯！”

“错！王子的故乡就是这里！近千年前，在我们的猎场上，在牡丹乌拉与盖马大山之间，有一个被中原人称为‘海东盛国’的地方，疆域辽阔，称雄一方，极盛之时，辖五京十五府二百余州县，其国传祚二百余年！

如果我没猜错的话，在我们脚下踩着的，便是其国的上京！上京龙泉府！”

大熊朝四周望了望，指着两块相距不远的火山石说道：“你看，这两块巨石，便是当年宫殿的柱石！往北一百五十余步，那两块石头也是！想想看，近千年前，咱们现在所站的地方，是王城中一座巨大的宫殿，宽阔宏伟，金碧生辉！现如今呢，除了嶙峋的乱石，便只有这一片片的衰草枯杨……我幼时读史至此，虽见书中白纸黑字言之凿凿，自己心中却始终是半信半疑，及至来了辽东，就更加不信史书中所记述的内容了！”

“为什么呢？”

“你想啊，诗中不是说了吗？‘车书本一家’！我来到辽东后，感觉粟鞨人的习俗与宁人相去甚远。而且亲眼见到了东北边陲的蛮荒与苍凉，自然不会相信，千年之前，这里曾经有一座号称‘天下第二’的大城了！

直到那次出猎。

我曾经粗读过几本关于风水堪舆一类的书，那日，我跟着猎队走上了一道山梁，无意中向此地望了一眼，就感觉这里的风水极佳，隐隐有龙兴之象！都可以拿来建国都了！

这么想着，我就又多看了几眼，越看越觉得有趣，就像刚才咱俩所见的那样，依稀觉得在翻涌的云气之中，好似隐伏着一座城郭的轮廓。

刚好，那一日咱们就宿在旁边的那个水泡子旁，我当然要偷偷来这里查看一下了……现在看来，咱们宿营的那个水泡子，也并不简单，活脱脱的一个御花园中的太液池嘛！”

大熊俯下身，用顺刀在地上挖了几下，几块碎瓦便出现在了二人的眼前。暮雨拾起一块，拿在手里仔细端详，只见瓦片上，隐隐刻着两个汉字——“求兴”。

“书中说没说，这‘海东盛国’是何人所建？”暮雨饶有兴味地问道。

“按正史记载，建立此国的，就是咱们粟鞨人的先祖……”

“真有趣，你是说，在一千年前，粟鞨人写汉子，住汉屋，用汉制？”

“是啊，在没见到这一切之前，我也认为史书中的记叙并不真实……史书上说，这个由粟鞨先祖所建立的国家，之所以能够迅速崛起，就是因为全盘照搬了汉制。然而，也正是因为汉制所带来的繁华和文明，这个国家又被‘镔铁国’所灭……将国民四处迁离，然后将国都毁成了我们眼前的这个样子……”

“那‘镔铁国’，最后不还是被我们粟鞨人所建的‘真金国’灭掉了吗？可是，为何这‘真金国’大家都晓得，而这个‘海东盛国’却一直无人提起呢？不过再怎么说，‘海东盛国’的仇，最终还是报了！”

“呵呵，现如今的粟鞨人，哪还分什么‘镔铁国’‘真金国’‘海东盛国’啊！

近千年里大家你打我，我打你，你娶我，我娶你，慢慢地就变成同一种人了。

现在的粟鞣人，谁又能说得清，自家祖上究竟是‘镔铁国’人抑或是‘真金国’人呢？就像现在，你说，我究竟算是宁人赵凝，还是粟鞨人章琥塔·大熊呢？”

“我不管你是谁，我只当你是我的男人……”时隔两年，暮雨站在这座可以俯瞰江滩的小山坡上，呢喃地答道。此刻，她的内心恰如半月前的忽汗海——看似沉寂的冰层之下，涌动着滚滚波澜。

她在等待着，等待着江滩上是否会发生些什么事，若真是那样，便证明婆婆的话已经应验了。而在那句话之前，婆婆还说过……

“你的情郎，是主动要去高鲜的，对不对？依老太婆看，若真是如此，你的心上人八成是不会死的！不会死的！不会死的！不会死的……”

充盈的日光从敞开的户牍照进这间静室，将小油炉上的火苗衬托得几不可见，若不是蒸锅中咕嘟咕嘟的水声，人们很容易就会忽略它的能量。

一笼羊肉包子整整齐齐地码放在蒸锅中，淡淡的肉香随蒸腾的水汽四下飘散。

“举人他们啥时候能回来？这一仗，怕是等不到明年了，到时候那些文书奏报就全都交给他去写！也不知道在宁公特的这几年里，他的案牍功夫丢没丢光。”

吕砚凝将手中的狼毫笔摔在一旁，从桌案后站起，活动了一下僵直的腰身，踱着碎布走到蒸锅旁，拿起一个温热的包子，三两下吃进了嘴里。

“这么多年没动笔，我这案牍功夫算是生疏了，这封调关鹏举回东北司的文书，足足写了两天才算写完，要不是举人就要回来了，我高低得去踅摸一个专司案牍的师爷来帮忙……

不过，这种既识文断字，又通晓金羽卫内情，还守口如瓶的师爷可真是没地方找去……”他自顾自地说了半天，但坐在一旁的田利常却没有丝毫回应。吕砚凝纳闷地走到了田利常的身旁，捅了捅自己的老下属。

“你看什么呢？这么出神？”

四年前，吕砚凝积功升为金羽卫东北镇抚司副千户一职，分管细作派遣、情报搜集等诸般勾当。任职后，他特意将这名得力的老部下提为试百户，并调至了麾下，将之倚为自己的左膀右臂。

“啊？你说什么？”田利常从几乎可以将他完全遮住的公文中抬起了头。各处细作传回的一众情报，向来都是先交给田利常初步甄别、过滤、梳理、分类，而后才会依次出现在吕砚凝的案头。

“正好，你先看看这个！”田利常不由分说地将一张纸塞进了上司的手中。

吕砚凝掏出手帕擦了擦手指，戴上一副质地考究的水晶眼镜，仔细地读了起来。

“粟鞨人现在有炮了？试炮时还炸了膛？”吕砚凝皱了皱眉头。

“对，这个情报，是一个安插在镶黄旗内的细作传回的，试炮的是由宁公特人组成的两白旗，结果不知为何，大炮炸了膛，还炸死了四个炮手。两黄旗听闻后，就晓谕麾下各部，若是再得到火炮，切切不可乱动，集中交由上峰统一处置。不过，这里面似乎有些蹊跷……”

“嗯……的确有蹊跷！宁公特人手中的火炮，不用想，肯定是从蔺总兵手中缴获的虎蹲炮。那玩意是母子炮的结构，打霰弹，火药和炮子已经事先定装好了，按理说不太容易炸膛。而且，那种小炮就算炸膛，也不能一次炸死四人，伤十余人。按这文中所述，炸膛时‘烈焰腾空，着者俱燃’，且死者‘体如焦炭’……这形状，并不像是因炸膛所致啊！”

吕砚凝沉吟着摘下了眼镜，小心翼翼地揣回怀中。

“的确不像是炸膛，倒像是有人往火药中掺了咱金羽卫的‘灼心散’一般。”田利常不解地笑了笑。

“这封情报中，很多紧要的关节均未道明，罢了，那宁公特城离咸州本巢仍有两千余里，咱们若想对其洞若观火，那就是强求了……自‘雍康弃墩’后，咱们的细作一直都没有跨越过盖马山。

若是想知晓宁公特人的动向，除非是把举人再派回去……哈哈哈，不过若是我那样做了，再上战场就要提防自己人射来的黑箭啦！”

吕砚凝在室中踱着步，拈了拈下巴上新近留起的短须。

“大人，这里面有一点我没想明白，火炮这东西对咸州粟鞨来说已经不算是什么新鲜玩意了，但这些年他们却从来都没打过火炮的主意。您方才说，宁公特离咸州仍有两千里之遥，咸州人都不敢鼓捣大炮，怎么比咸州人更加凶蛮闭塞的宁公特人反倒就敢试炮呢？莫非是……”

“蔺府有一条铁律，若是阵失主将，随行家丁皆需连坐。蔺如风阵亡后，残存的家丁即使突出重围，也逃不脱斩首的刑罚。其中必然有些人会投鞑附逆，更何况，帅府家丁中的粟鞨人、韦兀人也都不在少数！试炮的，定然是这群人，但为何会炸了膛？咱们就无从知晓了！

利常，当务之急，仍旧是要查明究竟是谁给蔺如风提供了那条假情报。

‘野牛皮带轻骑前往宁公特城商谈南下入寇之方略’……这情报编的真巧，刚好搔到了大公子的痒处！所谓含笑饮鸩，无外如是！”

“不好查……大公子有个习惯，下属若是向他汇报机密军情，均需亲自前往帅帐，在蔺大公子面前一一道明。

有迹可循的，只有‘野牛皮带轻骑前往宁公特城商谈南下入寇之方略’这行蔺如风自己写在军志纪要中的字。据说，蔺如风有写日记的习惯，但那属于私物，现在由护理辽镇总兵一职的老三如雪保管，就锁在他帅府的暗室之中。蔺家人对那些日记讳莫如深，咱们若想一阅，要么明火执仗地闯进去，要么小心翼翼地潜进去。除此之外，别无他法。”

“‘粟酋女婿当镇守，未知辽地落谁手’如此一来，咱们想要拿到那些日记，当真不太容易。嗯，既然没有直接物证，那就不妨推测一下嘛！”

吕砚凝的脸上露出了高深的表情。现在护理辽镇总兵的蔺如雪，除了是蔺如风的三弟外，还以另外一重颇具争议的身份而广为人知——那就是鞔州联盟首领，艾森阙洛·野牛皮的侄女婿……自蔺如风阵亡，蔺如雪护理辽镇总兵一职后，一首童谣似乎在一夜之间传遍了辽东各城。

“粟酋女婿当镇守，未知辽地落谁手。”孩童们一边拍着手，一边欢快地吟诵着这句他们并不完全理解的童谣。大人们则一边听，一边默默地叹着气……

他们并不晓得，为了这句童谣，堂堂金羽卫东北镇抚司副千户吕砚凝，竟然熬了足足一个通宵，其间数次易稿，最终在东方既白之时，方才将这短短的十四个字推敲妥当。

“利常，我想听听你的推论。”

“好，那我就卖弄一下！这次跟随蔺如风出征的家丁裨将有两员，分别是宁人蔺有存，粟鞨人蔺灭胡。蔺有存先不说，这蔺灭胡身上，似乎有些疑点。

根据咱们掌握的情况，当年开阳城破之时，蔺灭胡的长子恰是蔺如云麾下的亲卫，巷战时随蔺如云一道力战身亡。虽然之后蔺成栋赏了他美姬五人，白银千两，但这丧子之痛，应该并不会因此就轻易弥合。且他出身的那颜部，是最早归附真金家族的咸州部落之一，不少旧日的亲友，现在都成了鞔州的官佐。这样的人，完全具备当一名双面细作的条件。

也不知是不是巧合，当年在开阳城下屯兵不前，坐看城破的将领，刚好就是此役的另外一员裨将，蔺有存！

这人坐视自家二公子战死，事后蔺成栋仅仅是象征性地申饬了一下，并未对他处以军法，还学《三国》里的戏文说什么‘岂能因孺子伤我一员虎将’，呵呵呵，他的话鬼都不信！

真正的原因，大家都是心知肚明的！不过，就连朝廷的御史，都无法就此事说他一个不字。不得不说，这老家伙，可真够狠的！”

吕砚凝从多宝架上拿起了小烟袋，满满地塞了一锅子烟叶，凑到油炉前点着。辛辣的烟气冲进胸腔，接着又闯入脑海中转了一圈。吕砚凝顿觉周身清明。

当年，开阳城被粟鞨叛军攻破，与野鹤城的那场大火一样，很多事情都在那一日后发生了改变与转折。

对失去父亲的田利常如是，对攻破城墙的粟鞨军如是，对金羽卫如是，对辽镇军兵如是……

但是，看着眼前这名如旭日一般的爱将，作为那次城破的亲历者，吕砚凝却并不打算将其中隐藏的一些紧要关节讲给他听。

“老田啊，你若在天有灵，也会为有这样的儿子而感觉到欣慰吧！”吕砚凝在心中默默地说道。

“利常！”

“哎？”

“关外新建了座寥海城，手里的银钱够吗？在那里再置办个宅子吧……”

第十一章

赵　凝

铜鉴中的那个男人对我眨了眨眼，我抬起手，轻轻抚摸着他的脸颊，手指所及之处，满是纵横的沟壑……

这些皱纹，藏着辽左的迈迈平沙，藏着忽汗海的万顷烟霞，藏着高鲜的金戈铁马，藏着宁公特的月下胡笳……

“好好的飞鱼服，为何穿在你身上却显得这般腌臜！”我笑骂着理了理他的衣襟。

铜鉴中，他也没心没肺地朝我笑着，同时伸出手理了理我身上的飞鱼服。

“上一次穿飞鱼服是什么时候的事情？”他呆愣愣地问我。

“记不清了……十来年前吧，那时的你还叫赵凝，章琥塔·大熊可不能穿飞鱼服，会被韦赫达他们笑话的！

当然了，现在你又可以穿飞鱼服了，不过，你要记住，此刻穿着飞鱼服的人，是新近从西南镇抚司调入东北镇抚司的金羽卫小旗赵霆！

不是赵凝，也不是大熊！是赵霆！是那个在高鲜，被不知是叫赵凝还是大熊的人干掉的金羽卫小旗赵霆！一定要记住！切切不可搞混了……”

我一边回答他，一边扇了他几个耳光，这样子，就可以记得牢靠一些了吧！

“对！赵凝，是8年前死在野鹤城大火中的那个人！章琥塔·大熊，在高鲜完犊子了，至于是被倭寇的铁炮轰死的，抑或是被黔贵步兵砍死的，还是被打扫战场的金羽卫坑杀的……随便吧，没人会去细查的！

至于这赵霆嘛，甭管他是被大熊干掉的，还是让赵凝了结的，总之，以后你，对，也就是我，以后咱就叫赵霆咯！

啧啧，这人是怎么混的？都奔三十岁的人了，才当了个芝麻大点的小旗官……前程似锦一词，看来已经与我无缘了，不过，这如花美眷嘛……

进来吧，敏敏，我知道你在门后躲着呢！”

他一边絮絮叨叨地说着，一边冲着门前那个娇小的身影露出了笑容。

我回过头，继续咧开嘴冲着正在进屋的敏敏微笑。

敏敏，我知道你已经在门前站了好长时间了……没被我的样子吓到吧！嘿嘿，这些年我一直都喜欢在没人时和自己聊天。

什么时候开始的？嗯，大概是在章琥塔部当阿哈的时候吧。那时候总担心自己被粟鞨人拆穿了西洋镜，终日强压着惊魂，时时小心，事事谨慎……

感觉快要撑不住时，就一个人悄悄跑到蟾鸣水前，和自己的倒影说话，给自己鼓劲，帮自己解闷。

那时候，我逼着自己在大脑中用粟鞨语去思考问题，因此自说自话时，用的也是粟鞨语。听好了，我学给你看，就像这样：

“别难过了，能怪谁呢？只怪你自己偷马时不小心，才成了阿哈……”

“可是，我好想父母双亲啊……”

“振作起来，争取立个功劳，攒到了前程就不是阿哈了！到时候才能堂堂正正地回家看望双亲了！”

那时候，我悄悄给自己做了一个设定，我是一个野鹤粟鞨小部落首领的三儿子，出身虽然不错，但是排位居中，上有长兄，下有幼弟。

既轮不到我继承首领之位，也不是家中受长辈偏爱的幼子。我当时认为，要想骗到别人，首先得把自己骗过，于是乎就日夜不停地这样给自己洗脑。

不过现在看来，是我自己多虑了，人家宁公特人才不管你之前是野鹤的少爷，还是宁朝的官军呢，在人家眼中，阿哈就是阿哈！

若是立了功，就算是宁国的官儿也一样能够得到提拔；若是不中用，就算是野鹤的少爷也得一直当阿哈……

我刚刚说的粟鞨话好听吗？其实，在我们燕赵人耳中，你们的黔贵话和粟鞨话没什么区别，反正都是一样的听不懂！哈哈哈。

刚刚我自己和自己说的那些话，你都听到了？呃……像你这般慧性兰心的女孩子，即使没听到刚刚我说的那些话，也一定能猜到……

赵霆，你的未婚夫……

是死在我手中的吧！

没错，人是我干掉的！不过，我当初之所以下杀手，并非是为了顶替他的身份，而是确实事出有因，非常时刻需用非常手段，如若不然……

坐下吧，敏敏，你听我慢慢给你讲！

我曾听人说，人与人之间最理想的状态叫“初见欢喜，久处不厌”。

但是，这种状态在大多数时间里，都是作为“努力的目标”而存在的。也就是说，即使是“初见欢喜”之人，要想做到“久处不厌”，也是一件很难的事情。

日复一日的平淡与琐碎，会逐渐磨平初见时的欢愉。所以说，想要在漫长的岁月中时时刻刻都去爱一个人，是一件很难的事情。

同样，想要长久地保持对他人的恨意，也是一件很难的事情。更何况，我似乎没有理由去恨粟鞨人。相处越久，对此事我就越发明了。

当年，作为一名科场得意的举子，我正摩拳擦掌地准备进京考进士呢，一夕间就被朝中某些“巨公”弄到辽东当武卒了。

我是燕赵人，按说辽东离我老家并不算遥远。但直到抵达辽东之际，对于东奴粟鞨，我仍旧知之甚少。

然后，上峰就扔给我一把刀，并且告诉我，粟鞨人都是十恶不赦的蛮夷，他们就应该逆来顺受地待在雪窝子里各安天命。

作为金羽卫，为了帝国，为了圣上，你现在需扮成粟鞨人的样子，潜到他们身边，监视他们的一举一动，若是发现他们生了妄念，胸怀一丝一毫的不臣之心，就必须以雷霆之势将其铲干除净！

于是乎，我就懵懵懂懂地攥着刀把，跟着弟兄们走进了横无际涯的茫茫雪野。

现在想来，粟鞨人挺冤，这些人原本是存了当当“宵小之徒”的贼心，只要隔三岔五地做些“梁上君子”的勾当，也就心满意足了。

但是，偏偏那边军一个劲地在他们耳边煽风点火：当贼多没面儿啊，你得当盗！当匪！

小偷小摸多没劲啊！你得隔长不短地干票大的！

什么？缺人手？没问题，放心大胆地去召集其他部落的亲戚吧，若是哪一部不识相，我帮你削他！

你说，这粟鞨人冤不冤？就因为边军在一旁瞎扇呼，原本颇为单纯的小贼，就被金羽卫当作十恶不赦的叛逆使劲打压了这么多年。

站在粟鞨人的立场上我也会发蒙——同是宁国人，同为官兵，为何边军在暗地里一个劲地帮我？而金羽卫又在明面里一个劲地打我？我有什么错？我就是想当个小贼，活不起时去你们家偷点对你来说无关紧要的东西而已……

不过，现在这个小贼，已经在大宁的忽打忽捧中，一点一点地变成了一名巨寇，现在是必须要打了，再不打，他就有可能发展成搅动天下的“国盗”咯！

扯远了……

方才说道，想要长久地保持对他人的恨意，也是一件很难的事情。

粟鞨人那边并不晓得我是故意混进了倭寇中间。他们一直以为我已经在平骧之战中阵亡了。我这一招虽然凶险，却是与金羽卫重新接上联系的必由之途。

我是在接近粟鞨大营时遇见他的……

兀那鞑子，你给我站住！

他带着几名番子气势汹汹地将我拦在营门之外。天不怕，地不怕，就怕蜀人说官话……

哈哈哈，敏敏，我可不是针对你啊，你的口音，既有蜀地味道，还有黔贵的风情，二者杂糅，独此一家！

反正，听他这样喊，我差点就笑出了声。结果我这个憋笑的表情，当即就触怒了人家，他二话不说便踹了我一脚。步伐虚浮，动作迟缓，一看平日里就没怎么认真练过拳脚。

我没有闪躲，用大腿外侧直接受了他这一记飞踹，没必要多生事端，让他踹一脚得了，赶紧回到粟鞨营盘才是正事。他踹过我一脚后，可能感觉面前这名粟鞨散兵软弱可欺，便又开始了进一步的刁难。

不知为何，我当时看着他，心底里反倒是升起了一股亲切之情。

他年岁和我相仿，作为南方人中的大个子，他的身量比我这北方人里的中等个头也矮不了多少。和我一般的鹅蛋脸，小眼睛……身上穿着正儿八经的飞鱼服，年纪虽然已经不算小了，可眉宇间还透着一股子青涩的稚嫩之气。

临分手时，轩子佩和我说过，为了防备粟鞨兵，上峰特意安排了一支黔贵的卫所步军紧挨着粟鞨人扎营。

这支黔贵步军里，还随行了一队西南司金羽卫。

西南司！当年，家父为保我不受池鱼之殃，特意为我谋了个西南司金羽卫的编制。结果朝中当权巨公大笔轻挥，已经抵达镇远的我，就只能在帝国的板图之上划了个对角线，复又折回辽东去了。

他劈手打了我一个嘴巴，我还是没躲，我直直地盯着他的眼睛，就像方才看着镜中的自己。从他的身上，我似乎看到了与我失之交臂的另一种人生——在西南当个闲差，每日喝喝茶，晒晒太阳，坐腻了可以去市井之中欺压一下良善，下了差回到家中，温润如水的南方姑娘微笑着将刚刚炒好的腊肉端至面前……

你是逃兵吧！他围着我前前后后地端详了一圈。然后又拔出了腰间的佩刀。

你这个逃兵还斗胆回来？待本官这就斩了你！

我斜眼看了看他那把顶在我脖子上的刀。

刀这个东西，砍一次人，回头就要打磨一次，因此是越用越薄的。他那把制式雁翎刀的刀身还很厚，似乎没怎么砍过人。可为何他现在非要对我表现出一副凶神恶煞的样子呢？就因为我当时看起来是一名落魄的粟鞨散兵？也许，他之所以这样，是为了掩盖住心中的惧怕吧……

我不想和他再继续纠缠下去了。

我是正白旗的白摆牙喇章琥塔·大熊，我回营了！快来人啊！

我大声朝营地里喊道。

你几里哇啦乱叫什么？

他哆哆嗦嗦地将刀往我的脖子上又用力地抵了抵。我向后跳开一步，他架在我脖子上的刀，就落空了。这人就是个棒槌，什么都不会！

这时，营门开了，跑出了一小队粟鞨兵，为首的，正是我的旧日相识，一名来自舒穆录部的小伙子，“焦尔”，翻译成汉语，是狍子的意思。

大熊，真的是章琥塔的大熊回来了！你小子没死啊！哈哈哈！

之前说过，舒穆录部是章琥塔部的近邻，二部世代交好，共同进退。我之前和这人一起打过几次“生口”，算得上颇为熟识。他手下的阿哈们推推搡搡地驱散了那几名西南司的金羽卫，兴高采烈地将我拥回了营中。

进营的瞬间，我又回头看了看他的脸。

如果可以自己选择，我会选他那种人生吗？或者，作为粟鞨人的章琥塔·大熊的人生才更加适合我呢？

轰的一声，营门关闭了，呵呵，我又重新做回了章琥塔·大熊。这是我自己的选择，也可以说，没得选择啊！

回营前，轩子佩担心我一下子失踪了这么久，会被上官怀疑，我告诉他，大可不必为此担心，这一次出征的3千多粟鞨军中，牛录以下的实权军官均来自宁公特两白旗，为了尽快使新建立的鞔州联盟得以巩固，上官定然不会轻易以此来治我的罪。再说，我在军中的职务是牛录章京衔的游骑把总，专司哨探敌情之职，战时游弋于大军之外，穿梭在阵线之间，数日不归也属寻常之事。

果然，上官并没有对我那几日的行踪进行深究，但是，我的心，还是被一件早就在我预料之中的事情而搅乱了——平骧之战时我麾下的那十余名阿哈游骑，此时早已被自己人砍掉了脑袋。

理由就是，因为我，这名他们的主官，纯正的宁公特粟鞨白摆牙喇兵，在乱军之中“阵亡”了。粟鞨人的军法就是如此严厉……

虽然，这个结果在我匿入倭阵之时便已料到，但是一想到这些人因为我的谋划而失了性命，心里仍旧会感觉憋闷异常。

“上面又发来十个阿哈归你节制！人你随便用，反正阿哈有的是！不过这马可要在意些。现在满营也剩不下多少了！来来来！你们还不快来见过章琥塔大人！”

焦尔大手一挥，十名刚刚从步队牛录中拨出的阿哈整齐地跪倒在我的脚下。既然归我统属，那么此刻我就是他们的主子，生杀予夺，皆掌我手。他们必须朝我行跪拜之礼……

“人随便用，马在意些！”

焦尔之所以这样说，是因为此前蔺如风曾下发过一道军令，将粟鞨军中大部分战马统统调至辽东铁骑营中。他之所以这样做，既是为了试探粟鞨人的真意，同是也可以削弱粟鞨军的威胁。

众所周知，粟鞨诸部之所以锐不可当，一半的功劳都要归于胯下所骑的‘率滨马’上。变成步卒的粟鞨军，在高鲜即使怀有二意，也定然会力不从心。

因此，此时的粟鞨军中，只有统军诸官及各部游骑拥有坐骑。

为何粟鞨诸部会有这么多宁人阿哈？

敏敏，这些年你一直身处西南，对于北地的情况自是知之甚少。

环绕在你身边的崇山峻岭，就如同《桃花源记》中的桃林一般，生生地将你们这里隔成了一座大宁朝的世外桃源。但是在这崇山之外——江湖之中天灾连连，庙堂之内人祸不断，搅得无数良民家破人亡，流离失所，不得不携家带口四处游荡。

辽东虽险，但距离中原并不遥远，其间又无天险阻隔，加之彼处人烟稀少，土地肥沃，即使庄稼一年只能成熟一次，也足以活人性命。因此不少无处容身的流民都会带着“活下去”的愿景北上东奔。

前些年，蔺家为了扶持“真金家族”作为他们在边关之外的傀儡，暗地里挟裹了不少流民送往咸州粟鞨。

粟鞨人对流民的态度是，只要你不怕死，力气大，立了功劳，那么我就当你是粟鞨人，给你大肥猪，帮你盖房子，为你娶媳妇。

这样一来，很多流民自然就死心塌地地帮粟鞨人卖起了命。打仗时，这些心中存了念想的阿哈，身披两三层重甲，手持大刀利斧，徒步走在军阵之前担当前锋之责，马甲和步甲站在他们身后督战。向前行进或许能够生还，往后退却则必死无疑。

每次打扫战场时，我都能看见很多张那样的脸——苍白的脸皮、空洞的双眼，仍旧饱含着不合时宜的希望。这种荒谬的反差，让人打心眼里感到不寒而栗。

能够从步队牛录调到游骑队中，我面前这十人定然是阿哈中的佼佼者，可是到了焦尔等人的眼中，他们的命，我可以“随便用”。

敏敏，你是军户家的女孩子，依你的性格，肯定关注过那一段时间的战报吧——粮草被焚的敷州倭军弃守王京，全军龟缩至高鲜南部沿海的几座城池内负隅顽抗。

事实就是如此，那是一段乏善可陈的日子，谁都晓得，倭寇退兵回国仅仅是个时间问题，他们之所以仍旧盘踞着城池施放枪炮，是为了演一场戏给国内的当权者看。

戏演到一定程度后，他们自然就会渡海归国。此时，咱们的大军和倭寇之间已经达成了某种默契，攻城时也不甚急。攻守双方终日隔着高高的城墙枪来炮往地打上一阵，这一日的功课就算是完成了。

高鲜国山多地贫，天朝大军出境作战，每日所耗的军械钱粮均需在国内筹措，再费尽周折地运至前线。这样一来，可急坏了后方的中枢诸公。一道道军令发至蔺如风的帅帐，催其迅速攻城。

蔺如风的回复倒也无可指摘——细作回报，被围的几座城池中共有6万倭军，而攻城的大宁天兵则只有不到4万。以这样的兵力能将倭军困住已属不易，再求破城那就是强人所难了。

好！那就给你增兵！朝廷咬了咬牙，又大笔连挥，从帝国各地接连调派了五万兵马赴高鲜助战。

去年夏天，在等候援兵的日子里。我带着游骑在几座倭城之间往来巡弋，剿剿零散匪盗，保护围城诸军之间的通信联络，倒也惬意。

日子就这样过了小半年，一天黄昏，我和游骑们结束了长达五日的巡逻，风尘仆仆地回返大营。

和往日不同，此时虽然日影早斜，但邻近的黔军营中却传出了人喊马嘶之声，细看之下，黔贵营地栅栏后人影晃动，俨然一副如临大敌的架势。我们一行人马从他们营门前驰过时，营中爆出山呼海啸般的谩骂之声，还有几枝细小的箭枝擦着我的坐骑飞了过去。

这是怎么回事？我没有搭理这些莫名其妙的“邻居”，迅速带领部下跑进了敞开的营门。

进门后我发现，粟鞨营中的情状也与黔贵营无异，空地上聚满了拿着军械的士兵，足有三百之数。他们互相帮彼此披上重甲后，接着再排好阵势，与黔贵营中的嘈杂不同，粟鞨营中的这一切，全都是在沉默中有序地进行着。

我定睛观瞧，发现这些人竟全都是来自于宁公特诸部的统军将校们。

还没等我下马，一身重甲的焦尔就跑了过来。

“大熊，快让阿哈们把马腾出来，让给咱们的摆牙喇骑，一会要和对面那些南蛮子开仗！”残照中，他的脸上泛着异样的红色，若单单只是夕阳，可没办法将人脸照成那种颜色。

“开仗？和那些黔贵人？”虽然早已晓得粟鞨人此次南下出援的目的并不单纯，但突然间见到这种场面，我还是感觉有些惊诧。

“对，就是要整死他们！这帮南蛮子，将咱宁公特人欺侮得太甚了！”焦尔骂骂咧咧地和我讲述了事情的原委。

原来，在我出巡的这几天中，刚好有一名朝中的御史驾临前线。因此今日一早就有军令传来，让粟鞨军在黔军的协助下，对蔚山城发动一次猛攻。

攻就攻吧，反正有阿哈打头阵。但是，也许是在坚城下憋闷得久了，六名来自宁公特的马甲杀得兴起，顶着大盾，手持利刃越过了一众阿哈，当先沿着云梯向城上攀援而上。

攻守双方已经按部就班地唱了足足数个月的双簧戏，这一日粟鞨兵突然发狠，倭寇一时间没反应过来，还真让这几名马甲成功地登上了城墙。

这几人将粟鞨军的战旗插在城头之上，抡起大刀重斧一顿挥砍，虽然一时间看起来颇为豪壮，但终究还是被潮水般涌来的倭兵吞没了。

最后两名马甲见同伴一一战死，均知此战已无生还之望，若是战死城头，不免身首异处，还不若给自己留个全尸。因此在最后关头，二人先是将同伴的尸身扔到了城下，然后又心有灵犀地手挽着手跃下城头。

这两人刚好砸进了城下的黔军阵中，双双殒命的同时，还连带着砸死了一名黔军步卒。

其实这场荡气回肠的攻城战和之前城上城下例行公事般的火器互射一样，也是一场戏，只不过，这场戏的观众是朝廷派下来的御史，所以需得在剧中加入一些浩大激烈的场面来聊慰上意。

据说，当这出剧演到两名死士携手坠楼的那一折时，看戏的御史当场就叫了一声好！

可是，这两名让御史大人击节赞叹的勇士，却在死后又引出了不小的事端。

粟鞨人打仗虽猛，但对身后事却颇为重视，按照鞔州军制，一名战士若是能将战友的尸身带回本家，交还到阵亡者家属的手中，便可以分得战友的一半家产。

那一日收兵回营后，几名与死者交好的宁公特官佐，带着充当通议的宁人阿哈，前去黔军营前索要战友尸身。

呵呵，一边是东北的蛮夷，一边是西南的山民，由中原宁人在中间传话。那鸡同鸭讲的场面想想都好笑。

“想要领回尸身，那就拿钱赎！”黔军那厢开出的条件是白银二百两。

“我们隔山跨海地来到此地帮你们宁人卖命，你们宁人竟然还敢霸占着我家壮士的尸身向我们勒索钱财？”宁公特将校们听到价码后勃然大怒。

“这钱，是给被这二人坠城时砸死的兵士的抚恤！那兵士也有一家老小，却在攻城时被你们的兵甲砸死，按照大宁军律，这种死法没办法从官府领到抚恤金。

且此事发生在睽睽众目之下，我们就是想帮他遮掩，也没有办法了！所以，这钱你们必须出！”

对于粟鞨人的愤怒，黔军一概选择了视而不见，仍旧一味地摆着他们的道理。

双方这样你来我往地争吵了几句后，事态便开始剑拔弩张起来。越来越多的宁公特人来到黔军的营门前。眼看着一众鞑子兵似乎下一秒就要冲进己方营中强行抢尸，黔军营前的值星军官便不敢一味地再和这些粟鞨兵继续逞凶耍蛮了。

他向身边的心腹小校使了个眼色，不多时，两名宁公特马甲的尸身就被黔军士卒抬到了营门前。

“哼，我们黔军乃是大宁朝堂堂的正规卫所官兵，懒得同你们这班冥顽不灵的东奴蛮夷再费口舌，你们抬了尸体速速回营去吧！”黔军的值星官忍着内心的恐惧，继续强装出一副威严的官仪，朝面前的宁公特兵们不屑地摆了摆手。

哪成想，这两具“千呼万唤始出来”的尸身，却在一瞬间点燃了宁公特人心中压抑已久的怒火。

因为，当时出现在他们眼前的，是两具赤条条的尸身。二人身上的衣甲，早已经被剥得干干净净，裸露的身体上，横七竖八地遍布着黑红色的血痕……

鞑州兵士在攻击坚城之时，习惯往身上披挂两至三层重甲——贴身一层是棉甲或皮甲，中间穿上锁子甲，最外层再罩上一领铁甲。仿若五百年前真金国的“铁浮屠”复生一般。

而你们黔军的状况你也晓得，你大哥贵为千总，也不见得就有一身精良的铁甲吧！

当这两名宁公特马甲落入黔军之手后，身上的衣甲瞬间就被黔军兵士剥了下去……

这两人身上的伤应该都是在攻城时所受，但此时以这种方式赤裸地暴露在光天化日之下，那场面着实让人寸心欲断……

几百年间，粟鞨诸部虽互相征伐，但也需遵守一些约定俗成的规矩。在一次冲突中，若对阵双方同为宁公特粟鞨，或同为咸州粟鞨，只要战至一方败退，这一仗通常也就了结了。

战胜一方虽然同样会将敌人尸首上遗下的铠甲收归己用，但在剥去铠甲后，会主动收敛敌方的尸体，给曾经的对手穿上干净的寿衣。

战败者只要缴纳一定数量的谢礼，便可迎回阵亡将士的尸首。这条法则同样适用于宁公特人与咸州人间的摩擦。不过交战双方若分别出自咸州与野鹤，那结果就不好说了……

粟鞨诸部普遍笃信萨满，他们认为，人死后只有经过萨满跳神做法后，才能往生极乐。相传在千年之前，粟鞨先民甚至会在父母过世后，将双亲的尸体制成干尸，背在身上生活若干年后再行下葬，以此来报答父母的养育之恩……总之，粟鞨人对待自己的身后之事，有着极为繁琐的讲究。

“我的好兄弟啊，战阵之中死便死了，但为何你在死后还会被人这般作贱！”一名粟鞨军校冲破人群，一把抱起了地上的一具尸首，用他粗糙的手掌抚摸着死者身上的伤痕，恨恨地说道。他和阵亡之人乃是来自同一部落的伙伴，好像彼此间还连着些亲戚。

这名军校飞起一脚，正踹在黔军值星棋牌官胸口，那棋牌官平平地向后飞出了一丈多远，摔在地上，身体不住地抽搐着。

“我兄弟的衣甲呢？是哪个不要命的剥走了我兄弟的衣甲，快些站出来，老子要整死他！”这名军校大喊着复又拎起了一名之前跟随在棋牌官身旁的黔军士卒，面貌狰狞地用粟鞨语朝他嘶吼着。

他手中拎着的黔贵人又如何能够听得懂他的怒吼？那名瘦小的黔军士卒相信，这个东北蛮夷，此时一定是想取他的性命。

一时间，恐惧充斥了他的脑海，他下意识地从腰间拔出匕首，闭起眼睛用力地朝前捅去……

愤怒的表情，就这样凝固在了这名粟鞨军校的脸上，不对，此刻写在他脸上的，不仅仅只有愤怒，想必一定还夹杂着难以置信的疑问吧！

那名悬空的黔军“噗通”一声掉落在了地上，粟鞨军校缓缓地转过身，朝自家营盘的方向艰难地挪动了两步，便再也支撑不住了……泉涌般的鲜血和着即将西坠的残阳，染红了试图对他进行救治的袍泽的眼睛。

宁公特人暴怒了，他们无法容忍这些猴子般瘦弱的黔贵步卒如此侮辱、杀戮自己的袍泽弟兄。

这些人虽然已经卸去了甲胄，但身上却都带着短兵。没有人带头，在袍泽倒地的一瞬间，他们同时拔出了兵刃，怪叫着杀进了黔军的大营。

这一系列变故出乎了所有人的意料，第一波攻击还未过去，营门前的黔军便被砍翻了十余人。

不过，事发地毕竟是黔军的营盘，人多势众的黔军最终还是稳住了阵脚，并试图将这三十余名宁公特军校合围在营中，但这些宁公特军校全都是百战之士，在看出黔军的企图后，又硬生生地撞破了合围，带着同伴的尸首回到了粟鞨军的营盘。

这一仗持续时间虽然短暂，但黔军在自家营中足足被粟鞨人杀伤了近四十余人，粟鞨兵却基本上全身而退。

自平骧之战以来，黔军一直如影随形地随在粟鞨兵身后，这种名为配合，实为监视的举动，让两军之间早就生出了不少龃龉。

这场突如其来的摩擦虽看似偶然而起，其实却是在双方不断积累的怒火之下，一次必然爆发的冲突。

宁公特人回到大营后，不甘吃亏的黔军士卒自发地集结起来，想去挽回面子，又害怕粟鞨士卒凶悍，只能一边隔着栅栏朝对方高声叫骂，一边偷偷地向粟鞨营盘射出黔军特有的毒箭。

此时宁公特诸人胸中恶气已出，本欲对来自黔军的挑衅不加理会，可就在这各当口，一名人缘颇好的白摆牙喇兵却被对方的毒箭射中。

这名白摆牙喇兵中箭的位置在左手小臂，入肉不深，他开始根本就没当回事，自己用小刀划开皮肉，直接将箭头拔了出来。

可是没过多一会，毒箭的药劲就上来了，他的伤口发黑、流水，整个左小臂肿得如大腿一般粗。

“痒！太痒了，我真受不了了，求求你们别绑我，让我拿顺刀把这臂膀砍下去得了！”粟鞨军中，能当白摆牙喇兵的，可都是百里挑一的好汉子，是在战场上断了胳膊掉了大腿，也不会出声喊疼的主。

可现在，就是这样一支乍看之下并不起眼的小箭镞，便让他难受得想拿顺刀剁自己的胳膊……不得不说，你们黔贵的毒箭真歹毒！

眼看着自家弟兄被毒箭折磨得死去活来，粟鞨大营这边不得已，又派员硬着头皮前往黔军营门处讨要解药。结果嘛，当然可想而知了。

“弟兄们，披甲！杀进黔贵营盘把他们当官的捉了，解药自然就到手了！”

营中的宁公特人全部披上了重甲，准备硬闯“友军”大营。我便是在这个时候回到营中的。

“待我们攻下营门，你等骑兵就只管纵马踹进去，旁人不问，只需直接突击他的中军大帐。看着有官样的，有一个拿一个！”

担当此役指挥重任的，是来自舒穆录部的牛录厄真伊日莫海林，这个名字翻译成汉语是青松的意思。在这次出征的宁公特人中，他是官衔最高的一个。

“嚯嚯嚯！”作为骑兵的一员，我随同伴们一道用喊声回应着他的调派。

“这下有意思了……”我放下了头盔的面甲，又从马背上的兜囊中取出了一副铁臂手。

平日里担当游骑，我连头盔都不爱带，臂手就更是不去碰了。那东西沉甸甸地坠在肩上，抬臂弯弓时太碍事。但突骑与游骑不同，身上的甲胄越厚，作战时就越安全。我可不想在这场无谓的争斗中白白丢了性命。

就在双方剑拔弩张，大战一触即发之际。一连串清脆的铜锣声穿透了黔军的叫骂，以及鞔州军的战吼，清晰地从不远处传来。

循声望去，一列仪仗缓缓向着两座营盘的方向开来。当先开道的，是两面上书“肃静”“回避”的大牌子，接着又是两面锦旗，上书“督察院左佥督御史阳”，“敕命带剑钦差大臣阳”。一队锣鼓手掌握着队列的行进节奏。鼓乐声中，青罗伞盖随风徐徐飘动，锦衣卫士按剑威武随行。

“这他娘的又是什么？是传说中的宁人戏班子吗？”骑在马上的焦尔伸脚踢了踢身边那名正帮他绑铁网护腿的阿哈。

“回主子的话，这可不是汉戏班子，这是宁国大官的仪仗，乖乖，这么大的阵势，得是多大的官啊！”那名阿哈并不识字，对锦旗上明晃晃的官诰也不甚了了。

这可是通天的大官啊！督察院左佥督御史，堂堂的正四品京官，按大宁祖制，这种官可以不需证据，直接上书风闻言事。

单凭一张嘴一支笔便可以终日‘毁人不倦’……此番还加了钦差衔，你们白日里忙活的那折攻城大戏，便是演给他老人家看的！哈哈哈……

我一边在心里暗暗笑着，一边不露声色地拉开了面甲。此人一来，今日这仗自然就打不成了。不过，眼前的戏码却是越发跌宕了。

钦差大人，我们这“高鲜楼”戏班子厚道吧！就知道你白日里没过足瘾，现在又额外加赠您一出“单刀会”。不过在这出戏里，您可就不单单是看客了，待会这戏折何去何从，可就全凭您的意愿来了！哈哈哈！

黔军那边率先停止了叫阵。因为他们好歹是认识汉字的……虽然我一直认为，和你们西南山民比起来，似乎粟鞨人长得与我们中原人更接近一些。

你说，要是这粟鞨人也说汉语，用汉字，是不是慢慢地也就变成宁人了呢？

“大熊，你不是懂汉语吗？他们打的那幡上写的什么字，你认识吗？”站在最前方的伊日莫海林回过头来问我。

“上面写的是，钦差，左什么御史，似乎是宁国皇帝从京城派来的官。”我装模做样地望了望，大声回答道。

咸州粟鞨之中，粗懂汉语之人并不鲜见。我从未掩饰过自己会说汉话，能读汉字这一事实，天天在粟鞨人中间生活，我没必要也没精力在这等无关紧要的枝节中表现得遮遮掩掩，欲盖弥彰。

“他娘的，来得正好！让他看看，今日咱粟鞨儿郎为他们抛洒热血，却无端受到这般欺凌。究竟孰是孰非？让这宁国的大官给咱评评理！”伊日莫海林兴奋地吼道。

“大人快看，咱家主将也骑马跟在队伍中走着呢！”焦尔杵了下伊日莫海林的肩膀，向钦差的行列中指了指。

我定睛观瞧，发现在钦差的队伍中，夹杂着一些文武官佐。鞔州军主将，真金家族的费多比果然也身列其中。7年前在野鹤城，他的两个儿子便是同时死在了那场大火之中。

那一日攻城过后甫一收兵，费多比便接到了蔺如风传下的军令，带着两名副将急匆匆地赶往中军帅帐参加军议。因此，方才宁公特将校与黔军诸人火并时，此人并不在营中。

当先一名骑在高头大马上的绯袍官员，定然就是钦差本人了。身旁骑马随行的金甲大将，不正是蔺如风蔺大帅吗？哈哈哈，大宁自开国以来就一直重文轻武，蔺如风虽是二品武官，但在这四品文官钦差面前，似乎也收敛起了平日的骄横。

地处偏僻的鞔州军大营，马上就要被这群文武将星照得璀璨夺目了……都说看热闹不怕事大，但这时，就连之前一直抱定“作壁上观”心态的区区在下，也不免有些忐忑了——这个“热闹”是不是有些大了？该如何收场呢？

“大人！”我跳下马走到伊日莫海林身边，伏在他耳边轻声说道：“大人，宁人卑劣无理，不能指望他们的官给咱们评理。

且你与那宁国大官彼此言语不通，待会若是说得多了，反而容易被奸人趁机颠倒黑白，无端生出许多是非！

这次是他咸州求咱们宁公特人帮他们出人助战，一切是非，咱们只要关起门来与咸州人摆清论明即可。一会在那宁官面前，大人切莫多言，暂且先听咸州人如何处置便是！”

“嗯……我懂了！”伊日莫海林摸着下巴笑着朝我点了点头。

“‘章琥塔三青松’，果然名不虚传嘛！”

听他这么说，我的心，才算是稍稍放下了一些。

我之所以这样做，并非是为了多管闲事，要知道，宁公特人做事极其冲动，且三百余宁公特军校已经厮杀一天，正准备踹进黔军大营。

此时，若是前来视察的钦差不晓事理，在三言两语间与这群蛮族起了冲突，事态定然一发不可收拾……咸州人派兵助战本就没安什么好心，且辽东柱石蔺如风也随行在钦差身侧，如果费多比有心抓住这个机会与蔺如风拼个玉石俱焚，其后果……罢了，蔺如风现在终究还是被粟鞨人搞死了……

更加让人不寒而栗的是……五里之外，就是屯驻着数万倭寇的坚城！

说话间，钦差的仪仗停在了鞔州军大营前。这一折的主角，有尚方宝剑加持的钦差大臣、督察院左佥督御史阳大人，在众军的注视下，勒马停在了鞔州营前。

“壮哉！还未抵达大营，本官就听见了粟鞨勇士的战吼！阳某这些年埋首案牍之间，原本以为‘四面边声连角起，千嶂里，长烟落日孤城闭’之诗描述的是征夫洒泪的悲壮苍凉……

哪知今日置身军中，亲眼所见，亲耳所闻后，方知先前所悟尽皆谬矣，原来先贤所著的这首《渔家傲》中，蕴含着这般的豪迈与激昂！

哈哈哈！蔺大人，你当真是名不虚传的‘辽东柱石’啊，这治军嘛，的确有自己独到的一套本事！”

我从人缝中冷眼打量着这名来自京城的钦差大臣，此人年近五旬，大腹便便，一脸的庸人相。

见到大营内全装贯带阵列于前的宁公特军校。他先是一愣，然后悄然摆手斥退了正准备持刀上前为其保驾护卫的京城金羽卫。迅速地将一副笑容挂在脸上，和随在身边的蔺如风说了这样一番话。

此人绝非庸才！我粗略地品味了一下他所说的话语。心中得出了这个结论。

敏敏，在官场之中，入仕之人从来不会在众目睽睽下直白地表述自己的见解。所谓官场中的不传绝学，便是如何将自己的立场用一番云山雾罩的话语，明晰而又含糊地传递给他人。

“明晰而又含糊”，这样说，听起来是不是有些矛盾？呵呵，其实这两者之间并不冲突。

就拿阳御史的这番话为例，乍听之下，是赞扬鞔州军士气高昂，军心可用。可细细品味，又隐约有指责粟鞨人隐含不臣之心的意思。

他说蔺如风‘治军确有自己独到的一套本事！’，你可以认为他是真心称赞蔺如风治军有方，反过来，理解成他在暗讽蔺如风驭下无能也说得过去。

总之，他似乎在一瞬间就感知到了当时营中弥漫着的，那种一触即发的战意。然后迅速说出了这番既让在场诸方均能轻松迈下台阶，又证明自己并非可欺之人的话语。当真是滴水不漏，“谈笑怒骂皆成文章”啊！

什么？我心思缜密着实可怕？

哈哈哈，妹子啊，打从在密道中相依为命时起，我对你可一直都是知无不言言无不尽的！你切不可冤枉了好人！

阳钦差的这番话，蔺如风当时听没听明白还真不好说，不过，他也早早地就察觉到了粟鞨军与黔贵军之间的异常，两军之前发生过什么，凭他久处行伍的经验，想必也能猜出个八九不离十吧。

“大人请看，此番出征，粟鞨人派来助战的尽是这般的精壮豪勇之士。可见粟鞨人虽野性未褪，平日里可能偶尔会惹出些小是小非，但其对圣上，对朝廷的忠心，却着实赤诚得很啊……”

既然钦差大人并未点破，蔺如风也就自然陪着天官一道装起了糊涂。他一边笑呵呵地回着钦差的话，一边接连向跟在身后的费多比使着眼色。

当然，费多比对这一切也是一头雾水，一名留在营中的咸州军校偷偷地跑到他身边，简要地禀报了此事的前因后果。

费多比一边听一边皱起了眉头，啧啧啧，其实听到个中原委后，他心里想笑都来不及，但在当时却仍旧摆出了一脸痛心疾首的表情。此人当真是投错了胎，若是生在京城，以他的演技，定然能成为红遍梨园的名伶……

在钦差大人的注视之下，费多比也没有办法公然向蔺如风禀报此事。好在那咸州军校的声音不小，蔺如风也听得懂粟鞨话，他当时一边强装欢颜陪着钦差谈笑风生，一边又分出心思极力想听清咸州军校口中所说之话。

若是论起演技，蔺大帅照费多比可着实差了一个段位。此刻，他嘴边挂着笑容，心中压抑着惊怒，脸上的神情可就不大好看了。全然没有了前些日子里驰援青羽馆时的豪迈。

青羽馆！想到这里，我心中暗叫了一声不好，不久前，在距青羽馆不远处的官道旁，蔺如风和他身边的亲卫们曾与我有过一面之缘！

现在，我身穿鞔州衣甲，站在宁公特军校之中，与蔺如风相距不过几丈之遥。若是在这里被人撞破了，我这枚由金羽卫事先布下的暗棋，可就失去效用喽！

我下意识地想伸手放下面甲，但转念一想，如此一来就更加有欲盖弥彰之嫌。还是横下心来，以不变应万变吧。反正此时距青羽之战，已经过去了一个夏天带大半个秋天……蔺大帅戎马倥偬之间，又怎会记得我这个在许久之前与他擦肩而过的无名小卒呢？

“大熊，那大官儿里哇啦地说了那么一大堆话，究竟是什么意思？”伊日莫海林斜眼看着阳钦差，头也不回地问我。

“夸咱们呢，说咱们宁公特的兵，吼声嘹亮，都是响当当的好汉子！大人啊，这官似乎是晓得咱们攻城时使了力气，特意来咱们这劳军的。”我只能这样给他解释了。

“嗯，这官虽然看起来像头肥猪一样，但眼光还不差！好，就给他的面子！”伊日莫海林露出了得意的笑容，他转过身，冲已经结成战阵的宁公特军校们喊道：“儿郎们，听我号令，呐喊起来，给宁国大官展展咱们宁公特汉子的威风！”

“嚯嚯嚯……”近三百宁公特将校再一次齐声呐喊。

不要小看了鞔州军的呐喊，这简简单单的喊，在粟鞨人那里也是大有讲究的。

比如说，小队人马在遮天蔽日的老林子里互相攻击时，会发出低沉悠长的呐喊，那种喊声回荡在山间，可以让对手摸不清自己的方向。这一招，据说是学自捕猎时的额虏尔虎。

入寇高鲜或者大宁时，大队人马在攻城前则会齐声爆发出震天的呐喊，对面守军若是胆子小些，听见这喊声，士气也就泄了一半……

这一次，宁公特军校们所发的，恰恰就是这种攻城时的呐喊。结果这一喊，却再一次惹出了麻烦。

阳钦差胯下所骑的，是一匹白色的高头大马，按照惯例，此人拜领钦差一职后，御马监会发给他一匹御马供他在公干时骑乘，因为，钦差代表的是天子的威仪。

虽然阳大人那臃肿的身材并不伟岸，但这匹通体雪白的御马，倒也为他增添了几分魁梧之感。

不过，这匹天家御马外表虽然神骏，却不是驰骋沙场的战马。陡然间，耳边响起了这排山倒海般的粟鞨战吼，竟然被惊得人立了起来。

可怜那阳御史，此番为了劳军才不得不舍轿乘马。他一介文官，能够骑上马背就已经算是不错了，哪里又能驾驭得了惊马呢?

“哎呦喂！”随着一声尖叫，阳大人从马背上扑跌了下来。刚好滚落到扬起的马蹄下。这一下变化如兔起鹘落般迅速，阳大人的随从们一时间大多都愣了神，眼看着御马那两只钵盂般大小的蹄子就要踏落到阳大人的身上……

就在这时，斜刺里冲出了一个人影，那人将攻城锤般的肩膀狠狠地撞在了惊马的肚腹之间，力道之大，撞得让仅靠两只后蹄站立的惊马，足足向旁边趔趄了三尺之距，这一撞救下了阳大人的命，惊马两只前蹄落地的时候，刚好砸在了阳大人的头边……

两名随行的京城金羽卫慌忙上前扶起了被摔得七荤八素的阳大人。这时，人们才发现，这名撞击惊马的汉子，正是一名为阳大人提供护卫的京城金羽卫。

此人身材高大，比我足足高了半个头，棱角分明的脸上，一双虎目锐利非凡。金线镶边的飞鱼服穿在他身上，将京畿司金羽卫特有的雍容气度彰显得恰到好处。

越发浓烈的夕阳，刺得我眼角处流出了些许泪水……我揉了揉眼睛，轻轻地抬了抬手，算是用我自己的方式，朝这名久违了的老友暗暗打了个招呼。

“鹏举兄，别来无恙？7年未见，你还是这般玉树临风……这些年，你和你的‘粟鞨第一美女’，生活得可还顺意？”我用眼角的那丝微笑，默默地在心里对昔日袍泽倾诉着多年来的离殇……

阳钦差这一摔着实不轻，反倒是让一众宁公特军校有些尴尬……他们收了战吼，面面相觑地互相望着。

蔺如风坐在战马上，朝费多比吼道：“你这些手下太没规矩了，怎能用这等粟鞨陋习迎接钦差大人？现着你选派得力将校，明日午时前到中军处报道，学习大宁官军的一应仪典礼节！”

“蔺帅！蔺帅休要动怒！这可怪不得壮士们啊！”阳钦差在侍卫的搀扶下，扶着腰从路边的山石上缓缓站起身来。

“这连翩北驰的金羁白马，只有矫捷赛猿、勇悍若螭的北地游侠儿才能驾驭掌控嘛！下官久处朝堂之上，埋首笔墨之中。这才导致了今日之窘境，哈哈，众位兄弟可发一笑，啊，可发一笑嘛！‘宁为百夫长，胜做一书生。’这句诗今日正好就应在下官身上了！”

你看，阳钦差说的，又是一番模棱两可的官话……

“阳大人御体是否无恙？是否进入这粟鞨大营中再视察一番？”蔺如风挥退侍卫，下马亲自搀扶着步履仍有些蹒跚的阳钦差，小心翼翼地问道。

“无妨，多亏了圣上遣来的金羽亲军，下官才侥幸从马蹄下逃得性命。阳某唯有秉公职守，不负重托，方才能够报答这番浩荡的天恩啊！今日所见，已经足矣，我看就不用再兴师动众地去粟鞨大营中添乱了。哎？粟鞨营中是何人在呼喊？为何嘶吼得这般凄惨？”

在此之前，阳钦差等文武众官对于鞔州大营与黔军营盘之间剑拔弩张的气氛均是只字不提。此刻，借着鞔州营盘中传出的阵阵哀嚎之声，似乎马上就要离去的阳钦差，却突然摆出了一副体恤士卒的表情。

“这个……想必是攻城时受了伤吧！”蔺如风酌字酌句地回答道。

“哎呀，下官在京城时曾经听闻，粟鞨儿郎乃是世间响当当的铁汉子，怎地这人叫得如此凄惨？他身上的伤，定然极其严重……

此番援高，粟鞨人是主动派兵助战的，现在下官亲耳听着义士的声声悲鸣，当真是寸断肝肠……若是就此转回，定然寒了眼前这些粟鞨儿郎的忠孝之心！蔺大帅，咱二人还是一起去粟鞨营中走一遭吧，也好聊慰义士之心！”

“费多比，你亲自在前引路！钦差大人要去你营中慰问伤患！”蔺如风一声令下，费多比也不推辞，阔步上前，引着众官走进了大营。

被黔军药箭所伤的白摆牙喇兵此刻正躺在自己的军帐中，两条粗粗的麻绳紧紧捆着他的臂膀和腰腹，中箭的左侧小臂此时已经完全变成了乌青色，肿得足足有原来的三倍粗。

这名白摆牙喇完全没有理会走进帐篷中的胡汉众官，依旧涕泪横流地高声哀嚎着。两条没被束缚的大腿一下下地蹬踹着身下的门板，咚咚的声音有如战鼓鸣响。

一看伤势，蔺如风就晓得了其中的原委——这可不是攻城时受的伤，分明就是中了毒箭嘛！

当时，我也站在那张病榻旁，原本不想挤进来凑这个热闹，但是伊日莫海林不懂汉语，生生将我拉进了帐中给他当通议。

这是中了撒药箭啊……看着那条肿胀的小臂，我心中不由得一紧。当年在金羽卫中做夜不收时，我那同僚田利常曾经利用闲暇时光钻研世间奇毒，有小成后整理出一本册子，归纳出了各种毒药的产地、性状、解救之法等一应情况。我曾经借来翻阅过。

按书中所述，在黔贵与桂粤交界之处，生有一种叫“撒栱”的高大桑树，土人将树皮割开，取汁液与蛇毒混合，配置出一种见血封喉的“撒药”。黔桂两地卫所军从土人处习得此法后，也常常将“撒药”涂抹于箭头之上。

中箭之人，若不得解药救治，便会肌肤溃烂，哀嚎数日而死……这种药箭，想必在令兄的麾下，也有装备吧！

我在记忆中又快速地搜索了一下解药的配置之法，然后便放弃了自行配药的念头……你看，你笑了。看来你也知道，配置这种解药，需要用个得马、斑藤等三十余种黔贵特产的草药，熬制数日方能成功。

病榻上的那名白摆牙喇兵，没来高鲜前就与我颇为熟识，我们同属正白旗固山，又同为旗内的白摆牙喇兵。他是牡丹乌拉上游厄多里部的勇士，隔着200里的距离，与我同饮一江曲水。

有一次我们在北冰海附近“打生口”时，一名窝集粟鞨女人见我准备把她家中存着的两坛海兽油抱走，突然从灶间拽出了一根燃烧的劈柴。眼看火焰袭来，一惊之下，我慌忙放开了手中的海兽油，准备腾出手来拔刀防御，可是这样一来情况更糟，洒落的兽油将我的身上、脚边淋了一个透湿。

完犊子了！我这个当世‘苏武’，今日里要在阴沟里翻船咯……

那海兽油燃性极强，遇火就着，水泼不灭。面对着不远处那根就要飞出的火把，我暗暗地感叹了一句。

就在我准备闭上眼，感受炮烙之刑的滋味时，眼前病榻上的这名老兄从背后挥起一刀，将那名窝集女人砍作两节，她手中的火把也随之被压在了她的尸身之下。

事后想想，这一件看似平常的小事，似乎是我此生距死亡最近的一次经历。幸好这老兄及时砍出了那一刀，我才没被海兽油烧成焦炭。不过，自那次事情之后，我就再也没有过这种“妇人之仁”了，每一次都是先杀人，再越货！

哈哈哈，又扯远了，总之，看着眼前那名生不如死的白摆牙喇兵，我咬了咬嘴唇，心中算计已定，待会若有时机，我需极力救他性命。

“壮士？壮士！你这伤势，为何这般骇人？”

阳钦差俯下身，关切地询问着病榻上那位老兄的伤势。但是对方又如何能听懂他的话？仍旧是圆睁着一双布满血丝的“牛眼”，无助地嚎叫着……

“蔺帅，那倭寇军中，有如此锐利之器？能将咱军中的健儿伤成这般模样？”阳钦差从怀中掏出手帕，拭了拭眼角，动作竟毫无造作之嫌。

“阳大人这般体恤士卒的舐犊之情，是自我之下全体援高军将士的福分！”蔺如风并没有正面回答这个问题。

“大熊，这大官怎的还抹上眼泪了？”伊日莫海林捅了捅我。

“这大官说咱弟兄这伤太惨了……”

“啊？正好，你快和他说，说咱弟兄这伤到底是如何受的！你快说，原原本本地说，出了事，我给你担着！”伊日莫海林说这几句话时的声音很大，一时间，帐中诸人一起转头向我俩望了过来。其中就包括蔺如风，以及站在阳钦差身边的关鹏举。好在，这二人都没有表现出什么异动。但是，我仍旧从关鹏举的眼中，看见了一丝一闪而过的惊诧。

好吧，豁出去了，先救了这名白摆牙喇兵的性命再说！

我再一次咬了咬下嘴唇，迎着众人的目光向前方踏出了一步。昂首用汉语对阳钦差说道："禀告大人，我家这位健儿所受之伤，似乎并不是来源于敌军的器械！"

我这句话一出口，帐内凡是能听懂汉语的人都是一惊。蔺如风眼中登时凶光大盛，他应该一开始便认出了我的身份，此刻则略显悔意，似乎在犹豫着要不要揭穿我金羽卫的老底，我用最小的幅度朝他眨了眨眼睛。

蔺如风则略微皱了下眉头，然后轻轻地挑了挑眼皮，仿佛在说："你之前敢用铳击本帅坐骑的方式给本帅传递军情，当真是胆大包天！不过效果也还不错……今日在此扮成粟鞨人的样子，又想要出什么奇招？看在上次那件事的份上，本帅姑且就再信你一次，不过，你此番切莫玩得太过，若是在钦差面前说错了言语，可休怪本帅和你翻脸！"

"钦差大人请看，我家儿郎受伤的部位在手臂后侧。据弟兄们说，此人正在攀城之时，被一枝从后方飞来的小箭射中，当时并无大碍，我家儿郎一把就折了箭，继续舞刀攻城，斩杀倭寇数人。

直到收兵后这中箭之处的伤口，才愈发恶化……大家一致推断，我家儿郎中的这一箭，应该是友军无意间误射的。我们大家计议了一番，决定先等营中主将从中军大帐结束军议归来后再做处置。"

我说这番话时故意鼓起了舌头，让话音中带了一股粟鞨语的腔调。

"蔺大帅，这名粟鞨将校的话，可还在理？"

"在理！"

"下官以为，这乱军之中，刀箭无眼，发生误伤误击之事，本就在所难免，现在最关键的，就是寻到这支箭的根源，再想办法缓解这位义士所受的痛楚！"

既然钦差大人都发话了，接下来的一切也就都变得简单了。钦差一行离去后，黔军那边便送来了解药，交代了内服外敷的用法后，第二日，这名白摆牙喇兵便恢复如常了。

这场闹剧中真正让我琢磨不透的，是身为鞔州军主帅的费多比，为何自始至终都以一种冷眼旁观的态度，任由事态肆意发展。

当时给文武众官担当护卫的，除了关鹏举等十余名仪仗意味更浓些的金羽卫，便只有蔺如风麾下的二百余帅府家丁。费多比若当真包藏祸心，再稍稍泼上一些油，宁公特众将士冲天的怒火就会燃烧得越发猛烈。

文武各官在应对时只要稍有不慎，那日的局面就有可能演变成阵前哗变之势。三百宁公特将校对阵二百帅府家丁，基本上就是一个玉石俱焚的结局。

可是，费多比却一直一言不发地站在一旁，好像他才是那名一边品茗一边赏戏的看客。

接下来的几天中，粟鞨大营又恢复了往日的平静。日出之后，大家排好阵势，保着宁军炮营兵士将大炮运至城下架好，再“嗵嗵嗵”朝着城墙上轰击一阵，这日的功课就算是做完了。可是就在这种平静的气氛中，一些流言在众人之间迅速地滋长、传播着。

“那天被咱们吓得坠了马的宁人大官，当天夜里好像就突然间一命呜呼了！许是坠马时伤了内脏吧……”

“蔺家老大这下可完蛋了，死的那人可是钦差。什么是钦差？我和你说这钦差可了不得！那可是宁国皇帝的代表和象征。听说辽东边军那边现在都乱套了！按宁国律法，钦差死在他营中，他是需要抵命的！蔺如风现在正忙着遮掩这个消息呢……”

“你们听说没？有人说那日里与黔贵军动手的人都算是叛军，得被拉到宁国京城去斩首！”

“什么？那件事明明是我们占理啊！”

“哎呀，这样一来，这军中的宁公特人，似乎一个都逃不脱啊……”

那几天中，类似这种消息如秋夜的蚊蝇一般环绕在众人的耳边嗡嗡作响，搅得人不得安宁。

按说，那几日上峰下了军令，暂停派游骑出营哨探。我也就一直闲待在营中，粟鞨军中平日里禁止阿哈随意出入，能出营的大多都是宁公特人，而他们又和周遭之人语言不通……因此这些消息，都是从何处传来的呢？

“萨满保佑，咱宁公特人的骨头可不像咸州、野鹤诸部那样软！众儿郎给老子听好了，咱们这一次是兴义师，自愿帮宁国人出征卖命的。

咱们出发前舒穆录贝勒跟我说了一番话，他老人家嘱咐我，说咱们宁公特人在出去后必须像遮根采岭上的狼群那样紧紧地抱成一团，不能受外人一丝一毫的欺侮！

那一日大家亲眼所见，先是宁人军兵侮我英灵，欺人太甚！后来是那文官骑术不佳，自己摔下了马背！咱们爷们可没犯一丝一毫的错误！若是他们要拿这个为借口编排咱们，咱们就必须上下一心和他们怼到底！哪怕是咸州人不帮咱们，只靠咱宁公特的这些弟兄，也要拼着性命和他们干到底！”

钦差走后的第十天，这些谣言引起的惊惶达到了顶峰，那一日日落前后，伊日莫海林将包括我在内的，说话比较有分量的50余名宁公特军校悄悄召到了自己帐中，说出了他的应对之法——一旦事情不对，就得干！坚决不服软！宁公特人不能稀里糊涂地被人整死！要死，也得握着刀死在敌阵之中！

他的想法，得到了大家的一致认可！

在众人低沉的呼喝声中，我抬眼望了一眼那座距营门二里之遥的小山。山坡上，杂乱地搭满了各式各样的简易窝棚。

敏敏，在人们的潜意识里，常常将战乱与凋敝二词自动关联，但是，在这种长时间的两军对垒中，有一种“行业”却特别红火……

刚刚开战时，耳边响着咚咚的战鼓，身边是和你一样兴奋得连面目都有些扭曲的袍泽，一时间，就算是怂人也会浑然不将自己的生死当作是什么紧要之事，可以凭着那股血性化身修罗恶鬼，呐喊着杀入万军之中。那时若是就这么痛痛快快地死了，也就算了……

若是没死，战鼓再次响起时，就得重新再拿起兵器。不过每一次集结时，你都会发现，阵线里又少了几张自己熟识的面孔。就这样一场接一场地打啊打啊，任你有万丈豪情，也会被一点点地消磨殆尽。

此时，你就会感觉到恐惧、感觉到压抑、感觉到日子一日比一日难熬。若是有事，忙忙活活地一天也就过去了，若是无事，征夫可以呆愣愣地蹲在脚边的蚂蚁窝旁，盯着熙熙攘攘的蚁群，从朝阳升起一直到日暮西沉。

所谓“养兵千日，用兵一时”，当敌我两军战线稳定后，这种“养兵”的日子也就越发地多了。征夫们总不能天天蹲在地上看蚂蚁吧？

这时，最能抚慰人心的东西，就是女人那柔软的怀抱了……不论这个女人是丑是美，是老是少，是香是臭……只要是女人就好，只要能把头埋进她胸前或坚挺或绵软的双峰中就好……只有这温柔乡，方能让浸透了硝烟与鲜血的心灵沉寂下来，享受瞬息安宁……

于是，营门外的那座小山，就成了夫们最向往的地方。刚开始时，那山上只有几座小棚，现在，不仅山上已经被木棚搭满，就连山脚下也响起了叫卖之声，这座“游女山”俨然已经变成了一座小城镇。不仅卖皮肉，还卖浊酒、卖汤食……没钱买？不怕！可以用东西换！明码标价，童叟无欺！

当官的对这种事情也都不会去明令禁止。大头兵的性命就好比秋日里的飞蛾，要是连这个都禁了，不仅损阴德，麾下军队的战斗力说不准也会受到影响。有些营中，官长甚至将上“游女山”作为对部下的一种奖赏。

敏敏，莫要用这种眼神看我，好不好？

我之所以和你提起这些，是因为，上峰将我与金羽卫的联络点，就设在了那座“游女山”上。

之所以设在那种地方，倒并不全是因为你轩大哥等人的恶趣味，仔细想想，鞑州大营附近，还真没有比那里更合适联络的地方！因为就算是彪悍的粟鞨爷们，也有想睡女人的时候嘛。

3000多鞑州军，共分为三队进行轮换——一队值守、一队备勤、一队休整，诸队人马每三日一轮。休整时，队中的真粟鞨人是可以出营消遣的。只不过，上峰明令，为保平安不可单独前往，须得五人以上持械共同出行……

“看来，一会我要去一趟‘游女山’了……”

顶着伊日莫海林横飞的唾液，我暗自想着。一个月前，我已经趁着不当值时和焦尔等人共同上了一次山，悄悄和专职与我联络的“鸽子”接上了联系。

当晚，我随众伙伴又上了一次山，将鞑州营中谣言四起之事通过“信鸽”报给了上峰。

说来有趣，粟鞨人虽与山上的“游女”言语不通，但是单凭手势交流，便能谈好价格，沉醉花荫，哈哈哈……那些游女中，既有高鲜人，也有宁人，似乎还有倭人……什么？不想听？好好，那我就此打住，不说这个了！

就这样，又恍恍惚惚地过了十余日。

一天晚上，鞔州营主将费多比突然传下将令，将营中宁公特将校全部召至中军帐中参加军议。

我和大家一同走进皮帐。由楸子木制成的帐梁上，高高地悬着几束粗大的松明。在阿哈军中充任牛录厄真以上的官员在我们之前就已经到了。他们似乎已经提前知晓了一些事情，一个个脸红脖子粗地叉手而立，就像是一群被人从冬眠中惊醒的黑熊。

“爷们儿们！我们刚刚得到可靠消息，蔺如风那狗娘养的计划着要对咱宁公特人下黑手了！”

第一个说话的，又是伊日莫海林，哎，我可怜的大人……当初舒穆录贝勒为何会选你这样一个集厚道与霸道于一身的人，带领一众宁公特兵甲赴咸州阿哈军中任职呢?

自出征以来，老奸巨猾的费多比对你处处姑息顺从听之任之，丝毫不加节制，为的不就是……莫非舒穆录贝勒之所以选你为将，也正是为了？？？

“方才，咱们军中的斥候探到了重要军情，又有一支宁军的大队人马进入了高鲜，看旗号是宣大边军。已经进至谡水一线，离咱们这里，多说还有十日的路程！”

这尊一点就响的大炮，继续一发接一发地鸣放着由费多比之手装进膛中的炮子。

“费多比大人今日还接到了一封发自蔺如风处的密令！大人，就请您给儿郎们说说那密令中的内容吧！”

“诸位兄弟！你们可知‘宁公特’一词在粟鞨古语中是何含义？”面对着近三百名惊诧的宁公特人，费多比却出人意料地和大家讲起了古语。

“‘宁公特’‘宁公特’！在几百年前，这个词所表达的，乃是‘兄弟六人各据一方’之意！相传上古之时，一位仙女下界到盖马山的圆池中沐浴，此间因吃了神鸟衔来的朱果而有孕在身，仙女怀胎十月后，诞下六个婴孩……”

“然后做了六个木盆，将婴孩分别放入其中，顺牡丹乌拉蜿蜒漂下。一直漂到遮根采岭与老爷岭间，即如今舒穆录部的居城附近。

正赶上世居于此的六个部落互相攻伐。六个部落见有六个男婴顺水而下，知道此乃天意，便分别迎奉了其中一人回至本部立为首领，自此六部之间化干戈为玉帛，在牡丹乌拉两岸和睦而处。这六个神婴中，就有我们舒穆录部的先祖。

当然，也有你们咸州的先祖库雍清！这都到了火烧眉毛的时候了，你还和我们爷们瞎嘞嘞这些没用的干嘛啊？”

已经急火攻心的海林颇不客气地打断了费多比的陈述，替他讲完了接下来的传说。

费多比没理会海林的诘问，继续按照自己的路子大声说道：“在我们咸州，上至真金家族，下至奴隶阿哈，全都知晓这个传说。

虽然，多年前我们离开故地，举族南迁……

但是，全咸州都知道，我们咸州人的根就扎在那滚滚奔流的牡丹乌拉两岸！

全咸州都知道，我们与宁公特诸部的祖先乃是一母所生的同胞兄弟！

全咸州都知道，无论何时，宁公特人都是咸州人最可靠最忠诚的伙伴。不对，何止是伙伴，宁公特人与咸州人的身上，流淌着同一个祖先的血液，我们不仅仅是伙伴，更是亲戚，是兄弟，是父子！

我们咸州人都晓得，这么多年来，在每一个事关咸州生死存亡的危急关头，宁公特的亲人们都会义无反顾地站在咸州人身旁，陪咸州人共同面对危难，就算自己斧刃加身也绝不后退半步……”

说到这里，费多比的情绪愈发激动了。

“直到今天我仍然记得，当年，在开阳城外，我们两千名咸州兵甲猛攻三日，仍然登不上开阳的城头，那个时候，前来驰援的辽东铁骑距开阳城已不足百里，我们坐困坚城之下势成骑虎，随时可能被敌人里应外合全部围歼……

就在我等惊慌失措之际，一千宁公特兄弟及时抵达，开阳城随之一鼓而破。前来救援的辽东铁骑慑于我们兄弟齐心的军威，顿兵战线之外，不敢再多行一里。

事后我才知道，为了帮我们，这些宁公特兄弟在15日内行军两千里，抵达后不顾劳顿，二话不说就披起铠甲杀上了城头！

那一天，一名因胸口中铳而气若游丝的宁公特兄弟抓着我的手，断断续续地对我说，他死了不要紧，关键是不能眼看着自家兄弟受宁人欺压而什么都不去做！说完这句话，他就死在我了的怀里……当时，我一边抹去眼角那止不住的泪水，一边暗暗发誓：对宁公特兄弟的这份恩情，我费多比就算赴汤蹈火，也要尽力偿还！”

此时，他微微仰起头，似乎是在回忆往事，又似乎是想阻止泪水在众人面前夺眶而出，但是，两行泪水最终还是沿着他的脸颊滚滚滑落。

他吸了吸鼻子，一把抓起了伊日莫海林的手，转而继续对众人说道：“我与海林兄弟，便是于那日相识的！哈哈哈，海林兄弟，不知你是否还记得我？但是，那一日你手提大斧，三斧子砍倒了两名宁军军官的英姿，却早已经深深地印在了我的脑海里，终我一生也无法忘却。

这一次我受命率领阿哈军出征，一看宁公特这边带队的人是你，心中别提有多高兴了！

这些日子里，无论是行军打仗，还是宿营屯驻，我都是尽可能地尊重你的意见。

因为在我心中，凭公，我知道海林兄弟是宁公特两白旗中数得上的好汉子，论起军略，我费多比是万万及不上的。凭私，海林兄弟可以算得上是我的救命恩人，不仅是海林兄弟，今日帐中诸位小兄弟的父兄，也不乏当日在开阳城下解我等倒悬之危的恩人。我费多比何德何能，能够去节制诸位宁公特的好儿郎？

可是，就在今日，蔺如风那厮却给我传来了一道密令！”

费多比刷的一声从怀中掏出了一张纸，在众人面前扬了扬，高声说道：“这张密令上写着，明日，将对蔚山城再次发动一波猛攻，攻城后，即行解除所有宁公特将校的武装，不再让尔等担当统军之职，并押在营中严加管束。辽东军将另行调派官佐来至军中，充任阿哈军统带。”

这个消息一经说出，军帐中立时就炸了窝。大家都明白，若当真有此军令，那就确确实实预示着，此前的传言都是真的，辽东军要收拾我们这些宁公特将校了。

“章琥塔·大熊！咱们宁公特爷们里数你汉字认得最多，你来看看这密令，然后告诉大家里面的内容是不是如费大人所说的那样！”伊日莫海林一把将那张信纸从费多比手中夺过，不由分说地塞给了我。

那的确是一封来自辽镇总兵官署的军令，当先的内容也确实是对于那日宁公特将佐与黔军摩擦一事的训诫。不过诸如“解除武装、集中看押，另派官佐”一类的内容，却是由旁人伪造的。

也不晓得费多比从何处找来了这般能人，那些伪造部分的笔记，和前文中的完全一致。

不过，大宁官军为防止这类伪造军令的事件发生，在签押用印方面具有一套详细的防伪办法。

我在金羽卫中时，除了担纲夜不收一职，因文笔出众，还总被叫去司里给上峰写一些重要的公文奏报。因此一眼就识破了藏在这封密令中的猫腻。

不过，当时我还能怎么办呢？难不成要我给这些宁公特将校们耐心讲解公文中的签押用印之法？哈哈哈，若是如此，就算是像伊日莫海林这般厚道的人，也会马上识破我的身份，拔出刀来将我一挥两段……

“嗯，纸的内容，正如费大人所说！”我故作沉重地点了点头。

我们时常说粟鞨人生性狡黠，但据我观察，宁公特人的狡黠大多只存在于狩猎、征战之中，在人际和政治上却表现得近乎纯朴。

而与汉地相近的咸州人，近年来则在与宁人的接触中逐渐学会了很多尔虞我诈的伎俩。现在，费多比仅仅凭借着一番陈词以及一封伪造的手令，就将帐内诸人玩弄于股掌之中。

不过，也不得不承认，费多比此前的那番陈词当真有其慷慨动人之处。别说是这群天真烂漫的宁公特武夫，就算是拿到大宁朝国子监中，也足可以将那群读圣贤书的簪缨世子们忽悠得一愣一愣的……

“据我在帅府家丁中的线报所探，蔺如风准备在解决了大家后，将前线军务交由新到的宣大边军将领提辖，自己则带领辽东铁骑从高鲜边界直接进入宁公特腹地，突袭牡丹乌拉岸边新建的宁公特城！”语不惊人死不休的费多比乘势又抛出了一个更加骇人的言论。

“他娘的，欺人太甚！老子现在就抄家伙踹了他的中军大帐！有没有和老子一同去的？”一名脾气暴躁的白摆牙喇兵一下子跳了起来，大声地喝问着身边的同僚。

帐内四十余人当即用战吼对他做出了回应。

“弟兄们，先别这样乱乱吵吵的！小的敢问费大人，为何这蔺如风突然间要发兵征伐我们宁公特两旗呢？”焦尔虽然名为“傻狍子”，但心思却比一般人细密一些。他的提问，也得到了一些人的支持。

“呵呵呵,小兄弟啊，前些日子你们那一闹，导致钦差大臣阴差阳错地死在了蔺如风营中，在宁国这可算是和咱们‘阵失主将’一般的大罪啊！

蔺如风此时若是光解决掉咱军中的宁公特人可抵不了罪责，只有将宁公特城捣毁了，尽可能多地砍些首级，回头再报一个‘宁公特诸部叛乱，钦差大臣不幸殉国，所幸皇上洪福齐天，现叛乱已被辽镇军兵一举荡平’的大功给朝廷，方才能够将功折罪之用。

再者说，蔺如风这些年一直都揣着打一打宁公特诸部的主意，只不过距离太过遥远，而且想要够到你们，就必须穿过咸州诸部的千里辖地。

他也担心开打之后自己的部队被咱们两下夹攻，前后一围就可能吃了锅亏……现在借着抗倭之机，他的大军已经进到了平日里无法进入的高鲜国境，刚好方便他从高鲜境内出击，直捣咱宁公特两旗的黄龙……

而且，大家可别忘了，当年蔺如风的二弟蔺如云，正是在开阳城破后被咱宁公特儿郎阵斩的……如此大仇，可不是想忘就能忘的啊！”

费多比冷静地将自己的分析娓娓道来，方才还一片喧闹的大帐中，此时已变得鸦雀无声。宁公特将校们突然意识到，他们之前与黔军的那一次摩擦，竟然给家乡埋下了如此之大的祸端。

我继续在人群中压抑着自己，我真想冲上前朝着费多比的老脸上甩出两记耳光，再唾去一口浓痰。他娘的，如此的谬论，竟也被他说得有鼻子有眼的……

前几日，我从游女山的“鸽子”那里，看到了一份轩子佩写给我的《要情概览》，得知朝廷新向高鲜增调的宣大边兵2万人，不日便可抵达蔚山前线助战，宣大边兵到达后，宣府镇总兵齐司勤会接替蔺如风担任备倭提督官一职。

除留下一小部骑兵作为偏师外，蔺如风将率领大部辽东铁骑返回国内。

这是一种朝廷惯常所用的阳谋，之前蔺如风已经率领辽东边军连下平壤、王京两座都城，且残倭此时已经被宁高联军压在几座沿海的孤城之中。距高鲜全境光复之日，已可计日而待。

在这个当口，以辽西韦兀流寇活动日渐猖獗为由，让蔺如风提前卸任返回国内，明面上，朝廷上下均会对内阁中枢竖一竖大拇指：蔺如风在援高之战中已立下了不世之功，他麾下的骑兵长于野战，用在攻击坚城上实在过于浪费，若是因此再惹起什么波折，反而就不美了。

此番提前将他替换下场，正体现了圣上对他无微不至的关爱。做臣子的今后唯有继续恪尽职守，直至肝脑涂地，方能报答这隆隆的天恩。

但实际上，前线诸军全都晓得，蔚山、斧山一线的倭军就像秋日里枝头上的果实，不用人摘，只要守住了，用不了多久就会自己掉落下来。

朝廷在这个时候将蔺如风调离，实质上就是存了不想让一家军头独得全功之意。

几日前那名坠马的钦差，就是为此事而来，轩子佩在《概览》中写道，此人现在已经移驻谡水城，在那里履行督导之职，直至前线诸军顺利完成大规模换防。

但就是这样一次寻常的阵前换防，在费多比嘴里，现在已经成了蔺如风妄图毁灭宁公特诸部的阴谋……

“费多比，你不惧蔺如风那厮的淫威，能够提前将宁人的阴谋透露给我们，这份情谊，我伊日莫海林在此替儿郎们向你道谢了！

既然事已至此，咱宁公特爷们是坐在营中老老实实地引颈就戮，还是先下手为强，现在就披起战甲，乘夜踹了那边的中军大营？”伊日莫海林朝费多比抱拳一揖，继而抬起头头恶狠狠地说道。

“干他娘的！”

“必须干死他！”

“咱们惹的事！咱们自己平！”

“坚决不能坐看他提兵去祸害咱们的家园！”

“披甲，现在就披甲！”

宁公特将校们群情激愤，叫嚣着簇拥起伊日莫海林，欲往帐外走去。

“且慢！大家听我一言！”

费多比一个箭步跳到了帐门前，伸手拦住了众人的去路：“蔺如风的中军戒备森严，辽东铁骑又人数众多，咱宁公特的爷们儿虽猛，却也没有必胜的把握！事到如今，我费多比也豁出来了！

此番就是拼了这条老命，也要和宁公特的爷们儿同进同退，不仅是我，我手下的咸州军校也抱定了这个决心！再加上三千阿哈，我便是让他们去京城金銮殿上杀大宁朝的皇帝，他们也绝不会皱一下眉头！

咸州与宁公特骨肉相连，血脉相通，我相信，若是我家主子在此，也会做出这样的选择！因此，我费多比今日就替真金家族做一回主，咱们整整一军人的性命，就全交到你伊日莫海林手中了！就算拼尽咱这三千多条性命，也要阻止蔺如风那厮提兵去宁公特造孽！”

“好！好！好！”

伊日莫海林将费多比揽在怀中，紧紧地抱了抱。

“那就抓紧时间集结军马吧！让大家全都披上甲，跟老子去踹辽东铁骑的大营！”

“海林兄弟莫急，此去中军足有十里之遥，中间还隔着四座营盘。咱们若是就这样大摇大摆地开过去，必然会打草惊蛇，若是让辽东铁骑提前有了防备，这仗可就不好打了……

我方才想了一个计策，现在便说给海林兄听听，事关重大，这帐中也尽是咱自家的儿郎，大家伙一起听听，也好帮着海林兄参谋赞画一番。”

费多比一屁股坐下，拔出顺刀在地上画起了草图。画好后，又捡来几块石子充当战线两端的各部军马，详细地向众人讲起了他的计策。

那可当真是一条毒计啊——待明日众军云集蔚山城下准备攻城之时，鞔州军突然哗变，首先袭杀身边的炮营阵地，再一边用火炮轰击蔺如风所在的中军，一边派重甲步兵强行冲阵。大乱一起，宁军阵线定然全军崩溃，而蔚山城中的数万倭寇也不是白吃干饭的孱弱之兵，自然会抓住战机出城攻击溃乱的宁军。

此时已提前部署妥当的鞔州军只需结成坚阵，一边固守营盘，一边坐观辽东铁骑与倭国残军二虎相争，便可伺机收取渔翁之利……

此计一出，伊日莫海林当即大喜过望，再一次将费多比抱在怀中连连称赞，就差与其当众贴面热吻了……

计定妥当后，费多比又装出突然想起的模样，命亲信搬出了一麻袋信件。据说是今日刚由专人从宁公特城送来的家信，粟鞨话中并无相应文字，这些家信都是由家属口述，再由部落中懂得汉语的人译成汉字写下，复又集中送往军中的。众人若是想知道信中所写的内容，还要另找“通译”进行转述。

想来那费多比多少应该是读过些汉学的，此刻他搬出家信，是想让宁公特将校们借着思乡之情，在第二日的大战中勇往直前。但他却没料到，这群宁公特两旗的赳赳武夫，心中根本就没有“烽火连三月，家书抵万金”之情怀，拿到信的人大多看都没多看一眼，便揣进了怀中。

我也得了一封，扫了一眼落款，是韦赫达寄给我的。韦赫达……我默念着这个名字，好兄弟啊，幸好你此时并不在这支军队当中……

分完信件后，中军帐内的宁公特将校立即一哄而散，急着赶回自己帐中准备第二天的厮杀，费多比传下将令，自即刻起开始实行宵禁，所有哨兵均由宁公特人轮值，到明日出阵前任何人若无主将手令，均不可随意出入营盘。

费多比下令时，我不屑地冷笑了一声，拉了拉身边的焦尔，对他说道：“今夜别睡了，随我一起去游女山上找找乐子吧。”

说这句话时，我并没有刻意去压低嗓音，因此周围的几名同伴，都听到了我的提议。大家彼此间相视而笑，解散后便一同大摇大摆地出了营门。

有道是“法不责众”，此刻见我们六人同行，守门的族人立即上前笑呵呵地打开了门。

“你们几个快些回来换岗，也好让我们在开兵前去山上快活快活！”

众人均知大战在即，今夜很可能就是自己今生最后的欢愉时光，在赴死面前，任何军令都显得苍白异常。

鞔州军法虽严，但讲到底，咸州人终究还是没办法直接去驾驭宁公特人的……黑暗中，大家一路小跑着奔向数里外的那片阑珊灯火。

山脚四周，是一片连绵的酒肆，内中售卖的，只有高鲜的土制烧酒，味道既不醇美，酒性也不浓烈。但好歹也是酒啊，军汉们通体舒泰地从山上的小棚子里钻出，围坐在酒肆中央整夜沸腾的大铁锅四周，先从铁锅中盛出满满一大碗杂烩汤喝进肚中，再要一壶烧酒坐在灯下慢慢浅酌，这片刻间的安宁，对于有今日没明日的“飞蛾”来说，便已经是莫大的享受了。

昔年“为赋新词强说愁”时，我曾特意雇了一叶扁舟，在金陵城艳名远播天下的秦淮河中泛舟夜游，与那销金的“秦淮风月”相比，这座“游女山”寒碜得让人几欲撅倒。

但此时，我却一直跑在众人之前，用最快的速度穿过了山脚下的街肆，在我身后，传来了同伴们的阵阵笑声。

“大熊跑得真快，这家伙看来是已经想女人想疯了！”在同伴面前，我丝毫没有掩饰自己的急切。

关于“游女山”上的这些小屋，内中着实蕴含了一些说道。老练的寻芳客只要看一眼小屋的形制，就能对屋内的主人有一个大体的了解。

就拿颜色来说，在红色小屋中居住的，是宁国佳丽；黄色小屋中藏着的，是高鲜姑娘；黑色的，是矮小的倭国流莺；至于红色点白斑的，则是粟鞨女子……

与我联络的“鸽子”，是一名高鲜姑娘……

我跑过四下里无处不在的欢愉之声，一头撞进了山腰间的那间黄色“鸽巢”。呵呵，我的“鸽子”，此时正在狭窄的小榻上与一名恩客翻云覆雨，那小门本来是已经反锁了的，但细小的门闩，如何能扛得住我的撞击。

“好你个粟鞨蛮子！竟敢扫老子的兴致！”见有人胆敢悍然打断自己的美事，那名军汉慌忙放脱了怀中正抱着的温香软玉，一下子跳了起来。听口音，他应该是一名辽东铁骑。他赤条条地站在那里，身高和我相差无几，我们彼此间迅速地照了一下眼睛——他眼中的，只不过是争风吃醋之心。而在我全身上下，则散发着浓重的杀意。只一眼，他的气焰便萎了下去……

“求你别用刀！”榻上半裸的“鸽子”，无奈地喊了一声。

此时我的顺刀已经挥出了一半，不过她的喊声倒是提醒了我，我在脑中迅速权衡了一下，也对，用刀的话会被溅上一身血，待会回营时又如何与人解释呢?

于是，我硬生生地将刀面放平，啪的一声，这名辽东铁骑被我的刀面击中了天灵盖，他幽幽地吐了口气，如被风吹折的小树一般，轰然倒地。

我上前一步抱起他的头颅，用力一拧，折了他的脖颈。他哼都没哼便一命归西了。

“这样就对了嘛，若是砍死这厮，我这屋中定然会溅上血迹，那股子腥臭味几日都散不去，让奴家如何做生意啊！”“鸽子”一边轻轻巧巧地说着，一边走下床榻，在四下里搜罗着死者的衣服，翻找着“风流鬼”的荷包。

我嗤了一声，“若是如此，我方才便该活活扼死这人，让他肚腹内的黄白之物在挣扎时全部流出，保管你这小屋一瞬间‘芝香盈室’。别翻钱了，你速速拿纸笔、秘本出来，待会送完这趟信，你就用不着再回这里了……别他娘的翻钱了！！待会见到田百户，你直接管他要二十两赏钱！就说是我让他给的！！”

敏敏，是不是又感觉我这个人心狠手辣，特别残忍了？非常时刻，雷霆手段，此时距第二日日出，已不足4个时辰了，我首先要将情报编成秘本，而后再由“鸽子”送至田利常处。金羽卫收到信息后，再行照会大帅行辕，蔺如风还需谋划出应对之策，再连夜布置妥当……

我没理由和这名辽东铁骑多耗口舌，不仅浪费了苦短的春宵，还容易平白生出其他事端，以至最终延误了大事！

对，你当真是一名聪颖的女孩，那个赵霆，也是因此而死的……

他为何会出现在“游女山”上？呵呵，你猜呢？不过请你相信我，与之前那名辽东铁骑不同，我彼时当真不想对他下杀手，他也是金羽卫，穿着我曾经穿过的衣服，还差一点就和我成了同僚。我当时真的试图和他解释这件事，只不过……

在他眼中，仅仅是把我当成了一名信口雌黄，没事干偏偏就想拿他做消遣的鞔州兵吧……

“大人的心思，还是这般细密啊……”再次杀人后，鸽子站在我身后，幽幽地说道，当然，这个时候，她已经扮成了普通农妇的样子，一袭破旧的高鲜长裙穿在她的身上，遮住了方才洒满斗室的妖冶魅态。我刚刚写好的那份密件，就藏在她裙角的夹层中。

这时，我正将飞鱼服从赵霆的尸身上除下，给他另换了那名辽东铁骑的衣装。辽东铁骑的尸身则直接塞进了塌下。

待到明日战端一开，蔚山城至斧山城一线的战局必然会变成另外一番模样，这座只能在对峙时期存在的“游女山”，也将随之荒废……在她看来，我为了室内这两具注定无人问津的尸体而劳心费力，当真是荒谬至极。

“去吧，一定要尽快将密件送到田大人手中！这玩意你拿好，会用吧！

火药和铅弹都已经装好了，搬起机括再扣下扳机就能打响。路上若是遇见万人就抢先开铳射他！”

我把前些日子蔺如风送我的那把自生短铳塞到了鸽子手中。这段时间，我一直将那把短铳贴身收藏。

“那你呢？一会还要返回到鞔州大营中去吗？”“鸽子”临出门时问了我一句。

“我必须回去，那费多比乃是老奸巨猾之辈，若是我在今夜不见了踪影，必会惹他生疑，到时恐怕事情还会产生变故……”我一边说着，一边用刀将赵霆的脸孔割烂。

“呵呵，这死鬼的容貌，看起来和你倒是颇有几分相似之处啊！”“鸽子”邪魅地一笑，随即推开门，轻巧地闪进了门外的夜色之中。

我当时全然没有留意她说的那句话，因为，就在那一刻，在连伤了两条性命之后，我抱着必死的觉悟在心中做了一个决定——待到明日大变陡起之时，我要纵马直取费多比，趁乱斩下他的首级！

哎……敏敏，那个时候，我其实已经处在崩溃的边缘了。300多宁公特将校，这大半年间大家朝夕相处，并肩奋战，其中更有些人，是我在章琥塔部时就熟悉的老相识、老朋友。

常年离家在外乡征战，有时看见他们的脸，就似乎看见了家，以及家中的兄弟……呵呵，是啊，每当脑海中出现“家”这个词时，我心中所想的就是蟾鸣水畔的章琥塔屯儿，同样，韦赫达、伊达浑、兀斯哈……我早已将他们当成了自己的嫡亲兄弟……

此刻，我眼睁睁地看着这些宁公特人被蒙骗着跳入插满尖刀的陷阱，我呢，我当时所做的那一切，只不过是在他们通往陷阱的必经之路上，再挖上一道火坑，然后眼睁睁地看着大家在到达陷阱前，先被火焰吞噬……

敏敏啊，直到今日，只要一想起这些，我这心仍然会痛得如同刀绞一般……

算了，为大宁、为金羽卫，该做的，不该做的我全都已经做了！我再也不想当什么苏子卿、做什么班定远了……

明日，无论宁军对鞔州军使出何种对策，我都将作为鞔州军的一员，随弟兄们坚守到底!只不过，在此之前，我要先杀了费多比，若不是这老狐狸从中左右挑唆，若不是他那令人作呕的真金家族为一己之私拼命玩弄权谋，天下大势，何至于此？我又何必承受这些煎熬？

夜更深了，我站在游女山上俯瞰着脚下的一座座营盘，当太阳再次升起后，此刻正在这些营盘中安睡的人们，将被炼狱般的战火所吞噬！很多人都将死去，或死于铳击，或死于利刃，或死于践踏。同样，也会有很多人活下来……而他费多比，明日里却只能有一个归宿，就是在我的马刀下，做一名无头野鬼！

无所谓对错，不在乎因果，明日，我只要那老狐狸的项上人头！心中既已算定，连日来一直憋在胸中的那口恶气也登时一扫而空。

临行前，我下意识地环顾了一下这座充满血腥气的游女小屋，突然发现，在皎洁的夜色中，一块古朴森然的金羽卫腰牌正悄然躺在污浊的地面上，自得其乐地应和着从窗扉间透进的月光……

“这死鬼的容貌，看起来和你倒是颇有几分相似之处啊！”“鸽子”方才说的那句话，又清晰地出现在了我的脑中。

我当即拾起了那块牙牌，以及牙牌旁的一册皮本，这两样东西，都是赵霆的随身之物。

后来，也正是从一封夹在那皮本间的书信里，我看到了一名好似月桂般清新淡雅的姑娘，正独立在黔贵群山深处的清溪薄暮间，静静地散发着沁人心脾的芬芳……

伙伴们陆续在山脚下的酒肆里聚齐，一齐喝了碗热腾腾的汤羹，这才相拥着返回了大营。

同帐的弟兄们都已躺下了，但频繁的翻身和粗重的呼吸声表明，大家谁都没有睡着。

我摸黑整理着明日要用的军械，为大宁，能做的不能做的，我全都已经做了……也不晓得接到讯报后，宁军那边会使出什么招数来对付鞔州军，但在这一刻，我已决意留在这些“同乡”的族人身边，与大家一道同生共死。

骑弓，是必须要带的。虽然没有步弓力道大，但足够射穿寻常倭寇身上的具足了。

慢着……明日对战的另一方，会是倭寇吗？凭这张骑弓，想干掉身穿重甲的辽东铁骑，可有些吃力啊……不管那些了，弓，总还是要带着的。

马刀、铁锏，带铁锏吧！呵呵，你看，我心中已经将辽东铁骑当成了对手，骑军混战时，铁锏可比马刀要好用多了。

长家伙……不带了，骑矛虎枪之类的虽然凶猛，可我都用不大惯。在马背上再挂把斧头吧。

“当当当，”刁斗声从远处传来，今夜，我分的是最后一班岗，听声音，已经快要到了。提前去一会吧，让上一班的弟兄多躺一会。

弟兄们也都不约而同地从铺位上站起了身子。呵呵，这帐中住的，全都是久历战阵的老卒，可这一夜，却没有一人能够安心入眠。呵呵，怪就怪眼前的这一仗，当真是太过诡异了。

站岗时，我小口地酌着皮袋中的烧酒，我平素里并不喜饮，尤其是在粟鞨的最初几年间，总担心酒后吐露真言，给自己造成危险。但此刻，我却渴望用酒来润一润我淤积了各种情绪的胸壑。

“若此刻这营中宿着的，是韦赫达、伊达浑等人，我还会如此坚定决绝地送出方才那封讯报吗？”一个略带嘲讽的声音，在我内心深处隐隐回响。

我突然感到，未来似乎有太多这种无解的纠结在等待着我去抉择，然而，不论我做何选择，其结果都会让我的余生沉浸在悔恨之中。

“余生？似乎也不会很长了嘛！”想到这里，我一下子便释然了。

几个时辰后，我还会活在这世界上吗？这些无解的谜题，到那时自会随我一道灰飞烟灭。匆匆三十载，到死仍是一个无名之辈……算了，死都死逑了，还想那些事作甚？总之，只要再熬上几个时辰，就可以解脱咯！

我猛喝了一大口烧酒，目之所及，一轮金乌腾跃着从远山间喷薄而出。

在阵阵征鼓声中，我跨上战马，这一次，我不仅带上了头盔和臂手，铁棉甲内，还额外多穿了一领海兽皮甲。营中仅有的马匹被集中配给了宁公特两旗中的白摆牙喇兵和马甲兵。

我们这一小队骑兵，趁着凌晨时分的薄暮，悄悄隐藏在位于鞔州军主阵与宁军中军帅帐之间的小丘后。待鞔州军与宁军接仗后，我们将趁乱突进辽东铁骑之中，直取蔺如风的项上人头。

百丈之外，是一营五百余人的蓟镇炮营，二十余门大小火炮如梅花般错落有致，不断地轰击着前方的蔚山城墙。鞑州军与黔军分列在炮营两侧。这两支步兵，仍将是攻城的主力。

呈三角状的蔚山城临海而立，面向陆地的两道城墙恰如一发箭矢，八千辽东铁骑遥遥地列在另一道矢刃前，内中有两千余骑兵已经下马充作步卒。围城以来，他们一直遂行着助攻之职。

蔺如风的中军帅位，则设在正对箭尖的一座小山上。守卫在他身边的，是在青羽馆之战中成功突围的帅府家丁。就连心高气傲的宁公特人，一想到一会将要面对的是这支军马，内心之中也不乏忐忑。

“轰隆，轰隆。”蓟镇的火炮有节奏地鸣响着，弹矢发出尖利的破空之音，缓慢地飞出膛口，砸向蔚山城头，虽不足以损毁坚固的城墙，但足可以将城上的倭军压得抬不起头来。

“大炮这玩意，看似麻烦，用起来则没那么麻烦，咱军中有几名阿哈，之前是延绥镇的炮兵，他们就会使用，袭杀炮营时，大家再尽可能地挟持一些蓟镇炮兵，便可调转炮口直接轰击蔺如风的中军了！至于一旁那些黔军……十个鞑州儿郎带三百阿哈便可轻易将其击溃！”

在昨夜的军议中，费多比如是说道。

在我驻马的小丘上，骑兵们整肃地跨坐在马背上，静静地等待着。我看了看身边，焦尔正在不住地抚摸着虎枪的枪杆，亲率我们这队人马的伊日莫海林则在抓紧时间给坐骑喂食着鸡蛋。

二百丈外，中军处迟迟没有发出攻城的号令，全体宁军将士都在蓄势待发的煎熬中忍受着大战前的最后一刻平静。当然，其中鞑州军等待的，则是来自费多比的号令。

“轰隆 轰隆 轰隆。”

炮声依旧不疾不徐地鸣响着。中军处仍然没有升起总攻的令旗，费多比也继续保持着沉默……

“轰隆 轰隆 轰隆。”

“也不知那封讯报有没有平安送达……”我紧紧咬着自己的下嘴唇，胸中仿似有一团烈火在熊熊炙烤着我的脏腑。

“若那封讯报没送到……”这个担忧，让我从心尖到脚尖全都开始颤抖起来。

“轰隆 轰隆 轰隆 轰隆。”

炮声依旧不疾不徐地鸣响着……

“爱到不到！反正不是老子的问题！！只要战端一开，我只管纵马直取费多比便是！”

我摸了摸挂在鞍桥上的战斧，若是杀费多比，还是用这家伙比较趁手。

开战后我二话不说，直接就纵马奔回主阵，费多比必然会把我当成是伊日莫海林派回的传令兵，这样一来，我便可以大摇大摆地来至他的身侧……

“轰隆隆！”

就在我盘算着偷袭的计划时，脚下的大地突然猛地一颤。一股疾风劈头盖脸地向我压来。我紧紧地抓住马缰，方才没被气浪掀下马背。

一时间，大家的坐骑全都受了惊吓，有的尥起了蹶子，有的想要撒蹄狂奔，有的干脆瘫坐在了地上，我骑乘的这匹马，则长嘶着人立起来。

但好在这些骑兵的骑术都颇为了得，丘陵下的小小骑阵，才没有因乱而散。

费了好一番力气，我安抚好了癫狂的坐骑。

“怎么回事？为何会有如此惊天动地的巨响？”我将一颗苹果塞进它的嘴里，耐着性子等它吞下，这才控马驰上小丘。

百丈之外，一朵如雨后菌菇般的巨大云朵缓缓从地面上蒸腾而起。云朵下，方才还颇为严整的三处军阵，此刻却已是一片樯倾楫摧之势。

至少有一半以上的军兵正一动不动地躺倒在地。那些仍然还能站着的，则显然已经被方才的巨响震懵了，有人踉踉跄跄，有人茫然四顾，有人则跪在原地纵声大叫。

不知是何原因，一些人身上的衣甲早已不见了踪影，然而他们的身躯却似乎并没有受到伤害。

这些或懵懂、或赤裸的身影在浓重的硝烟中时隐时现，无分鞔州军、黔军、蓟镇军……

先后驰上山岗的宁公特将校们呆呆地看着眼前的一切，不知下一步该如何是好。

“怎么回事？谁能告诉我这是怎么回事？”伊日莫海林狂暴地大声喊

道。“大熊！你说，这到底是怎么一回事！”

我咬了咬下唇，在心中迅速地编排着语言。其实刚一上岗，我就猜出了藏在这一切背后的阴谋。

透过弥漫的硝烟，我发现那朵蘑菇云升起的地方，正是平日里蓟镇炮营囤积药子之处，方才那声巨响，必定来源于此地那些堆积如山的火药与炮子。至于它们是如何炸响的……

金羽卫与辽东边军这对相爱相杀的“冤家”，彼此掣肘时倒还罢了，一旦联起手来，使出的手段竟也随之变得加倍狠辣……

“是倭军的炮子，无意间击中了蓟镇炮营的火药堆！”我高声喊道。围城的这半年，倭军架设在城头上的火炮，大部分都被蓟镇炮营给轰哑了。但仍然会有一两门“漏网之鱼”，时不时地从城上偷偷乱射一两发炮弹，作为象征性的还击。

现在，我只能对族人们这样解释了。想必，在日后的战报中，金羽卫与辽东边军也会默契地将这个黑锅，踢给倭军的残炮来背。

“大家快看！”一名族人蓦地从马背上站起，惊愕地喊道。众人顺着他遥指的方向看去，但见在蔚山城矢状城墙的另一边，八千辽东铁骑突然间开动了！铁甲铿锵，骑矛如林，动静转换之间，“天下第一强军”的风范显露无余。只不过这支铁流，此刻正在向后奔腾而去……

“别管他们，大家现在先随我速速返回本阵，与在爆炸中幸存的族人们合兵一处，再作计较！”伊日莫海林终于发出了一道正确的命来。众人齐声应和，纵马向一片狼藉的本阵驰去。

恰在此时，蔚山城上，敷州的太鼓声，也闷闷地响成了一片……

第十二章

金梦迟

四月，关外迎来了一年中最柔软的时节，连绵的大风把残冬彻底远逐后，便罗裙一摆另换了一番头面，低眉信手，将嘈嘈急雨的大弦换成窃窃私语的小弦。嘈嘈切切间，花雨从枝头飞起，在升阳城上方的蓝天中逐云轻舞。

几株北樱闲闲地开在城南的一片寻常阡陌中，微风流过，小巷里再一次飘起了细碎的“浮雪”，白中带粉的“雪花”缓缓飞进一扇半掩的窗扉，穿过氤氲，落在滑腻的水面上。一只秀足从水中抬起，小心翼翼地用玉趾将一朵落樱托出水面。

“又是一季的花开花落……”

金梦迟信手拈过这朵盛放在自己足间的樱花，淡淡的花香从室中浓浓的药味中突围而出，拼杀着冲进了她的记忆之中。

“也不知王京城旧日庭园中的那几株樱树是否还在……”呢喃中，她又想起了那人的身影——他洁白的衣袂在阵阵落樱间飘动，朗朗的书声亦如初夏时节的暖阳……

“呵呵，他似乎……一点都没变啊……”不久前，隔着熙熙攘攘的人群，那个熟悉的身影再一次映入了她的眼帘。

只不过，先前的书生衣冠此时已换成了一袭大宁铁甲。长长的倭刀亦代替了昔年间他时时拿在手中的诗经与折扇。

但是，剥去这些附加的外物，金梦迟仍然还是从他的眉宇间发现了那股自己熟识的肃朗之气，那是一种只有世家少年才有的倜傥与风华；那是一种只有才子宿儒方有的雍容与超然……

“多年不见，我的小少爷，原来你仍是时时出现在我梦中的那个翩翩少年……可是我，却再也不是那个能够与你花间冶游的优雅淑女了……”

金梦迟无力地将花瓣重又放回水中，自己也从大木盆中站起身来，粘腻的药水依依不舍地从她高耸的双峰间倾泻而下。

“差不多了，泡了这么久，药效应该差不多了……而且，贵客也快到了吧！”

如她所料，刚刚穿上罗裙，院外就响起了两声干咳。

“田百户请进，奴家身上穿着衣服呢！”

对于自己的这个上司，金梦迟还是很有好感的，在越变越坏的世道中，竟然仍能够遇见像他这样的人。

“嗯，像你这样就对了，身子是自己的，要时时爱护方好！”

坐在堂屋中的田利常吸了吸鼻子，闻到了这股熟悉的草药味道。

“这方子是我从古籍中寻到的，自己做了些删减，方子成时先找‘眠春楼’的姑娘们试用了一下，验证了疗效且没发现有什么害处，这才拿给你们……味道虽然冲了些，但药效却是极好的！你看那些赳赳武夫，人前均吹嘘自己骨骼精奇，天生神力，其实背地里，也都是悄悄地常年服用各种强筋壮骨之药。

啊……这男人的战场，是真刀真枪的前线……咱金羽卫中女人的战场，是……总之，上了战场，就要加倍爱惜身体！”

“我的大人，您并不欠我们的！那些勾当是上峰交付给我们的，您真的不需要对我们这样的人心怀愧疚！我知道，在金羽卫的账目中，给我们的经费被列在马料、狗食之后……

我们心中都明白，像我们这样的人，在金羽卫中究竟意味着什么……可是您在我们前面，却一直用‘咱们金羽卫’一词，我们这类人能够心甘情愿地被人驱使，全都是凭借着胸中的那缕执念，虚名对我们来说是最不重要的东西。

但是，你口中的这个词，仍旧让我们这些位列在犬马之后的‘人’感觉到了一丝温暖，这样，也就够了！足够了……况且，您还为我们做了很多额外的事情，就好比这药水，自从有它之后，姐妹中就再也没人染上过‘花柳之疾’。”

当然，这些话她只能在心中默默地和自己诉说。表面上，金梦迟的脸上，是一副不带有任何感情，却又无可挑剔的微笑。

田利常将一张空净的信笺放在烛火上均匀炙烤，一行行小字慢慢从白纸上浮现。这是一封刚刚由金梦迟从高鲜带回的谍报。

田利常逐字看完，随手将信笺用烛火点燃，待秀丽的小字一点点化为灰烬之后，他方才开口问道：“依你所见，那些降倭的士气如何？又可否算得上是一支生力之军？”

“依妾身所见，这些倭寇虽是降服之军，但行伍仍颇为精锐，操练时士气虽不高涨，阵型却并不懈怠。其战力，应该与高鲜汉州道的边军不分伯仲。”

“嗯……统带这些降倭的，是高鲜国新任兵曹参议金七九，他倒是一个人才，前番争战时，我和他打过照面，听说这人还拿倭国铁炮射杀了已故蔺大帅的战马，敢做这等出格之事，似乎应该是受了另一名‘读书人’的蛊惑。

哈哈哈！

经此一役，他俩间的交情似乎已然不浅……有了这层关系，待烽烟重燃之际，咱们与高鲜军通联起来倒也方便了许多！只不过，现下他俩的身份可是有如天渊咯！”

“大人，您说的另一个‘读书人’是……”

“还能有谁?金羽卫中的读书人，不就只有那么一个吗？消失了7年，然后突然出现在高鲜，在蔚山城下差点一命呜呼的那个人。”

“哦，原来是赵……现在应该怎么称呼他呢？赵总旗？还是赵小旗？”

“小旗，现下还是小旗，回来后应该就能升了！不过……”田利常眨了眨眼，若有所思地顿了顿。

“不过他那种人，不会去在乎这些官职一类的琐事儿，对不对？”金梦迟笑着接过了田利常的话把。田利常听后也同她一齐笑了起来。

“梦迟啊，这一次你立了大功，上峰的意思是，你可以不用再当‘鸽子’和‘流莺’了，可以安排你到其他司里去做一些洒扫庭除之类的活计，报酬嘛，比现在还能再高些。”

“大人，其实你心里最明白，如我这般心甘情愿做了多年‘流莺’的女人，是不在乎报酬的，司里给我的月例银子是每月五两，调去其他镇抚司能给我多发多少呢？再多发三两？五两？我一个高鲜女人，还是继续在东北镇抚司做‘鸽子’‘流莺’吧，至少，这里离我家乡还要近一些。”

说到这，她止住了话头。余下的话，她只想悄悄地放在心里。

“好吧，去哪里，做什么，都是你自己的选择，司里面不会干涉的……”

在金羽卫中，所有的“流莺”均是自愿为之，因为这种活计，即使强横如金羽卫，也没办法逼着怀有二心之人去硬做，那样一来，十有八九会坏了司里的大事。

这些女人甘为“流莺”的原因各不相同，有人是为了报仇，有人是为了报恩，有人为了赏钱，甚至还有人是为了心中的信念……

这些“流莺”，大部分都会在任务中悄然凋零，就算是极少一部分活到了三十三岁这个退役年坎的幸运儿，金羽卫也不会放任她们远遁江湖，一般都是调去其他的镇抚司，做些佣妇的活计。

当然，历史上也有“流莺”与金羽卫在共历磨难后产生情愫，经司里开恩结为夫妇的先例，当然这种故事实在太过凤毛麟角，因此，只能被当作传说在一代代“流莺”之间流传。

在这次援高之战中，金梦迟舍生忘死，方才立下大功。准她提前退役，去辽东之外的镇抚司中安度余生，乃是田利常特意在上峰那里替她争取来的恩典。

见她态度决绝，田利常也就不再多说，转而从怀中摸出一张50两的银票，放到了桌上。

“这是赏赐！和你立下的功劳相比，着实少了些，但是司里面的规制就是如此。”

“谢大人！”金梦迟笑着将银票收入袖中。

“五十两，已经不少了！这得买多少马料啊……这一次我在游女山上一共待了半个夏天带一整个秋天，从那些来自天南海北的大头兵处赚了不少银钱！再加上这50两奖赏，嘻嘻嘻，够奴家花销好一大阵子呢！妾身在此谢过田大人，下次司里若有差遣，小女子定当再效‘犬马’之劳！”

“好，只要你不嫌少就行，我有事，就先走了！”田利常浑然不将金梦迟这句半是玩笑，半是荆棘的话语放在心上，一拍大腿站起了身。

“哎，大人每次都这般来去匆匆的，让邻里街坊见了，又该一边叹息奴家是苦命的女人，一边笑话大人您是‘腊做的枪头’了！嘻嘻嘻嘻……”

金梦迟独自一人居于这僻巷之中，为了震慑那些不怀好意的登徒浪子，田利常每次来时，都会扮成大帅府家丁的模样，鲜衣怒马，招摇过市。颇有些昔时霍家豪奴“不意金吾子，娉婷过我庐”的气派。

但他每次说完公事定然转身就走，连一炷香的时间都不肯多待。闲散人等看在眼中，便时常暗暗嘲笑这名看似恐武的“辽东铁骑”，其实是一名金玉其外，败絮其中的“快铳手”……

田利常对金梦迟语不惊人死不休的做派早已习以为常，当下并不理会她的调侃，一翻身上了坐骑，纵声长笑间驰马朝巷外奔去。

“这世上，我在乎的那几个人，马上就全都要汇聚在这辽东边关了。也不知是好还是坏。”

望着田利常远去的身影，金梦迟怅然地叹了口气。

“呵呵，在我身上，何时又发生过好事呢！”

她关上院门，返身回到院中，一株青杏静静地立在中庭，此时虽然已经过了花期，但仍有些许洁白的花瓣残杂在绿叶之间，不肯与淡粉色的樱雨一同随风飘落。

“用不了几年，这杏树就能开花了，到那时，世道也许便不似现在这样坏了，你若是寻到了你那魂牵梦萦的‘高鲜才子’，便可以寻一个暮春之日，在满庭芳华间摆下三杯两盏淡酒，你二人把酒临风，对饮赋诗，岂不美哉？哎？这衣衫是给我做的吗？袖口处还绣着花树呢！好风雅啊！”

8年前，有个男人在这座庭院中种下了一株青杏幼苗。

“赵大哥，这巷中尽是北樱，你为何偏偏在我家中摘下一株青杏呢？”彼时，金梦迟一边将一袭新制的白衣送到男人手中，一边歪着头问道。

“樱花之美，莫过于随风飘零时的刹那芳华，美则美矣，但似乎略显凄楚。

而这青杏嘛……我听袍泽说，在更东更北的宁公特粟鞨，横亘着无疆无际的玄武岩苔地，每逢春日，便会有连绵数百里的野杏花陪着金达莱一同在乱石间盛放，而且那野杏花期悠长，耐寒凌风，不惧霜雪。”

“哈哈哈，赵大哥，你是想让这株青杏陪伴着我这丛金达莱花吗？”

“你这小丫头……啧啧，我似乎有些嫉妒那名高鲜才子了啊！”

金梦迟抬起头，凝望着在樱雨间孤芳的残杏。阵阵落花中，依稀又回荡起了8年前两人清澈无邪的笑声。

“今年，这杏树真的开花了。可这世道却似乎是越变越坏了……我呢，自然不用提了。

可现在就连你也变成了那副模样，比我也好不到哪去嘛！

哎，在这无常的世事面前，就算是赵大哥你，也会失算啊！”

自植下这株青杏后不久，他便不见了踪影，直到……

初秋的夜晚，没有一丝清风，闷热的云团笼罩在“游女山”上空久久不散，似乎是被山间无处不在的春色所吸引，不忍就此离去。又或者，这闷热的云团，本身就是由山中一座座小屋里发出的喘息汇聚而成。

金梦迟理了理散乱的云鬓，随手披上一件轻薄的蜀锦睡裙，曼妙的躯体在月光下若隐若现，她往自己那枝精巧的烟袋锅中塞进了一小搓粟鞨烟丝，几缕烟气随即在这间小小的陋室中升腾缭绕。

她方才接的，是一名粗壮的宣府军汉，一进屋门，便凶蛮地将她抱起，似乎等待着她的，将是百般的蹂躏与凌虐。

但是，金梦迟自有应对之法，她轻伸皓腕环住他的脖颈，半点朱唇蹭过他的嘴角，在他急切地想要品尝这泓送到嘴边的玉液琼浆之时，却感觉那抹轻柔已经移至了他的下颌，顺滑的香舌从那里继续缓缓游走，滑过他的喉结，轻咬他的锁骨，在他的胸膛间盘桓，润开厚重的胸毛，逐渐朝两处凸起逼近。

终于，那两点与军汉并不相衬的软嫩被无边的粘腻所吞没——他的哼叫声暴露出了他的弱点所在。进攻随即在此处次第展开，时而凶狠，时而绵柔，阵阵酥麻之感从军汉的耳后泛起，直往他的脚尖涌去，在体内奔腾盘旋。

一双玉手恰于此时加入会战，也不晓得那十指之间究竟涂抹了些什么，他只感觉触手所及之地全都陷入了温热的湿滑中，在时而轻拂时而紧剧的撩拨下，声声娇喘恰逢其时地在他的耳边响起。

“夫君，你好壮啊！人家……！”

那对皓腕又环住了他的脖子，怀中尤物紧贴在他的身上，一点点向上方游动。这哪里像人，分明就是一条缠捕猎物的灵蛇。

“夫君，奴家要嘛！”

虽然看不见，但仅凭感觉，他就已经知道那处幽深的所在此刻正一点点地朝他逼近。就在此时，一种无法遏制的冲动终于攻陷了他的脑海。在低吼声中，男人突然间萎顿在了女人的怀中。

“官人定是军务繁忙，最近疲累了些，才会……若是平日里来，就凭官人的尺寸，管保让奴家连休三天没办法接客呢！

哎，能够偎在官人怀中缠绵一番，也让奴家好舒服，好满足啊……”

金梦迟拿出锦帕，为自己身下的残兵败卒擦了擦汗水，那人长长地呼出一口气，不声不响地穿好衣衫，留下银钱，便飞也似地逃出了这座游女小屋。

他却不晓得，方才金梦迟手中涂抹的，是金羽卫专门给麾下“流莺”所用的秘药，就算是再强壮的汉子，也没办法多扛一时半刻……

一锅烟丝还未燃尽，便又有人叩响了棚屋前那扇简易的门板。

“进来吧，奴家屋里没人！”金梦迟懒懒地应道。

门吱嘎一声开了，一名粟鞨将校沉默地走了进来，在阴影中站定。

金梦迟不露声色地咬了咬牙，朝来人伸出了三根手指。其实，她倒是会说一些粟鞨话，但是，对于那门语言，她既不想再听，更不想再说。因此便依照这山上的规矩，用手势向前来寻欢的粟鞨兵报了价。

“‘青龙蹈海’多少钱？”阴影中的粟鞨将校缓缓地开口说道，用的却是汉语。

“银钱三两三！”金梦迟这才仔细地看向了门前的客人，但此人没在阴影之中，又半低着头，一时间还真没法看清他的样貌。

“‘吹箫品玉’呢？”那人继续问道。

“仍旧是银钱三两三，官人要不要试试‘莲下生津’之法……”金梦迟坐正了身子。

“‘莲下生津’又算得了甚么，我想玩的，是‘花翻露蒂，两两巫峰最断肠’！”

“嘻嘻，那今夜奴家便让大人知道，‘金凤玉露一相逢，便胜却人间无数’的销魂滋味。”金梦迟说出了事先约定好的最后一句切口。

对好切口后，来者仍旧没有大大方方地现出真容，仅仅是从阴影之中伸出了一只手。

“秘本，纸、笔、药水！”他低沉的嗓音很好听，金梦迟听在耳中，依稀感觉到这声音似乎有些熟悉。看穿着，此人并非是鞔州军中的宁人阿哈，而是一名货真价实的宁公特真鞑。

“都说‘细作翻不过盖马山’，今日当真是开了眼界，怎的宁公特诸部中，也被金羽卫安插进了眼线？不过这人的汉话说得倒是挺溜……”她一边暗自惊叹，一边从榻下翻出一本《矛宗岗先生点评金瓶梅》递进了阴影中。

一般情况下，“鸽子”并不能接触到秘本，但此次金梦迟飞出“鸽舍”前，田利常却破天荒地将秘本交由她保管。这一举动着实让她疑惑了几天，直到这一刻，她心中的谜团方才解开——原来这一次与自己联络的，是一名宁公特将校。

若是让他在鞔州军营中随身携带一本除《三国演义》外的汉文书籍，就相当于在他脸上用毛笔写上了大写加粗的“细作”二字。若是将秘本换成《三国演义》，万一情报出现闪失，这秘本也就毫无秘密可言了。

来人背过身去，借着仅有的一丝月光，飞快地在这册《金瓶梅》中翻找着，再将所需的页码、行数、字数一一用药水誊写在信纸上。

不多时，就写完了这封谍报，他甩了甩信纸，以此让信纸上的药水干得更快一些。稍后，若想阅读这封双重加密的谍报，需要先将信纸放在烛火上轻轻加热，那些由药水写就的字码方才能一一显现。

金梦迟站在一旁静静地看着，她发现来人在做这些事情时，丝毫不见紧张生涩之感，从编写谍报开始，一切都好似信手拈来一般熟练。

他是谁？当真是宁公特真鞑吗？金梦迟越发对此人的庐山真面目感到好奇了。

虽然，她知道若是对那些不该自己知道的事情太过好奇，就容易给自己带来很多不必要的危险和麻烦。

但此事既然与粟鞨人有关，她便没办法按捺下心中的疑惑。罢了！还是冒险去探究一下此人的真实面目吧。

她伸出双臂轻轻地从身后将他环起，隔着那层丝滑的蜀锦，她将自己坚挺的双峰贴在他宽厚的背阔肌上，若有若无地挨蹭着。

她感觉，双臂间那个壮硕的身体明显地颤抖了一下，紧接着又无力地向外挣了挣。但是那挣扎的力道，简直就像是对他孔武身躯的一种嘲笑。

嘻嘻，男人终究是男人……

“官人，今夜是你我二人初见之时，你方才写的，想来也并非是什么紧急军情吧……现在外面兵荒马乱的，这谍报，就容妾身明日再往上峰处传送吧！

能在这样一场注定彪炳史册的战役中，和大人并肩而战，是小女子上一世修来的福缘……这仗啊，指不定打到何时方能看见眉目……由此说来，大人与妾身之间的缘分，似乎深得很呢……

连日来戎马倥偬，看把大人您疲累的……既然来了这游女山，就不妨先将那些扰人的军国大事暂且丢在一旁，安安稳稳地偷得片刻安闲，岂不美哉？

大人，来这榻上躺好，让妾身帮您宽了衣，给您揉揉后背，放松一下可好？”

金梦迟将两片樱唇贴在他的耳后，轻声软语，吐气如兰。他的呼吸声，愈发地粗重了。

“大人可真是执拗得紧呢……不过，若是被妾身攥住了这里……”

金梦迟一改方才的温柔，突然将手伸进了他的胯间。

“大人、官人、相公……这下你可逃不脱了！”她用舌尖轻轻舔舐着他的耳垂，双手则慢慢用力，试图让他转过身来。

但是，正当她将柔舌进一步抵上他的耳廓时，他却一下子挣开了她的怀抱。

“装就几般娇羞态，扮成一片痴心肠。迎新送旧知多少，故落娇羞泪两行……”

那人理了理衣衫，缓缓吟出了两句诗。

“姑娘，你又何必垂青我这只朝生暮死，只余旦夕之命的蜉蝣呢？今日天时已晚，那封密件，明早再送也无妨！告辞！”

来人的身子，终是没有转过来，金梦迟轻倚柴门，目送着来人摇晃着膀子，渐渐消失在阑珊的灯影中。

这步态……这声音……

“啪”地一声，金梦迟失手打翻了搁在一旁的小烟袋，那些拥塞在她脑海中的回忆在这一瞬间全部贯通了……

九年前，一把滴血的牛尾刀挑开了金梦迟藏身的狍皮。

“老轩，这里还藏了一个！似乎是个小孩子啊！”

这声音，我似乎在哪里听过！那天，小梦迟一边瑟缩着往阴影中蜷缩，一边感觉眼前这名持刀人的声音，很耳熟！

想起来了！这人不就是四日前找自己问路的人吗？只不过，他当时自称是要到大矿山找同族弟兄的古勒部步甲，问话时所用的也是粟鞨语，怎地此时又说上汉语了呢？

“滴答、滴答、滴答。”

鲜红的人血沿着刀刃不住地滴在地上，方才，金梦迟从狍皮的缝隙中眼看着六名大汉从夜色中突然闯入，像杀鸡一样将这屋中的采矿技工一一屠戮。那血腥的场面将她吓得双腿发麻。

这些粟鞨老爷莫不是疯了？干嘛二话不说就直接挥刀杀人啊？要知道死的这些人虽非粟鞨人，却也并不是奴隶阿哈，都是真金家族花重金从高鲜延聘来的“师傅”。现在却在睡梦中就落了个身首异处的结局……

不对！这粟鞨汉子方才说的是汉语！

“举人，你怎地又忘了规矩？在咸州粟鞨腹地，要说粟鞨话！”另一名汉子闻声走了过来，同样，他手中的刀，也在不住地淋漓着鲜血。

“啧，还真有个小孩儿，没办法，一并宰了吧！”新来那人皱了皱眉。

“好，好，我来！我来……就知道你们读书人讲究多，刀上不愿意沾染这样的妇孺之血。”

新来之人，平平地将刀端在胸前，蓄了蓄力，眼看那刀便要向金梦迟的胸膛刺来……

“好汉饶命啊！呜呜呜。”命悬一线间，早已吓得抖如筛糠的金梦迟下意识地小声求饶道……她说的，却是汉语。

“咦！”那人凝刀不发，与先前发现金梦迟之人对望了一眼……

被称作“举人”的人拍了下大腿，对持刀欲刺之人说道：“我想起来了，前些日子就是这个小孩，故意给我指错了路，让我差点吃了‘锅盔’！”

“这孩子肯定是被掳来的，不然怎么会对你这个‘粟鞨鞑子’有这么大的仇怨呢！”持刀人说着，也缓缓放下屠刀。

“怎么样？是杀是留？轩总旗！轩大人！快点下令吧……这孩子这么小，拿那狍皮一兜就能背走，一会再把她的手脚捆了，嘴巴堵住，管保误不了事！”举人殷勤地笑着。

“操！只有在背锅的时候，你才会想起我是总旗！”持刀人瞪了举人一眼，手中钢刀突然向前一送，金梦迟腰间的裤子应声裂成了两半。

“的确是个女娃，那就带着吧，司里面最近正缺‘流莺’呢……不过事先说好了啊，全程都得由你来背！哼哼，想积阴德，本官就成全你！”

“呼”……穿过时光，金梦迟回过神来，俯身拾起了地上的烟袋，长长地吐了一口气。

“举人、赵大哥、大凝哥……”她喃喃地念着。方才来与自己“接捻子”的人，方才被自己从身后环抱的人，当真是他吗？

他们不是告诉我，他早在8年前就已经殉国了吗！田大人断然是不会骗人的！而且，这八年，也着实再也没听到过一丝一毫和他有关的消息。

八年的时间，人埋在地里，应该只剩下一把烂骨头了吧！再说，横死在粟鞨人地盘上的金羽卫，又有几人的尸身，是能够安安静静地被埋进地里的……

可是那声音，那步态，那做派……除去了他，还能是谁！

“咚咚咚。”柴门再一次被人叩响，金梦迟用手擦拭了一下眼角，默默地又躺回了榻上……

“大人，奴家昨夜间，似乎见到亡魂了！”第二日一早，在将讯报交到田利常手中后，金梦迟幽幽地叹息道。

“哦？你确定那是亡魂吗？”一丝不常出现的狡黠，挂上了田利常的嘴角。

“夜色迷离间，我看得也并不十分真切，似是亡魂，又似是故人归来……”金梦迟不动声色地又逼问了一句。

“哈哈哈，‘谁见幽人独往来，缥渺孤鸿影’！想来当时的场景，定然是‘尘满面，鬓如霜，夜来游魂忽还乡’咯？管他是幽魂，还是故人；管他是梦，还是醒……这些年里，昨晚该不会是你第一次与他相见吧？哈哈哈哈！”长声大笑中，田利常飘然而去。

此时，金梦迟已经从他的话语中寻到了自己想要的答案。

打那之后，他们又见过三次，每一次，他都是急匆匆地推开柴门，沉默地伸手接过密本，就缩回了阴影里。在她故弄玄虚的声声娇喘中，迅速地编写好谍报，道一声辛苦，就头也不回地没入无边的夜色之中。对了，每次，都有一小锭碎银子，压在那“墨迹”未干的谍报之上。

二人独处时，金梦迟表现得极为自然，按照金羽卫的成例，在烟花之地接线，“鸽子”需要故做娇喘，并摇动床榻，以此来掩人耳目。

每逢他低头疾书时，她便会斜倚在榻上，一边注视着黑暗中他那久违的侧影，一边发出阵阵婉转莺啼。

“赵大哥，虽然八年未见，但你的音容似乎并没有太过改变，是以我可以轻轻松松地认出你来……

可我呢？你记忆中的金梦迟，应该还是那个怯生生的高鲜少女吧……

呵呵，你定然想不到，此刻在你眼前的这只“流莺”，这个方一见面就将你抱在怀中，使出浑身解数大肆勾引的风尘女子，就是那个你亲手从粟鞨境内救回来的金梦迟……

罢了！这样也好，就让我永远以少女的形象，活在你的回忆之中吧！”

两人间的这种相处方式，终于在那个晚上被打破了。

“嘭”的一声，他一膀子就撞开了简易的柴门。

他上一次来时，也逢着有恩客正在她房中寻欢。那一次，他安安静静地一直等到内中云雨散去，方才敲门进屋。

当时，虽然隔有一堵薄薄的墙壁，但她仍旧听到了他等待时为消磨时光而轻轻吹起的口哨声。而这一次，他却毫不犹豫地直接闯进了屋中。

“肯定是发生了什么大事！”

金梦迟悄然从枕下拽出了见血封喉的毒针。不动声色地往那名意欲从温柔乡中逃出的“辽东铁骑”腰间扎去。

但是，来人的动作更加迅速，那柄刃宽背厚的粟鞨顺刀已经高高地扬了起来。

“别用刀！”情急之下，她也不晓得自己为何喊出了这三个字。其实，她原本想表达的意思，是不需他动手，自己用毒针即可解决怀中的这名“累赘”……

但是，听见她的叫喊，他却似乎在一瞬间想起了什么，刀挥到一半，硬生生地翻转了手腕，砸在“累赘”头顶的，也就随之变成了刀面……

他飞身上前，迅速拧断了累赘的脖子。这名可怜的辽东铁骑，先是中了毒针，继而又被刀面砍碎了额骨，最后还被拧折了脖子，短短瞬息之间，就有三种致命的攻击先后招呼到了他的身上。

糟糕！金梦迟突然发现，她和他之间的距离，现在竟然只隔了一尺有余！而她的身上，也仅仅只披着那件轻薄的蜀锦。

怎么办？千万不能叫赵大哥认出我来！

方才杀人时没有半分犹疑的女人，此时却突然变成了慌乱的小鹿。

罢了，索性，我就表现得更加放浪一些吧！

“这样就对了嘛，若是砍死这厮，我这屋中定然会溅上血迹，那股子腥臭之味几日都散不去，让奴家如何做生意嘛！”

嚯嚯，这句话，够放荡了吧！金梦迟低下头，搜检着死者脱得四下皆是衣服，装模作样地翻找着“风流鬼”的荷包，以此来躲避着他的脸孔。

“若是如此，我方才便该活活扼死这人，让他肚腹内的黄白之物在挣扎时全部流出，保管你这小屋一瞬间‘芝香盈室’。别翻钱了，你速速拿纸笔、秘本出来，待会送完这趟信，你就用不着再回这里了……别他娘的翻钱了！！待会见到田百户，你直接管他要二十两赏钱！就说是我让他给的！！”

这一次，他没有像往日那样用阴影给自己披上伪装，而是毫不避讳地站在斗室正中。

金梦迟拿出《金瓶梅》，低着头交到他手中。

“也不知我的赵大哥，现在究竟变成什么样子了？不若，我偷偷地看上一眼吧，只一眼，他肯定不会认出我的！”金梦迟无法按捺住心中的好奇，在递出密本的同时，抬头向他看去。

二人的视线，终究还是交织在了一起。

他的身子，很明显的颤了一下。接书的手，也凝在半空没有收回。

“是你吗？”愣了半晌，他方才低声问道。

“大人这话好没有条理，奴家就是奴家啊，还能是谁，这些日子不是已经见过好多次了吗？原本奴家还想自荐枕席，奈何大人……”金梦迟慌忙放脱了手，将头又低了下去。

“是你吗？”他将密本抛在一旁，伸手轻轻托起了她的下颌。“抬头……让我看！”

“罢了……终究还是被他认出了……”金梦迟大大方方地直视着他的双眼。

“赵大哥，八年前你植在庭院中的那棵幼杏，明春应该就能开花了……可是，原本应该陪在它身旁的金达莱花，却禁不住朔风摧残，早已经零落成了浮尘……”

她微微地摇了摇头。一滴泪水，从她的脸颊处顺势滑落，凝结在了他的掌心中。

他张开臂膀，欲将轻轻抽噎的姑娘揽入怀中，可就在二人肌肤将要碰触之际，他却发现，她的身上，原来只披了一层薄薄的蜀锦，于是便不敢再行上前。

二人就这样僵在原地，相顾无言，泪落千行。月色从半掩的柴门间倾泻而下，为她娉婷的身姿勾勒上了一层洁白的剪影……

柴门，再一次被人踹开了。

看着来人的脸，金梦迟不由得嫌恶地皱了皱眉。

这座小山上的住客，尽是些操持皮肉生意的风尘女子。

床笫之间，只要银钱给到了，她们会竭尽所能地去满足恩客提出的要求。但是，有些人的要求却着实过分了些，以至于让这些早已经习惯了一双玉臂千人枕，半点朱唇万人尝的风月浮萍，一时间也难以轻巧地接受。

这些连风尘女子都厌烦的人，便以刚刚进门的这位大爷为首。

单看外表，此人倒也相貌堂堂，挺拔的身姿就算和粟鞨人比，也并不算矮；眼睛虽然不大，但其中跳动的，却是勃发的英气；再加上那棱角分明的脸庞，以至于当他在几天前第一次走进金梦迟的小屋时，她竟然产生了些许错觉——这人和赵大哥好像啊！尤其是穿着这套笔挺的飞鱼服时的样子，更是神似。

没错，这个人身上穿的，便是金羽卫的飞鱼服。看官阶，是一名小旗。

看着眼生啊，之前在东北镇抚司中，似乎并未见过此人。他来这里，是为了和我接线还是另有公干？初次见面时，金梦迟压下心中的疑惑，不动声色地站起身来准备接待此人。

“脱下衣服，本官要例行检查！”那人大咧咧地坐在榻上，修长的佩刀立在脚边。

哦，原来此人并非在东北镇抚司当差……

金梦迟知道，此次参加援高的金羽卫共有三波人马，人数最多的，自然是离战场最近的东北镇抚司，一共派出了四百余人，明面上主要负责联络各地高鲜义军，在战线之后伺机对倭兵发起攻击。至于这暗地里嘛……

其次，朝廷还特意从闽浙沿海调派了近二百名金羽卫乘船泛海前来。昔年间帝国东南沿海曾一度倭患盛行，闽浙金羽卫因而对敷州倭寇的底细最为熟悉。在当前这场战争中，他们的任务，仍旧是刺探倭寇的军情。

除此之外，大军中还另有几十名滇黔司金羽卫作为监军。他们之所以万里迢迢前来高鲜，是因为援高的滇黔步卒中，有一定比例的西夷、南蛮。放一队金羽卫随军征战，可以起到弹压震慑之用。

听口音，眼前这名英俊的金羽卫小旗，就应该是隶属于滇黔司的一员。

“检查？脱衣服？这是什么意思？”金梦迟一时间被来人的命令搞得有些发懵。

“啪！”来人将放在榻旁的粗瓷碗掷向了她的脚边。

“贱人！本官的话你没听清楚吗？快些脱衣服！本官要检查！”

嚯嚯，小旗爷好大的官威啊……什么公干检查？不就是想不花钱白玩嘛！今日真是倒霉，没来由遇见了这样一个煞星。金梦迟决定，快些遂了他的兴致，让他尽早滚蛋。

绫罗从香肩处滑落，她又慢慢地解开了贴身小衣的扣子……

“贱人！谁让你脱那件了！你那肮脏的身子本官才不想看！平白脏了爷的眼睛！速速在地上躺好！”小旗爷拿起佩刀，夸张地在地上顿了顿。

金梦迟只得默默地躺在了地上。

“这就对了嘛！本官让你做什么，你就必须做什么，否则，爷便给你安一个阻碍公务之罪，让你永世不得翻身！”那人一边贪婪地看着金梦迟的身体，一边松开了自己的裤带。

“贱人，听好了，现在爷要你冲着爷张开双腿，自己把自己那淫巢打开，给爷检查！哼，保不齐里面就藏了通倭的证据！”

金梦迟闭起双眼，依令而行……

小旗官咕咚一声，吞咽了一大口口水。半晌，他方才发布了下一道指令。

“现在跪起身，将后庭朝着本官，用你自己的手……”

此后的半个时辰内，金梦迟按照他的指令，反复摆出各种不堪入目的姿势，这名小旗，就坐在床榻上，一边指挥，一边观看，一边自己抚弄着自己的……自始至终都没有碰金梦迟一个手指。

“呼……”随着欲望的释出，来人长长地叹了一声。内中既有满足，又有失落，似乎还夹了些许悲凉。

他一言不发地整理好衣衫，身上的飞鱼服，仍旧是笔挺洁美，一尘不染。

他跨过仍旧躺在地上的金梦迟，看也不再看一眼，昂首阔步地走出了斗室。

金梦迟冷笑着站起了身子。她从床下摸出了“免战牌”，只要将这块铁“八卦”悬在门上，今夜就不会再有恩客光临了。就在这个当口，她的赵大哥低着头走进了小屋。和往常一样，一进门便藏进了阴影中。

他是刚刚才到，还是方才一直等在门外呢？她一边想，一边例行公事地发出了呻吟声。

答案在他离开后就揭晓了——压在讯报上的碎银子，足足比往常多了一倍。

“哎，我的傻哥哥啊，你可真是个烂好人……”

后来，金梦迟又从其他姐妹处听说了类似的事情，男主角，无一例外的都是这名气宇不凡的金羽卫小旗。

呵呵呵，既耐不过欲望的煎熬，又嫌弃我们的身子脏污，因此只能仗着身份，用这种下作的方式发泄自己的情欲……

呵呵呵，世间的男人，当真是千奇百怪啊。官爷，您下次再熬不住时，可以试着将自己身上的飞鱼服脱下来，对着它意淫幻想嘛！

今夜，这名小旗官再次被汹涌而至的情欲催动，鬼使神差地一步步走上了“游女山”。“游女山”上搭建着那么多的小棚屋，可他，却偏偏走进了金梦迟的这间……

惨白的月光无声地流淌着。

一具喉骨碎裂的男尸赤裸着横陈在斗室正中。

粟鞨衣着的壮汉沉默地从地上拾起顺刀。

“小旗爷再次驾临寒舍，想必是又垂涎奴家的身子了吧！”

一语言毕，金梦迟拉了拉身上的蜀锦，浅笑嫣然地看着眼前这名早已呆若木鸡的滇黔司金羽卫小旗官。

“真是可惜了这副好皮囊啊……马上就要葬送在这娼寮之中了。”她在心底暗自叹了叹。

方才，赵大哥已经开了杀戒，她晓得，有时杀人这件事情，和男欢女爱之属简直如出一辙——心中那道无形的闸门一但开启，可就没办法再轻易将其闭合了。

“梦迟……”时隔八年，她的名字，终于再一次从他口中唤起。

“嗯？”她强压住心中的激荡，轻声应道。

“前几日作贱你的，是不是就是这个王八犊子？”

“对，就是这只个小瘪犊子！”

一问一答，所用皆为鞔州言语。

“唔，我晓得了……”赵大哥一边说，一边轻描淡写地将顺刀拍在了小旗爷的头顶，紧接着，又一拳砸碎了他的喉骨。转眼间，方才还威风八面的金羽卫小旗官，就成了横在这屋中的另一具死尸。

“走吧！夜间行路要注意安全，这玩意给你，火药和铅弹都已经装好了，搬起机括再扣压扳机就能打响。路上若是遇见歹人就抢先开铳射他！”

赵大哥将一柄精巧的短铳递了过来，与常见的火绳铳不同，这柄短铳的击发轮簧处，镶嵌着一条燧石。像这样的燧发铳无论在哪都是件稀罕物，只要找对了买主，可以轻易卖到200两银子以上。

“那你呢？”金梦迟直视着赵凝的双眼。

“惊天之变，就在明日，我今夜会一直待在这里，等候上峰的下一步指示。因此，将这封讯报送到后，还得劳烦你带着指令再返回一次。”赵大哥一边说，一边大咧咧地躺到了榻上。

他刚一着榻，就感到自己被一阵幽香包围，左右看了看，发现自己刚好落在了几件金梦迟之前穿过的香艳绫罗之间。他挠了挠头，复又尴尬地坐直了身子。

“嘻嘻嘻！”金梦迟被这一幕逗得笑了起来。“赵大哥就好生在此处等候吧，即便是心猿意马了，也不许你偷偷地去旁边找其他姑娘！小妹去去就回……”

去金羽卫营帐的路途，早已经被她走熟了。半个时辰后，这封讯报就摆在了吕砚凝的案头。

吕砚凝迅速地扫视了几遍由田利常誊写的讯报，激动得轻轻拍了下书案。

“果然不出我所料！和咱们事先推演的‘卯’字号方略简直如出一辙！轩子佩！你速带弟兄们按照既定的预案准备相关事宜。田利常！你随我前往中军帐，去掀蔺大少的被窝！”

简短地布置了几句后，吕砚凝抄起折放在椅背上的披风，急匆匆地向帐外走去。

“大人！赵凝还在‘鸽站’中候命呢……”田利常赶着问了一句。

“还候什么命！让‘鸽子’赶紧将他带回来！少了他一个白摆牙喇兵，鞔州军难道就不造反了吗？让他速回，速速返回！”

“哈哈哈，举人在粟鞨的地面上待了8年，脑袋似乎不如之前灵光了！”田、轩二人齐声笑道。

带着这道命令，金梦迟的莲下仿佛生出了清风，回程的15里山路，她只用了不到半个时辰。

“赵大哥！我回来了！上峰让你……”金梦迟的话只说了一半便停住了，因为当她推开柴门后，发现斗室之中空空如也，哪里还有什么赵大哥的影子。就连那两具尸体，也消失得无影无踪了。

那本一直作为密本之用的《矛宗岗先生点评金瓶梅》此刻正突兀地躺在榻上，旁边，还有一张白纸。

金梦迟点起烛火，将白纸放在烛光上烤了烤，几行潦草的小字方始逐渐显出了身影。

“此番良晤，感慨万千。幸见吾妹青春无恙，足慰愚兄八载之思。惟今之际，兄有一言相告：金羽之门，绝非善地。王京城内，杨柳依昔。

值此良宵，妹应速效‘红拂夜奔’之例，远离苦海，方为上策。

是为：羁鸟恋旧林 池鱼思故渊 久在樊笼里 此处是高鲜！

切切

兄赵凝顿笔长揖”

呸！金梦迟读罢信笺，狠狠地唾了一口。满腔的怒火，让她纤柔的香肩，都不由得抖了起来。

明知道大变在即，却还一个劲地往惊涛骇浪中钻，赵凝，你这是想要去寻死吗？

娘的，老娘也不走！我就要站在这游女山上，看看你这只飞蛾，是如何扑向火堆的！

她一边想，一边向窗外望了望，天际线上，已经泛起了些许惨白。

金梦迟将“免战牌”挂在门前，开启一小坛烧酒，独坐寒窗，数着辰星自斟自饮起来。

那张信笺仍旧被她拿在手中，潦草的字迹不时霸道地直闯眼帘。

“金羽之门，绝非善地。王京城内，杨柳依昔……”

呵呵，我天真的举人哥哥啊，纵然那人依旧如章台细柳般挺拔如昔，可我，却早已经被无数人随意攀折过了……

“红拂夜奔”……纵然我想当红拂女，可又该奔向何方呢？

回不去了……即使我已然身在高鲜故土，可是我，再也，回不了家了……

清霄寒酒，愈饮愈凉，好在，喷薄的红日，正在一点点从东方升起。

声声征鼓在初升的朝阳下次第响起，驱散了弥漫在旷野间的晨曦。

金梦迟闭起双眼静静地倾听着，“游女山”下，人喊马嘶之声逐渐尘嚣直上，继而，一排排火炮开始了自己低吟浅唱。

今天的天气不错啊，即使闭着眼睛，她仍然能够感受到这滨海之地初冬时节所特有的和暖日光，正温柔地舔舐着她的脸庞，就像幼时那只时常与她相伴的小野猫，正在用温热的舌尖，陪她重温残夜的余欢。

“轰隆 轰隆 轰隆……”

火炮用它低沉的嗓音，孤独地吟唱着自己的歌谣。

“轰隆 轰隆 轰隆……”

它们所唱的，仿佛是一首催眠曲，深郁的节奏，将前夜里一直萦绕在金梦迟心头的阴霾渐渐驱散，让浓浓的睡意，复又一丝丝在她的心头弥漫。

半睡半醒间，金梦迟突然感到窗外爆出了一声震天撼地的巨响，自己栖身的小屋，也随之产生了一阵剧烈的震颤。她慌忙睁开双眼，可浓烈的阳光，却在一瞬间让她感到有些无所适从。

待她重新适应了光线后，出现在她眼前的一幕幕场景，让她回忆起了昔年间从市井处听到的那则传闻——那一年的七月初七，传说在京城王恭厂附近，发生了一次天变……

“是日辰时，忽大震一声，烈逾急霆，地中霹雳声不绝，有烟云直上，亦如灵芝，滚向东北，烟尘蔽空，白昼晦明，凡四五里。铁渣伴人肢自空而落，有如米麸，移时方止。

房屋倾塌者，土木在上，而瓦在下，杀死有名有姓者，又不知几千人也。凡死者不论男女，尽皆裸体，未死者亦多震褫其衣帽焉……”

据说就连圣驾，也在那次“天变”中受到了惊吓……至于“天变”的原因，三法司会同金羽卫一起查了半年，也没找到丝毫由头。

但在那次“天变”后不久，此前一度在朝野间风头正盛的闽浙一党，就受到了对手的打击，自此一蹶不振起来。

虽然外界众说纷纭，但金梦迟却没来由地相信，那次“天变”，似乎与金羽卫之间有着千丝万缕的联系。此刻，眼前所见的场景，让她更加坚信了自己此前的直觉。

“他们，当真是胆大包天啊！竟敢使用如此狠辣的计谋！”看着山下一片狼藉的军阵，她颓然地坐倒在了地上。

为了不动声色地灭掉鞔州军，上峰竟然毫不吝惜地将一个500人的宣镇炮营与近3000人的黔军步卒搭进去当填头，说舍就舍，如弃敝履！

此刻，她突然感到有阵阵麻凉之感袭上了自己的脊背。这种感觉，为何如此熟悉？

对了，这种麻凉，和那一次的感觉一模一样！

那时，她刚刚被粟鞨人掳获，在一个雨后的正午，她奉主家之命，独自一人进山采摘蘑菇。采着采着，突然感到后背处泛起阵阵麻凉。

她慌忙回头看去，发现在远处的峭壁上，有一个浑身长满红色长毛的人形异兽，正在默默地盯着自己。虽然因距离尚远看不清它的面孔，但那双饱含贪婪、残忍、怨毒的眼睛，却清晰地出现在了金梦迟的脑海中。

似乎即使隔着宽阔的悬崖，但仅凭那两道目光，它仍然可以将她一口吞下！

金梦迟摸了摸仍旧揣在怀中的燧发短铳……

赵大哥！我的赵大哥！你，还活着吗？

她掀起墙壁的夹层，取出了一个一尺见方的铁箱，打开箱盖，从袖箭、各式药散、几块碎银间翻出了一支细长的千里镜。

辽东铁骑撤了！听着耳畔雷鸣般的马蹄声，即使不去回头，金梦迟也能猜出棋盘上的走向。

懒得去管他们，她擎起铜质的镜身向山下望去，透过阵阵硝烟，远处的那片修罗场，逐渐被这几块叠加在铜管中的透镜拉到了眼前。

那些仍然活着的人，甭管是宁人还是粟鞨人，似乎都变成了一个模样，衣衫褴褛、灰头土脸、目光呆滞、步履蹒跚，就像是一群刚刚从阎罗殿中偷渡到凡间的小鬼……

“赵大哥……赵大哥……”镜头依次从这些小鬼的脸上扫过，又如何能分清，其中有没有她的赵大哥！

"咚！咚！咚！咚！"

蔚山城头突然响起了太鼓声。她晓得，这是敷州倭寇出阵前的序章。随着鼓声，她将千里镜的镜头暂时向蔚山城移了移，城门正在一点点开启。嚯~这一枚棋子，也开始动了！

待镜头再次转回，一队骑兵倏然跃进了画面之中。这一队人马衣甲鲜明，阵型严整，显然并未受到爆炸的影响。看旗号，这队骑兵是属于鞔州军麾下的，他们，方才为何要远远地匿于本阵之外呢？

"嘿，嘿，哈！"城门处，传来了倭军的战吼。

即便不用千里镜，金梦迟也能看清，一队队倭兵正从分布于箭矢状城墙两侧的城门中鱼贯而出，出城的倭军，以徒步足轻为主，尖细的长矛如竹林般飒飒生风。

倭寇们一边向前慢慢推进，一边逐渐结成了三个方阵。每阵大概三千人，除了长矛外，约四分之一倭寇手中拿着的，是粗壮的铁炮（火绳枪），三个旗号不同的大阵呈阙月状慢慢向宁军残兵们包夹而来。

方才到达的那一小队生力军马此刻正试图将爆炸中幸存的友军们集结起来，结成阵势。在他们的努力下，一部分"小鬼"已经回过了神，胡乱从地上捡起军器，但更多的幸存者，似乎还处于懵懂之中。

倭寇，已经越来越近了……

二百余名鞔州骑兵排成长蛇阵，率先迎着倭军的锋刃发起了冲锋。"长蛇"迅速地游到了阙月前，转而又化成了两支箭羽，从倭军三个方阵间的缝隙处杀进。

庞大的倭阵立即停止了前进，摆成了防御的态势，但这些鞔州骑兵并没有直接冲向敌军林立的长矛，他们在铁炮射击的硝烟中朝敌军射出箭矢，然后迅速地沿着倭阵的间隙飘然而去。

三架庞大的倭阵收起防御，再一次缓缓启动，随着鼓点踏着小步。然而，那只并未远离的灵蛇，重新又冲杀了回来，刚刚前行不足百步的倭阵，不得不再次转成了防御的态势。又是一轮铁炮与箭矢的对话，倭阵中再次产生了一些小小的混乱，几十名倭军在对射中丧生，其中一些人，似乎还是被自家的铁炮击中而亡。

这一回合较量中，亦有零星几名鞑州骑兵中弹坠马，等待他们的，是无数柄愤怒的倭刀。然而，颇为尴尬的是，这些倭刀似乎砍不透鞑州骑兵的重甲，倭兵们不得不将倭刀，重新换成长矛朝倒地的骑兵狠狠地戳刺着……

倭阵，第三次开动了。这一次，当恶灵般如影随形的鞑州骑兵再一次接近时，倭阵并没有停下，仍然按照自己的节奏向前行进。

可这一次，骑兵并非仅仅是浅尝辄止地射出箭矢便即离开。两队全身重甲的铁骑恶狠狠地撞进了正当中的倭阵，纵马在倭阵柔软的腹地横冲直闯。

"怎么和狗熊闯进了玉米地似的！"爆炸发生后，金梦迟的脸上第一次绽出了笑容。怪了！自己竟然在为粟鞨人微笑！

千里镜的焦点，被她牢牢锁定在了一个左手持斧的身影上。呵呵，这世间喜欢用左手的人，本来如就如同凤毛麟角一般。在骑战时用左手拿斧头的鞑州兵，除了赵大哥，还能是谁呢？

拼杀间，不时有鞑州骑兵受伤坠地，但那名左手挥斧的军校，则始终稳稳地坐在马上。正中三千人的倭阵，被这两小队骑兵搅得一片混乱。位于左右两翼的倭阵，也连带着一同进退不得。

一声尖锐的鸣镝划破长空，鞑州骑兵立时调转方向，斜次里杀出倭阵。

方才还乱哄哄的"游女山"此刻已陷入了一片寂静之中，姐妹们不傻，任谁都能看出，今日这场你死我活之战与往日里例行公事般的彼此攻伐完全不同。于是便都携带着这些日子里赚来的财物，一溜烟地作鸟兽散了。至于能不能躲过四下的兵匪，将财物平安带回家中，就要看个人的造化了。

"这头罴熊……"发现了他的行踪后，金梦迟先是感觉到惊喜，继而心中又稍稍涌起了一丝埋怨。

她平生最恨的，就是于她有杀父淫母之仇的粟鞨人。她之所以甘愿充当"流莺"供金羽卫驱使，大部分原因正是来源于此。

此刻，数千鞑州鞑子眼见着就要被倭兵围歼，她在"游女山"上潜伏月余，为的就是促成眼前这一幕的顺利发生。但是，她的赵大哥，她刚刚失而复得的赵大哥，此刻正在山下，与那些她恨之入骨的鞑州兵一道跃马扬斧，和几倍于己的倭寇苦苦鏖战。

她既想亲眼看着这些鞑子在自己脚下被倭寇杀得灰飞烟灭，又不忍心她的赵大哥就此当了这些粟鞨臭鞑的陪葬。难道，在这大仇得报之时，失而复得的他将再一次得而复失？

想到这里，她心中就更加煎熬了……

她调转镜筒，看了看焦土一般的宁军阵线，一支千余人的粟鞨方阵已堪堪结成，但阵中之人衣甲零落，兵器残破，其威力相较平日，定然大打了折扣。

距鞔州兵不远处，亦有千余名“小鬼”聚在一起，他们也在努力让自己迅速结成宁军标准的步兵阵势。这些人，应该就是在这场棋局中作为填头被蔺如风舍弃的黔军步卒了吧。

至于宣镇炮营，似乎已经在方才的爆炸中，全部都化为了灰烬。

鞔州军与黔军之间警惕地彼此戒备着，两阵的间距越拉越远，直至百丈左右方才各自停驻。

“呵呵，这局面倒是有趣!”金梦迟努力让自己从纠结与煎熬中抽身而出，尽量平静地观瞧着战场上的态势。

“两条战线，却存了三种心思。接下来会如何打呢？”

那支骑兵见此刻本方已然结成了阵势，便迅速地脱离了与倭军的接触，跑上了鞔州军阵后不远处的一座小丘上，下马待命。几番冲杀下，这支骑兵的人数仍有一百五十余众。

千里镜中，他身上原本鲜艳的白色铁棉甲，已经因陷阵时沾染了太多的鲜血，而变成了暗淡的黑褐色。他摘下厚重的头盔，那张令她牵肠挂肚的脸孔在她眼前高高扬起，似乎方才的那番拼杀，让他感到颇为畅快。不时有其他鞔州兵上前与他击掌，他都大笑着一一伸手回应。众骑兵互相传饮着一个皮囊，轮到他时，他也毫不犹豫地仰头喝了一口。

“赵大哥，你当真还是8年前的那个你吗？”金梦迟的心抽搐了一下。样貌仍然还是那个样貌，可在他身上，已经丝毫不见了当年那个清澈又骄傲的金羽卫的踪影。遥遥看去，他此刻就是一名标杆般的粟鞨青年将校……

“原来，这8年来，被时光改变的，不止只有我一个人啊！”

她手中千里镜的焦点，一刻不离地随他在倭阵间往来穿梭。

“这是在找死啊！”她甩了甩酸麻的手腕，恨不得面前有一张射程超过千步的硬弓。这样，她就可以马上将那个浑然不吝惜自己性命的人提前一箭射落下马，免得自己继续在煎熬中等待那个早已经写好的结局。

“银瓶乍列水浆迸，铁骑突出刀枪鸣。”

终于，这场属于他与她的战争，在他倒地的瞬间戛然而止。她冷笑着眨了眨眼，将一串泪水赶出眼眶。

镜中的视野，再一次变得清晰了起来。

风起风落，云聚云散，在接下来的三、四个时辰中，斗战的核心逐渐远离了他落马的那片泥塘。她对脚下接连上演的惊天变奏充耳不闻，静静地立在窗边，手中的千里镜，死死地盯在他浸满泥浆的身上。

翻滚的流云夹杂着日光一次次地舔舐着他的躯体，隆隆的炮声中，他的手，似乎轻轻地动了一下！

金梦迟一下子跳了起来，可酸麻的双腿，却让她狠狠地跌坐在原地。

“动了！他动了！”金梦迟将那杆已经被她握得温热的千里镜一把甩开，她不想继续用它去盯着那片泥塘一遍遍观瞧，来确认方才究竟是她看花了眼，还是他的确在僵卧了两个时辰后抽动了一下手臂。

她飞快地换上早已备好的男装，绯红的鸳鸯战袄遮住了她身上婀娜的曲线，猛然看去，当真就像是一名宁军的卫所小兵。

她将一个可以连续射出六枝袖箭的小木盒绑在了手臂上，袖箭击发的劲头全部来自于盒中的弹簧，此物原是为了助她在近距离处偷袭而用，至于能否给身穿甲胄的对手造成伤害，金梦迟的心里也没有底。于是，她又将那杆燧发火铳也一并插在了腰间。

此刻，山脚下的战斗将将进入尾声，胜负的天平，早已经向连夜谋划出这一切的那一方所倾倒。

金梦迟飞快地向山脚下那个她已经连续盯着看了数个时辰的泥潭奔去。

她晓得，过不得一时半刻，胜利者就将彻底梳理这片激战过后的修罗场。到那时，不论他现下究竟是死是活，就凭他穿的那身铁甲，以及他身边那匹死去的率滨战马，他那颗光秃秃的脑袋，就将被人用刀小心翼翼地砍下，再用石灰腌好，当作报功的凭证，送回他遥远的故乡……

第十三章

赵　凝

推开窗，沉郁的夜色无声地流进石室，将案头的那方旧砚溢满，我润了润笔，在纸上写下这最后一行顽劣无比的涂鸦。

“应割旧情，以存远计。冰河残骨，无扰闺房春梦；雪山忠魂，安守塞外孤城……”

呵呵，我这身作文功夫已是完全荒废了，如此短的几行字，竟然耗了我一个时辰的光景。手中握的，好像不是狼毫笔，而是一方千钧铜鼎，写出的每一个字，都是那样的艰涩沉重。

不过还好，现下总算在出发前的最后一刻写完了，若是再拖上那么一时半刻，轩百户定然又要暴跳如雷了。

“写完了？好，咱们快走！”

轩子佩见我放了笔，一骨碌从榻上坐起身子。与来时所作的寻常打扮不同，此刻我们一行人已全都换上了显眼的飞鱼服。

“就算穿着这身皮，沿驿道这么一路马不停蹄地往回奔，也要月余后方能回到东北。”看到蔺如风敌后失陷的讯报后，轩子佩便恨不得肋生双翅，直接飞回司里去。

是啊，该办的，不该办的，所有的事情此刻都已经办完了，机缘巧合中，连原本准备为我进行上下打点的那五百两银子都省了下来。这一趟远行，当真可以算得上是功德圆满。

走吧，走吧，骑上产自滇云的小矮马，循着苍穹上那颗明亮的北极星，就这样冲进沉沉的夜色中吧！

“啪嗒，啪嗒。”

细碎的马蹄声在清幽的石巷中飘荡，踏破了似雨似雾的黎明。但愿这声音，不会扰乱你的清梦。

原谅我吧，敏敏，原谅我最终还是没有把这个故事为你讲完……而且在之前的讲述中，我也选择性地隐去了一些可能会让你产生不快的段落。

即便如此，我也越发地能够感觉得到，这些发生在酷寒莽林中的曲折晦涩，对像你这样一直生活在温润山水间的小女孩来说，有些过于灰暗和沉重了。

而我，这个突然闯进你生活中的北地鹰犬，又似乎一直试图引导着你，在心照不宣中为未来编织起一个美妙缥渺的黄粱大梦……

虽然我们并没有对彼此言明，但那些引人沉醉的梦境，却越发真切地浮现在我们的眼前。以至于，连我这个早已对世间万物心生厌离的腌臢汉子，也逐渐开始分不清那些画面，究竟是我们共同搭建的海市蜃楼，还是俯首可摘的真实未来……

敏敏，就让这个梦，随我渐行渐远的马蹄声，随这些注定干涸的朝露，一点点消散吧！

敏敏，我知道你喜欢我。但是，这些年来，连我自己都说不清在我身上究竟附着了多少个魂灵。

你喜欢的，只是其中你能看到的那个我。那些你不喜欢的身影，会时时陪伴在你喜欢的那个我的四周，如恶鬼般驱之不散，挥之不去。然而，那些我，终究也还是我啊……

昔年，我于寒窗畔埋首苦读，掩卷长思之际，也会憧憬诗书中描绘的种种风流情思，常常盼望着，有朝一日，自己也可以在花影间流连，任月色斑驳着为赋新词强说愁的年华……

可是后来，我却发现，无论是自己喜欢的女人，还是喜欢自己的女人，抑或仅仅是离我稍稍近一些的女人，似乎生活得都不算太幸福……

刀头舔血的日子过了这么多年，我的手上，早已经沾满了那些或咎由自取或无辜受累之人的鲜血。杀了，也就杀了，我从来没有为那些折在我手中的性命而惋惜过。

但是，每每夜不能寐时，我都会想起那些曾出现在我生命中的女人，一想到她们此时有可能正在因我而辗转反侧，我心中就会在一瞬间溢满愧疚与忏悔……

也许，这就是我的软肋吧。

汉文之中历来便有“软肋”一词。洋夷之中亦有传说，说造物主怕男人在世间太过寂寞，便抽出了他的肋骨另行造就了女人。这种冥冥之中的不谋而合，细思之下的确有趣。

想到这里，我摸了摸肋部的断骨处，前些日子开弓射那些作乱的卫所兵时，还在隐隐作痛，现下已经完全愈合了。

这根骨头，是在蔚山城下那场血战中，被倒毙的坐骑压折的。那是一匹枣红色的率滨马，虽不如我在章琥塔部时骑惯了的大黑马那样强悍，但也是一匹能够冲阵的良驹。

当时，若不是陷在那片荒废的水田里，也不至于被倭寇的铁炮轰倒在地。但是，若不是那片松软的水田，我的命，也就保不住了……

那天，听到鸣镝升起后，我随大家一道迅速杀出倭阵。这一番冲杀，为爆炸中幸存的鞔州军兵赢得了重新结阵的时间。

我随众骑兵一道，登上了阵后的小丘待机而动。当时，我胸中积郁的那些气结早已经消散。不仅仅是因为在倭阵中的那一番拼杀，而是在那之前，我瞅准了费多比的所在，假作救人之势，纵马将这头在爆炸中并未受到致命伤害的老狐狸踩了个对穿。

我接过族人递过来的酒囊，一仰头喝了一大口从粟鞨带来的高粱烧酒。

哈哈哈，痛快！如此豪饮，最是助兴！欲除胸中垒块，自当横刀纵马！何须用酒去浇？

在经历了最初的混乱后，伊日莫海林迅速接管了残军的指挥权，好在爆炸发生时，大部分宁公特精锐将校均是作为突袭之暗箭，埋伏在远离主阵的丘陵。

此刻大家已经分成了两部，一部下马在伊日莫海林的带领下留在主阵统领步兵，我们这部分人则仍然是充当骑兵之用。

敷州人向来不以骑兵见长，此番渡海侵高，更是以步兵足轻为主。是以我们这支小小的骑兵队，可以在倭军大阵之间往来纵横，如入无人之境。

幼时，我与我那浪人师父岛森繁对饮于山溪之畔，喝到兴起之时，他便会操着那口怪异腔调，给我讲敷州乱世中群雄争霸的往事。

此刻，不远处倭阵上飘扬的十字辔纹战旗，就曾多次出现在他讲的那些故事中，这面颇具西洋夷人风格的战旗，属于萨漠藩的岸津家。据说，是一支可以在敷州诸侯中位列三甲的强军。

蔚山城头太鼓的节奏陡然一高，城下倭军三个方阵亦随之发生了改变。一个方阵继续朝鞔州军缓缓逼近，另外两个方阵则加速朝仍然没有形成有效防御阵型的黔军杀去。

显然，他们想用一部兵力与严阵以待的鞔州军对峙，同时集中力量迅速吃掉散乱的黔军，继而再以绝对的优势，将鞔州军全歼。

想必，倭寇也在之前的攻城战中见识到了鞔州军的生猛，是以才用三千人的生力军，去与不足千人的鞔州残兵互相对峙。这样的兵力配置，可以说，已经是很给鞔州军面子了。但是，被海水隔绝在孤岛上的敷州人，却不懂，何为鞔州军，何为粟鞨人……

他们无论如何都不会料到，对面那支残破褴褛的军队，竟然敢于率先向他们发起进攻。当双方进至一箭之地时，鞔州军毫无预兆地展开了全军冲锋。

其决绝的气势完全超乎了对手的认知，以至于倭军中的铁炮手堪堪只来得及释放了一轮铅子，就不得不狼狈地逃到了阵中长矛手的身后。他们放出的那轮铅子，绝大多数也都被鞔州军的大盾挡了下来。

对手那狰狞的面孔，已经离自己越来越近了，倭军长矛手高高举起了手中的兵器，准备砸向最前排那些凶神恶煞般的鞔州死兵。

他们惯用的长矛足有9尺多长，足以将任何不骑马的对手拒于阵外。但在今天，他们中的一部分人，却连使用长矛的机会都没有得到，就被当头劲射的利箭洞穿了身上简陋的铠甲。

射出这波箭羽的，正是紧跟在死兵背后的鞔州锐兵，他们大多由早已粟鞨化了的北地宁人充当。论起射术，虽不如宁公特诸丁，但也无异于那些出身于咸州的寻常步甲。

鞔州军的冲锋于倭军阵前三丈处骤然停歇，站在前排的死兵将手中的坚盾搭成一道盾墙，掩护着身后的锐兵向倭阵射出绵密的箭雨。鞔州军的大盾由两层橡木制成，中空的部分，填充着由人发、兽毛织就的毛毡，最外面还包覆有一层薄铁皮，既可以由单兵握持，亦可以相互连结，组成更加坚固的盾车。

在这堵盾墙面前，倭军笨拙的长弓与缓慢的铁炮完全陷入了束手无策的尴尬之中。有些铁炮手鼓起了勇武，冲出队列站在阵前准备朝盾墙轰击铅弹，但还未等他们扣下机括，自己就被小月牙般的粟鞨铲箭射中了面门……

随着一排排长矛足轻倒地，倭军的阵线，逐渐开始了松动。

阵阵杀声中，之前纹丝不动的盾墙上，先后露出了一些缺口，鞔州军中最精锐的兵丁在宁公特将校们的带领下，嚎叫着冲进了倭军的阵线。

北地之人普遍身材高大，而倭寇的身量，较之西南山民还要矮上几分。这些精兵，此时像极了扑进羊群的恶狼，瞬间便将三倍于己的倭寇军阵搅成了一锅乱粥。

“咱们上！”统带骑兵的，是一名向来沉默的牛录章京，平时少言寡语，但却是一名真正的百战死士。在他带领下，我们这支一百五十余骑的小队，排成一道锋矢阵，以雷霆之势从倭阵的侧翼杀入，一路上，竟没有遭到来自倭军一铳一箭的阻击。在我们的铁蹄成功陷阵后，倭军的大阵也随之彻底瓦解。

“厄特恩！”（胜利）鞔州军中爆出了一阵欢呼，儿郎们被爆炸熏黑的身上，此时又沾了一层暗红的鲜血，他们将仓促间收集起来的军械高高地举过头顶，朝倭兵溃退的方向大声地欢呼着。

“大人！接下来咱们打哪帮犊子？您只管下令，上天入地，儿郎们连眼睛都不会眨上一眨！”焦尔兴奋地大声喊道。

然而，他的问题，却给正在和大家一起振臂欢呼的伊日莫海林兜头泼了一盆冰水。

接下来，我们该打哪帮犊子？接下来，我们该怎么办？伊日莫海林一时语塞，呆呆地愣在了原地。

主将沉默后，回荡在鞔州军阵上空的欢呼声，渐渐熄灭了……站在秋冬之交蔚山城外尚存绿意的碧海丛山间，鞔州军的儿郎们突然感觉到了一阵孤寂。

接下来，我们究竟该怎么办？此时的鞔州军，已经彻底变成了一支孤军，蔚山城远去粟鞨属地近三千里，倭军、宁军，都在试图消灭这支血战后已不足九百人的残兵……接下来，我们该怎么办？打谁？去哪？降？战？向谁降？与谁战？

大家你望着我，我望着你，从袍泽的瞳孔中，大家看清了萦绕在自己心头的迷茫。

“大人！方才那爆炸，是宁国狗官的奸计吧！”一名年轻阿哈拉了拉我的胳膊，提起故国时，语气中充满了鄙夷。

我拉起面甲，朝他转过了头，他的脸早已被烟尘与血污糊满，只有那双不大的眼睛，仍然是黑亮黑亮的。原本穿在他身上的棉甲，已经被爆炸所产生的气浪搞得残破不堪，除了立在脚旁的那面大盾，他的武器，就只有腰间那把短粗的顺刀了。

“大人，我们弟兄都知道，姓蔺的那厮想要杀咱们顶罪冒功，可惜此刻他不在这战场上，不然弟兄们一定拼死杀到他跟前，当面问一问他，天下之大，为何就不能给我们弟兄留一丝活路！

当年，我们就是被他手下的兵将拐卖到粟鞨当了阿哈，当阿哈就当阿哈，现在好不容易娶了妻，生了娃，又有了攒前程的奔头，他们怎么又突然要断我们的活路！当真就不能让我等好好地活到死吗？”

这名阿哈的粟鞨话说得非常流利，但是从中仍然能听出一股浓重的中原口音。

为了自壮，蔺家两代人向来都会在暗地里做些贩卖流民之类的灰色勾当。金羽卫方面早就将这些情况整理成卷，报至中枢，但中枢诸公对这样的小事向来就提不起兴趣。

他们看重的，只有稳固，是啊，唯有边疆稳固，他们才能从容地结成党羽，日日争斗不休。

因此，只要边疆稳固，他们才懒得去管边将究竟有何违制之举呢！哈哈，但是这“养寇”一法，若是把握得不好，随时都会变成饮鸩止渴的局面……

蔺成栋后，蔺如风虽然也属百年难遇的将才，但却没有习得乃父翻云覆雨、阴阳通吃之权术。今日，咸州这只早已经被他家两代人养壮的猛虎，当真露出了噬人之相，而我们，恰好就是这头猛虎龇出的第一颗尖牙！

只可惜，这颗牙上，藏了我这一只小小的蛀虫……

一阵排铳声将儿郎们暂时从迷茫中抽离出来。循声望去，爆炸中残存的千余黔军，此刻正在两阵近六千倭兵的进攻下，勉力苦撑。

“大人！得救他们！”统领骑兵的那名牛录章京，突然朝伊日莫海林喊出了我准备说的话。

“为什么要救那些宁狗？”伊日莫海林懵懂地问道，他所擅长的，是在战阵之间把握时机。而战阵之外的各种勾心斗角，就不是他能够应付得了的了。

“咱们打围时，不正是先将围圈里的野猪、狍子收拾了，才能集中箭矢专一猎杀熊虎之类的猛兽吗？”牛录章京一句简短的比喻，让宁公特将校们瞬间明白了战场上的形势。

不论之前发生过何种龌龊，此时的鞑州军与黔贵军，其实就如被粟鞨顽童栓在同一根马尾上的两只蚂蚱，唯有齐心协力，方才能在倭军的重压之下求得一线生机。

“大人，他们的大营修得不错！咱们应该汇同这些黔军，一起退至他们的大营内坚守，倭军出城进攻，为的是捡便宜，咱们只要守上一阵，他们必然不敢长时间和咱们耗下去。

毕竟蔺如风的辽东铁骑实力并未受损，随时可能返回来乘机袭取倭军的坚城，其余诸事，待打退了这些倭寇，咱们再做计较也不迟！

宁军那边不是要给咱们安那顶哗变造反的帽子吗？咱们若是救了这千余黔军，这叛军的罪名也就不攻自破了！”我挤到海林身边，高声地说道。作为同饮一江水的近邻，海林对我这“章琥塔三青松”的话，还是颇为倚重的！

这场阴谋的元凶，已经被我的坐骑踏成了肉泥，在我的内心里，似乎又升起了一丝希望。

希望这次并未被捅破的兵变，可以随方才那次爆炸的硝烟而飘散；

希望上峰可以给我这些幸存的族人留有一线生机；

甚至，正好可以乘此机会，让宁公特与咸州之间的联盟松动、破裂；

让盖马山与额虏尔河间的沃野，再次回到她最初的那副模样……

伊日莫海林环顾了一下身边的将士，经过方才的厮杀，此刻尚能站在他身边的儿郎，已不足九百。

被鞔州军击溃的倭军，已经弃甲曳兵地奔到了两里之外。不远处被两个倭军大阵夹击的黔军，仍然在倭寇凶猛的攻势中苦苦支撑。

“大人！快些决断吧！咱家儿郎再能打，也没法在这种情况下以八百人独自扛下万余敌军的围攻！”那名牛录章京再次开口说道。

伊日莫海林圆睁着一双牛眼，看了看他，又看了看我，猛地跺了下脚，大吼道：“好！就依你们说的来！众儿郎听令！咱们现在就去救那些被围的宁军，然后退进他们的营寨与敷州人死耗！大家打起精神来再拼上一拼！咱们都是粟鞨的好汉子，不能就这样窝窝囊囊地死在这片穷山恶水中！”

众人高举兵器，用震天的战吼回应着主将的命令。来自阿哈们的回应尤为热烈，想来，是因为此刻正与他们并肩血战的粟鞨主子，说出了“咱们都是粟鞨好汉子”这一句话……

飞扬的尘土中，残破的“鞔州战车”再一次迎着倭军攻击的方向，义无反顾地踏上了征程。

“大熊！你宁国话说得好，待我们与倭军开战后，你带一百名骑兵，寻找缝隙直接穿透战线，将我们的意图告知黔军主将，让他们奋起斗志，杀透重围与我们汇合。破围时，你们给他们当前锋！”伊日莫海林拍了拍我的肩膀。

“兄弟们，还有力气再冲吗？”在鞔州步军杀入倭阵的瞬间，我高声地问着麾下的骑兵们。

“能冲！若是不能连着冲满一百回合，怎好意思称自己是马军？”儿郎们满不在乎地，用一句真金国老祖宗遗下的名言回答道。

大家笑着拉下了面甲，一齐打马朝两个倭军方阵的连接处猛冲而去。在如此近的距离上发起冲击，不需要疾走与助跑，直接让坐骑撒开蹄子猛冲就是了！

我将身子尽量低伏在马背上，一骑当先地奔驰在众人前方。转眼间，我胯下那匹高壮的率滨马就喷吐着响鼻踏进了倭阵，它似乎又回想起了跟着宁公特大军驰骋在阿勒锦乌拉北岸连绵千里的草原时的情景，而脚下这些矮小的倭寇，就和窝集人在那片草场上放牧的羊群一般，任它践踏。

直到被铁蹄踹进尘埃的一瞬间，倭兵们也还是想不通，为何我们这支不足千人的残兵如此胆大包天，竟敢主动攻击七倍于己的敌军!

一名衣饰华贵的倭军武士懵懂地朝我转过身，我将高高举起的铁斧重重地砸向他的兜鍪。

“啪嗒”，这熟悉的手感说明，他的天灵盖已经变成了京城鬼市上的碎瓷。

锥心的疼痛从小腿处传来，我用余光看去，一把雪亮的倭刀从我的铁网靴旁划过，呵呵，倭刀的主人现在一定非常气恼，气恼自己这柄名家所做的宝刀，为何砍不开眼前骑兵的腿甲。

别气了，这一击，已经算是今日开战以来我所受到的最重的一次伤害了。你的宝刀虽然没有砍透我的腿甲，但或许我的腿骨，现在已经在这次攻击中裂开了。

但是，随后的那声哀嚎说明，为了这一刀，你究竟付出了什么样的代价——被随在我身后的骑兵撞倒，再被钵盂大小的马蹄踩穿，倒的确有些“樱花飘零蹄下，践踏化为尘埃”的意蕴，武士大人，您对这种死法还满意吧!

斜刺而来的十字文枪打断了我的遐想，枪头突出的铁枝，刚好钩住了我勒甲用的皮带！哎，又走神了！以后可再也不敢走神了啊!

可是，还有以后吗？这一次战场上的走神，或许就会要了我的命吧！可这又怪得了谁呢？要怪，只能怪我少时所读的那些诗书，都说读书会让人越来越纯粹，但到了我这，却刚好相反……

哎，不是说了不走神的吗？但在这生死关头，我却再一次走神了!别瞎想了，认真点，抓紧时间再好好吸一口这世间醇美的海风吧！

我闭上眼睛，静静地等待着被铁枝拉下战马的瞬间，但是，十字枪上的力道，却一下子松了——原来是一根箭矢射进持枪倭兵的脸孔，嚯，在性命攸关之际，是我身后的族人救了我！

此刻，这一百骑兵就如同一枝锋利的箭矢，钻透敌军的表皮，撕开面前血肉，避开坚硬的骨骼，从狭窄的缝隙中插进了倭寇的脏腑。

“友军！友军！”杀透重围的八十余骑用汉语高声呼喊着我方才教会了他们的单词，进入了黔军的圆阵之中。

“哪位是管事的上官？我是鞑州军的信使！有要事相告！”经过了方才的一番冲击，我的坐骑仍然处在亢奋之中，虽然被我强行勒停，但却又转圈，又刨蹄，就是不肯老老实实地立在原地。

没办法，我坐在它的身上，也就只能一边随它转着圈子，一边朝圆阵中的军汉们喊着话。

“我是参将谷千仞，尔等为何而来！”一名被爆炸搞得遍体漆黑的矮小汉子走到我的马前，用黔调官话答道。

“参将大人，我家副将正在率兵猛攻围困你们的倭阵，特地派我等前来接应你们突围，与我家鞑州军合兵一处后，退至黔军大营防守，当有一线生机！”我用纯正的官话高声说道。以往，我在和人说汉话时，都会故意加一些粟鞨口音与语法，但此时军情紧急，我也只能收了那些把戏。

“好！好！好！”黔军参将连着说了三个“好”字。呵呵，看来，直到现在他都没有意识到，自己和自己的三千军兵，是棋盘上一枚被上峰随意抛弃的小卒。

“我军营盘扎得颇为坚实，只要能够突进营中，守他几个时辰，自会有援兵到来！他娘的，也不知那倭寇用了何种火器，竟把咱家的火药堆都射爆了！”参将大人的黑脸上，因兴奋而泛起了红光，我们带来的消息，让他心中即将熄灭的求生之火重新又燃烧了起来。

自从上次在械斗中被鞑州军中的宁公特将校轻松冲进辕门后，第二日黔军便加固了自家的营垒，除此之外，还特意环营新掘了一条宽两丈，深一丈的外壕。这些黔军乃是驻防军户出身，虽然不善野战，但营造工事营寨的能力却着实了得。

“敢问这位老弟，咱们该如何突围才好？”在我面前，参将老爷已经完全放下了官架子。

“好说！我率麾下铁骑，从正面冲击倭军，待他的阵势被我们搅乱后，大人可率兵向鞑州军战线处攻击前进！”

鞑州军已经与两阵倭寇中的一阵杀在了一处，现在攻击黔军的，其实只剩下了一阵三千余倭。若我这八十余骑趁乱直击倭军心腹，定然能够在短时间内让敌阵暂时陷入混乱之中。不过陷阵之后，我们这八十余骑似乎也难以逃脱全军覆没的命运。

“好！好！全依壮士吩咐！只要倭阵一乱，我们就趁机与你家军马汇合！”黔军参将回答得愈发干脆。

我朝他微一颔首，转过头将计划大声朝族人们说了。看着大家都没吭气，我便又高声喊道：“儿郎们！咱们此次舍身陷阵，并非是为了眼前的这些宁人而战！只有保着他们前去和咱家军马合兵，咱们鞑州健儿才有可能挨过眼前的危局，不至全军覆没在这异国的荒山辽海之间！

但是这样一来，咱们这些弟兄，就有可能把命全都填在倭阵之中！不过大家放心！只要咱家主力能够回到粟鞨，咱们的命就不会白丢！经过这一战，是阿哈的，立马给他全家抬旗！父母妻儿今后就也是主子了，用自己的命，换取全家人的前程，值了！

咱宁公特人就更没的说了！只要不怂不退，战后少不了追封你一个阿达哈哈番！全家老少一辈子吃香的喝辣的！子孙后代世世念着你的好！

再说了，咱们是马军！3千人里，就只选出了咱们这些伙计当马军！平日里好吃喝骑在马上高人一等，到了这时候，咱们不冲，还能指望着谁去冲？

陷阵，就是咱们马军的本分！弟兄们方才说的好，‘不能连着冲一百回合的，怎配称得上是马军？’怎么样，咱们现在就开整啊？干这些还没炕沿高的倭寇，咱们也未必就不能活到最后！”

这一次，族人们用猛烈的粟鞨战吼回应了我的呼唤。

在正午时分炫目的烈日下，八十余骑鞑州骑兵再一次冲向敌阵。

我连铁斧都懒得去挥了，一味地撒开坐骑，任它在倭群中践踏，手中的弓弦上则扣着箭羽，随时射杀那些准备反击的倭兵。

这一次，我再没有因胡思乱想而走神，阵阵征尘中，我的灵台一片清澈，耳畔的杂音是那样的遥远，眼前敌军的动作，又是那样的缓慢，从我手中发出的箭矢，总能够抢在对方刀锋到来前，击倒那名正在朝我挥刀的敌人。

往来冲杀间，我能够从容地去感知周遭的一切，比如，我身边的族人，正在一点点减少；

我胯下的坐骑，渐渐开始气喘如牛，哎，官家的马，终究没有自己的好用，若换成是我的大黑马……

咦？为何在我腿间有种湿热的感觉？是马血！原来是我的坐骑受伤了，看来，这才是让它呼吸急促的原因，对不起，我方才错怪你了……

一丝空明穿透密密匝匝的倭阵，在不远处闪烁着希望的光芒，我抬手将第二个箭囊中最后的一支箭羽，射进了一名倭军足轻的后脑。枣红马扬起前蹄，踏散了最后一片来不及闪避的人从，前方，登时再次豁然开朗起来！透阵了！

受伤不轻的坐骑呼哧呼哧地奔上了一片高地。海风和暖，我重甲下的躯干汗出如浆，我将骑弓插回囊中，腾出手来从鞍鞯上解下一个盛水的皮囊，将一泓清水自头顶浇灌而下。久违的清爽，复又突进了我的胸腔。

我咧开嘴大口大口地呼吸着山岗上的清风。

难道，我今日还能活？爱活不活吧！生亦何欢，死亦何苦！要是活过了这一战，还得亲眼去看这一场由我亲手促成的大戏，究竟会以何种方式落下帷幕。若是那样，还不若死了的好……

不过，若是救了黔军，上峰或许能够对残余的鞔州军手下留情也说不定啊！

对了，此时黔军方面究竟进展到何种程度了？我拉开面甲，从马镫上站起身，向黔军的攻击方向望去。

嚯！这名参将保命的功夫着实不错嘛！趁着我等骑军搅起的混乱，大部分黔军已经成功摆脱了倭军的纠缠，正与再一次挫败了倭军兵锋的鞔州军交替掩护着，朝墙高壕深的营寨处且战且退……

看来，我和族人此时刚好可以先行驰到营门处为大军以为接应了。我再次扫视了一下身后的战场。

硝烟渐渐飘散，凌乱的原野上，仍有大约二三百名黔军因种种原因没有能够成功突围，他们挤在一处小岗上，在如洪水般汹涌而来的倭军面前，绝望地做着困兽之斗。

就在这时，一群熟悉的人影闪进了我的眼帘。这种熟悉，并非来源于他们的音容，而是来自于他们身上的衣饰服色……

虽然，他们的衣服早已经被硝烟与血痕所侵蚀，但是那熟悉的藏蓝底色，以及那雍容的飞鱼形影，让我一下子就意识到了他们主人的身份——金羽卫！

一小队衣衫褴褛的金羽卫！

这些人，便是我来自帝国西南边陲的同袍，也是我昨夜所杀之人的伙伴。他们从那片阳光明媚的滇西坝子出发，历经万里跋涉方才抵达这片遥远的异国。今日，应该是他们参加的第一次实战吧……

不错，这些人的表现，并没有辱没顶在他们头上的名头，此刻，他们排成短短的三线阵列，傲立在小岗上惊惶的残兵中，用手中的长短火铳，螳臂当车般地延缓着倭军进逼的步伐。

关于今天的这场变局，没有人预先向他们发出过警示吗？没有！这答案，是如此的显而易见……

虽然金羽卫中向来标榜“无分地域，精诚团结”，但在大变陡生之际，东北司的金羽卫们，又怎会为了这些名义上袍泽的安危，浪费本来就捉襟见肘的时间，顶着走漏风声的隐患，去调整这件事关重大却又凶险万分的阴谋呢？

说到底，他们在操盘者的眼中，也和那些黔军的卫所羸兵一样，不过是一群可以被随意舍弃的棋子而已。虽然，他们的身上，也穿着冠冕堂皇的飞鱼服……

一股悲凉之感在我胸中回荡，化作阵阵水汽，从我被烈日炙烤着的铁甲缝隙处蒸发而出。

这种悲凉，并非源自远处山岗上那些仍在挣扎的“弃子”，而是产自于我那颗过于诗意的文人之心。

自从8年前以阿哈的身份来到蟾鸣水畔，一直到前日里我铤而走险地与袍泽再次取得联系，在这之间的三千个日日夜夜里，为了抵御无处不在的迷茫与惶恐，我早已经用自己过于理想化的幻想，将金羽卫塑造成了一个完美的图腾。

这尊象征着“义、勇、志”的图腾，时时竖立在我心中，他所散发出的光芒，就如同黑暗中闪耀的灯塔，穿破忽汗海畔的层层迷雾，于冥冥之中为我指引着前行的方向。

让我蝇营狗苟地搜集着有关粟鞨人的诸般琐碎，又闷头悄悄筑起道道心墙，将来自“族人”们的情感尽量隔绝于外，最后再义无反顾地将他们通通出卖……

这期间，我一直都在蒙蔽着自己的双眼与内心，我一遍又有一遍地对自己说，我是一名金羽卫！我所做的这一切，是为了坚守被金羽卫遵循了几百年的道义。

然而，当我看到那一小队身穿飞鱼服的弃子，在滚滚而来的倭浪前，绝望又不失尊严地与宿命做着最后的抗争时，之前那尊我自己竖立起的图腾在这一瞬间轰然倒塌了……

此刻，我就如同一名迷失在沙漠中的行者，突然发现前方那片心心念念的绿洲，原不过是一片转眼成空的海市蜃楼……

环顾四周，尚有五十余骑仿若从地狱中杀出的儿郎驻马在高地之上，带着劫后余生的亢奋，大口地喷吐着胸中积郁的硝烟与鲜血。

不行！我不能眼睁睁地坐视这些年来我为之日夜坚守的金羽卫之道，变成一场在硝烟中轻易消散的镜花水月！

一个想法迅速占据了我大脑，现在看来，那样做着实与自杀讨死无异。但在当时，那个想法却让我的心灵倍感解脱。

杀回去！为那些被围的滇云金羽卫再重新冲一次阵！死则死耳，心中的那尊图腾却不能就这样轻易地碎成尘埃！若是我的冲锋能够让你们有机可乘，从倭丛中逃出生天固然皆大欢喜。呵呵，如此说，倒显得有些痴人说梦了。

好，就算不成功，我也可以与尔等死做一道，以全金羽袍泽之义，求仁得仁，岂不美哉？

干！

我将战斧擎在手中，狠狠地用马刺踹了下坐骑的肚腹，枣红马忍着伤痛，长声嘶鸣着冲下高地，重新冲向前方的倭阵……

五十余骑全身浴血的骑兵紧随在我身后，满不在乎地返回了刚刚才脱离的地狱。

冲啊！不能连续冲杀一百回合的，怎好被称为是马军！

“白骨露于野，千里无鸡鸣，万姓百余一，念之人断肠……”自倭寇登陆之日算起，至今堪堪两年。但高鲜国境内的惨状，已经与古诗中所描绘的景象无异。

倭军就像一群悍盗，一味地痴迷于掠夺和毁灭，对如何经略被其侵占的土地则丝毫不去耗费心思，以至于那些在刀兵下幸存的农民百姓，只能无奈地抛下了祖祖辈辈赖以为生的土地，在硝烟与战火间颠沛流离。

那些无人耕种的田地用沙尘掩盖住自己丰腴的躯体，静静地等候着兵祸消弭的那一天。

横亘在黔军所处的那座小丘四周的，恰好就是这样一片被尘埃暂时遮蔽了的水田故地……

一阵冲杀后，我们的马蹄，猝不及防地陷进了这片半干的泥潭中。

前方，挺立在“洪水”中的“孤岛”已经遥遥在望，然而，我们的铁蹄，却再也没办法像方才那般奔腾了。

幼年时，课业之余，我曾多次随长我四岁的堂兄出入茶肆书场手捧盖碗听说书人口吐莲花讲古论昔。相比《三侠五义》一类扣人心弦的公案故事，《精忠说岳》中波澜壮阔的金戈铁马则更加让我心向往之。

每每听到“杨再兴血洒小商桥”一节时，我都会为那一次功败垂成的铁骑突击而扼腕叹息。

“若不是那该死的淤泥陷住了奔驰的马蹄，金兀术又如何能逃得过汉家猛将的铁枪！可叹这淤泥为何如此不长眼，偏偏专陷咱汉家将士的马蹄，而让异族骑兵肆意奔驰，猖狂逞凶？”随着重重地拍下的惊堂木，说书先生手捋长须，一脸忧愤。

许是抵不过这世间千千万万说书先生日复一日的念叨，这一日老天爷终于睁开双眼遂了大家的心愿，将一片隐藏在浮尘下的泥潭，悄然布设在了金兀术后人们冲锋的必经之路上。

只不过这一次，这些异族铁骑冲锋的目的，却是为了救援前方那些被困的汉家儿郎……

对于步兵来说，停驻于乱军之中的骑兵简直就像是上天赐予的厚礼。

“下马结阵！”我一边扬起战斧回身朝与我一同陷入泥潭的儿郎们喊着，一边飞快地甩开马镫。然而，我的话语终究还是被倭军的铁炮声掩了下去，在我即将跳下马背的一瞬间，透过层层叠叠的倭兵，我看见百步之外的一名倭寇足轻平端铁炮轻轻地狞笑了一下，随即，他的铳口处喷出了一团烟雾……

“可算是完犊子了！”我咬住下唇，静静地等待着那颗沐浴着烟火的铅子，心中突然一片轻松。

终于，我因扬斧而暴露出的左胁处迎来了一记重击，与此同时，我胯下的坐骑也被几枚铳子击中胸颈，连嘶鸣声都没来得及发出，就随我一同跌向泥潭。

跌落的过程中，我的后背、大腿又接连挨了几发铳子，最后，在堪堪投进泥潭时，我的右小腿处又传出了一阵锥心的刺痛。

我奋起全身最后的一丝力气，将注定要从脑海中抽离的意识又往回强行地拉了拉，看见躲过了第一轮弹雨的儿郎们纷纷跳下战马，努力地向彼此靠拢……

呼……

我呼出了可以用意念控制的最后一口气……

久违的轻松从我心底润开，淹没那些一直折磨我的煎熬与纠结，好舒服啊……

事后，我的心中一直都有这样一个疑惑——那时的我，当真算得上是昏迷吗?

身上虽挨了几枚铳子，但无一例外地全都被那两层重甲挡了下来，虽然铳子的钝力让我折了几根骨头，小腿也被坐骑压断了，但这些，全都算不得致命伤。

据说，我在之后的数个时辰中一直躺在那片泥潭里，一动不动，现在想来，我当时的那种状态，似乎更像是一种自我催眠——死吧！这次一定要死啊！若是死不成，我的余生，注定都将在煎熬与愧疚之中度过！所以，还是死了吧！是不是只要一动不动地躺在这，就算是死了呢?

正是这种想法，让我迅速地陷入了昏迷。那种昏迷，更像是睡觉，而且，期间一直还都有梦……

我看见田利常用他的那杆水师短矛，将浑身是血的韦赫达钉在了地上；

转而，画面又切换到了我的老家，伊达浑一身戎装，端坐在卢龙府的官衙上，一眼望不到边的百姓尽着粟鞨衣冠，朝他行那三拜九叩之礼；

我还梦见了多年未见的父亲，抱着一个满脸稚气的孩童，亲了又亲，苍老的脸上，泛起一圈圈的笑纹；

穿过硝烟，似乎有人站在“游女山”上朝我拼命挥手，我定睛观瞧，发现山上那人竟然是章琥塔·暮雨！

“大熊，快起来！该回家了！”她的喊声虽如游丝一般，却仍旧清清楚楚地传到了我的耳中。

“暮雨？你怎么来了？”我也想朝她挥一挥手，却突然发觉无论我如何用力，都无法将自己的左手抬起。我的脑袋指挥不动我的手？

呵呵，我可不信那个邪！凭什么？终于，经过我的一番努力，那只一直没办法抬起的手，终于朝着“游女山”的方向，挥了几挥。

可是，在挥手的瞬间，我却突然意识到，方才的种种，不过是一连串光怪陆离的梦境！一部分在昏迷中丢失的魂魄随着这个认知一道重又回到了我的身上。

我虽没有睁开双眼，仍旧可以模糊地看见，自己被坐骑压着，躺在一片陈杂的尸骸之中。

远处，在黔军大营的方向，回荡着隆隆的炮声，奇怪，宣镇炮营不是已经在早间的爆炸中化为齑粉了吗？这战场上哪里又会有野战重炮呢？

哎，看来这一次，我没死成啊！既然没死，那就起来吧！我拼命想移开压在身上的坐骑，可双手又一次脱离了大脑的节制，算了，既然抬不起手，那就先把眼睛睁开吧！哎？为何眼睛也睁不开呢？

此刻，我的脑海就像是一个折损了全部金鼓旗号的中军阵，眼看着部曲四处散落，却找不到收拢他们的办法……这种感觉，像极了平日里偶然而至的梦魇。

我继续做着徒劳的挣扎，相较于方才的昏迷，现在这种半醒的无助感，更加让我难以忍受！谁能救救我？我在心中大声疾呼着，碰我一下！现在只要有任谁碰我一下！我失去的全部魂魄就会立马回到我的身上！

终于，在我眼前，影影绰绰地出现了几个人影。他们行进的速度很慢，走几步，就会蹲下身子停一会，然后才会再一次站起身子，继续一边走，一边用手中的家伙翻检着地上的尸骸。

这些身影离我越来越近了，他们身上，依稀穿着辽东铁骑的制式铁棉甲，哦，原来这些人便是这场战阵最后的胜利者，他们现在所做的，是在割取报功所用的首级啊！

正是我的潜伏，才让他们有了今日的大捷，可现在，我却无论如何都高兴不起来！按刀斧手们的速度，再有一炷香的时间，便该来砍我这颗头颅了吧！

我，堂堂大宁没入仕的举人老爷，失去腰牌的金羽卫小旗官！在这场自己当属头功的战斗中，项上的这颗光头，马上要被大宁官军挥刀剁下，再用石灰腌了，送往后方报功！然后，还会与其余在这场阴谋中殉难的族人首级一道，被筑成京观供人唾弃。

人们会一边欣赏乌鸦啄食我的眼珠，一边指着我残缺不全的颜面说道：“呵，瞧这群不知天高地厚的粟鞨叛军……”

哈哈，我在心里苦笑几声。天日昭昭，天日昭昭啊！上下千载之间，还有比我更滑稽的胜利者吗？

我不想眼睁睁地看着他们挥刀砍掉我的头颅，但双眼却无论如何都闭不上。那时，我的眼睛到底是闭着的，还是睁开的呢？

应该是睁着吧，因为一名年轻的刀斧手在朝我看过一眼后，就放开了原本准备砍断的首级，提着手斧一溜烟地跑到了我的身边。

“这还有个活口呢！嚯，瞧这穿戴，还是个宁公特真鞑！”那少年一把掀掉了我的头盔。

“不仅是真鞑，还是个白摆牙喇兵呢！”另外一名闻讯后凑来的辽东铁骑伸足踢了踢我的脸，给同伴讲解道。“这些人就相当于鞔州军中的帅府家丁，一个固山才有不到三百名，着实凶悍得紧！”

他的这几记踢踹，恰好将我从梦魇般的桎梏中解脱了出来。我眼前顿时一片清明，血色残阳，滚滚硝烟，延伸至天际的尸骸；以及，正上方少年那张扭曲的笑脸。

“这白摆牙喇兵不能砍首，报功时需将全尸一并奉上，一具尸首可抵四个寻常鞑鞑的首级！换匕首，直接割他喉管，事后这尸身咱爷俩对半分了，怎么样？”那老兵蹲下身子，以手作刀虚虚地划了下我的脖颈。

“那哪成啊！凭什么对半分？若不是肖四爷您的提点，一桩好大的功名差点就被我白白地浪费掉了，我只要一个脑袋的赏赐，另外那三个，全是您老人家的！”那少年扔了斧子，从腿上拔出匕首，笑嘻嘻地朝我的脖子抹来。

“呵呵，死则死耳，却不能白白便宜了你这个乳臭未干的小崽子！”那一瞬，章琥塔·大熊的魂灵从我体内突然暴起，将赵凝等人压制得毫无还手之力。于是，我一边冷笑着，一边随手拾起了一支散落在泥地上的箭矢，迎着少年俯身的力道，微抬左手将长长的箭杆对准了他的喉结。

“扑哧。”沾满泥浆的箭头抢在泛着铁锈的刀刃前抵达了目的地，少年一声不吭地栽进了我的怀中，鲜血从他喉间的创口泉涌而出，一滴不剩地流进了我的嘴里。

“咕咚，咕咚。”

早已经饥肠辘辘的我大口地吞咽着喉间的温热。那腥甜的味道让我心旷神怡!

“哈哈哈哈！”真好，我现在都有力气笑了！

另外一名被唤作“肖四爷”的老兵一直半蹲在我身边，现在却被我突如其来的举动吓得跌了一个跟头。

“鬼……鬼……呸！看老子砍死你这头恶鬼！”肖四爷带着浑身的泥浆，连滚带爬地站起了身，他哆哆嗦嗦地拾起少年方才扔在地上的斧子，调整了几下呼吸，高举斧柄，却发现少年的尸身已经将我尚未被死马覆盖的上身遮挡得严严实实。

“呸！”他又吐了一口唾沫，小心翼翼地用斧刃钩住少年腰间的皮带，缓缓将他扯离我的身体。

做完这一切后，老卒重新扬起了斧子，他先是瞄了瞄我的脖子，复又调换了一个姿势，将斧刃对准了我胸口……

“哈哈哈哈！”

我只能用喷涂着血沫的大笑来回应他的谨慎，老卒啊，你何须如此忌惮？我身上至少有四处骨折，还压有一匹几百斤重的死马，纵然我先前有天大的能耐，现下又能兴起什么风浪呢？

来吧，快砍吧，用你的斧子在我的胸口处砍一条缝，让这些年来一直困扰在其中的那些灵魂从那里找到归途，而我，则将单单纯纯地以章琥塔·大熊的身份，明明白白地走完这一世……

哎，这人又是从何处冒将出来的？单薄的身子，穿着崭新的鸳鸯战袄，一边高喊着“使不得”，一边足不沾地跑到我身边，一把推开了蓄势待发的老卒。

“住手！此人乃是金羽卫派至鞔州军中的‘钩子’！堂堂的小旗衔夜不收！按大宁律法，弑金羽卫，等同造反，诛杀三族！”

来人跪在我的身前，将手伸进我的怀中胡乱翻找。他的身上，为何这般清香？这香味好熟悉……好像不久前才闻到过……咦！这人莫不是……去他妈的莫不是，这人就是金梦迟啊！

“看！有金羽卫的腰牌为证！”金梦迟从我怀中找到的，正是那块原属于赵霆的腰牌！昨晚杀死赵霆后，我随手便将这块温润洁白的象牙腰牌揣进了怀中。呵呵，赵凝啊赵凝，你曾经自认视官爵如粪土，却不知从何时开始，竟悄然对这块小小的腰牌生出了如此之大的执念……

“赵霆！金羽卫小旗赵霆！他甘冒奇险，潜身虎穴，以至于现在身受重伤！论功劳当属此役的头功！”

金梦迟一边抱着我，一边高举腰牌，对周边越聚越多的辽东铁骑大声喊道。

“还有，尔等可识得这把短铳？”

金梦迟见金羽卫腰牌对这群丘八不太起作用，便从腰间抽出了那把先是被蔺如风赠予我，复又被我送给她防身的短管燧发火铳。

“这是蔺大帅赠予赵小旗的信物！看看！铳身上还刻有蔺帅的徽记，赵小旗当初就是奉了大帅的将令，才涉险潜入粟鞨的！看！你们快看！”

哎，我的傻妹妹啊，咱金羽卫的脸，都被你这番话给丢尽了……纵然他蔺如风有滔天的权势，又如何能指挥得动金羽卫这支天子亲军呢……

不过，对于这群辽东铁骑来说，这把火铳似乎当真比那块腰牌更有公信力……

“的确是蔺帅所用的自生火铳啊……”

“听说，蔺帅平素里就喜欢用这种火铳分赏心腹……”

辽东铁骑们在交头接耳间放松了原本紧握在手中的刀柄。

“傻站着干什么？还不速速帮我把压在赵大人身上的死马抬开！”别看对真材实料的金羽卫腰牌将信将疑，但见到这杆短铳后，丘八们竟心甘情愿地听从了金梦迟的指挥，众人七手八脚地将早已变得僵硬的率滨马从我身上抬开。

我胸前一松，大口大口地呼吸着杂糅着硝烟和血腥的海风。刹那间，心中那个已经被大熊压得没有丝毫还手之力的赵凝，就如同服食了续命药散一般，重又缓过了气力，顶着大熊的额头，倔强地站了起来。

“真他娘的操蛋！想死都没死成……”我暗暗地骂了一句。

“你嘟囔什么呢？再说一遍让我听听？你想死？”金梦迟俏目怒睁，挥起粉拳朝我身上怼来。这一拳，刚好击在了我折断的肋骨之上，剧烈的疼痛下，我一口气没能喘匀，双眼一黑，再次失去了知觉……

当我再一次醒来时，发现自己正躺在“游女山”上那座熟悉的小屋中。一阵撕心裂肺的斥骂声好似梦呓一般，随海风遥遥地飘进了窗棂。这叫骂声……似乎，是粟鞨语？

我挣扎着想坐直身子，却发现全身上下早已经打满了夹板。

一双皓腕将盛满汤药的瓷碗放在我的枕边。

“喝药吧，那些声音……不过是猫头鹰的啼叫罢了！”

金梦迟用木勺舀起药汁，放在樱唇边吹了一吹，如兰的气息掩住了浓重的药苦，钻进了我的鼻翼。

在“游女山”养伤的那几天里，我究竟有没有和她说起过金七九的下落呢？呃……当真是记不清了……我向来以自己超群的记忆力为傲，为何在这件事上，突然就拿捏不准了呢？仅仅是因为那些一直令我半睡半醒的汤药吗？还是……

一只夜枭从山路间掠过，凄鸣着扇起黑色的翅膀，划破了我心中这段黑色的回忆……胯下那匹滇云小马猛然一惊，似乎想尥一个蹶子，但无奈背上所驮的军汉太过沉重，又生生地将它的惊厥压了回去。

马儿啊马儿，你可知道，相比我以往的那些坐骑，你是有多么的幸运？

想来，那匹枣红色率滨马的骨骸，此刻应该正叠放在一群命丧异国的尸首中，深埋在蔚山城外的山海之间，慢慢地化作养料，滋养着它为之奋战，最终又将它吞噬的沃野良田。

其余的坐骑，作为战马，最终也都脱不了这样的结局，而你，只需把我驮到下一处驿站即可……或许，像我这样的人，只有作为过客时，才是人畜无害的吧！

思虑至此，一股豁然开朗之感顿时充盈了我的胸臆。我抚了抚坐骑的鬃毛，对着夜风，轻轻地哼起了此刻萦绕在心间的歌调：

君且归去，不忍相离。
去乡万里，渺渺归期。

不如归去，终须相离。
青衿莫忆，莫待归期。

且行且驻，彤云徐徐。
云何观兮，人亦徂离。

落花霏霏，冬雪靡靡。
云且无常，人何以期。

执手相依，清风月霁。
片语过后，千山历历。

第十四章

终　章

旌旗猎猎，搅乱了天边如血的残霞。

太鼓阵阵，惊散了云端归巢的寒鸦。

踏着金色的夕烟，一支颇为怪异的军伍拖着疲惫却齐整的步伐从高鲜国朔州道归义州高耸的城墙下缓缓经过。

这支部队的怪异之处，来自于行进在它行伍间的军卒——五千余人中，虽然已经有三千余人换上了高鲜军如长袍般拖沓的制式罩甲，但他们肩上所扛的军械，却仍旧是敷州倭军的形制，一杆杆名唤铁炮的粗重火绳枪，一列列长逾9尺的竹制长矛，再加上军卒们顾盼之间所流露出的神态，以及踏着太鼓行军的习惯……

这一切，让站在路旁围观的高鲜百姓不由得暗暗乍舌。

“明明就是一支倭寇嘛……”

“倭寇头子”金七九回首望了望飘扬在阵列上空的高鲜战旗，暗暗叹了口气。

半个时辰后，他所统带的这支“顺义军”就可以抵达此行的第一个目的地——开野洞了，那里是地处于高鲜国最北端的一处村邑，浩荡的雅鹿江在村旁日夜奔流不息，江对岸，一边是大宁国在辽东的前哨重镇廖月卫，一边是苍苍莽莽的洪荒老林。

来去无踪的粟鞨铁骑出没林间，在黑暗中静静地窥伺着，一旦高鲜边军稍有懈怠，他们就会如鬼魅般穿过边境，进入高鲜境内四下剽掠……

这里的一切，对于曾在朔州道边军中担任过军监的金七九来说并不陌生。此次他作为“顺义军”的主将，统带五千步军屯兵边界，只待宗主国的一声召唤，这支军队便会渡过界江，配合天兵对近来曝出狼子野心的粟鞨东奴予以犁庭扫穴之击。

恍然间，一个熟悉的背影从他的眼角旁一晃而过，但是，等他再抬眼去路旁的人丛中寻觅时，那身影却又消失得无影无踪了，恰如一枚被投入心湖的石子，匆匆一瞥后，空寂的湖面上便泛起了阵阵涟漪。

“寻常事物，用双眼就可以看见，而回忆，则只能从心湖的波纹中去寻找……刚刚的那个背影，也许，只是来自于我的回忆之中吧！”

金七九抚了抚腰间的刀柄，若想驱散心中那些会令他软弱的杂念，读书与习武，是他惯常所用的两个方法。

“谁念西风独自凉？萧萧暮下闭疏窗。沉思往事立残阳。

被酒莫惊春睡重，赌书销得泼茶香。当时只道是寻常。

哎，为何今日这回忆来得这般汹涌？许是故地重游的原因吧……罢了，罢了，今日便放纵一把，权且不去管它了……”

金七九踩着马镫微微伸了个懒腰。时过暮春，漫山的金达莱花早已零落，但路旁的野杏花却正处在花期之中。洁白的花瓣被铁蹄踏起的征尘催落，飘飘摇摇地落进了金七九的回忆之中。

回忆中的自己，还是那个白衣胜雪的少年，手捧汉籍，站在寒江南岸的宅邸之中，看窗外的樱花，闲闲地盈满院中的池阁。

“少爷，尝过奴婢给您炖的补身汤再用功吧！”一名眉目如画的少女敲开书斋虚掩的门，提着一个精巧的食盒走近了他的案头。

“咦？怎么是明太鱼汤？”金七九从少女如青葱般光洁的手中接过汤碗，惊讶地问道。

“您还好意思说……上次奴婢偷偷地在灶间为您炖狗肉，不想因味道太香，炖着炖着就被夫人发现了。

夫人说那东西阳气太盛，少爷吃了会上火，气血翻腾，影响读书……说奴婢不知轻重，陪着少爷瞎胡闹……还说……

哼！足足罚去了人家半个月的月例铜钱呢！所以，今日所进的，就是这辣明太鱼汤咯，夫人说，要是少爷再贪嘴的话，日后就把您的午膳换成海带汤！”

少女一边说，一边嘟起了嘴巴。

“嘿嘿，不过炖这汤时，奴婢悄悄地往其中加进了一些少爷喜欢的‘香肉酱’……少爷读了半日的书，想必早已经饿了！快些尝尝这奴婢改良过的明太鱼汤吧！”

“不错，这招偷梁换柱之计，使得妙啊！”金七九放下书卷，拿起勺子尝了尝眼前的浓汤，发觉味道果然甚和他的胃口。

少女从食盒中拿出了一个铁碗，若干小碟，打开铁碗的盖子，晶莹的白米饭在二人面前腾起阵阵香气。

金七九微笑着将米饭往碗盖上拨去，几筷之后，碗盖上便足足堆满了半碗米饭。

“有了小梦梦的秀色可餐，本少爷也就用不着吃这么多米饭了，来，这些是你的，多吃些，好快些长大！”

她是金家的家生奴婢，自打懂事起，便负责服侍金七九的饮食起居。

“春思重，晓妆迟。寻思残梦时。”连她的名字，都是由金七九所赐。

“嘿嘿，既然是少爷之命，那梦迟就却之不恭咯！”婢女咽了咽口水，笑嘻嘻地在少爷面前吃起了米饭。

“少爷，您为何要我快些长大呢？”

“哈哈，因为本少爷马上就要行冠礼了啊！”金七九随手从梦迟唇边摘下了一粒米饭，几丝含苞待放的妩媚，悄然从她尚显稚嫩的脸上溢出。

“嗯……”金梦迟一边大口地吃着饭，一边若有所思地回应道。

“别光顾着吃饭，本少爷要考校一下你的功课，‘花褪残红青杏小’的下一句是什么？”

“燕子飞时，绿水人家绕。枝上柳绵吹又少，天涯何处无芳草。墙里秋千墙外道。墙外行人，墙里佳人笑。笑渐不闻声渐悄。多情却被无情恼。”

听闻少爷要考她的功课，金梦迟迅速地放下了筷子，摇头晃脑地吟诵起了前日里他教授的诗词。一曲终了后，她托着下巴，笑嘻嘻地等待着少爷的裁断。

“嗯，诗词歌赋，过目不忘！我家梦迟着实有蕙性兰心之资！”金七九笑呵呵地喝了一口汤，抬起手宠溺地摸了摸婢女的头顶。

然而，金七九却并不知道，在廊庑的阴影下，有一双阴郁的眼睛正在悄悄地注视着书房中二人的一举一动。

日子就这样随着一页页翻开的书卷，静静地从二人的指缝间滑过。

伏蝉振起双翼，如骤雨般清脆的声响在金氏宅邸间回荡，驱散了苦夏的溽热。

曾经飘满乱花的池塘，复又泛起了片片黄叶。

待到房檐上的冬雪一点点消融殆尽，便是金七九步入春闱的日子。

十念寒窗，金榜题名，春风蹄疾，阅尽繁花……

高鲜国殿试一甲第六名进士金七九身着绯红色的庶吉士官袍，跨坐在高头大马之上，与同科登第的士子们一道，从王京城的朱雀大道上疾驰而过，享受着鱼跃龙门的荣耀。

恍惚间，一个熟悉的背影从他的眼角旁一晃而过，但是，等他再抬眼去路旁的人丛中寻觅时，那身影却又消失得无影无踪了……

方才从我眼帘旁掠过的那个身影，是梦迟吗？这小丫头，不在府中老老实实地等我归家，却挤在人丛之中偷偷望我……

嘿嘿，定然是耐不住性子，想一睹本少爷金榜题名后的英姿吧！待一会觐见过王上，我一定要拿这事和她好好地打一打趣。

琼林宴毕，金七九昂首阔步地走进家门。他先至正堂见过爹娘，然后便朝自己的书房奔去。

“方才是哪个小姑娘躲在人群之中，窥探本少爷的英姿来着？速速出来，本少爷现在便让你看个够！”金七九一改往日的沉稳，一边在院中疾步奔走，一边兴奋地高声喊道。

“梦迟？梦迟？你在哪呢？还不速速现身？”金七九端坐在书案后，连声唤着贴身侍婢的名字。然而，过了多时，庭院中仍然不见伊人的芳踪。

“这小丫头，究竟跑到哪里去了？”

他随手拿起放在案头的《小山词》，一张素色的信笺从书页中滑落，信笺上，几行俊逸的小字静静地注视着意气风发的新科进士。

“红酥手，黄縢酒。满城春色宫墙柳。东风恶。欢情薄。一怀愁绪，几年离索。错错错。

春如旧。人空瘦。泪痕红浥鲛绡透。桃花落。闲池阁。山盟虽在，锦书难托。莫莫莫。”

“金世忠！你快去把金梦迟给我唤来！”金七九挥手唤来了刚好从门前经过的老管家。

“禀少爷，金梦迟一家已经不在府中了！”

“不在府中……这‘不在府中’一词是什么意思？”

“回少爷的话，老爷今日言道，此番少爷高中，金梦迟作为贴身侍婢亦有微功。

特此开恩除了她一家三口的奴籍，补了朔州道户牌，着她一家人即刻离府，速往朔州道授田。现在算来，他们一家人已经离府半日有余了……”

未等老管家的话说完，金七九便一下子跳将起来，朝书房外奔去。

那一日，在王京城外的驿路上，人们看见一名新科进士身着花团锦簇的官服，一骑绝尘，向北奔去，仿佛欲与西坠的斜阳一较高下。

滚滚的征尘里，一丛仍然没有凋零的金达莱花将金七九的思绪拉回了现世之中，坐骑好似感觉到了主人的心思，在花丛旁微微停驻。俄而，一滴金色的眼泪划过即将隐没的落霞，滴落在血红的金达莱花瓣上，映照着马上征人那渐行渐远的背影……

站在并不巍峨的高尔山山顶，暮雨从腰间解下水囊，润了润干涸的喉咙。

一座颇为规整的城堡趴伏于她的脚下，那里，就是她此次长途跋涉的终点——抚奴城。

“赵凝，虽然此刻连我自己也无法说清，在我心中，对你究竟是爱多一些，还是怨多一些……但忆起上一次我们一同参加马市时的种种往事，我仍然打心眼里感谢你在我无助时毫不犹疑地挺身而出，全力护我周全……

呵呵，那一次换回的《三国演义》，阿玛至今也没翻过几页，倒是我，仔仔细细地将其通读了一遍。我发现那本书若是被精灵的爷们读熟读通了，着实能对兵戎之事颇有助益。因此，我将那本书送给了你的好兄弟，韦赫达。

韦赫达是个有心人，这一点不用我说你也晓得，即将在今日上演的这出'吕子明白衣渡江'，便是经他最先提出，而后方才被真金家族的大汗所采纳的！

呵呵呵，当年若不是你，韦赫达就读不到《三国演义》，须臾之后，抚奴城内也就不会有遍野的哀嚎！所以说，这一切全都是由你亲手促成的……"

就在暮雨望着抚奴城发呆时，一群十四五岁的"小半拉子"挤过在山路间缓缓行进的人流，聚拢在她的身边。

"章琥塔姐姐，你能再给我们讲一遍持刀突刺的要领吗？"

"好，那你们可要听清楚了！"

暮雨微笑着跳上了路旁的山石。

"这一次，宁狗规定咱们这支1000人的商队里，只能有五十名成年男丁，余下的人选需是女人和16岁以下的少年。即便是这样，也不许咱们这些妇孺携带长家伙。因此，到了动手的时候，咱们能用的只有这些短兵！"一边说，她一边抽出了腰间的匕首。

"匕首又短又轻，并不适于挥砍，只能以突刺破敌。但在熙熙攘攘的市集中厮杀，这突刺却是最有效的一种战法。不过需要注意的是，大家在突刺时，需要将刀刃放平，就像这样！

这样一来，咱们的刀刃就不会有被对手的肋骨卡住的风险，刺完一刀后，我们方能够迅速将刀从对手的身体里拔出，再爽爽利利地刺出下一刀。"

暮雨平端匕首，对着空气虚刺了两下。复又将刀插回腰间。

"姐姐!蔺如风那厮真的是你杀的吗？"一名瘦弱的男孩从同伴间挤出，来到暮雨身前仰头问道。

"哈哈，是啊，就是姐姐杀的！宁人孱弱，不堪一击，姐姐这样的女子都能阵斩对方一员大将，这一次你们这么多的小巴图鲁一齐上阵，攻下这座小小的抚奴城，定然是易如反掌之事！"

暮雨遥指着脚下的城塞，语气中充满了轻蔑与不屑。

众少年信心满满地点了点头，相跟着重又回到了商队的行列之中。

一丝冷冽的寒霜从暮雨的眉间渗出。

真相就像伤口，纵然初时鲜血淋漓，可一旦结了痂，便不会再让人感到疼痛了。

但是，若是你自己耐不住性子，在新肉长成之前强行揭掉那层血痂，这道创口就会再一次以血肉模糊的姿态呈现在你的眼前，让你重新再去感受一次受伤时的苦痛。

纵使这处反复结痂的伤口终能在日后痊愈，受伤之处也必会留下一道深深的疤痕。

两个月前，暮雨便是这样，亲手撕开了自己心头的那处的血痂……

“大叔，这是上好的猞猁油膏！治你身上的烧伤，最是有效！”

“区区一介罪囚，如何敢劳烦姑娘惦记？有什么想问在下的，尽管说吧！”

昏暗的地窖子里，熊油灯忽明忽暗地释放着光热。一名周身涂满油脂的男人躺卧在狭窄的土炕上，用生涩的粟鞨语回应着暮雨的关切。透过他脸上狰狞的灼痕，依稀可以看出，此人便是在蔺如风阵亡后率部携炮向鞭州军投降的蔺有存。

“好，那我就有话直说了。”暮雨所说的，却是汉语。

“蔺大叔，您是辽镇宿将，见多识广，因此我想向您打听一个人。辽东金羽卫中，有没有一个唤作赵凝的人？”

“赵凝……”蔺有存稍稍沉吟了一下。“中等个头、体格粗壮、圆脸、小眼睛……是这般的长相吗？”

“您认识他？”

“谈不上认识，数月之前在高鲜曾与他有过一面之缘，因他当时所做之事颇为狂悖，是以对此人还算有些印象。

那一日，为了给大帅示警，他和一名高鲜文官用火铳击伤了大帅的坐骑，若不是大帅心胸开阔，我等早就将他二人乱刀分尸了……

对了，那一日他二人身上所穿的，竟还是倭寇的盔甲。这些金羽卫啊，就喜欢搞这些鬼鬼祟祟的事情。怎么？姑娘识得此人吗？”

“算是……识得吧……大叔好好养伤……我先告辞了……”

“姑娘，看品貌，你定然是旗中权贵家的女眷，若是有机会的话，能否帮在下和上头说句话。我这些日子躺在炕上养伤，每天脑中所想的，都是那日江畔试炮时的种种情状，越来越感觉当时所发生的事故并非意外所致。

若仅凭虎蹲炮中的炸药，根本没办法引发出那样剧烈的爆炸，在下以为，定然是有人在背后捣鬼，才致使数名鞔州儿郎不幸罹难……姑娘！姑娘你别走啊，我方才所说的话，你到底听清没有啊？”

“赵凝啊赵凝，你不是会诈死吗？你不是想回家吗？呵呵，你等着，从今日起，你主子我将随鞔州铁骑一道，一座接一座地攻掠大宁境内的城池，纵使掘地三尺，也要将你揪出来！这座抚奴城，仅仅只是个开始……”

站在高尔山山顶，暮雨将那块刻画着“赵凝”二字的金羽卫腰牌狠狠地攥在手中，冷冷地朝城堡唾出一口口水。

在离她十里之遥的城头，三名宁国武官正手持千里镜，默默地观瞧着这支翻山而来的粟鞨“商队”。

“这商队里，的确全都是娘们和崽子啊，难得到了这个时候，东奴还如此恭顺，大人真乃孔明复生，料事如神！”一名千总服色的军官率先收了千里镜，朝身边的上官笑嘻嘻地恭维道。

“什么叫‘到了这个时候’？现在是什么时候？朝廷既没下旨进兵，粟鞨人也没扯旗造反，蔺大帅虽然战殁了，但有谁看见就是粟鞨人动的手？

还有人传说是韦兀鞑子干的呢！连倭寇都让咱天兵撵到海里喂王八了，依本将看，现在就是承平的好时节，所以这马市嘛，该开还得开！若是没了这些行商坐贾献纳的厘金，咱拿什么去养麾下那些干吃不饱的军汉？难道要靠朝廷按照三百年前物价所拨付的那些军饷吗？”

为首一员参将挥手指了指云集在城外的商贾，不屑地冷哼道。

“你们看，由于集羽、寒鸦两城关停了马市，今日咱城下的市集，比往日里更加热闹了！

切，集羽城刘大胡子他们当真是胆小如鼠，粟鞨人也不是老虎，只要像本将这样提前对粟鞨商队作出限制，让他们派些娘们和崽子前来贸易，这马市又何必要关停呢？”

“大人高见！”“大人英明！”

身边两名属下齐声称颂道。

“不过，话虽这样说，一会你二人领兵巡城时，还是要多加些小心。昨日派出的斥候到现在仍旧没有回城……虽说这也是寻常之事，但今日，我这右眼皮，也跟着有点跳……”

抚奴城参将李率芳将右手食指伸入嘴中，沾了些口水，涂在了右眼皮上，那让他心躁的跳动，竟然缓缓地转到了左边。

“‘左眼跳财，右眼跳灾’嘿嘿，既然如此，那就不去管它了！让这左眼皮继续跳下去吧……”李率芳重新将千里镜擎在眼前，逶迤前行的粟鞨商队穿过朝阳间金色的云雾，正一点点向他逼近。一只硕大的白头巨鹰呼啸着掠过了翼下由妇孺组成的马队，扇动着巨大的翅膀，俯瞰着大地上的芸芸众生。

“怪了，不是说这‘海东青’向来飞不过阿勒锦江吗？今日抽的是哪门子风，怎生飞到咱这抚奴城上空了呢？”

那名站在李率芳身边的千总，抬眼望向头顶的鹰迹，自言自语地嘟囔着……

插满鹰羽的吉研浑站在树冠之上，舞动着如双翼般的臂膀，振起穿越山野的风，吹得林间的新绿窸窸簌簌地响个不停。

从树叶的缝隙间窥去，可以发现在这片并不宽敞的林间草甸上，密密麻麻地排列着近五千鞔州骑兵。

站在众军之前的，正是新近被超拔的章琥塔·韦赫达。

此刻，他身上仅披了一层薄薄的锁子甲，粗大的虎枪到了他的手中，反而显得有些小巧。

胯下那匹白色的率滨马上，满满地挂着三壶箭矢与一柄战斧。除此之外，在马的胸前，还垂着一颗刚剁下不久的人头，鲜血从断掉的脖颈间淋漓滴下，刺激得率滨马不住地用前蹄刨打着松软的黑土。

这颗首级的原主，正是抚奴城中派出的宁军斥候，半个时辰前，他与鞔州军先锋韦赫达部在林间猝然相遇，被韦赫达抢先一箭射于马下，成了此役鞔州军的第一个斩获……

浓烈的阳光，被御风而舞的吉研浑搅动成无数个破裂的碎片，洋洋洒洒地从树冠上飘落。韦赫达眯起眼，看着同为章琥塔部出身的老兄弟高高在上的身影，心里瞬间泛起了阵阵暖意。

“这一战，我将带领在石蟹螯之战中铩羽而归的忽汗部牛录担任全军正兵的先锋，以此来博回在上一役中失去的荣光。

我的好兄弟伊达浑，现在大概已经抵达抚奴城下的马市了吧，按照宁狗事先规定的条例，他们那支1000人的“商队”中只允许有五十名成年男丁。因此，只有从鞑州六旗中挑选出的最勇猛的50名‘巴图鲁’方能加入其中。他们的成败，将是决定此役能否顺利袭取抚奴城最关键的一个环节。

这吉砑浑，就更不简单了，作为宁公特为数不多的使鹰萨满之一，此刻他已将魂灵附着在了‘海东青’的身上，作为一万鞑州大军的眼睛，从空中监看着抚奴城内外的一举一动。

还有艾吐浑、兀斯哈等人，也都算是军中闻名的桀骜锐士。真好，咱章琥塔部的儿郎，有一个算一个，全都是响当当的好汉子！

唯有大熊，为何走得那般早。此刻若是他也能身列军中，与我并肩而战，该有多好……

老天无眼，宁狗可恶，让他就那么不明不白地死在了高鲜，连尸骨都没处寻觅。身后空余下一对孤儿寡母。

哎……好歹不赖地，他也算是留下后人。这次出征之前，我的忽汗雪又一次怀上了崽，也不知能否平安产下……”

就在这时，吉砑浑猛然从两丈多高的树梢间一跃而下，鹰羽猎猎，稳稳地飘落在了韦赫达的马前。

“‘商队’已经进入马市，宁军毫无异动！大军可以……”一句话还未说完，吉砑浑便抽搐着瘫倒在了地上。

“披甲！”在韦赫达的喊声中，数千挑着担子的阿哈飞也似的从林中跑出。依次奔至自家主子身边，从担中卸下镶铁棉甲，熟练地为主子披好。

“儿郎们！抚奴城打今儿起，就改名叫抚西城了！”领军的真金家族大贝勒扬起手中马刀，朝着不远处抚奴城的方向遥遥一挥。

白甲白马的韦赫达一边在心中默默念着，一边挺起虎枪，一骑当先地朝大贝勒刀锋所指之处绝尘而去，第一阵五千余粟鞨骑兵紧随在他的身后，隆隆的铁蹄踏碎了东北莽山间持续了数百年的沉寂……

每当敏敏回忆自己那段绵软且朦胧的少年时光，耳边便会依稀漾起夜色中舞阳河畔潺潺的水声。

作为由湘入黔的咽喉要隘，镇远卫因这条穿城而过的曲水而平添了几分清秀。

白日里，点点船帆沿蜿蜒的碧水悠然而下，将西陲与汉地紧紧相连；暮色中，沿河的酒肆逆旅便会点起盏盏明灯，与河中昏黄的渔火遥遥相映，为远行的旅人照亮休憩的港湾。

彼时，小敏敏刚刚走出川渝腹地连绵的群山，一下子便喜欢上了眼前这一派恍若烟雨江南般的水乡风情。每天傍晚，她都会一个人来到舞阳河边坐一坐，任水面上浮动的月色漫过自己的明眸。

此时，少女心中那些细碎且难以名状的情愫，便会随月光一道，静静地流向远方——镇远卫晦涩难懂的黔东方言、自己日渐充盈的两峰酥胸、深夜从哥嫂房中隐隐传来的非凡响声、对诗赋中那些爱恨离别的懵懂与憧憬……

自打来到镇远的第一天起，这些不知从何处而来的小桎梏就好似约好了一般，一股脑地涌进了她的心中，搅得她心烦意乱。

正是在这样的一个清宵，小敏敏第一次在河边见到了那人的身影，现在想来，他的脸孔之所以早早地便在她的记忆中模糊了轮廓，可能就是因为当时的夜色实在是太过朦胧的原因吧。

她依稀记得，那一晚，身着蓝衫的青年书生斜倚在垂柳旁，一边浅酌着佳酿，一边信笔在平摊于青石上的宣纸间描摹涂抹。

几番勾勒后，那人随手掷去画笔，也不理会自己刚刚完成的画作，提起画箱纵声长笑着隐入了河畔阑珊的灯火深处。

小敏敏忍不住好奇，等那人走远后就忙不迭地走到了那张墨迹未干的宣纸旁。

原来，那蓝衫书生方才画的，正是眼前这舞阳河中的寻常景色。但见薄暮冥冥的河面上，点点繁星隐曜于了了渔火之中，虽只有寥寥数笔，却绘出了一派去国怀乡，满目萧然的迁客情怀。画尾处，还盖了一方篆功精美的小印。

“了宁居士。”

小敏敏喃喃地读着印章上的篆文。

“既然已经画出来了，为何不将它带走呢？难道让它在这河边日日受那风雨侵蚀吗？这画虽然看着让人有些气闷，可上面画的却是我最爱的舞阳河啊！”

她小心翼翼地将画纸从青石上揭下，悄悄地带回了自己的闺房之中。

第二天傍晚，她又在河边看见了那名蓝衫书生，和前日一样，那人仍旧是携了一坛本地出产的苞谷酒，坐在青石畔且饮且画，一纸终了后，便大笑着掷笔而去。

第三日，依然如是……

“好奇怪，这些画……”

香闺中，面对着三幅并列而悬的画作，小敏敏若有所思地挠了挠头。这三幅画中所绘的内容，均是那条曲水清碧的舞阳河，画风亦是同样简洁到了可以称得上是寥寞的程度。但画中的意蕴，却大有不同。

尤其是第三幅，一扫前日的去国怀乡之感，水天之间长烟碧空，岸芷汀兰，浮光跃金。让人隐隐感觉画作中的内容不是山水，而是一幅宠辱皆散的辽远胸襟。

“同样的山水、同样的角度、同样的光景……可这情怀……这实在是太让人不可思议了！明日他还会再去河边饮酒作画吗？下次若是见到他，我一定要好好问上一问……”

然而，当她再次见到那蓝色的衣袂随河畔的微风在清夜之中飞舞时，之前酝酿了好久方才聚起的勇气，却在一瞬间全都消散无踪了。

她默默地站在月影下，任调皮的小鹿在心底乱撞。

“呦呦鹿鸣，食野之萍。我有嘉宾，鼓瑟吹笙！小娃儿，你夜夜来这里看我作画，可是，明日我就要离开镇远了。若是你有什么问题想要问我，不妨在今夜一并问出，今后……再想问可就没有机会喽！”

蓝衫书生一边作画，一边头也不回地调侃道。他口中所说的，乃是纯正的大宁官话。

“哼，是哪一个夜夜看看你作画了嘛！老子天天儿都来这里赏月，朗格就成了你滴地盘喽！”既然被说破了心事，小敏敏也就不再扭捏，祭起蜀地妹子与生俱来的爽辣，随口便抛出了一句反诘。

“人生在世，总有些无法排解的情怀会时时萦绕于胸。有人说，音律、赋诗皆可遣怀，但这二者的规矩太多，反而被自身的枷锁缚住了手脚，用以缱卷抒怀也就不那么尽兴了……

唯有这作画一途——所思，即所见！所见，即所得！画笔在手，胸中的垒块，又何须用酒去浇？”

书生没有搭她的腔，继续自顾自地说道。

“寒夜清风，一江流水……究竟是清风吹动了流水，抑或是流水带起了清风？都不是，能让这二者流光溢彩的，只有我们这颗时时在变的心……

呵，画完了！小娃儿，这第四幅画，是专门为你所画的！感觉你似乎也对作画颇感兴趣，这套家伙什，也一并送你吧！若是将这些东西带到我将要去的那个地方，的确有些不合时宜啊……”

这一次，那人并没有掷去手中的画笔，而是将其轻轻地放进了画箱之中。

“君且归去 不忍相离
去乡万里 渺渺归期

不如归去 终须相离
青衿莫忆 莫待归期

且行且驻 彤云徐徐
云何观兮 人亦徂离

落花霏霏 冬雪靡靡
云且无常 人何以期

执手相依 清风月霁
片语过后 千山历历”

书生自顾自地引吭而去，踏着低沉的歌声，在河畔的白月与浮光间渐行渐远……

小敏敏再一次走近了那方承放着宣纸的青石。书生所画的，仍然是舞阳河畔的月夜，只不过这一次，阑珊的光影中，多了一个娉婷的背影，那枚“了宁居士”的印章，依旧盖在画作的角落中。

敏敏携了画箱与画作，踟蹰着向家中走去。

“所思，即所见！所见，即所得！”

“究竟是清风吹动了流水，抑或是流水带起了清风？都不是，能让这二者流光溢彩的，只有我们这颗时时在变的心……”

那人的话语，久久地回荡在她的脑海之中。

2019年1月28日，第一稿于昆明